Maren Vivien Haase

DANCE INTO MY WORLD

MAREN VIVIEN HAASE

DANCE INTO MY WORLD

MOVE DISTRICT BAND 1

Roman

blanvalet

Liebe Leser*innen,
dieses Buch enthält potenziell triggernde Inhalte.
Deshalb findet sich auf S. 477 eine Triggerwarnung.
Achtung: Diese enthält Spoiler für das gesamte Buch.
Wir wünschen allen das bestmögliche Leseerlebnis.
Maren Vivien Haase und der Blanvalet Verlag

MIX
Papier aus verantwortungsvollen Quellen
FSC® C014496
FSC
www.fsc.org

Penguin Random House Verlagsgruppe FSC® N001967

2. Auflage

Dieses Werk wurde vermittelt
durch die Langenbuch & Weiß Literaturagentur.

Redaktion: Melike Karamustafa
Umschlaggestaltung: Sandra Taufer, München
unter Verwendung von Motiven von © Shutterstock.com
(wacomka, tomertu, Anna_Kim, Avesun, Jag_cz, Comaniciu Dan)
DN · Herstellung: sam
Satz: Uhl + Massopust, Aalen
Druck und Bindung: GGP Media GmbH, Pößneck
Printed in Germany
ISBN 978-3-7341-1002-3

www.blanvalet.de

Für Mum und Dad

PLAYLIST

Welcome To New York – Taylor Swift

Eyes Shut – Years & Years

Low Life – Future feat. The Weeknd

Pills & Automobiles – Chris Brown, Yo Gotti, A Boogie Wit da Hoodie, Kodak Black

Lookalike – Conan Gray

There You Are – Zayn

Blue Dream – Jhené Aiko

I Like That – Houston feat. Chingy, Nate Dogg, I-20

come out and play – Billie Eilish

Black and White – Niall Horan

Wild Wild West – Will Smith, Dru Hill, Kool Moe Dee

Naked – James Arthur

Conversations in the Dark – John Legend

Feels In My Body – Icona Pop

Man – JoJo

Intentions – Justin Bieber feat. Quavo

Like No One's Watching (Acoustic Version) – Molly Sandén

Take You Down – Chris Brown

Better – Khalid

Drag Me Down – One Direction

Thursday (Jack Wins Remix) – Jess Glynne

KAPITEL 1

»Die abgelaufene Milch kannst du ruhig noch nehmen. Die Kunden merken das nicht – zumindest hat sich bisher noch niemand beschwert. Lass es dir nur nicht anmerken.«

Wow.

Mir blieb der Mund offen stehen. Sollte das ein Scherz sein? Gleich am ersten Arbeitstag wurde ich dazu angestiftet, Menschen zu vergiften? Okay, das war vielleicht etwas extrem ausgedrückt, in Ordnung ging es deswegen aber noch lange nicht.

Unfähig, eine sinnvolle Antwort herauszubringen, nahm ich schnell einen großen Schluck aus der türkisfarbenen Tasse. Glücklicherweise trank ich meinen Kaffee immer schwarz – anders hatte ich das Gefühl, dass das Koffein bei mir einfach nicht wirkte –, so bestand zumindest für mich keine Gefahr potenzieller Magenprobleme.

Larry klatschte in die Hände. »Gut. Wenn du keine Fragen mehr hast, kannst du dich direkt an die Arbeit machen.« Er wandte sich ab, blieb jedoch nach einem Schritt wieder stehen und sah mich mit gerunzelter Stirn an. »In welchem Restaurant sagtest du doch gleich, hast du gearbeitet?«

»In keinem«, erwiderte ich und fragte mich insgeheim, ob er mir in den vergangenen fünf Minuten – länger hatte unser Einführungsgespräch nämlich nicht gedauert – überhaupt zugehört hatte. Laut hätte ich das nie gesagt, dafür flößte mir Larry viel zu viel Respekt ein. Er wirkte nicht gerade zugänglich mit seinen hängenden Mundwinkeln, den schmierigen schwarzen Haaren und dieser Überheblichkeit im Blick. Außerdem war ich auf den Job angewiesen und konnte nicht riskieren, doch noch eine Absage zu bekommen. Als ich Larrys kritischen Blick sah, fügte ich hastig hinzu: »Aber ich habe in einem Brillengeschäft gejobbt und kann gut mit Kunden umgehen. Außerdem bin ich sehr lernfähig.« Hoffentlich überlegte er es sich nicht doch noch anders.

Als er mich aus zusammengekniffenen Augen ansah, bildeten sich tiefe Falten auf seiner Stirn. Die ausgeprägten Geheimratsecken und die paar grauen Strähnen, die im Licht der Spätsommersonne, das durch die Fensterfront brach, schimmerten, verrieten mir, dass er um die vierzig sein musste. Das dunkelgraue Hemd lag eng an seinem Oberkörper an und spannte ein wenig um seinen leichten Bauchansatz. »Also keinerlei Gastro-Erfahrung.« Kopfschüttelnd fuhr er sich mit einer Hand über das Gesicht. »Du wirst es nicht leicht haben. Ich brauche hier professionelles Personal und keine Anfänger, die erst angelernt werden müssen. Das hält nur den Betrieb auf. Stand in deiner Bewerbung nicht, dass du bereits in der Gastronomie gearbeitet hast?«

»Nein, eigentlich nicht«, entgegnete ich vorsichtig und sah zu Boden. »Aber wie ich schon sagte, ich lerne schnell.«

»Jaja, das sagen sie alle. Dein Glück, dass ich dringend

eine weitere Servicekraft brauche.« Er schnaubte abfällig und linste auf seine protzige Armbanduhr. »Nun gut, Miles und Olivia sollen dir alles zeigen.« Er deutete auf meine beiden neuen Kollegen hinter der Theke. »Aber wenn du es vermasselst, bist du raus!« Mit diesen überaus motivierenden Worten drehte er sich um und lief mit schnellen Schritten durch die Tür hinten rechts im Café, die in sein Büro führte.

»Glück gehabt«, murmelte ich und wischte mir die verschwitzten Handflächen an meiner schwarzen Jeans ab. Bevor ich mich in Larry's Brew beworben hatte, war ich bereits von drei anderen Cafés, einer Tierhandlung und zwei Boutiquen abgelehnt worden. Hätte es dieses Mal auch nicht geklappt, hätte ich ein echtes Problem gehabt – schließlich zahlte sich eine Wohnung nicht von selbst, erst recht nicht in New York.

Nachdem ich ungefähr tausend Stunden auf Craigslist verbracht und mich durch viele Angebote geklickt hatte, war ich vor ein paar Wochen endlich fündig geworden. Ich konnte mich unfassbar glücklich schätzen, eine Wohnung in Brooklyn ergattert zu haben – ganz für mich allein und dann auch noch um die Ecke des Prospect Park, der bestimmt in ein paar Wochen, wenn sich die Blätter anfangen würden zu verfärben, ein besonders schöner Ort war, um abschalten zu können. Um die Miete für das kleine Apartment in Brooklyn zu bezahlen, brauchte ich dringend einen Job. Meine Eltern hatten zwar netterweise zugestimmt, mir ein bisschen was beizusteuern, aber mir das teure Leben in New York komplett zu finanzieren sahen sie nicht ein – zumindest nicht, solange ich noch nicht studierte.

Mein Herz pochte etwas schneller, als ich mich umdrehte, tief Luft holte und an den dunklen Holztischen vorbei zum Tresen lief, hinter dem ein schlaksiger Typ mit braunen Locken und ein Mädchen mit blauen Haaren standen; beide mussten ungefähr in meinem Alter sein. Sie fachsimpelten gerade darüber, ob der Apfelkuchen nicht doch lieber neben dem New York Cheesecake stehen sollte statt neben den Brownies.

»Aber wenn die Leute den Apfelkuchen sehen und gleich daneben die Brownies liegen, dann entscheidet sich niemand für den Kuchen. Wer nimmt denn Apfelkuchen, wenn er genauso gut einen saftigen Schoko-Brownie haben kann?« Olivia rollte mit den Augen, bevor sie sich umdrehte, um einen weißen Porzellanbecher vom Regal zu nehmen und unter den Siebträger der gigantischen silbernen Bezzera zu stellen. Kurz darauf stieg mir der aromatische Duft von frisch gebrühtem Kaffee in die Nase.

»Ich!«, erwiderte der Typ und verschränkte die Arme vor der Brust.

Sie schüttelte so heftig den Kopf, dass die Strähnen, die sich aus ihrem Zopf gelöst hatten und ihr Gesicht einrahmten, hin und her flogen. »Siehst du, Miles, und genau deshalb sind wir bloß Kollegen und keine Freunde.«

Trotz ihres zierlichen Körperbaus und der Tatsache, dass der Typ sie um mindestens zwanzig Zentimeter überragte, wirkte Olivia kein bisschen eingeschüchtert. Ganz im Gegenteil, sie schien den Schlagabtausch sogar zu genießen. Eine Fähigkeit, die mir vor ein paar Monaten abhandengekommen war. Sobald ich das Gefühl hatte, es könnte sich ein Streit anbahnen, machte ich einen Rückzieher und ging der Unterhaltung lieber aus dem Weg.

Ich musste schmunzeln und schaute vorsichtig zwischen den beiden hin und her. Olivia war mir sofort sympathisch. Sie hatte eine kleine Stupsnase, und mit ihrer sehr hellen Haut und den blauen Haaren sah sie fast aus wie eine gut gelaunte Version der Eisprinzessin.

»Hey, du bist die Neue, oder? Larry meinte vorhin, wir sollen dich in die hohe Kunst der Kaffeemaschinenbedienung einführen«, wandte sich Miles an mich und lächelte schief. »Ich bin Miles, und das ist Olivia.« Er lehnte sich vor und senkte die Stimme, als würde er mir ein Geheimnis verraten wollen. »Sie ist manchmal ein bisschen zickig, aber an ihren guten Tagen kann sie auch ganz nett sein.«

»Ich zeige dir gleich, wie nett ich bin, Miles«, schaltete Olivia sich trocken ein und goss etwas Milchschaum in die Tasse. Dann wandte sie sich an mich. »Schön, dich kennenzulernen. Du bist …?« Sie sah mich fragend aus ihren großen braunen Augen an.

»Jade«, gab ich lächelnd zurück und strich mir eine hellblonde Strähne hinters Ohr. »Freut mich auch.«

»Super. Dann kriegst du hier schon mal dein Namensschild und deine Schürze. Du kannst damit anfangen, die Tische abzuräumen und sauber zu wischen. Danach zeigen wir dir alles andere.« Olivia kritzelte meinen Namen mit einem schwarzen Filzstift auf ein kleines Schild, auf dem das Logo von Larry's Brew zu sehen war. Es bestand aus einer kleinen Tasse, auf der in verschnörkelter Schreibschrift der Name des Cafés zu lesen war.

»Danke«, entgegnete ich lächelnd, schnappte mir ein Tablett und einen Lappen und machte mich auf den Weg zu meinem ersten Tisch.

Abräumen und wischen sollte ich, ohne eingelernt zu werden, hinbekommen. Vorsichtshalber sandte ich trotzdem ein Stoßgebet zum Himmel, dass mir nichts herunterfiel. Das würde sonst ziemlich peinlich – aber leider typisch Jade – werden. Ich war vielleicht nicht so tollpatschig wie Donald Duck, aber das hielt mich nicht davon ab, alle naselang gedankenverloren gegen verschlossene Türen zu knallen und so ziemlich jedes gefüllte Glas, das vor mir stand, umzustoßen.

Glücklicherweise liebte ich Kaffee über alles, denn der gesamte Raum roch nach Cappuccino. Bestimmt hatte Larry in den Ecken ein paar Kaffee-Duftkerzen deponiert, um die Kunden noch süchtiger nach seinem »Brew« zu machen. Um neun Uhr morgens war noch nicht allzu viel los, sodass ich mich in Ruhe um die vollgekleckerten Tische kümmern konnte. Aus den Lautsprechern drang leise Musik – »Mirrors« von Justin Timberlake. Eines meiner absoluten Lieblingslieder, aber ich widerstand dem Drang, meinen Kopf mit dem Beat zu bewegen, sonst hätten mich die Kunden nur dumm angestarrt. Ich nahm ein paar benutzte Tassen vom Tisch und stapelte sie sorgsam auf meinem kleinen Tablett.

Das Café war genau mein Fall: Zwischen Greenwich Village und dem Flatiron District am Anfang einer Querstraße der Fifth Avenue gelegen, war es mit antiken Holztischen und modernen Stühlen im Industrial-Stil ausgestattet. Eine lange Holztheke vor der verglasten Fensterfront war mit dick gepolsterten Barhockern, die auf drei Füßen aus geschwärztem Eisen standen, bestückt und lud dazu ein, bei einem Latte Macchiato und einem Blaubeermuffin den Menschen zuzusehen, die hektisch vorbeieilten, dabei telefonierten oder sich zwischen den anderen Leuten hindurchdrängelten. Hier konnte man sich mit Freunden unterhalten oder an seinem Laptop arbeiten, ein Buch lesen oder einfach nur die anderen Gäste beobachten. Die Kundschaft schien hauptsächlich aus Studierenden zu bestehen, aber auch viele Geschäftsleute, die in der Gegend arbeiteten, hatten Larry's Brew anscheinend zu ihrem Lieblingscafé auserkoren. Im hinteren Teil des Cafés standen in jeder Ecke Pflanzen, und an den Wänden waren Regale angebracht, die bis zur Decke reichten. Darauf standen antiquarische Bücher neben Schallplatten und jeder Menge Krimskrams, der keinen besonderen Zweck zu erfüllen schien, aber sehr nett anzuschauen war. Wohin man auch blickte, gab es etwas zu entdecken: eine goldene Elefantenfigur, kleine Bierkrüge, eine Kuckucksuhr. Eine Sammlung aus Fundstücken von überall auf der Welt, von denen jedes eine magische Geschichte erzählte. Zwischen den Regalen und Pflanzen warteten drei Samtsofas in unterschiedlichen Grüntönen darauf, dass es sich jemand mit einer Tasse heißer Schokolade darauf gemütlich machte, sich eines der Bücher schnappte und darin versank.

Nach ein paar Minuten hatte ich alle Tische abgeräumt und abgewischt und wandte mich wieder an Olivia, die entspannt am Tresen lehnte, Kaugummi kaute und zwischendurch an einer Tasse nippte, in der sich, dem Duft nach zu urteilen, Chai Latte befand. »Ich bin mit den Tischen fertig. Was kann ich jetzt tun?«

Sie nahm einen weiteren Schluck und stellte die Tasse anschließend auf die Arbeitsfläche hinter sich. Dann kam sie lächelnd auf mich zu. »Hast du schon mal in einem

Café gearbeitet? Oder sonst irgendwo in der Gastronomie?«

Ich schüttelte den Kopf und legte den Lappen in die Spüle. »Leider nicht, aber ich kann das sicher schnell lernen.«

»Das solltest du auch, Larry ist ziemlich kritisch und regt sich leicht auf, wenn etwas nicht läuft. Er kann manchmal supernervig und penibel sein, vor allem am Anfang, wenn jemand neu hier ist. Na ja … um ehrlich zu sein, ist er das eigentlich immer.« Olivia kicherte und zuckte mit den Schultern. »Ich hab mich mittlerweile an seinen besonderen ›Charme‹ gewöhnt.«

»Ich denke, dass ich das schaffe«, entgegnete ich hoffnungsvoll und strich meine Schürze zurecht. Kaffee kochen und Kunden bedienen war ja schließlich keine Kernphysik, und irgendwann hatte doch jeder mal angefangen.

Olivia grinste mich aufmunternd an. »That's the spirit! Und, bist du neu in New York? Wie alt bist du eigentlich?«

»Im Juni bin ich neunzehn geworden. Ich hab dieses Jahr meinen Highschoolabschluss gemacht; danach bin ich nach New York gezogen – um genau zu sein vor drei Wochen und in das mit Abstand kleinste Apartment der Welt.«

»Oh, glaub mir, das kenne ich. Die Mieten in New York sind scheißteuer.«

»Und wie! Deshalb bin ich umso dankbarer, dass ich die Stelle hier bekommen habe. Auch wenn meine Wohnung einem Schuhkarton gleicht – ich bin echt froh, hier in New York zu sein.«

»Oh, ja. Ich liebe diese Stadt. Wo wohnst du denn genau?« Sie legte den Kopf schief und blickte mich neugierig an.

»Brooklyn, in der Nähe des Prospect Park«, entgegnete ich. »Und du?«

»Ach, wie cool! Ich wohne auch in Brooklyn, allerdings ein wenig weiter oben Richtung Bushwick.«

Ich nickte, und ein leichtes Lächeln umspielte meine Mundwinkel, doch bevor ich etwas entgegnen konnte, fügte sie hinzu: »Und warum bist du hergekommen? Zum Studieren?«

Beim Gedanken an meine Heimat und den Grund, aus dem ich vollkommen überstürzt nach New York gekommen war, zog sich mein Magen zusammen. Ich blinzelte ein paarmal, bevor ich stammelte: »Ähm ... ja ... mehr oder weniger.«

Olivia hob fragend eine geschwungene, dunkle Augenbraue, aber ich kannte sie bei Weitem noch nicht gut genug, um ihr mehr über mich zu verraten. Klar, sie machte einen netten Eindruck, aber wie ich aus bitterer Erfahrung wusste, konnte der Schein in dieser Hinsicht trügen.

Sie schien zu merken, dass ich nicht noch mehr erzählen wollte, und nickte nur. Dann breitete sich ein Strahlen auf ihrem Gesicht aus, und sie trat näher an mich heran, um mir eine Hand auf die Schulter zu legen.

Unwillkürlich spannte ich mich unter ihrer Berührung an. Ich hoffte, dass es ihr nicht auffiel.

»Ich glaube, ich mag dich, Jade. Und ein bisschen frischen Wind können wir hier immer gebrauchen. Miles ist manchmal eine echte Schlaftablette, und von Larry will ich gar nicht erst anfangen. Und ich mag deine Augenbrauen. Die sind so schön buschig.«

»Ähm. Danke?«, entgegnete ich unsicher grinsend und fuhr mir mit einem Finger über meine dunkelbraunen Brauen, auf die ich öfter angesprochen wurde. Vermutlich, weil sie in krassem Kontrast zu meinem hellblonden Haar standen. »Wie lange arbeitest du hier schon?«

»Fast zwei Jahre. Ist nicht der anspruchsvollste Job, aber die Bezahlung ist nicht schlecht, und manchmal macht es sogar Spaß.« Sie nahm die Hand von meiner Schulter und trat einen Schritt zurück, um sich wieder an die Theke zu lehnen. »Eigentlich bin ich professionelle Tänzerin, aber dabei springt momentan noch nicht genug Geld raus, als dass ich hier kündigen könnte.«

»Du tanzt? In Broadway Musicals?«

Sie lachte. »Nein, nein. Nachdem ich als Kind mit meinen Eltern und meinen zwei Geschwistern aus Pittsburgh hergezogen war, habe ich mich für Ballettstunden angemeldet. Das hat mir dann irgendwann nicht mehr gereicht, ich wollte auch andere Stilrichtungen ausprobieren. Darüber kam ich zum Hip-Hop, und das ist das, was ich bis heute am liebsten tanze. Na ja, und damit verdiene ich mittlerweile auch ein bisschen Geld … also mit dem Unterrichten oder wenn ich für irgendwelche Musikvideos, Workshops oder Auftritte gebucht werde. Mein großer Traum … mein Ziel ist es, für große Touren von Künstlern dauerhaft gebucht zu werden und nahezu jeden Abend auf einer Bühne zu stehen.«

Wow. Das klang total bewundernswert. Wenn ich alleine in meinem Zimmer war, tanzte ich auch gerne, aber ich war alles andere als gut, und ich hoffte inständig, dass mich bloß nie jemand dabei beobachten würde. Allein bei der Vorstellung hätte ich bereits im Erdboden versinken können.

»Hört sich cool an«, entgegnete ich, und sie grinste.

»Und woher kommst du ursprünglich?«

Meine Handflächen begannen zu schwitzen, und ich starrte sie an, ohne einen Ton von mir zu geben. Erst als sich die Stille zwischen uns in die Länge zog und sie mich verwirrt musterte, holte ich tief Luft und presste hervor: »Ähm, aus so einem Kaff südlich die Ostküste runter. Kennst du bestimmt nicht.«

Anscheinend hatte sie verstanden, dass ich nicht weiter darüber reden wollte, also nickte sie nur aufmunternd und wechselte schnell das Thema. »Und jetzt die Frage aller Fragen, Jade, die darüber entscheidet, ob wir Freundinnen werden können oder nicht. Schaust du gerne Serien?« Sie hatte die Hände in die schmale Taille gestemmt und sah mich mit übertrieben erwartungsvoll aufgerissenen Augen an.

Ich biss mir nervös auf die Unterlippe. Olivia schien zwar nett zu sein, aber ich war mir nicht sicher, ob ich überhaupt auf der Suche nach neuen Freundschaften war. Ich zuckte mit den Schultern. »Wer schaut denn nicht gerne Serien?«

»Bing-Bing. Der Kandidat hat hundert Punkte«, lachte sie und klatschte vergnügt in die Hände. »Okay, dann zähl mir mal deine Top drei auf.«

Ohne lange zu überlegen, sagte ich: »*This Is Us*, *Modern Family* und *The Bold Type*. Aber es gibt noch viele mehr, die ich gerne mag.«

»Okay, okay.« Sie kniff die Augen zusammen und nickte

anerkennend. »Das Mädel weiß, wie der Hase läuft. Und ja, ich sehe ein, dass die Frage echt fies war. Aber jetzt weiß ich zumindest, dass du Geschmack hast.«

Gerade als ich sie fragen wollte, welche Serien sie gerne mochte, sah sie sich im Raum um und signalisierte einem der Gäste, dass sie gleich zu ihm kommen würde. Dann schenkte sie mir noch ein warmes Lächeln und eilte zu ihm, um seine Bestellung aufzunehmen.

Ich atmete tief durch und schnappte mir ein Tablett, um die Tische abzuräumen, die inzwischen verlassen worden waren.

Den Rest meiner ersten Schicht erklärte mir Olivia, wie das Kassensystem funktionierte und wie man die Kaffeemaschine bediente und reinigte. Ich durfte sogar schon die ersten Kunden bedienen. Olivia war ein echter Wirbelwind, aber obwohl mich ihre offene Art ein wenig überforderte, war sie mir sympathisch. Vielleicht waren dieses Café und die Leute hier genau das, was ich brauchte, um all den Mist, der im letzten Jahr passiert war, endlich hinter mir zu lassen. Es war mein erster Tag im Larry's Brew. Ich sollte wahrscheinlich keine allzu hohen Erwartungen haben, aber ich wünschte mir nichts mehr, als neu anfangen zu können und meinen Job gut zu machen. Denn abgesehen davon, dass ich damit Geld verdiente, hegte ich die leise Hoffnung, hier nach langer Zeit jemanden getroffen zu haben, der weder etwas Schlechtes von mir dachte, noch mein Leben ruinieren wollte.

KAPITEL 2

Am späten Nachmittag stapfte ich die kleine Steintreppe zu meinem Wohngebäude hinauf und schloss die schwere Eingangstür auf. Ich huschte hinein und ließ die Tür hinter mir ins Schloss fallen. Der Weg in den dritten Stock kam mir von Tag zu Tag kürzer vor. Nach meinem Einzug vor inzwischen fast drei Wochen hatte ich beim Erklimmen der knarzenden Holzstufen jedes Mal schwer geschnauft, und oben angekommen, hätte ich ein Sauerstoffzelt gut gebrauchen können. In den letzten Monaten zu Hause hatte ich so gut wie keinen Sport getrieben, sondern mich nur in meinem Zimmer vergraben. Das Treppensteigen schien meiner Kondition gutzutun. Heute war ich zwar auch ein wenig aus der Puste, aber ich hatte nicht das Gefühl, dass ich jede Sekunde zusammenklappen würde.

Mein erster Arbeitstag im Café war vorbei, und ich war wirklich stolz auf mich. Dafür, dass ich noch nie in der Gastronomie gearbeitet hatte, hatte ich mich ziemlich gut geschlagen, und vor allem in Olivias Gegenwart fühlte ich mich erstaunlich wohl. Sie hatte sich zwar immer wieder mit Miles gezofft, aber irgendwann hatte ich verstanden, dass das eine Art Spiel zwischen ihnen war und es ihr einfach Spaß machte, ihn zu provozieren.

Ich schloss meine Wohnungstür auf, schlüpfte hinein und verriegelte die Tür hinter mir. Das riesige, düstere Haus mit den vielen Wohnungen, deren Bewohner ich nicht kannte, machte mir immer noch ein wenig Angst. In Beckhaven, neunhundert Meilen von hier weiter unten an der Ostküste, hatte ich bei meinen Eltern gewohnt, in einem großen Einfamilienhaus in einer guten Wohngegend. Etwas wie das hier kannte ich damals nur vom Hörensagen, dabei war das Viertel, in dem ich jetzt lebte, weder besonders heruntergekommen noch als gefährlich verschrien. Aber die Anonymität der Großstadt war etwas, an das ich mich erst noch gewöhnen musste – auch wenn ich genau die in New York gesucht hatte.

Ich zog meine Schuhe und die Jacke aus und stopfte beides in den schmalen Garderobenschrank direkt neben der Tür. Dann schlurfte ich über den dunklen Holzboden zu meinem Schreibtischstuhl, der nur ein paar Meter weiter rechts vor meinem geliebten alten Sekretär stand – ein Erbstück von meiner Grandma –, und schnappte mir meine Jogginghose, die über der Rückenlehne hing. Nachdem ich sie gegen meine Jeans getauscht hatte, trat ich vor die spartanische Küchenzeile, die sich neben dem Schreibtisch in der Ecke befand, und machte mir eine Tasse Schwarztee.

Mit dem dampfenden Becher setzte ich mich an den Sekretär und band mir die schulterlangen Haare zu einem lockeren Zopf, um es beim Arbeiten gemütlich zu haben. Die wirkliche Arbeit begann nämlich erst jetzt.

Puh!

Ich atmete einmal tief ein und aus. »Dann mal los.«

Abgesehen davon, dass ich es in Beckhaven einfach nicht mehr ausgehalten hatte, war ich nach Brooklyn gezogen, weil ich hier meinen Traum verwirklichen wollte. Schon als Kind hatte ich für mein Leben gern gezeichnet und gemalt. Später war mein großes Interesse für Mode hinzugekommen – und damit der Traum, irgendwann die New Yorker Laufstege zu erobern und eine eigene Boutique zu eröffnen. Jetzt war ich neunzehn, saß an einem winzigen Schreibtisch und versuchte, Kleider zu entwerfen – in einer Pinguin-Jogginghose. Was für eine Ironie. Ich musste unbedingt die Entwürfe für mein Portfolio fertigstellen, mit dem ich mich an der Parsons School of Design hier in New York bewerben wollte, einer der renommiertesten Universitäten, wenn es um Modedesign ging. Jetzt war es Anfang September, und wenn ich es schaffte, die Bewerbung und die Essays bis Mitte Januar fertigzustellen, hieß es Daumen drücken und hoffen, dass sie sich für mich entschieden und ich nächsten Herbst dort anfangen konnte zu studieren.

Ich war mir immer sicher gewesen, dass ich es schaffen würde. Meine Tante, die eine Boutique in meinem Heimatort besaß und genauso ein Faible für Mode hatte wie ich, war von vielen meiner Entwürfe begeistert gewesen. Doch in letzter Zeit – um genau zu sein, seit diese verdammte Party Anfang des Jahres mein ganzes Leben um hundertachtzig Grad gedreht hatte – war ich zunehmend unzufrieden mit meinen Designs. Alles, was ich zu Papier brachte, wirkte in meinen Augen langweilig, mir fehlten die Ideen. Ich hatte die Hoffnung gehegt, dass in New York, weit weg von meinen Problemen, die Inspiration zurückkommen würde, doch bei dem Frust mit der Jobsuche hatte sie sich bisher noch nicht wieder gezeigt. Das bedeutete, dass ich nun erst recht die Zähne zusammenbeißen und hart arbeiten musste. Jede. Einzelne. Sekunde. Zumindest jede, in der ich nicht gerade Apfelkuchen und Karamell-Kaffee servierte.

Es würde nicht leicht werden, in New York Fuß zu fassen, zumal ich hier niemanden kannte – von meinen beiden Kollegen einmal abgesehen – und mir gerade nur schwer vorstellen konnte, neue Menschen in mein Leben zu lassen. Aber lieber wohnte ich allein in einer mir vollkommen fremden Stadt, als auch nur einen weiteren Tag *dort* verbringen zu müssen. Es war nicht ganz einfach gewesen, Mom und Dad zu vermitteln, dass ich nach New York ziehen wollte, obwohl ich noch keinen Studienplatz hatte, ohne ihnen die wahren Gründe dafür zu verraten – und das wollte ich auf keinen Fall. Am Ende hatten sie zähneknirschend zugestimmt, die Miete für eine kleine Wohnung zu übernehmen, wenn ich mir möglichst schnell einen Job suchte und meine sonstigen Lebenshaltungskosten zumindest bis zum Beginn meines Studiums selbst bestritt. Ein Kompromiss, mit dem ich definitiv leben konnte. Ich wollte auf eigenen Beinen stehen. So schnell wie möglich. Und ich wollte hinter mir lassen, was passiert war. Den Schmerz, die Enttäuschung und das Gefühl der Hilflosigkeit. Ich wollte wieder nach vorne schauen, und ich war mir sicher, dass ich mich auf dem richtigen Weg befand. Zumindest hoffte ich es inständig.

Den restlichen Abend verbrachte ich damit, an meinen Designs zu feilen. Wenn sie schon nicht besonders ausgefallen waren, sollten sie zumindest technisch perfekt sein – und heute fielen mir tatsächlich noch ein paar schöne Details ein. Mit meinem Bleistift fuhr ich über das Papier und skizzierte erst einen Rock, dann eine passende Bluse mit weiten Ärmeln. Irgendwann schienen die Designs geradezu aus mir herauszufließen, und ich konnte nichts anderes tun, als dem Drang, sie zu Papier zu bringen, nachzugeben. Nach langer Zeit fühlte ich mich, zumindest für ein paar Stunden, wieder freier und leichter. Doch nicht nur das Zeichnen, auch die Tatsache, dass ich einen Job gefunden hatte, ließ die Anspannung, die mich seit Wochen beherrschte, ein wenig schwächer werden.

Als sich meine Finger um den Bleistift bereits verkrampften, machte ich mir ein Schinken-Käse-Sandwich und kuschelte mich damit unter meine beige Lieblingsdecke, die ich von zu Hause mitgenommen hatte. Sie begleitete mich schon seit zehn Jahren, meine Grandma hatte sie mir damals geschenkt, und verlieh dem tristen Raum mit den kahlen weißen Wänden, die an manchen Stellen schon leicht vergilbt waren, zumindest einen Hauch von wohligem Zuhausegefühl. Dann klappte ich meinen Laptop auf und sah mir ein paar Fashion Shows von Marc Jacobs, Valentino und Burberry an. Ich bildete mir ein, dass mir, wenn ich mich kurz vor dem Einschlafen mit Modenschauen oder Modeblogs beschäftigte, neue Ideen für meine eigenen Entwürfe einfach so im Schlaf zugeflogen kommen würden. Früher hatte das manchmal geklappt, doch in letzter Zeit immer seltener. Sie wurden überlagert durch düstere Träume von dunklen Gestalten, die mich nicht nur am Tag, sondern auch in der Nacht heimsuchten.

Während die Models noch über die Laufstege der Pariser Fashion Week stolzierten, fielen mir immer wieder die Augen zu. Der Tag war anstrengend gewesen. Was früher vollkommen normal für mich gewesen war – mich mit so vielen verschiedenen Menschen zu unterhalten –, fiel mir inzwischen unglaublich schwer. Soziale Kontakte hatte ich in den letzten Monaten um jeden Preis gemieden, jetzt musste ich mich erst wieder daran gewöhnen.

Meine Lider wurden immer schwerer und schwerer und schwerer...

Lügnerin. Schlampe. Verräterin.

Panisch schnappte ich nach Luft und presste mir eine Hand auf die Brust. Mir war heiß und kalt zugleich, und ich spürte, wie mein T-Shirt schweißnass an meinem Rücken klebte. Hektisch schaltete ich meine Nachttischlampe an und versuchte, tief durchzuatmen. Ich schloss für ein paar Sekunden die Augen und krallte meine Fingernägel in die Bettdecke. Ein Kloß bildete sich in meinem Hals und drohte, mir die Luft zum Atmen zu nehmen.

Wann enden diese verdammten Albträume endlich?

Zitternd versuchte ich die Tränen wegzublinzeln und starrte an die Decke. Erst nachdem ich stumm bis hundert gezählt hatte, wagte ich es, mich vorsichtig im Raum umzusehen.

Ich war allein.

Ich wollte endlich hinter mir lassen, was geschehen war, doch während sich mein Körper hier, in der Gegenwart, befand, steckte mein Kopf immer noch in den Albträumen der Vergangenheit fest, die ich einfach nicht loswurde. In der Nacht verfolgten mich die Dinge, die ich tagsüber zu vergessen versuchte. Die Party, Kyle, der Streit mit Tara und Beth.

Flittchen. Schlampe.

Selbst wenn ich einen guten Tag gehabt hatte, konnte ich mich vor den Gedanken nachts nicht in Sicherheit bringen. Aber ich hoffte, dass sie hier mit der Zeit immer leiser werden und irgendwann vielleicht ganz verstummen würden.

Nach einer Weile musste ich doch wieder eingeschlafen sein – als mich wenige Stunden später der Alarm meines Handys weckte, brannte meine Nachttischlampe noch immer. Ich rieb mir den Schlaf aus den Augen, stand langsam auf und streckte mich in alle Richtungen. Die Sonne schien durch den winzigen Spalt am Rand der Jalousien und erhellte den Raum.

Jeden Morgen, wenn ich die Rollos hochzog, fühlte ich mich ein bisschen wie ein Vampir, der vom Sonnenlicht geblendet wurde. Dass ich einer war, konnte ich allerdings relativ sicher ausschließen, da ich nachts wirklich gerne schlief. Mein Bett war mir heilig. Auch wenn ich früher gerne auf Partys gegangen war, war ich nie diejenige gewesen, die bis zum Morgengrauen durchtanzte – kurz nach Mitternacht war für mich meistens Schluss gewesen. Doch seit der Sache in Beckhaven hätten mich sowieso keine zehn Pferde mehr auf eine Party kriegen können. Was nicht zwingend dazu führte, dass ich mehr schlief. Die meiste Zeit lag ich in meinem heiligen Bett wach, starrte an die Decke und dachte über all die Dinge nach, die nie wieder so sein würden, wie sie einmal gewesen waren.

Nachdem ich mich angezogen und einen Joghurt mit

Müsli gefrühstückt hatte, machte ich mich für meine zweite Schicht in Larry's Brew fertig und verließ die Wohnung. Von Brooklyn aus zum Café brauchte ich mit der U-Bahn ungefähr eine halbe Stunde, um acht Uhr sollte ich anfangen.

Obwohl es erst kurz nach sieben war, schien ganz New York bereits auf den Beinen zu sein. Überall wuselten Menschen umher und gaben mir das Gefühl, zur Abwechslung nicht ganz alleine zu sein. Zwar kannte ich all diese Leute nicht, aber die Hektik tat mir gut, vor allem am frühen Morgen. In solchen Momenten realisierte ich es – ich war in New York, und ich hatte einen Job!

Eine Viertelstunde vor Schichtbeginn öffnete mir Olivia die Glastür zum Café und winkte mich hektisch herein, wobei sie den Leuten, die bereits Schlange standen und dabei auf ihren Handys herumtippten, misstrauische Blicke zuwarf.

»Jade, mach schnell, sonst denken die Geier, sie könnten schon früher reinkommen.«

»Und was sagt Larry dazu, dass du unsere Kunden wie Bittsteller draußen warten lässt?«, erkundigte ich mich schmunzelnd, während ich mir wenig später meine Schürze umband und den ersten Kaffee des Tages aus der Maschine ließ.

»Larry? Ach, der soll froh sein, dass ich für ihn arbeite und es mit Miles aushalte. Und jetzt, wo du hier bist, hab ich außerdem noch eine weibliche Verbündete. Bei so viel Frauenpower wird selbst Larry, der Macho-Griesgram, kleinlaut, glaub mir.« Sie zwinkerte mir zu und band sich die hellblauen Haare zu einem hohen Pferdeschwanz.

»Ich wünschte, ich würde mich so was trauen.«

»Was meinst du?« Sie schaute mich verwundert an.

»Na, deine Haare. Megacool. Erinnert mich an Lady Gaga bei den Golden Globes.«

Ihre Haarfarbe hatte mich von Anfang an fasziniert. Dass ich das Hellblau abends noch in eines meiner Designs hatte einfließen lassen, erwähnte ich jedoch lieber nicht. Ich wollte keinen seltsamen Eindruck erwecken. Aber als ich mir die Entwürfe heute Morgen noch mal angesehen hatte, war ich selbst überrascht gewesen, wie gut sie mir gefielen.

»Also zunächst mal will ich klarstellen, dass Gaga sich das mit Sicherheit von mir abgeguckt hat.« Sie grinste und zwirbelte eine Strähne zwischen den Fingern. »Und außerdem falle ich einfach gerne auf. Irgendwie muss ich das schließlich auch.«

Ich zog die Augenbrauen zusammen und legte den Kopf schief. »Du musst auffallen?«

»Na ja, ich bin Tänzerin. Den Job hier mache ich doch nur, weil das Tanzen alleine momentan noch nicht zum Leben reicht.« Sie nahm einen großen Schluck aus ihrer Tasse und stellte sie auf den Tresen. »Und wenn du aufgrund deines Aussehens herausstichst, hast du bessere Chancen, bei einer Audition genommen zu werden. Je auffälliger du aussiehst, desto eher behalten sie dich im Gedächtnis.« Schnell fügte sie hinzu: »Natürlich sollte ich besonders wegen meiner tänzerischen Leistung auffallen, aber die bunten Haare lenken in den meisten Fällen eben schnell die Blicke auf mich.«

Ich fand das Thema wahnsinnig spannend. So ein Leben kannte ich bisher nur aus Tanzfilmen. Ich trank noch einen Schluck aus meiner Tasse und überlegte. Dann räusperte ich mich verlegen. »Dann tanzt du echt in Musikvideos mit?«

»Ab und zu, ja. Dazu kommen viele, meist leider noch relativ kleine Auftritte. Bisher waren keine so krassen Stars dabei, eher Newcomer. Aber sobald ich von einer Audition höre, die interessant ist, bin ich am Start und versuche, den Job zu bekommen. Die Konkurrenz ist krass, aber ich kämpfe einfach weiter. Bis ich irgendwann mit Usher auf einer Bühne stehe«, fügte sie lachend hinzu.

Nickend lächelte ich. Ich liebte Musik, und auf Partys hatte ich früher immer gerne und ausdauernd getanzt, aber heute drehte sich mir bereits bei der Vorstellung, mich sexy zu bewegen, während mir andere zusahen, der Magen um.

»Hast du schon mal getanzt?«, fragte sie und legte den Kopf schief.

»Klar, also, irgendwie. Ich hatte nie Unterricht, aber auf Partys und zu Hause vor dem Badezimmerspiegel natürlich schon. Wie jeder, denke ich.« Ich holte tief Luft. »Aber gut bin ich nicht. Ganz im Gegenteil.«

Olivia grinste diabolisch und klatschte in die Hände. »Dann wird es wohl Zeit, dass du es mal richtig versuchst. Du darfst dich glücklich schätzen, liebe Jade, ich werde dich in die wunderbare Welt des Tanzens einführen. Das wird toll! So kannst du auch ganz leicht neue Kontakte knüpfen und meine Freunde kennenlernen. Komm doch morgen einfach mit, da unterrichte ich ein paar Blocks weiter in einer Tanzschule eine Hip-Hop-Class für Anfänger, da lernst du die wichtigsten Schritte.«

»Äh, ich weiß nicht …«

Sie wollte, dass ich mitkam. Warum in Gottes Namen wollte sie das? Mir wurde heiß. Das ging mir alles zu schnell. Viel zu schnell. Olivia war zwar nett, aber ich kannte sie kaum. Ich wollte unter keinen Umständen vor anderen Menschen tanzen oder deren Aufmerksamkeit auf mich ziehen, sie dazu bringen, über mich zu urteilen oder Schlimmeres. Mein Atem ging stockend, und ich versuchte, den Kloß herunterzuschlucken, der sich in meinem Hals gebildet hatte. Ich spürte ein drückendes Gefühl in der Magengegend und …

»Jade?« Olivia schaute mich mit großen Augen an und berührte mich sanft am Arm. »Alles in Ordnung?«

Ich sog scharf die Luft ein. »J-Ja … aber … n-nein. Ich glaube … ähm … das ist keine gute Idee.« Rasch wandte ich den Blick ab, richtete ihn durch die Scheibe nach draußen. Vor der Tür hatten sich noch mehr Menschen angesammelt.

»Wieso denn nicht? Das macht wahnsinnig viel Spaß, und die Leute sind echt nett.«

Ich bekam kein Wort heraus. Und was sollte ich ihr auch sagen?

Ich kenne dich nicht.

Nein, keine gute Idee. Das klang viel zu abweisend, immerhin arbeiteten wir zusammen. Und irgendwie war es auch schön, jemanden in New York zu haben, mit dem ich etwas unternehmen konnte. Ohne Bekanntschaften würde es mir um einiges schwerer fallen, mich von den Erinnerungen abzulenken, die sich nicht mehr aus meinem Kopf lösten. Das hatten mir die letzten Monate deutlich gemacht. Trotzdem vertraute ich ihr noch nicht, und außerdem wollte ich nicht, dass etliche Augenpaare auf mich gerichtet waren, während ich mich zur Musik bewegte.

»Ich kann nicht.«

Sie legte den Kopf schief. »Tanzen? Das macht doch nichts, das lernst du dann.«

Ich trat von einem Bein aufs andere und blickte mich nervös um. Wann konnten wir endlich aufschließen?

»Ich … Ich habe gerade einfach wenig Zeit. Vielleicht ein anderes Mal.«

Mit hochgezogenen Augenbrauen lächelte sie mich an und entgegnete: »Na klar, verstehe ich.« Dann nahm sie den Schlüssel vom Tresen und lief an mir vorbei zum Eingang. Kurz vor der Tür blieb sie allerdings noch einmal stehen und drehte sich beschwingt zu mir um. »Du weißt aber schon, dass ich nicht lockerlassen werde, oder?«

KAPITEL 3

Ein paar Tage später hatte ich meinen freien Tag, den ich nutzen wollte, um an meiner Mappe zu arbeiten. Mit Zeichenblock und Stiften bewaffnet, stieg ich in die U-Bahn, um zwanzig Minuten später am Brooklyn Bridge Park auszusteigen. Der strahlende Sonnenschein spiegelte sich in der Scheibe eines indischen Restaurants, an dem ich vorbeilief. Heute Morgen hatte ich mir noch meine Jeansjacke übergeworfen, die ich jetzt auszog, während ich an ein paar kleinen Geschäften entlanglief. Ich passierte zwei Frauen in meinem Alter, die gerade über die Uni sprachen, als ich schon die grüne Wiese und die Brooklyn Bridge erkennen konnte. Nur ein paar Momente später hatte ich es mir auf einer der Holzbänke bequem gemacht. Den Platz hatte ich schon in meiner ersten Woche in New York entdeckt. Von hier aus hatte man eine tolle Aussicht über den East River auf die Skyline von Manhattan. Bis auf ein paar Jogger und Hundebesitzer kam hier kaum jemand vorbei, und ich konnte mich ungehindert meinen Entwürfen widmen. Ich erhoffte mir von der eindrucksvollen Umgebung Inspiration und fing an, mit meinem Bleistift ein paar Kleider zu skizzieren.

Eine halbe Stunde später blickte ich auf und schnaubte frustriert. Es lief mal wieder nicht so, wie ich wollte. Dabei drängte die Zeit. Das Portfolio wollte ich bis spätestens Ende des Jahres fertig haben, doch so würde das selbst in zwanzig Jahren nichts werden. Da mir nichts Neues einfiel, beschloss ich, wenigstens weiter an schon vorhandenen Entwürfen zu feilen. Während ich überlegte, schweiften meine Gedanken zu Olivia und ihren Haaren ab. Das Blau in dem Design von vor ein paar Tagen strahlte mich förmlich an, und ich zeichnete noch ein wenig daran herum und auch an ein paar weiteren Entwürfen, die ich bereits vor zwei Wochen angefangen, aber nicht zu Ende gebracht hatte. Als sie mir endlich gut gefielen, stellte ich erschrocken fest, dass bereits vier Stunden vergangen waren und sich graue Wolken vor die Sonne geschoben hatten. Bestimmt würde es bald anfangen zu regnen. Ich musste schnell meine Mappe und mein Material nach Hause bringen, bevor alles nass wurde.

Vier Entwürfe waren nach vielen, vielen Stunden Arbeit endlich so weit, dass ich zufrieden mit ihnen war. So zufrieden, dass ich sie in meine Bewerbungsmappe legen konnte. Außerdem hatte ich zwei weitere Zeichnungen angefangen, die durchaus vielversprechend waren.

Schnell packte ich alles zusammen und machte mich auf den Weg zur U-Bahn. Den Block mit den Entwürfen klemmte ich mir unter den Arm, da er nicht in meinen Rucksack passte.

Mit schnellen Schritten lief ich über einen kleinen Weg, der an einer Wiese entlangführte, und bog in die nächste Seitenstraße ein. Die karminroten Häuserwände ragten rund um mich herauf in den Himmel und bargen Cafés,

Klamottenläden, eine Bank und eine Buchhandlung, aus der gerade ein paar Leute traten, die sich über einen Reiseführer für Los Angeles unterhielten.

Eigentlich wollte ich längst in Manhattan sein. In den ersten Tagen nach meinem Umzug war ich mehr oder weniger ziellos durch die Stadt gelaufen, dabei war ich auf ein paar süße Boutiquen in einer Querstraße der Fifth Avenue gestoßen. Auch wenn ich es mir gerade nicht erlauben konnte, so viel Geld auszugeben, Windowshopping kostete schließlich nichts.

Es war inzwischen Mittagszeit. Im nächsten Moment klatschten die ersten dicken Regentropfen vor mir aufs Pflaster. Hastig presste ich meine Mappe an die Brust. Das sah nicht nach einem leichten Schauer, sondern nach einem ausgewachsenen Herbstgewitter aus, und ich durfte auf keinen Fall riskieren, dass meine Zeichnungen nass wurden. Hundert Meter vor mir konnte ich bereits das U-Bahn-Schild sehen, und ich beschleunigte meine Schritte noch einmal – als ich plötzlich einen harten Stoß abbekam.

»Aua!« Der stechende Schmerz schoss eine Millisekunde, bevor ich stolperte und beinahe das Gleichgewicht verlor, durch meinen rechten Oberarm. Mit rudernden Armen drehte ich mich auf meinem linken Fuß und versuchte mich zu fangen, wobei mir mein Zeichenblock aus der Hand rutschte. Immerhin fiel ich nicht hinterher. Hektisch bückte ich mich nach dem Block, bevor ich mich wieder aufrichtete und aufgebracht nach dem Menschen umsah, der für meinen Beinahe-Bauchplatscher in den Rinnstein verantwortlich war.

Ich erstarrte.

Hellbraune Haare. Groß. Breiter Rücken. War das …? Nein, unmöglich.

Der Typ war wie aus dem Nichts gekommen und hatte es anscheinend sehr eilig. Er schien gar nicht bemerkt zu haben, dass er mich gerade fast umgerempelt hatte, und hetzte weiter. Ein Geruch von trockenem Holz und frischen Orangen umspielte meine Nase.

»Was zur …«, fluchte ich und zog verärgert die Augenbrauen zusammen. »So ein Mist!«

Der Kerl mit der schwarzen Hose und der Jeansjacke blieb abrupt stehen und drehte sich zu mir um.

Beim Anblick seiner dunkelgrünen Augen fühlte ich mich wie festgefroren. Schnell presste ich die Lippen aufeinander und versuchte, das Zittern meiner Hände in den Griff zu kriegen.

Als der Typ den rechten Mundwinkel zu einem Grinsen anhob, zeigte sich ein Grübchen auf seiner Wange. Verlegen fuhr er sich mit einer Hand über sein auffallend markantes Kinn, während er ein paar Schritte rückwärtslief. »Oh, sorry, tut mir leid«, murmelte er, gefolgt von einem »Muss schnell weiter«. Mit einem bedauernden Schulterzucken drehte er sich einfach wieder um, lief weiter in Richtung U-Bahn – und ließ mich mit der Katastrophe aus aufgeweichtem Papier, die er angerichtet hatte, allein zurück.

In meinem früheren Leben hätte ich den Typen zur Schnecke gemacht, aber inzwischen bekam ich in solchen Situationen kaum noch ein Wort heraus.

Dann erst sah ich, wie schlimm es war.

Oh. Mein. Gott.

Ich sog scharf die Luft ein. Meine Zeichnungen, die

ich in den letzten Stunden und Tagen mit viel Liebe angefertigt hatte, waren aus dem Zeichenblock gerutscht und lagen in einer riesigen Pfütze aus dreckigem Wasser. Und als ob das noch nicht schlimm genug gewesen wäre, trampelten die vorbeieilenden Passanten ohne Rücksicht auf Verluste darüber.

So ein Mist!

Schnell warf ich mich fluchend zwischen den Leuten auf die Knie, um wenigstens ein paar Designs zu retten, doch es war zu spät.

»Oh nein, nein, nein!«

Alle Blätter waren braun beschmiert, verlaufen oder zerrissen. Die ganze Arbeit war umsonst gewesen. Nur wegen dieses Idioten … Wie konnte man so rücksichtslos und egoistisch sein? Er konnte doch nicht einfach durch die Weltgeschichte laufen, Menschen umrennen und dann mit einem lapidaren »Sorry« verschwinden. Er hätte mir wenigstens helfen können!

Knurrend richtete ich mich auf und knüllte die Zeichnungen zusammen. Sie waren nicht mehr zu gebrauchen. So ein Vollpfosten. Fünf Schritte weiter befand sich eine dreckige Mülltonne, in die ich das Ergebnis stundenlanger Arbeit pfefferte, dann trat ich leise fluchend den Weg zur U-Bahn an.

In der U-Bahn ließ ich mich auf einen freien Platz sinken. Trotz der Enttäuschung wollte ich meinen geplanten Windowshopping-Spaziergang durchziehen. Vielleicht half er sogar, mich davon abzulenken, dass all meine Arbeitszeit umsonst gewesen war.

Ich warf einen Blick auf mein Handy. Fünf verpasste

Anrufe meiner Mum. Doch nach der Schockbegegnung mit dem dahergelaufenen Rowdy konnte ich mich unmöglich einem Gespräch mit meinen Eltern stellen. Bestimmt wollten sie wissen, wie es mit meiner Mappe voranging – eine Diskussion, die ich in diesem Moment unbedingt vermeiden wollte.

In Midtown angekommen, schlenderte ich von Laden zu Laden, starrte in die riesigen Schaufenster der Edelboutiquen, doch auch das hob meine Laune nicht. Ganz im Gegenteil. Vielleicht war es doch keine so gute Idee gewesen angesichts der Tatsache, dass ich mir sowieso nichts leisten konnte.

Ich seufzte. Der Tag lief alles andere als geplant. Blieb nur zu hoffen, dass der morgige besser werden würde. Mit einem kurzen Blick auf mein Handgelenk stellte ich fest, dass es erst früher Nachmittag war. Vielleicht war der Tag doch noch nicht verloren. Wenn ich mich jetzt auf den Weg nach Hause machte, hatte ich immerhin noch den Hauch einer Chance auf einen produktiven Abend.

Als ich in Richtung U-Bahn lief, fiel mir auf, dass ich mich nur ein paar Stationen entfernt von Larry's Brew befand. Soweit ich wusste, arbeitete Olivia heute. Vielleicht sollte ich auf einen schnellen Kaffee bei ihr reinschauen. In den letzten Tagen waren sie und Miles mir schon ein wenig ans Herz gewachsen, und obwohl ich sie noch nicht gut kannte, waren sie die einzigen Leute, die in New York überhaupt so etwas wie Freunde für mich darstellten.

Ich fuhr drei Stationen und lief wenig später die überfüllten New Yorker Straßen entlang, während ich versuchte, den hektischen Menschen auszuweichen. Es war zwar erst Anfang September, aber Nebel und Regen, die das Gewitter mit sich gebracht hatte, kündeten das Ende des Sommers an und verwandelten die Stadt in einen magischen Ort. Ich mochte diese Stimmung. Den Herbst hatte ich am liebsten und mit Regenwetter gar keine Probleme. Ganz im Gegenteil: Ich liebte es, mit einer heißen Tasse Tee und einer Decke auf dem Sofa zu sitzen und Filme zu schauen, wenn es draußen schüttete. Und genau *das* würde ich jetzt auch tun. Zumindest teilweise, denn auf Decke und Filme musste ich in Larry's Brew wohl verzichten. Wobei Olivia und Miles oft eine Show ablieferten, die mit einem der *Hangover*-Filme locker mithalten konnte.

Als ich die Glastür zum Café öffnete, sah ich die beiden schon von Weitem an der Kasse diskutieren. Olivia hatte mal wieder erbost die Hände in die Taille gestemmt und funkelte Miles aus zusammengekniffenen Augen an. Unter ihrer grünen Schürze trug sie ein weißes Shirt und eine Jeans, die Haare fielen ihr glatt über die Schultern.

Miles fuchtelte wild mit seinen dürren Händen herum und hatte einen hochroten Kopf. Auf seinem blauen Shirt zeichneten sich bereits Schweißflecken unter den Achseln ab. Offensichtlich dauerte die hitzige Diskussion zwischen den beiden schon eine Weile an.

Ich drückte mich an einer Gruppe Jugendlicher vorbei, die an einem der runden Holztische saß, und steuerte den Tresen an. Es roch intensiv nach frisch gebackenem Apfelkuchen, worauf mein Magen mit einem gequälten Knurren reagierte. Erst jetzt fiel mir auf, dass ich seit dem Frühstück nichts mehr gegessen hatte. Das passierte mir häufiger, da ich es normalerweise liebte, ausgiebig zu frühstücken, sodass es mir für den ganzen Tag reichte.

Mein Herz schlug für Pancakes, Waffeln, Bagels und alles andere, was zu einem leckeren Brunch gehörte; davon hätte ich mich jeden Tag, und zwar vierundzwanzig Stunden, ernähren können. Bereits als Kind hatte ich zum Abendessen oft Cornflakes verdrückt, was vermutlich den Grundstein für meine unbändige Frühstücksliebe gelegt hatte. Aber seit ich in New York lebte, waren ausgiebige Brunch-Orgien aus Kostengründen nicht mehr drin. Vorerst musste ich mit Joghurt und Obst statt Avocado-Ei-Toast am Morgen vorliebnehmen.

Während ich mir langsam meine Jeansjacke auszog und sie über einen der hohen Hocker legte, behielt ich Olivia und Miles im Auge. Da sie ein paar Meter entfernt standen, konnte ich nur Gesprächsfetzen aufschnappen. Um den Zusammenhang zwischen »Kaffeebohnen«, »Wall Street« und »behaarte Badeente« herzustellen, fehlte es mir eindeutig an Fantasie, aber es klang ein wenig verstörend.

Plötzlich stieß Olivia einen schrillen Ton aus, der an das Fauchen einer Katze erinnerte, drehte sich aufgebracht um und lief zum Tisch der Jugendlichen.

Miles schüttelte scheinbar fassungslos den Kopf, sodass seine braunen Locken hin und her schwangen, und machte sich anschließend daran, ein paar Getränke zuzubereiten.

Die Stimmung war wohl doch nicht so gemütlich, wie ich es mir vorgestellt hatte – ich hatte eher den Eindruck, in eine Stierkampfarena geraten zu sein.

Nachdem Olivia die Bestellungen der Gäste entgegengenommen hatte, kam sie zurück zum Tresen und gab alles an Miles weiter, der jeden Augenkontakt mit ihr mied. Als sie in meine Richtung sah und unsere Blicke sich trafen, hellte sich ihre Miene auf, und sie tänzelte schnurstracks zu mir herüber.

»Was machst du denn hier?«, fragte sie mich erstaunt und lehnte sich gegen den Tresen. »Du musst doch erst morgen wieder arbeiten, oder?«

»Ich war gerade in der Nähe und dachte, ich gucke bei euch vorbei. Heute Vormittag habe ich an meinen Entwürfen gearbeitet, aber dann hat mich so ein Holzkopf umgerannt und … Ach, lassen wir das. Der Gedanke daran bereitet mir nur schlechte Laune.« Ich merkte, dass ich die Stirn gerunzelt hatte, und lockerte meine Gesichtszüge wieder, um Olivia nicht so böse anzusehen.

»Oh nein, das klingt ja gar nicht gut, du Arme. Was für Entwürfe waren das denn?«

Ich überlegte kurz und legte den Kopf schief. Bisher hatte ich mich zurückgehalten, was Informationen über mein Leben betraf, aber wenn ich nicht vollkommen vereinsamen wollte, musste ich den Sprung ins kalte Wasser wagen und ein wenig offener werden. Immerhin hatte mir Olivia bisher keinen Grund gegeben, ihr zu misstrauen.

»Ich bewerbe mich für das Herbstsemester nächstes Jahr an der Parsons. Für den Studiengang Modedesign.« Ein angedeutetes Lächeln stahl sich auf meine Lippen. »Dafür brauche ich ein Portfolio, also eine Mappe mit acht bis zwölf Bildern, Skizzen oder Entwürfen, um denen zu zeigen, was ich kann.«

Sie strahlte mich an. »Wow, das klingt total cool. Ich bewundere es wahnsinnig, wenn man gut zeichnen kann. Ich war in Kunst immer schon die totale Nullnummer. Aber hey, man kann schließlich nicht in jeder Disziplin punkten.«

Unwillkürlich musste ich schmunzeln. »Stimmt. Dafür kannst du tanzen.«

»Da du hergekommen bist, nehme ich an, dass du gerade ein bisschen Zeit hast?« Sie schaute mich frech grinsend an.

»Ähm. Ja, eigentlich schon ...«, sagte ich langsam, während ich mich fragte, was sie wohl von mir wollte. Für sie einspringen konnte ich heute auf keinen Fall, ich musste mich um meine Designs kümmern. Eigentlich hätte ich längst wieder am Schreibtisch sitzen sollen.

»Gut! Schnapp dir deine Jacke. Ich muss raus hier, lass uns eine Runde spazieren gehen.«

Ich musste ein paarmal blinzeln und wusste erst nicht, was sie meinte, bis ich sah, wie sie blitzschnell ihre Schürze auszog, sie in den Aufenthaltsraum hinter dem Thekenbereich warf und zu mir zurückkam.

»Was? Ach, jetzt gleich?«

»Ja, natürlich jetzt gleich. Miles geht mir auf den Sack, und Larry ist nicht da. Außerdem müsste Calvin jeden Moment hier sein, um mich abzulösen. Bis dahin schafft es Miles auch alleine.«

Calvin arbeitete auch im Café, aber bisher hatte ich ihn erst einmal kurz gesehen.

Ich schnappte meine Jacke und spurtete Olivia hinterher, die bereits im Stechschritt den Ausgang ansteuerte.

»Ich nehm meine Pause, Miles«, rief sie noch über die Schulter, und im nächsten Augenblick standen wir draußen auf der Straße.

Olivia atmete einmal tief durch, dann hakte sie sich bei mir unter und zog mich nach rechts.

Ich zuckte zusammen. Körperliche Nähe war etwas,

mit dem ich seit *jener* Party nicht mehr gut klarkam. Trotzdem zog ich meinen Arm nicht zurück. Olivias offene Art hatte etwas an sich, das mich – zumindest zögerlich – Vertrauen zu ihr fassen ließ.

Ich musterte sie von der Seite. Ihr schwarze Jeansjacke lag eng an ihren Schultern an. Sie sagte kein Wort. Stattdessen presste sie die Lippen aufeinander und machte den Eindruck, als ob sie etwas belastete. Wir kannten uns erst ein paar Tage, daher konnte ich noch nicht einschätzen, was das zu bedeuten hatte. Ihre blauen Haare wurden vom Wind nach hinten über ihre Schultern geweht, und sie starrte die ganze Zeit stur geradeaus. Von Larry's Brew aus liefen wir ein Stück nach Norden in Richtung Flatiron District, überquerten Fußgängerüberwege, wichen ein paar dunklen Pfützen aus, während wir an Bäckereien vorbeiliefen, Sportgeschäfte hinter uns ließen und uns immer wieder durch Gruppen von Passanten quetschen mussten. Dunkle Wolken kündeten von einem weiteren bevorstehenden Regenschauer.

»Alles okay bei dir?«, tastete ich mich nach ein paar Minuten vorsichtig vor.

»Ja.« Sie warf mir einen Blick von der Seite zu. »Nein. Ach, Miles ist einfach ein Idiot.«

»Mir ist schon aufgefallen, dass ihr euch immer wieder anzickt, aber ich dachte, das ist nur Spaß.«

»Normalerweise meinen wir das auch nicht ernst, aber heute hat Miles den Vogel echt abgeschossen – selbst wenn es ein Witz sein sollte, der ging voll daneben.« Olivia verdrehte die Augen, bevor die nächsten Worte nur so aus ihr heraussprudelten: »Vor ein paar Wochen habe ich ihm erzählt, dass ich einen kleinen Crush auf einen unserer Stammkunden habe. Ich dachte zuerst, er hat auch Interesse an mir, aber jetzt hat sich herausgestellt, dass er nichts von mir will.«

Wie konnte ein Typ nicht auf Olivia stehen? Sie war witzig, aufgeweckt und sympathisch. Und hübsch war sie sowieso. Aber in diesem Moment wirkte sie richtig bedrückt. Ihre Mundwinkel, die sonst immer nach oben zeigten, hingen herunter, und sie starrte ernst auf den dreckigen Asphalt.

»Das tut mir leid«, entgegnete ich vorsichtig und blinzelte sie aufmunternd an. »Dann hat er dich aber auch nicht verdient.«

Wir bogen um die nächste Straßenecke und blieben an einer Ampel stehen. Rechts und links von uns ragten die hohen Geschäfts- und Bürogebäude bis in den Himmel, während Taxen hupend über die Kreuzung brausten.

»Ich weiß«, sagte sie schnell und zuckte mit den Schultern. »Aber ich mochte ihn wirklich gern, und aus dem kleinen Crush wurde dann doch ein wenig mehr.« Sie machte eine kurze Pause und fuhr dann fort: »Ist auch egal … Ich werde ihm sicher nicht nachheulen. Dafür bin ich viel zu stolz. Mich ärgert nur, dass ich Miles davon erzählt habe.«

»Hat er einen doofen Kommentar dazu abgegeben?«

»Indirekt schon. Er weiß, wie es mit meiner Familie ist, dass ich mich vor meinen Eltern ständig für das Tanzen rechtfertigen muss. Sie hätten es sehr viel lieber gesehen, wenn ich wie mein Bruder und meine Schwester Jura studiere oder an die Wall Street gehe.«

»Das klingt echt übel. Aber inzwischen müssen sie doch tierisch stolz auf dich sein, immerhin hast du schon einiges erreicht.«

Sie lachte bitter, als wir die Straße überquerten und schon von Weitem den Madison Square Park und daneben das Flatiron Building erkennen konnten. »Nicht wirklich. Sie nehmen mich und meine Leidenschaft einfach nicht ernst, und manchmal …« Ihr entfuhr ein Seufzen. »Manchmal habe ich das Gefühl, dass sie mich nicht so sehr mögen wie meinen Bruder und meine Schwester. Und das nur, weil ich nicht das tue, was sie sich für mich vorgestellt haben.«

Ich hatte keine Geschwister. Tara und Beth waren wie Schwestern für mich gewesen, aber ich hatte keine Ahnung, wie es sein musste, mit anderen Kindern in einem Haus aufzuwachsen und sich mit ihnen zu vergleichen. Außerdem hatten mich meine Eltern bei meinen Plänen für die Zukunft immer unterstützt. Sie glaubten an mich und redeten mir gut zu, wenn Ideen für neue Entwürfe ausblieben oder ich zu zweifeln begann.

Sanft drückte ich Olivias Arm. »Früher oder später werden sie schon merken, was sie an dir haben.«

»Na hoffentlich«, brummte sie.

»Und was war mit dem Typ, den du gut gefunden hast?«

»Na ja … Miles hat vor einiger Zeit herausgefunden, dass dieser Stammkunde einen ziemlich langweiligen Bürojob hat. Und als ich ihm vorhin erzählt habe, dass es wohl nie zu einem Date kommen wird, meinte er nur lachend, dass es bestimmt anders gelaufen wäre, wenn ich keine arme Tänzerin wäre, sondern einen guten, sicheren Job hätte. Und dass der Typ wahrscheinlich auch eher auf meine Schwester stehen würde – genau wie meine Eltern.«

Ich riss die Augen auf und schluckte. Miles hatte das Feingefühl eines betrunkenen Pottwals.

»So ein Idiot!«, stieß ich hervor, und Olivia nickte. »Das hätte er nicht sagen dürfen, das war total unangebracht, und mit Sicherheit ist es auch nicht wahr…«

»Ja, klar, und ich weiß ja auch, dass Miles es nicht ernst gemeint hat. So ist er einfach. Aber in dem Moment hat es mich tierisch aufgeregt und verletzt. Morgen ist alles wieder in Ordnung, aber an manchen Tagen treibt er es einfach etwas zu weit.« Sie lächelte gequält.

Olivia wirkte immer so selbstbewusst, aber wie es schien, hatte auch sie ihre schwachen Momente.

Wir bogen in den kleinen geteerten Weg ein, der uns direkt in den Madison Square Park führte. Strahlend grüne Bäume säumten die Wiesen rechts und links von uns. Das war eines der Dinge, die mich an New York City immer wieder faszinierten: dass man in der einen Minute zwischen hektischen Passanten an grauen Wolkenkratzern vorbeilief und sich in der nächsten in einer grünen Idylle wiederfand. Ein unglaublicher Kontrast, der diesen Ort zu etwas ganz Besonderem machte.

Ich war erstaunt, wie leicht es Olivia fiel, sich mir anzuvertrauen – und das, obwohl wir uns erst seit ein paar Tagen kannten. Ich bewunderte sie für ihre Offenheit. Früher war es mir auch leichtgefallen, selbst mit Leuten, die ich gerade erst kennengelernt hatte, über mein Leben zu sprechen, aber nun war alles anders. Obwohl die Vorstellung schön war, Olivia zu erzählen, worüber ich mir Gedanken machte, welche Sorgen mich umtrieben, ich konnte es nicht. Zu groß war die Angst, dass sie etwas falsch verstand oder danach schlecht über mich dachte. Wie es so viele getan hatten.

Bevor ich noch etwas zu der Miles-Sache sagen konnte,

wechselte Olivia das Thema. »Wie sieht es denn bei dir aus? Du meintest, du kommst aus einem ziemlichen Kaff, oder? Hattest du dort einen Freund?«

Meine Kehle schnürte sich zu, und ich hoffte, dass sie nicht bemerkte, wie blass ich geworden war. Ich versuchte krampfhaft, einen Ausweg aus der Situation zu finden, doch alles, was ich herausbrachte, war: »Nein … Ich … Lass uns wann anders darüber reden, in Ordnung?«

Olivia sah mich fragend an, doch kurz darauf entspannten sich ihre Züge, und sie nickte verständnisvoll.

Ich ahnte, dass sie irgendwann noch einmal nachfragen würde. Bis ich so weit war, ihr vielleicht einen Teil der Wahrheit zu erzählen, musste ich mir eine glaubhafte Ausrede überlegen.

Wir liefen eine Weile schweigend nebeneinander her, während der Himmel sich weiter verdüsterte. Ein schmaler Weg führte uns durch den Park, vorbei an Eichhörnchen, die sich um Nüsse stritten, und vielen Bänken, auf denen Menschen saßen, die in ihr Smartphone vertieft waren, lasen oder einfach nur in die Gegend schauten.

»Es gibt im Spätsommer und Herbst nichts Schöneres als die Parks hier in New York.« Nach knapp fünfzehn Minuten war es das Erste, was ich von mir gab. Ich war froh darüber, dass Olivia akzeptiert hatte, dass ich die Stille brauchte.

»Ja, es ist wirklich toll hier«, gab sie leise zurück. »Ich freue mich schon darauf, wenn die Blätter endlich bunt werden und alles so schön golden gefärbt ist. Das ist echt die schönste Zeit des ganzen Jahres! In Pittsburgh war es auch toll, aber mit New York kann einfach keine Stadt auf der Welt mithalten. An jeder Ecke gibt es etwas zu entdecken. Die vielen verschiedenen Menschen sind so freundlich. Eigentlich muss man nur über die Straße laufen, und schon lernt man neue Leute kennen. Von den ganzen Musicals und Theatern ganz zu schweigen. Wir müssen irgendwann mal die Kulturszene gemeinsam unsicher machen.« Sie grinste mich an, und ich spürte, dass es ihr – und mir – jetzt schon ein bisschen besser ging.

»Was steht heute noch so auf dem Plan?«, fragte ich, als wir uns auf eine der Holzbänke rund um den großen Springbrunnen setzten und einige Kinder beobachteten, die vor uns Fangen spielten.

»Ich unterrichte nachher in der Tanzschule, und danach gehe ich mit meinen Freunden wahrscheinlich etwas essen.« Sie stieß mich mit der Schulter an. »Du weißt ja, du kannst gerne mitkommen.«

Mein Magen zog sich zusammen. »Ich glaube eher nicht …«

»Komm schon. Das wird cool! Zuerst ein bisschen beim Tanzen auspowern und danach richtig lecker reinhauen. Der perfekte Abend.« Olivia steckte sich eine blaue Strähne hinters Ohr und sah mich aufmerksam an, doch ich blickte starr auf den Springbrunnen und die Wasserstrahlen, die in das Becken platschten.

»Vielleicht beim nächsten Mal.«

»Ich werde dich so lange damit nerven, bis du endlich mitkommst.« Sie lachte und legte mir eine Hand auf die Schulter. »Du kannst dich nicht ewig davor drücken, neue Leute kennenzulernen und Spaß zu haben.«

In Sekundenschnelle breitete sich eine Gänsehaut über meinen Körper aus, und ich schüttelte ihre Hand ab. »Ich habe genug Spaß, keine Sorge. Außerdem habe ich keine

Zeit, ich muss an meiner Mappe arbeiten«, fuhr ich sie heftiger an, als ich beabsichtigt hatte.

Aus dem Augenwinkel sah ich, dass Olivia mich immer noch aufmerksam musterte. »Ich weiß nicht, was du hast, aber ich verspreche dir, dass du es nicht bereuen wirst. Meine Freunde sind alle ziemlich witzig und nett, und als ich ihnen von dir erzählt habe, wollten sie dich unbedingt kennenlernen.«

Neue Leute kennenlernen, und dann auch noch solche, die sich vermutlich seit Jahren kannten und eine eingeschworene Clique waren? Allein der Gedanke daran ließ Übelkeit in mir aufsteigen.

»Das mit dem Essen muss ja nicht unbedingt sein«, fuhr Olivia fort, »aber mit in die Tanzschule kannst du doch kommen. Da vergisst du alles, was bei dir so abgeht, glaub mir. Tanzen bewirkt wahre Wunder.« Sie lächelte mich erwartungsvoll an, doch ich konnte ihr nicht die Antwort geben, die sie hören wollte.

»Ich habe einfach keine Zeit gerade. Tut mir leid. Ich muss an meinen Entwürfen arbeiten.«

Ich wusste, dass sie es nur gut meinte, aber für mehr neue Leute war ich einfach noch nicht bereit. Bestimmt machte es Spaß, sich beim Tanzen richtig auszupowern, selbst wenn ich mich wahrscheinlich ziemlich blöd anstellen würde. Aber sobald ich an das Drumherum dachte, die Tanzschule, die Leute, die Blicke, das Gerede und ich als Neue mittendrin, verging mir jegliche Lust sofort wieder.

»Na gut.« Olivia zuckte mit den Schultern und sprang auf, aber ich merkte ihr an, dass sie mir meine halbgaren Ausreden nicht abkaufte. Glücklicherweise beließ sie es trotzdem für heute dabei und fragte nicht noch mal nach.

KAPITEL 4

»Der Kaffee kocht sich nicht von alleine!«

Larry war heute in Höchstform. Seit Schichtbeginn waren gerade einmal zwei Stunden vergangen, und in dieser Zeit war er sicher schon zehnmal aus seinem Büro gekommen. Er fand immer einen Grund, an mir herumzunörgeln. Dabei stellte ich mich nach gerade mal gut einer Woche im Job eigentlich ganz passabel an, wie ich fand.

Ich ignorierte seinen Kommentar und machte mich daran, einen doppelten Espresso aus der Maschine zu lassen. Nachdem ich den Kaffee serviert hatte, schnappte ich mir einen Lappen aus der Spüle. An diesem Vormittag war nicht viel los, sodass ich Zeit hatte, zwischendurch die schweren dunklen Holztische abzuwischen und die Metallstühle geradezurücken.

Ich war gerade hinter die Theke zurückgekehrt, als die Tür geöffnet wurde und zwei Freundinnen eintraten, die sich fröhlich über ihre Shopping-Ausbeute unterhielten. Mit ihnen wehte eine frische Herbstbrise herein und fegte ein paar Servietten von den kleinen Bistrotischen direkt neben dem Eingang. Schnell machte ich mich daran, sie einzusammeln.

Gerade als ich die Servietten zusammengesucht hatte, sah ich aus dem Augenwinkel, wie ein breiter Mann mit finsterem Blick neben mir auftauchte. Unwillkürlich stellten sich meine Nackenhaare auf, und ich zuckte verschreckt zusammen, bevor ich ihn mit großen Augen anstarrte.

Larry. Nicht schon wieder.

»Kümmer dich lieber um die Kunden, statt Serviettentiere zu falten«, zischte er und beugte sich dabei so weit vor, dass ich spüren konnte, wie einzelne Speicheltropfen auf meiner Wange landeten.

Mir wurde heiß, und ich machte automatisch einen Schritt zur Seite, um Raum zu gewinnen. Dann schaute ich ihn an und versuchte mit kräftiger Stimme zu antworten.

»Ich habe nur kurz aufgeräumt. Es hat reingeweht, und die Servietten sind überall im Raum herumgeflogen.« Ich holte Luft. »Als Nächstes wollte ich mich natürlich um die Gäste kümmern.«

»Ich habe dich im Auge. Du hast keinerlei Erfahrung, und das merke ich. Das merken die Kunden. Wenn dir dein Job lieb ist, streng dich besser an.«

Ich hatte kein Problem mit konstruktiver Kritik. Ganz im Gegenteil, sie war oft hilfreich. Allerdings lag in Larrys Stimme nicht mal der kleinste Funken Freundlichkeit. Immer wenn ich mich mit ihm unterhielt oder, besser gesagt, immer wenn er mich anpöbelte, hatte ich das Gefühl, mit meinem grumpy Mathelehrer aus der Highschool zu sprechen, der mir nach jedem Test erklärt hatte, was für ein hoffnungsloser Fall ich doch war. Ich brauchte niemanden, der mich anfeuerte. Aber ich wollte auch nicht ungerecht behandelt werden. Nur dass ich leider relativ wenig dagegen tun konnte. Und abgesehen davon, dass ich Larrys Jähzorn ertragen musste, war der Job echt in Ordnung. Olivia war eine tolle Kollegin, und ich hatte mich in der letzten Woche zu einem aufstrebenden Star am Barista-Himmel entwickelt. Na ja, okay, vielleicht nicht ganz, aber zumindest kannte ich inzwischen die Unterschiede zwischen den verschiedenen Kaffeesorten und hatte mich durch das gesamte Kuchenangebot probiert, um den Kunden den besten empfehlen zu können. Das nannte ich vollen Einsatz.

Also nickte ich bloß knapp und erwiderte tonlos: »Okay.« Dann holte ich Notizblock und Kugelschreiber aus der seitlichen Tasche meiner blauen Schürze und machte mich auf den Weg zu den beiden Freundinnen, die sich inzwischen an einen Tisch am Fenster gesetzt hatten. Als ich sah, dass Larry sich missmutig ins Büro verzog, atmete ich erleichtert auf.

Während ich die Bestellung notierte, sah ich aus dem Augenwinkel, wie die Glastür erneut aufgedrückt wurde und Olivia hereingestürmt kam. Sie schien außer Atem, und aus ihrem hellblauen Messy-Bun hingen mehr Strähnen heraus, als wahrscheinlich sollten. Sie hechtete zum Tresen, zog die Jacke aus, pfefferte ihre Tasche in eine Ecke und legte sich ihre Schürze an.

»Hey. Alles klar?«, erkundigte ich mich, als ich zum Tresen zurückkehrte, um den Pumpkin Macchiato und den Earl Grey für die beiden Mädchen zuzubereiten. Ich betätigte den Knopf an der Kaffeemaschine. Das schwarze Elixier des Lebens schoss aus der Maschine und verströmte den köstlichen Duft nach gerösteten Kaffeebohnen. Konnte man davon eigentlich high werden? Ich schüttelte den Kopf, um den unsinnigen Gedanken loszuwerden.

»Klar, ich bin nur ein bisschen zu spät aufgestanden, und dann habe ich meine U-Bahn nicht bekommen, und alles hat sich verschoben, und … arghh … Aber jetzt bin ich hier.« Olivia fächerte sich mit einer Hand Luft zu. Ihr Gesicht hatte vor lauter Hektik eine rötliche Farbe angenommen, aber selbst das stand ihr. Mich hätte man nach einem solchen Sprint wahrscheinlich mit einer überreifen Tomate verwechseln können, bei ihr dagegen sah es süß aus.

Ich goss behutsam das kochende Wasser in den weißen Becher, in den ich bereits das Sieb mit Earl Grey gehängt hatte, stellte ihn auf eine Untertasse und legte einen Keks dazu.

»Gestern war es übrigens ziemlich witzig. Schade, dass du nicht dabei warst.« Sie räusperte sich, lächelte mir kurz zu und klemmte das Namensschild an ihre Bluse. »Ich habe in meiner Class eine neue Choreo auf ein Lied von Khalid angefangen; vielleicht hast du nächstes Mal Lust mitzumachen.« Sie zwinkerte mir verschmitzt zu.

Offensichtlich hatte sie ihre Drohung von neulich ernst gemeint, sie würde nicht lockerlassen. Und sie wusste inzwischen, dass ich Khalid mochte, also hoffte sie, mich damit zu kriegen.

»Das freut mich für dich«, gab ich ehrlich zurück, »aber ich glaube, für mich ist das nichts.«

Sie legte den Kopf schief und musterte mich. In ihrem Blick lag eine Mischung aus Wärme und Skepsis, und ich konnte es ihr nicht verübeln. An ihrer Stelle hätte ich mich wohl auch komisch gefunden. Immerhin hatte sie keine Ahnung, was in mir vorging.

»Vielleicht überlegst du es dir ja doch noch«, sagte sie freundlich. Dann schnappte sie sich ihren Notizblock, um die Bestellung eines Pärchens aufzunehmen, das sich auf eines der kuscheligen grünen Samtsofas gesetzt und schon mehrmals die Hand in unsere Richtung gehoben hatte.

Nachdem ich den beiden Freundinnen ihre Getränke gebracht und mich um ein paar Bestellungen zum Mitnehmen gekümmert hatte, hörte ich, wie sich die Tür öffnete. Ich blickte von dem schmutzigen Geschirr auf, das ich gerade mit dem Tablett zur Spüle gebracht hatte. Es war eine kleine Gruppe junger Leute, die ungefähr in meinem Alter sein mussten. Zwei Typen und eine Frau. Sie näherten sich langsam dem Tresen, den Blick auf die Tafel mit den heutigen Angeboten gerichtet, die sich an der Wand dahinter befand. Ich wollte gerade den Mund aufmachen, um sie nach ihrer Bestellung zu fragen, als Olivia an mir vorbeischoss und einen der Typen mit ihrem Lappen abwarf.

»He, du Flachpfeife! Hast du an mein Geld gedacht?«

Anscheinend kannten sie sich, wobei alles andere mich bei Olivia vielleicht ein wenig überrascht, aber andererseits nicht groß gewundert hätte.

Die Flachpfeife grunzte ein »Klar« und warf den Lappen zu ihr zurück.

»Und du arbeitest fleißig?«, fragte das zierliche Mädchen, das noch ein Stück kleiner als Olivia war. Sie hatte glatte schwarze Haare, die ihr bis zur Taille reichten, und trug einen locker fallenden beigen Pulli über einer schwarzen Skinny-Jeans. Mit leuchtenden Augen kam sie um den Tresen gesprungen und umarmte Olivia.

»Natürlich. Immer und überall«, zwitscherte Olivia und grinste ihre Freundin an, nachdem sich die beiden voneinander gelöst hatten. Dann wandte sie sich um und winkte mir fröhlich zu. »Jade, komm mal her. Ich möchte dir meine Freunde vorstellen.«

Ich ging ein paar Schritte auf Olivia und das Mädchen zu und lächelte dabei die Typen, die auf der anderen Seite der Theke standen und mich aufmerksam beobachteten, leicht verkrampft an.

»Leute, das hier ist die gute Jade.« Olivia legte eine Hand auf meine Schulter. »Und das sind Vincent, Brennan und Jules.« Sie zeigte zuerst auf die tätowierte Flachpfeife mit den schulterlangen dunklen Haaren und der Lederjacke, danach auf den großen, durchtrainierten Typen mit hellem Dreitagebart und kurz rasierten Haaren neben ihm und schließlich auf das Mädchen. »Freunde aus der Tanzschule.«

Ich begrüßte sie mit einem kurzen »Hallo« und nickte verlegen in die Runde.

»Olivia hat uns schon von dir erzählt«, sagte Brennan und fuhr sich über die Bartstoppeln. »Wann beehrst du uns endlich mal im Move District?«

Alle Blicke waren auf mich gerichtet.

In der Highschool hatte ich es geliebt, im Mittelpunkt der Aufmerksamkeit zu stehen – und ich hatte viele Freunde gehabt –, aber das hatte sich im letzten Jahr geändert.

Ich hatte mich geändert.

Alles hatte sich geändert.

Meine Handflächen begannen zu schwitzen, doch ich musste mich zusammenreißen. Ich war in New York, nicht in Beckhaven, verdammt.

»Ich weiß noch nicht, irgendwann.«

»Es wäre wirklich cool, wenn du kommst. Olivia liegt uns die ganze Zeit in den Ohren, wie nett du bist und dass du bestimmt gut zu uns in die Clique passen würdest. Und Tanzen lernst du sowieso ganz schnell.« Jules strahlte mich erwartungsvoll an, dann lief sie zurück um den Tresen zu den Jungs und umarmte Vincent von hinten.

Er lächelte liebevoll, hauchte ihr einen Kuss auf die Schläfe und streichelte ihre Hände.

Der Anblick der beiden versetzte meinem Herz einen Stich. So intim, wie die beiden miteinander umgingen, mussten sie ein Paar sein. Ich wusste, wie schön sich diese Art von Nähe anfühlen konnte, doch ich war meilenweit davon entfernt, mir auch nur vorstellen zu können, so etwas wieder zuzulassen. Vincent war fast zwei Köpfe größer als Jules, und auch wenn er ein nettes Lächeln hatte, schüchterte mich sein breiter Körperbau ein.

Mein Blick wanderte von Olivia über Vincent und Jules zu Brennan und dann wieder zu Olivia. Die Gruppe machte einen sympathischen Eindruck, aber ich wusste nicht, ob ich schon bereit dafür war, ins kalte Wasser – oder wohl eher in meine Sneakers und auf den Tanzboden – zu springen. Ein Schritt nach dem anderen. Selbst wenn sie nett schienen, wer sagte, dass dies auch so blieb? Ich wusste, wie es war, wenn sich das Blatt wendete.

Bei dem Gedanken wurde mir heiß, und ich spürte, wie mein Herz schneller zu pochen begann.

»Ich muss hier jetzt weitermachen, aber vielleicht sehen wir uns ja irgendwann mal wieder.« Ich winkte den dreien kurz zu und schnappte mir schnell ein Tablett, bevor sie mir weitere Fragen stellen konnten.

Beim Abräumen der Tische ließ ich mir Zeit und verweilte kurz hinter der Lehne des leeren Samtsofas. Ich spürte die Blicke von Olivia und ihren Freunden im Rücken. Die Kuckucksuhr im Regal über mir tickte und hämmerte auf meinen Kopf ein. Mit jedem Ticken wurde mir heißer.

So kann das unmöglich weitergehen, Jade, reiß dich zusammen.

Energisch wischte ich mir die schwitzigen Hände an meiner Schürze ab, bevor ich mein Kundenlächeln aufsetzte und das Tablett mit dem Geschirr zur Spüle brachte.

Als ich abends meine Wohnung betrat und die schwere Tür hinter mir verriegelte, spürte ich den Kontrast zum Alltag im Café deutlich. Hier war es still, und ich war alleine. Eigentlich gefiel mir die Ruhe, aber heute war so ein Tag, an dem mir selbst dieser kleine Schuhkarton viel zu groß und leer vorkam. Ein wenig Gesellschaft wäre trotz allem doch ganz schön gewesen. Aber die Arbeit rief.

Ich trat an die Spüle, füllte den Wasserkocher und goss mir einen Tee auf. Mit der heißen Tasse setzte ich mich an den Schreibtisch.

So langsam zweifelte ich daran, dass ich mit den Entwürfen rechtzeitig zum Bewerbungsschluss fertig werden würde. Ich kam einfach nicht voran. Früher war auf meine Kreativität immer Verlass gewesen, doch jetzt fiel es mir unglaublich schwer, innovative und tolle Designs zu entwickeln. Und wenn ich es dann mal schaffte, spielte mir das Leben – beziehungsweise irgend so ein dahergelaufener Schönling – einen Streich, und die Skizzen landeten in der Pfütze.

Ich nahm die Tasse wieder in die Hände und hoffte darauf, dass sie mir etwas Wärme schenkte. Wärme, die ich nicht nur in meinen Händen, sondern auch in meinem Herzen bitter nötig hatte. Aber weder Tee noch Kürbis-Zimt-Kerzen halfen, die Kälte zu vertreiben.

Ich startete einen Song aus meiner Playlist und hoffte, dass er den Raum mit etwas Leben füllen würde, doch nach einer halben Stunde merkte ich, dass auch das nichts brachte. Immer wieder wanderten meine Gedanken zu Olivia und ihren Freunden. Sie waren nett gewesen, vielleicht sollte ich doch mal mit ihr ins Tanzstudio gehen. Es stimmte schon, ich fühlte mich einsam, wenn ich jeden Abend allein zu Hause saß. Ich sehnte mich nach Gesellschaft, nach Freunden. Gleichzeitig löste der Gedanke, unter Leute zu gehen, eine unfassbare Angst in mir aus. Wenn ich mir vorstellte, wie ich einen Raum betrat und alle mich anstarrten, über mich redeten und lachten, schnürte sich meine Kehle zu, und ich hatte das Gefühl zu ersticken.

Ich kannte diese Leute nicht, ich wusste nicht, wie sie wirklich waren. Ich wusste nicht, was sie über mich dachten. Mir war vollkommen klar, dass ich irgendwann über meinen Schatten springen musste, aber was, wenn es so endete wie beim letzten Mal? Tara und Beth hatte ich ewig gekannt. Ich hatte gedacht, wir wären Freundinnen und würden immer füreinander da sein. Ha, falsch gedacht. Vielleicht gab es so was wie echte Freundschaft gar nicht – oder zumindest nicht für mich.

KAPITEL 5

Meine Schicht im Café war vorbei. Es war relativ ruhig gewesen, und obwohl Larry immer mal wieder herauskam, um meine Arbeit kritisch zu beäugen und hier und da rumzumäkeln, war es ein guter Tag gewesen. Auf dem Nachhauseweg wollte ich mir noch etwas zu essen holen, um es mir dann mit Rihanna und ihrer *Savage x Fenty Show* und leckerem Sushi auf dem Bett gemütlich zu machen. Obwohl ich gerade durch eine lange dunkle Seitenstraße lief, in der keine Autos unterwegs waren, hörte ich, wie die Leute, die auf der Hauptstraße im Feierabendverkehr feststeckten, um die Wette hupten. Vor dem Straßenlärm konnte man sich in der New Yorker Innenstadt wohl nie in Sicherheit bringen.

Ich vergrub die Hände in den Taschen meiner hellblauen Jeansjacke und blickte mich in alle Richtungen um, dann wechselte ich die Straßenseite, da vor mir eine Baustelle den Fußweg versperrte. Ich wich einer Pfütze aus. Vorhin hatte es wie aus Eimern geschüttet, doch jetzt zogen nur noch ein paar hellgraue Wolken über den dunklen Abendhimmel, der zwischen den hohen Häusern zu erkennen war.

Bis zu der Adresse in Chelsea, die mir Miles genannt hatte, war es noch ein ganzes Stück zu laufen, aber er hatte mir versichert, dass es dort das beste Sushi New Yorks gab und ich es unbedingt testen musste. »Wenn ich irgendwann wegen Mordes an Olivia im Gefängnis sitze und noch eine Henkersmahlzeit frei habe, müssen es definitiv die Inside Out Rolls von Rolling Sushi sein«, hatte er enthusiastisch geschwärmt und sich dabei eine Hand aufs Herz gelegt.

Als ich zwischen den Menschen, die mir gestresst entgegeneilten, ein grell leuchtendes Schild aufblitzen sah, blieb ich abrupt stehen.

Moment. Kommando zurück. War ich hier wirklich richtig?

Vom Sushi-Restaurant war ich noch mindestens zehn Minuten entfernt, aber das Schild irritierte mich. Das konnte doch kein Zufall sein. Andererseits … ich traute Olivia wirklich viel zu, aber dass sie Miles tatsächlich aufgetragen haben könnte, mich hier vorbeizulotsen, war Schwachsinn. Oder nicht?

Über einer breiten Glastür, die sich durch einen Bewegungssensor immer wieder öffnete und schloss, hing ein Schriftzug, der mir bekannt vorkam. In großen, schlichten Buchstaben stand dort *Move* und ein Stück darunter in geschwungener Schreibschrift *District.* Beide Wörter umrahmt von einem schwarzen Kreis. Das Logo hatte ich definitiv schon öfter auf Olivias Shirts und ihrer Trainingstasche gesehen.

Ich stand genau vor ihrer Tanzschule.

Besser gesagt, gut fünf Meter davon entfernt auf dem Bürgersteig, aber mit gutem Blick auf den Eingang.

Das Move District erinnerte von außen an ein Lagerhaus. Die Fassade des dreistöckigen Gebäudes bestand aus dunkelroten Backsteinen, und in den oberen beiden Etagen gab es jeweils drei Bleiglas-Sprossenfenster, in denen sich die dunklen Wolken spiegelten. Der Industrial-Stil passte zu den anderen Gebäuden im Viertel und verlieh der Tanzschule einen rauen, coolen Look. Durch die große Glasscheibe neben der Eingangstür konnte ich ein paar Tänzer ausmachen, die – bereits in Trainingsklamotten – auf dunkelgrauen Sesseln und Sofas saßen und wohl darauf warteten, dass der Unterricht begann.

Ich schaute mich um. Olivia unterrichtete heute Abend, das hatte sie mir vormittags erzählt, also hielt ich die Augen nach ihrer blauen Mähne offen, doch ich konnte sie nirgends entdecken.

Ich wollte mich gerade wieder in Bewegung setzen, als ich unsanft von der Seite angerempelt wurde und ein paar Schritte nach links stolperte. Erschrocken schrie ich auf.

Ein hellbrauner Haarschopf drehte sich zu mir um, und ein Typ mit sehr markanten Kieferknochen sah mir mit verwirrtem Blick direkt in die Augen.

Mir blieb die Stimme weg. Es war wie ein Déjà-vu – die dunkelgrünen Augen, das entschuldigende schiefe Grinsen, das Grübchen in der linken Wange, der Duft nach Holz und Orangen.

Oh. Mein. Gott.

Diese Kieferpartie hätte ich wohl unter Hunderten wiedererkannt. Das war der Kerl, der meine Entwürfe auf dem Gewissen hatte!

Ich musste etwas sagen, ihn beschimpfen oder zumindest auf seine Vergehen aufmerksam machen. Der Kerl hatte mich innerhalb weniger Tage gleich zweimal umgerannt. Wie rücksichtslos konnte ein einziger Mensch eigentlich sein? Auch wenn ich das Gefühl hatte, keinen Ton herausbekommen zu können, musste ich mich überwinden und ihm sagen, dass das absolut nicht in Ordnung gewesen war.

»Hey!«, fuhr ich ihn an.

Sehr einfallsreich, Jade, das wird ihm eine Lehre sein …

»Sorry, ich bin spät dran«, sagte er mit geröteten Wangen, hob verteidigend die Hände und lief rückwärts in Richtung der Tanzschule. Über seinem dunkelgrauen Hoodie trug er einen beigen Rucksack. Seine schwarze Jeans war an den Knien etwas zerrissen.

Dieser Mistkerl konnte sich doch nicht einfach so vom Acker machen.

»Wow. Ein läppisches ›Sorry‹ … na, super«, rief ich und folgte ihm ein paar Schritte, um sicherzugehen, dass er mich verstand.

Natürlich blieb er nicht stehen. Monsieur hatte wohl Wichtigeres zu tun.

Ich blieb dabei: Vollpfosten.

Immer noch rückwärtslaufend, fing er meinen Blick auf. Seine dunkelgrünen Augen blitzten im Licht des Eingangs schelmisch auf.

War die Außentemperatur gerade um fünf Grad gestiegen? Warum war mir auf einmal so heiß? Ich streifte mir die Jeansjacke, die ich heute zu einer schwarzen Jeans und einem schwarzen Shirt kombiniert hatte, von den Schultern und hängte sie mir über den Arm.

»Du hast recht«, sagte er und zog entschuldigend die Augenbrauen zusammen. »Tut mir echt leid. Ich muss jetzt aber wirklich schnell weiter.«

Wahrscheinlich erinnerte er sich nicht mal an den Vorfall vor ein paar Tagen. Immerhin war er der wahrscheinlich rücksichtsloseste Idiot auf dieser Welt. So wie er aussah, mit seinen Bartstoppeln und den perfekt zerzausten hellbraunen Haaren, beschäftigte er sich vermutlich den ganzen Tag mit nichts anderem als sich selbst.

»Du kannst doch trotzdem aufpassen, dass du nicht einfach so auf der Straße andere Menschen umrennst – immerhin kann das schlimme Folgen haben …« Vielleicht verstand er ja meinen Wink mit dem Zaunpfahl.

»Tut mir leid, war echt keine Absicht.« Er zuckte nur kurz mit den Schultern, verzog entschuldigend die Mundwinkel und drehte mir den Rücken zu, um die Tanzschule zu betreten.

Erst als mich die grelle Deckenbeleuchtung blendete, bemerkte ich, dass ich ebenfalls durch die automatische Glastür getreten war und mitten im Eingangsbereich des Move District stand. Der unhöfliche Vollpfosten war bereits um die Ecke in einen Flur abgebogen.

Das Erste, was ich wahrnahm, war die Hip-Hop-Musik. Sie war gerade so laut aufgedreht, dass man sie gut hören, sich aber dennoch ohne Probleme unterhalten konnte. »Low Life« von Future, den Song hatte Olivia schon im Café laufen lassen, als Larry nicht da gewesen war. Er hatte mir so gut gefallen, dass ich ihn nach meiner Schicht direkt herunterladen musste. Früher in Beckhaven hatten mich meine Freunde häufig nach Musiktipps gefragt, da ich auf Partys immer die coolsten Playlists auf Lager hatte. Ich hörte auch gerne beim Zeichnen Musik, sie inspirierte mich oft zu neuen Ideen.

Unsicher sah ich mich um. Sollte ich einfach wieder

abhauen? Mein Kopf sagte Ja, aber irgendetwas hielt meine Füße davon ab, sich in Bewegung zu setzen. Ich war früher nie besonders schüchtern oder verschlossen gewesen, ganz im Gegenteil. In diesem Moment fühlte ich mich in der unbekannten Umgebung mit den vielen fremden Menschen um mich herum allerdings schrecklich unwohl. Tausend Gedanken und Fragen wirbelten mir im Kopf umher: Wenn ich jetzt hierblieb, wäre man nett zu mir? Oder würde ich allein bleiben und nicht beachtet werden? Würde ich hier Freunde finden, Olivias Freunde? Musste ich? Wollte ich?

Ich holte tief Luft. Vorsichtig ließ ich den Blick durch den weitläufigen Raum mit den hohen Decken wandern. Rechts von mir gab es mehrere Sitzecken mit gemütlichen Sesseln und Sofas, die mir schon aufgefallen waren, als ich von draußen hereingesehen hatte. Daneben standen einige Metalltische und -stühle, wo weitere Menschen saßen, miteinander lachten, eine Kleinigkeit aßen oder auf ihren Handys hin und her wischten. Dahinter ging vom Eingangsbereich ein breiter Flur ab, der wahrscheinlich zu den Tanzsälen führte. Vor dem Check-in-Schalter links stand eine Gruppe Mädchen, die sich über die Pokale und Trophäen austauschten, die sich auf langen weißen Regalbrettern an der Wand hinter dem Tresen befanden. Neben den Regalen hingen auch einige Kleiderstangen, darunter gab es Ablagen mit Pullis, Shirts, Jogginghosen, Trinkflaschen und Rucksäcken, die man kaufen konnte. Daneben prangte auf einer Tür groß das Wort *Team.* Dahinter befand sich vermutlich ein Aufenthaltsraum für die Mitarbeiter. Die hellgraue Wandfarbe bildete einen schönen Kontrast zu den dunklen Monitoren, die überall an den Wänden befestigt waren und auf denen Musik- und Tanzvideos ohne Ton abgespielt wurden.

Hinter dem Check-in saß ein muskulöser Typ mit einem voluminösen Afro, der sich während des Gesprächs mit den Mädels immer wieder durch die Haare fuhr und verschmitzt grinste. Entweder er flirtete mit ihnen, oder er dachte an die leckeren M&M's, die in einer Schüssel vor ihm auf dem Tresen standen. Vielleicht war es sogar die limitierte Edition mit Crunchy Caramel – davon konnte ich mindestens zehn Packungen nacheinander verdrücken. Durften Tänzer überhaupt so was essen? Wobei Olivia im Café auch immer ziemlich viele Brownies naschte.

Die meisten der Tänzer trugen lockere Hoodies und Sweater, so wie ich, wenn ich in Gammelklamotten zu Hause gemütlich einen Film schaute. Wieder andere saßen in übergroßen T-Shirts auf den Stühlen. Erstaunlicherweise lungerten im Eingangsbereich mindestens genauso viele Typen wie Mädchen herum. Dabei hatte ich immer geglaubt, Tanzen wäre eher ein Mädchen-Ding. Ein paar hatten Kopfhörer auf den Ohren und gingen konzentriert Tanzschritte durch. Auch einige Ballerinen mit hohen Dutt-Frisuren unterhielten sich in einer Ecke des Raumes, während sie ihre schwarzen und rosafarbenen Bodys zurechtzogen.

»Jade!«

Beim Klang meines Namens drehte ich mich überrascht um.

Olivia trat aus dem breiten Flur und blieb, über das ganze Gesicht strahlend, vor mir stehen. Zu einer grauen

Jogginghose, die eng an ihren Beinen anlag, trug sie ein schwarzes, weites Longsleeve-Oberteil, auf dessen Brust das Logo der Tanzschule zu sehen war.

»Was machst du denn hier? Hast du dich doch entschieden, mit dem Tanzen anzufangen?«

Ich schüttelte zögerlich den Kopf und spielte mit den Fingern an meiner Jeansjacke herum. »Ich wollte eigentlich nur Sushi holen … und dann war ich plötzlich hier.« Ich sah mich nach allen Seiten um und verschränkte die Arme vor der Brust. »Ich wusste nicht, dass das Move District auf dem Weg liegt. Eigentlich wollte ich nach Hause gehen und mir Rihannas Fashionshow anschauen.«

»Das kannst du später immer noch machen. Komm, wir können uns noch ein bisschen aufs Sofa setzen und abhängen, bis mein Kurs beginnt. Hast du Lust?«

Unsicher trat ich von einem Bein aufs andere, gab mir aber schließlich einen Ruck. Wir würden nur ein wenig reden und abhängen. Mehr nicht. Sie würde mich schon nicht gewaltsam in einen Tanzsaal schleppen. »Okay.«

Olivia grinste triumphierend und hakte sich bei mir unter, um mich zu einem der Sofas zu ziehen, das noch nicht belegt war. Mit einem zufriedenen Seufzen ließ sie sich auf das Polster fallen und begann, in ihrer dunkelroten Tasche herumzukramen.

Noch immer ein wenig unsicher setzte ich mich neben sie auf die Kante des Zweisitzers und legte meine Jeansjacke über die Armlehne. Dabei streifte ich den Blick des flirty Boys vom Check-in, der mir verschmitzt zuzwinkerte. Schnell sah ich wieder Olivia an.

»Was … also was ist das hier genau für eine Tanzschule?«

Olivia lehnte sich zurück. »Eine *tolle* Tanzschule.« Ein Grinsen umspielte ihre Lippen. »Wir bieten ganz verschiedene Kurse an. Angefangen bei Hip-Hop – das ist unser Schwerpunkt –, über Jazz und Ballett bis hin zu Tap.«

Ich nickte. Irgendwie machte mich das neugierig. »Sind die Kurse nur für Profis? Also Leute, die davon leben?«

»Nein, nein. Es gibt Anfängerkurse, Mittelstufe und Fortgeschrittene. Meine Freunde und ich springen gefühlt in allen Classes rum, nur nicht bei den Anfängern vielleicht. Hauptsache, wir können so viel tanzen wie möglich.« Sie lächelte mich aufmunternd an. »Wenn du Lust hast, kann ich dir ein paar Probestunden klarmachen. Danach kannst du theoretisch einzelne Kurse, eine Flatrate oder auch eine Zehnerkarte buchen. Ganz, wie es für dich passt.«

Meine Hände fühlten sich kalt an, und mein Herz pochte wild in meinem Brustkorb. Ich sah mich um, doch niemand starrte uns an. Sogar der Typ vom Check-in schien beschäftigt zu sein. Ich atmete langsam aus und verzog die Lippen zu einem vorsichtigen Lächeln. »Hört sich nett an.«

Olivia lachte. »Ja, das ist es. Die Tanzschule ist wie ein zweites Zuhause für uns. Wie eine große WG. Manchmal hängen wir einfach nur stundenlang hier in der Lobby ab. Es ist ein Ort, an dem man Spaß hat, seine Freunde trifft und sich gleichzeitig seiner Leidenschaft widmen kann. Glaub mir, Tanzen ist nicht nur irgendein Sport. Es ist ein Lebensstil, der uns alle verbindet. Egal wie man aussieht, woher man kommt oder wie alt man ist.«

Das hörte sich nach etwas an, das ich nur zu gerne in

meinem Leben gehabt hätte. Allerdings schnürte es mir bei dem Gedanken, mich so vielen Menschen zu öffnen und mich dann auch noch vor ihren Augen zur Musik zu bewegen, die Kehle zu. Ich konnte das nicht. Noch nicht.

»Wie sieht's aus, hast du Lust, später in meiner Anfänger-Class mitzumachen?« Als Olivia bemerkte, dass ich unsicher auf meiner Unterlippe herumkaute, fügte sie lächelnd hinzu: »Du wirst ganz viel Spaß haben, wirklich!«

»Heute geht es echt nicht. Ich … Ich hab nicht mal Trainingsklamotten dabei.«

»Das macht nichts. Du kannst doch auch erst mal nur zuschauen. Eigentlich empfehlen wir Neuen, immer direkt mitzumachen, damit sie gleich merken, ob es ihnen Spaß macht, aber wenn man zuschaut, bekommt man ja auch schon viel mit.«

Verdammt. Dafür würde mir im Leben keine passende Ausrede einfallen.

»Muss ich mich nicht einchecken oder so?«

Olivia dachte kurz nach und entgegnete dann: »Nee, du bist mit mir hier. Das passt schon. Außerdem willst du ja nur zugucken.«

Ich nickte stumm und rieb mir die verschwitzten Handflächen an der Jeans ab. Ich würde nur zusehen, nicht mitmachen. Alles war in Ordnung.

»Wo ist denn die Toilette?« Ich brauchte dringend ein paar Minuten für mich, um mich zu sammeln und innerlich zu wappnen.

Olivia zeigte in Richtung Flur. »Den Flur entlang, an den ganzen Türen vorbei, die zu den Tanzsälen führen, rechts hinten in den Umkleiden. Du kannst deine Tasche entweder einschließen oder sie mit in den Saal nehmen, das macht jeder, wie er will.«

Ich bedankte mich bei ihr, stand auf und lief an der Gruppe Teenies vorbei, die gerade verschiedene Schrittfolgen übten. Dabei machten sie witzige Geräusche wie »klack, klack«, »badabam« oder sangen Zeilen aus dem Song, auf den sie tanzten. Langsam folgte ich dem langen Flur, von dem zu beiden Seiten Türen zu Tanzsälen abgingen. Immer wieder schaute ich nach links und rechts, um durch die Glasscheiben einen Blick in die Trainingsräume zu erhaschen. In einem der Säle fand gerade eine Ballettstunde statt – um das zu erkennen, reichte mein tänzerisches Wissen immerhin aus. Ein paar Mädchen und Jungen zwischen sechs und zehn übten gerade ihre Pliés an einer Stange. Im nächsten Saal befanden sich nur zwei Tänzer – ein Junge und ein Mädchen um die zwanzig –, die eine Hip-Hop-Choreografie einstudierten und dabei aussahen, als wären sie einem Musikvideo von BTS entsprungen. Schnelle Drehungen, gefolgt von langsamen Bewegungen, und Arme, die in Sekundenschnelle herumgewirbelt wurden.

Ich riss den Blick von den beiden los und setzte meinen Weg in Richtung Umkleiden fort. Der Flur kam mir länger vor als mein letztes Schuljahr an der Beckhaven High, und das sollte was heißen. Im nächsten Moment sah ich aus dem Augenwinkel etwas, das mich unwillkürlich stehen bleiben ließ.

Zwei Schritte zurück.

Mein Blick blieb an der Scheibe des Tanzsaals hängen – oder eher an dem Hip-Hop-Tänzer, der ganz alleine in dem Raum trainierte.

Der rücksichtslose Depp. Sein hellbraunes Haar war oben etwas lockig und verwuschelt, vermutlich durch die ganzen wilden Bewegungen, die er mit seinem muskulösen Körper ausführte. Er trug ein weißes Tanktop mit einem dezenten Aufdruck des Tanzschulnamens auf der Brust und eine schwarze Jogginghose, die locker seine Beine umspielte. Ein leichter Schweißfilm zog sich über seine trainierten Oberarme, die sich bei jeder Bewegung aufs Neue anspannten. Ich konnte einfach nicht wegsehen – was nicht zuletzt an seinen Tattoos lag. Seinen linken Unterarm zierten mehrere sich umeinanderwindende Rosen, während entlang seines Bizeps verschnörkelte Linien und geometrische Formen tätowiert waren, die Sonne, Mond und Sterne verbanden. Diese zogen sich über seine Schulter und von dort hinunter zu seiner muskulösen Brust, wo die Ansätze von Wörtern zu erkennen waren, die unter seinem Shirt verschwanden. Der Typ konnte sich auf jeden Fall bewegen. Sein Körper passte sich der Musik, die dumpf durch die geschlossene Tür drang, perfekt an. An mangelnder Körperbeherrschung konnte es also nicht gelegen haben, dass er mich zweimal angerempelt hatte.

Wie war es möglich, dass er den Beat der Musik so gut wiedergeben konnte? Es lief »Pills & Automobiles« von Chris Brown, und bei jedem Bass schien sein Körper geradezu zu pulsieren. Sein *gesamter* Körper. Mit raumgreifenden Bewegungen und Drehungen nahm er den ganzen Saal ein und setzte immer wieder ganz plötzliche Akzente, indem er seine Muskeln anspannte.

Holy Maccaroni!

Es sah aus, als ob seine Arme oder sogar sein ganzer

Körper zu Wasser wurden; er startete eine Welle auf Schulterhöhe in den Fingerspitzen seiner linken Hand, die durch seinen Arm und den Oberkörper bis runter in die Knie und Beine floss und wieder nach oben zu seinem Becken.

Ka-boom!

Da war er plötzlich. Ein rasanter Move, den er zwischen die weichen, fließenden Bewegungen packte. Dabei stieß er seine Hüfte mit solcher Wucht nach vorne, dass ich an Channing Tatum in *Magic Mike* denken musste.

Unterhalb meines Bauchnabels zog sich etwas zusammen. Wie dieser Typ tanzte, sah unglaublich leidenschaftlich aus, und sein Gesichtsausdruck verriet, dass er wirklich Spaß dabei hatte. Ein leichtes Grinsen umspielte seine Mundwinkel, gepaart mit einem Blick, der mit Sicherheit einige Frauen dazu brachte, ihn instinktiv bespringen zu wollen. Er lebte diesen Song. Die Lyrics, die Beats, jedes Instrument und jeden Sound.

Aber … *er* war der Typ, der meine Entwürfe auf dem Gewissen hatte! Wegen dieses heißen … nein, *fürchterlichen* Typen waren meine Zeichnungen im Dreck gelandet.

Die Musik stoppte. Das Lied war vorbei.

Im nächsten Augenblick trafen sich unsere Blicke im Spiegel, und er musterte mich aus zusammengekniffenen Augen.

Oh Gott!

Mir wurde heiß, und ich hätte wetten können, dass meine Gesichtsfarbe der einer roten Paprika glich. Erst jetzt wurde mir bewusst, was ich hier gerade tat. Verdammt, er sollte bloß nicht denken, dass ich ihn beobachtete, weil ich ihn heiß fand. Ja, er sah gut aus, aber er war vor allem ein hirnverbrannter Egoist, der wahrscheinlich gerade mal bis acht zählen konnte. Ich brauchte ganz sicher keinen Kerl, der nur an sich dachte und ganz nebenbei meine Träume zerstörte.

Auf seinem Gesicht breitete sich ein belustigtes Grinsen aus.

Na super, besser hätte es bei meinem ersten Besuch hier nicht laufen können. Ich hatte mich innerhalb von zehn Minuten zum Affen gemacht und den Eindruck einer mannstollen Spannerin erweckt. Genau das, was ich unbedingt hatte vermeiden wollen.

Und jetzt kam der Kerl auch noch auf mich zu.

Ohne zu zögern, drehte ich mich um und eilte den Flur hinunter in die Umkleide und mit zwei weiteren Schritten in die Damentoilette. Hier war ich sicher. Zumindest für die nächsten paar Minuten. Was hatte ich mir dabei nur gedacht? Gar nichts, das war die einzige Erklärung. Ich hatte ihn nicht nur angestarrt, sondern war auch noch vor ihm abgehauen, dabei war ich ihm kurz vorher noch nachgelaufen, um ihn zur Rede zu stellen. Heilige Scheiße, wie blöd konnte man sein!

Unruhig lief ich in dem kleinen Waschraum auf und ab, bevor ich zur Toilette ging. Im Anschluss spritzte ich mir ein wenig kaltes Wasser aus dem Hahn ins Gesicht und betrachtete mich im Spiegel. Oder besser gesagt: Ich betrachtete die Paprika, die auf meinen Schultern saß. Das kühle Wasser rann meine Schläfen hinab und half mir dabei, langsam meine eigentliche Gesichtsfarbe zurückzugewinnen. Dafür hingen meine Haare nun wie gekochte Spaghetti an meinem Kopf herunter. Kurzerhand band ich sie mir mit dem schwarzen Haargummi, das ich immer an meinem Handgelenk trug, zu einem lockeren Pferdeschwanz zusammen. Kurz bevor ich nach Brooklyn gezogen war, hatte ich unbedingt eine optische Veränderung gebraucht. Ich hatte meine geliebten langen hellblonden Haare, die mir fast bis zur Taille gereicht hatten, auf Schulterlänge gekürzt und ihnen keine einzige Träne nachgeweint. Doch mittlerweile waren sie schon wieder bis zum Schlüsselbein nachgewachsen.

So langsam musste ich hier raus und zurück zu Olivia. Die fragte sich bestimmt schon, wo ich blieb. Hoffentlich wartete der Tänzertyp nicht draußen im Flur auf mich. Ein Blick in den Spiegel, um mein Outfit zu checken: komplett schwarz, von oben bis unten, bis auf die weißen Sneakers. Ich liebte Schwarz, auch wenn ich es selten in meinen eigenen Designs verwendete. In meinem Kopf war alles bunt, doch mein Kleiderschrank bestand zu großen Teilen aus schwarzen Kleidungsstücken. Es war klassisch, und zugleich verlieh es eine gewisse Coolness. Vielleicht mochte ich es aber auch, weil es so gut zu meinem Humor passte, und im letzten Jahr hatte es leider auch ziemlich oft meiner Stimmung entsprochen. Am liebsten trug ich übergroße Pullis und dazu enge Jeans oder Stoffhosen. Auf Kleider und Röcke hatte ich in den letzten Monaten eher verzichtet, ich fühlte mich einfach nicht mehr wohl darin. Ähnlich ging es mir mit hohen Schuhen, stattdessen griff ich mittlerweile lieber zu Sneakers.

Mit angespannten Schultern ging ich zur Tür und zog sie vorsichtig einen Spaltbreit auf. Nachdem ich mich vergewissert hatte, dass niemand in der Nähe war, schlüpfte ich schnell hindurch, lief an der verhängnisvollen Scheibe vorbei – er trainierte immer noch – und steuerte geradewegs auf Olivia zu, die mittlerweile vom Sofa aufgestanden war und auf ihrem Handy herumtippte.

Ich schnappte mir meine Jacke von der Lehne und stellte mich neben sie, bemüht, mir nicht anmerken zu lassen, wie aufgewühlt ich war. »Wie geht's jetzt weiter?«

Olivia sah von ihrem Handy auf. »Die Class geht gleich los. Ich brauche nur noch kurz was zu trinken, dann können wir in den Raum gleich vorne links. Warte hier, ich bin gleich wieder da.«

Glück gehabt. Der Raum, auf den sie gezeigt hatte, befand sich am Anfang des Ganges, also weit weg von dem tätowierten Typen.

Olivia verschwand im Team-Raum hinter dem Check-in, kam nach kurzer Zeit mit einem Glas Wasser wieder heraus und tänzelte im Takt der Musik zum Saal.

Ich folgte ihr – allerdings eher mit dem Rhythmusgefühl einer trächtigen Seekuh.

Nachdem sie mit dem Ellenbogen die Klinke zum Tanzsaal heruntergedrückt und sich gegen die Tür gelehnt hatte, um sie zu öffnen, scholl uns klassische Musik entgegen, die sofort unterbrochen wurde.

»Sorry, ich habe den Raum noch bis 20 Uhr geblockt«, sagte ein zierliches Mädchen in schwarzer Leggings und engem Top außer Atem. »Es gab irgendwie eine Überschneidung. Na ja, die fünf ist frei. Austin trainiert da zwar gerade noch, aber der müsste gleich fertig sein. Ich dachte mir, dass du mit deiner Class sowieso lieber den größeren Saal nimmst. Ich brauche nicht so viel Platz. Passt das?«

»Ja, klar. Viel Erfolg noch.« Olivia drehte sich kurzerhand um und rief dem flirty Boy vom Check-in zu, dass der Kurs heute in Saal fünf stattfinden würde und er die Schüler darüber informieren solle. Er nickte, und Olivia grinste zufrieden.

»Kommt es öfter vor, dass die Räume doppelt gebucht werden?«, fragte ich neugierig.

»Nur ab und zu. Manchmal geht im digitalen Belegungsplan was durcheinander. Meghan hat bald einen Wettkampf und viel Extratraining, da kann es schon mal passieren, dass was durcheinandergeht.«

»Verstehe.« Ich nickte und folgte ihr den Flur hinunter – bis wir vor dem Raum stehen blieben, den ich am allerwenigsten betreten wollte. Natürlich handelte es sich um genau den Tanzsaal, in dem der Idiot trainierte und mich beim Starren erwischt hatte.

Wow. Danke dafür, Universum.

»Wollen wir nicht warten, bis er fertig ist? Das ist doch unhöflich, wenn wir einfach so reinplatzen.« Ich linste noch mal vorsichtig durch die Scheibe und schaute dann zu Olivia in der Hoffnung, dass sie mir zustimmen würde.

»Nein, Quatsch. Das ist ein Freund von mir.«

Wir betraten den Saal. Olivia voller Elan und ich mit gesenktem Blick und wahrscheinlich schon wieder leicht rötlicher Gesichtsfarbe.

Ich sollte mir nicht so einen Kopf machen. Wahrscheinlich erkannte er mich nicht mal wieder.

»Ach was, die Stalkerin.«

Damit war die Hoffnung dahin.

KAPITEL 6

Eine nettere Begrüßung hätte es nicht geben können. Richtig charmant, dieser Austin.

»Was für eine Stalkerin?« Olivia stellte ihre Tasche ab und schaute ihn mit großen Augen an. »Hab ich was verpasst?« Sie wandte sich zu mir um.

Oh Gott, hoffentlich erwähnte er jetzt nicht meinen peinlichen Auftritt von vorhin.

Austin verschränkte die Arme vor der Brust und musterte mich mit amüsiertem Grinsen. Doch als ich nicht darauf einging, verschwand das provokante Funkeln aus seinen Augen.

»Nein, da habe ich wohl was verwechselt«, sagte er und streckte mir mit einem freundlichen Lächeln die Hand entgegen. »Hi, ich bin Austin. Und sorry noch mal für den Rempler an der Tür.«

Die leichten Bartstoppeln in seinem schmalen Gesicht brachten die markanten Kieferknochen noch deutlicher zur Geltung. So hätte man ihn wirklich gut in Stein meißeln können.

Verdammt, wieso dachte ich jetzt so etwas? Ich musste cool bleiben. Außerdem wollte ich nichts mit ihm zu tun haben. So wie er mich zweimal umgerannt hatte, war ja wohl offensichtlich, dass er ein absolut rücksichtsloser Typ war.

Ohne etwas zu sagen, starrte ich ihn an, bis er den Kopf schief legte und wiederholte: »Also ... ich bin Austin, und du bist ...?«

Er war mir so nah, dass ich die kleinen Schweißperlen erkennen konnte, die sich beim Tanzen auf seiner Stirn gebildet hatten. Trotz der körperlichen Anstrengung roch er immer noch angenehm frisch nach Orangen und einem sommerlichen Lagerfeuer. Die Muskeln an seinen Oberarmen zuckten leicht, ansonsten hielt er sich vollkommen still.

Ich versuchte, den Augenkontakt zu halten, damit er nicht auf die Idee kam, dass mir die Situation peinlich sein könnte. Der Typ hatte bereits genug Oberwasser. Zum Glück konnte er nicht sehen, was in meinem Kopf vorging.

»Jade«, raunzte ich mit eisigem Blick, der gut und gerne von den weißen Wanderern aus *Game of Thrones* hätte stammen können. »Gehört es zu deinen Hobbys, fremde Leute über den Haufen zu rennen, und das gleich mehrmals?«

Austins Augen wurden groß. Verwirrt kratzte er sich am Hinterkopf. »Äh ... ich hab keine Ahnung, wovon du sprichst. Mehrmals?«

Oh Mann, er hatte das einfach vergessen? So ein Ignorant!

Außer natürlich ... War er überhaupt der Typ, der meine Zeichnungen auf dem Gewissen hatte? Konnte es sein, dass ich ihn verwechselte? Ich spürte, wie ich rot wurde, da ich mir plötzlich nicht mehr ganz sicher war. Verlegen senkte ich den Blick vor mir auf den Boden.

»Ach, vergiss es einfach«, murmelte ich und ging schnell zu Olivia hinüber, die vor eine Art DJ-Pult getreten war, das sich an der gegenüberliegenden Wand neben der Spiegelfront befand. Die Scheiben waren am unteren Rand beschlagen, obwohl die beiden großen Fenster an der Wand links von ihnen auf Kipp gestellt waren.

»Meine Class wurde in diesen Raum hier verlegt, also muss ich dich wohl oder übel rausschmeißen«, rief sie über die Schulter in Austins Richtung.

»Dachte ich mir schon«, sagte er und zwinkerte Olivia freundlich zu.

Inzwischen hatte Olivia eine Reihe Knöpfe gedrückt, und nach ein paar Sekunden ertönte der RnB-Song »There You Are« von Zayn aus allen Ecken des Raumes. Harry wäre mir noch lieber gewesen, aber mit Zayn konnte ich auch gut leben.

Austin runzelte die Stirn, dann kam er zu uns herübergeschlendert, schnappte sich ein Handtuch aus seinem Rucksack und fuhr sich damit über sein markantes Gesicht.

Verstohlen musterte ich ihn aus dem Augenwinkel.

»Alles klar bei euch?«, erkundigte sich Olivia und schaute zwischen uns hin und her.

Austin öffnete den Mund, um etwas zu sagen, doch ich kam ihm zuvor: »Ja. Klar. Alles gut.«

Er legte sich das Handtuch um den Nacken und lächelte mich schief an. »Du bist zum ersten Mal in dieser Class, oder?«

»Ja, ich arbeite zusammen mit Olivia in Larry's Brew«,

entgegnete ich vorsichtig, immer noch unsicher, ob er jetzt der Typ von neulich war oder nicht. Wenn nicht, musste er sein Doppelgänger oder so was sein. »Eigentlich wollte ich mir nur was zu essen holen und dann nach Hause, aber dann bin ich nach deinem Rempler hier reingestolpert, und Olivia hat mich aufgegabelt und nicht mehr gehen lassen.«

Ich schaute zu Olivia, die noch immer an der Musikanlage herumspielte. »Jetzt mal nicht übertreiben«, gab sie mit gespielter Empörung zurück. »Ich weiß einfach, dass du es tief in dir drin willst, Jade. Das sagt mir deine Aura.« Sie wedelte mit der Hand wie eine alte Kräuterhexe im Vollrausch und sah mich aus zusammengekniffenen Augen an, als könnte sie bis in meine Seele blicken.

Ich brummte und verdrehte schmunzelnd die Augen.

»Das hier ist, wie dir bestimmt schon aufgefallen ist, der Trainingsraum.« Sie machte eine dramatische Pause und fuhr dann fort: »Du kannst es dir entweder auf dem Sofa da hinten bequem machen oder dich hier irgendwo auf den Boden setzen und von vorne zusehen.« Sie zeigte mit einem schmalen Finger auf ein dunkelgraues Sofa, das neben der Tür stand.

Es sah genauso aus wie die im Eingangsbereich, und auch die Wände waren in derselben hellgrauen Farbe gestrichen. Allerdings hingen hier überall dort, wo sich keine Spiegel oder Fenster befanden, große gerahmte Bilder von Tänzern oder Crews. Es waren Fotografien, auf denen die Dynamik des Tanzes beeindruckend gut rüberkam. Sie waren sicher von einem Profi aufgenommen worden. Neben dem Sofa stand ein kleiner schwarzer Beistelltisch aus Holz, auf dem einige Flyer und Prospekte lagen. An der rechten Seite des Raumes stand eine lange Ballettstange aus hellem Holz. Sie war nicht an der Wand befestigt, wie ich es aus Tanzfilmen kannte, sondern hatte Beine, die nicht besonders schwer aussahen, sodass man sie ganz easy umstellen konnte. Ansonsten war der Raum so gut wie leer, mal abgesehen von Austins Rucksack und Olivias Tasche, die beide neben dem Mischpult lagen.

»Ich setze mich besser da hinten auf das Sofa«, sagte ich, bewegte mich jedoch nicht von der Stelle. Die Luft war ein wenig stickig, was wahrscheinlich daran lag, dass Austin hier trainiert hatte, aber statt nach Schweiß roch es nach einer Mischung aus frisch gewachstem Parkett, Deodorant und Zitrusfrüchten.

»Alles klar. Da vorne ist übrigens der Notausgang, falls du vor mir flüchten willst, und durch die Scheibe über dem Sofa können die anderen Tänzer reinschauen und gucken, was wir hier so machen.«

Eine Tatsache, mit der ich bereits Bekanntschaft gemacht hatte.

Als Austin leise lachte, funkelte ich ihn böse an. Sofort verstummte er und hob verteidigend die Hände.

Im Flur hatten sich bereits einige Tänzer versammelt, die sich unterhielten und darauf warteten, dass der Unterricht losging. Während ich zwei Mädchen beobachtete, die ein paar Tanzschritte durchgingen, packte Austin in aller Ruhe seinen Rucksack zusammen und wandte sich dann an Olivia.

»Da du mich hier verscheuchst, muss ich jetzt schauen, in welchem anderen Raum ich weitertrainieren kann.«

»Das tut mir fast leid«, entgegnete sie und streckte ihm die Zunge heraus.

Austin drehte sich zu mir um, öffnete kurz den Mund, als wollte er etwas sagen, ließ es dann aber doch bleiben. Sein Blick wanderte zu der Scheibe und glitt nach ein paar langen Sekunden wieder zu mir zurück.

»Vielleicht sehen wir uns ja später noch mal.«

»Wird sich zeigen.« Ich zuckte betont lässig mit den Schultern.

In diesem Moment verdunkelten sich seine Augen, und sein Blick wanderte von meinem Gesicht hinab zu meinem Hals und weiter über meinen ganzen Körper bis hin zu meinen Sneakers.

Meine Haut begann zu kribbeln, und plötzlich hatte ich Angst davor, ihm wieder in die Augen zu sehen. Stattdessen hielt ich den Blick gen Boden gerichtet und presste die Lippen fest zusammen.

Abrupt wandte er sich ab, murmelte einen knappen Gruß und verließ den Raum – natürlich im Takt der Musik.

Als nach und nach immer mehr Menschen den Saal betraten, ihre Taschen an den Seiten ablegten und sich einen Platz vor dem Spiegel suchten, machte ich es mir auf der Couch bequem und beobachtete das Treiben. Es musste sich insgesamt um etwa dreißig Teilnehmer handeln, von denen die meisten in meinem Alter oder jünger zu sein schienen. Das Lied hatte gewechselt, aber es lief immer noch Zayn. Vermutlich spielte Olivia sein ganzes Album.

Ich zog ein Knie an und lehnte mich auf dem weichen Polster zurück. Ganz vorne in der Mitte gingen ein Junge und ein Mädchen, die beiden mussten ungefähr sechzehn sein, synchron ein paar Schritte durch. Die kurzen schwarzen Haare des Mädchens klebten an ihren Schläfen. Sie trug einen pinken Sport-BH zu einer schwarzen Jogginghose, die sie in der Taille geschnürt hatte.

»Ah, verdammt!«, rief sie, als sie sich vertanzte, und begann zu lachen, woraufhin der Typ, der mindestens einen Kopf kleiner war, sie spielerisch schubste und mitlachte.

Ich warf einen Blick über die Schulter durch die Scheibe. Ein paar Tänzer liefen auf dem Flur vorbei, doch von Austin keine Spur. Noch immer fragte ich mich, ob er derjenige war, der meine Entwürfe auf dem Gewissen hatte. Dass er sich nicht daran erinnerte, verunsicherte mich. So was vergaß man doch nicht, oder rempelte er tagtäglich Frauen an? Offenbar schon, schließlich hatte er mich heute schon wieder fast über den Haufen gerannt. Komischer Zufall.

In diesem Moment klatschte Olivia in die Hände, um allen zu signalisieren, dass der Unterricht losging, und ich wandte mich wieder nach vorne.

Sie machte ihre Sache wirklich gut. Sie hatte eine tolle Ausstrahlung, die jedem sofort ein Lächeln aufs Gesicht zauberte, und ihre gute Laune war einfach ansteckend.

»Okay, seid ihr bereit? Dann machen wir uns erst mal ein bisschen warm«, rief sie und klatschte noch einmal vergnügt in die Hände.

Mit verschiedenen Bewegungen, die gar nicht mal so schwer aussahen, wärmten sich die Mädels und Jungs auf. Oft waren es simple Schritte zur Seite oder über Kreuz, ein paar Drehungen und Kicks, und dauernd gingen sie in eine Art angedeutete Kniebeuge, die jedoch viel lockerer und weicher ausgeführt wurde, als ich es kannte.

»Und jetzt Bounce! Ja, genau! Super!«

So heißt das also. Mal wieder was gelernt.

Während des Aufwärmens lief »No Candle No Light« von Zayn und Nicki Minaj, was ich sehr mochte. Unwillkürlich begann ich, mit dem Kopf im Takt mitzuwippen, und schließlich fingen auch meine Füße an, sich sanft zu bewegen. Anfangs merkte ich es gar nicht, aber als Olivia die Musik lauter stellte und der Beat schneller und drängender wurde, spürte ich es in den Beinen kribbeln und bekam Lust, mich auch zu bewegen.

Kaum dass die Stunde angefangen hatte, war sie auch schon zu Ende. Ich wartete ein paar Minuten, bevor ich zu Olivia nach vorne lief. Sie unterhielt sich noch mit ein paar Kursteilnehmern, und ich wollte sie nicht stören. Doch irgendwann verließen auch die letzten Tänzer mit quietschenden Sohlen auf dem Parkett den Raum.

Da ich die ganze Zeit selbst im Saal gesessen hatte, fiel mir die drückende Luft gar nicht mehr auf, aber ich spürte, wie ich schwitzte, obwohl ich mich gar nicht bewegt hatte.

»Das war echt cool«, sagte ich und lächelte Olivia, die gerade ihr Tablet verstaute, an. »Man merkt wirklich, dass du voll darin aufgehst.«

Ihre Augen leuchteten. »Du bist ja süß, danke!« Sie zog sich einen dunkelgrünen Pulli über ihr dünnes Longsleeve. »Heißt das, du bist beim nächsten Mal auch am Start? Ich kann dir einen Platz in der ersten Reihe klarmachen.«

Allein das Zusehen hatte mir schon riesige Freude bereitet; wie viel Spaß würde ich dann erst haben, wenn ich *tatsächlich* mitmachte? Immerhin wusste ich jetzt, was mich erwartete. Ich hatte den Eindruck, dass die meisten Tänzer vor allem auf sich selbst konzentriert waren und die Stimmung insgesamt sehr locker und harmonisch war – ich hatte kein Gezicke oder gar Lästereien beobachtet. Also konnte ich es zumindest mal ausprobieren, ein kleiner sportlicher Ausgleich zu meinem Alltag würde sicher nicht schaden.

»Ich überlege es mir. Vielleicht versuche ich es mal.«

»Oh, das würde mich freuen!« Olivia fiel mir stürmisch um den Hals.

Sofort versteifte ich mich. Ihre plötzlichen Zuneigungsbekundungen brachten mich immer noch etwas aus dem Konzept. Sie schien es ehrlich zu meinen, trotzdem fiel es mir nach wie vor schwer, damit umzugehen. Menschliche Nähe in diesem Ausmaß war ich einfach nicht mehr gewohnt.

Doch noch bevor ich mich entscheiden konnte, ob ich die Umarmung erwidern sollte, ließ Olivia mich schon wieder los. »Wartest du vorne, bis ich mich umgezogen habe? Dauert nicht lange.«

Ich nickte, und sie schnappte sich ihre Sachen und tänzelte zur Tür hinaus, vermutlich Richtung Umkleide.

Langsam schlenderte ich den Flur entlang, vorbei an den Scheiben und Postern mit tanzenden Menschen, die dazwischen hingen, in den Eingangsbereich zurück, der sich mittlerweile ein wenig geleert hatte.

Ich lehnte mich gegen einen der Sessel und schaute mich um, bis ich aus dem Augenwinkel eine Bewegung wahrnahm. Schnell hob ich die Hand, um auf mich aufmerksam zu machen – als mir im Bruchteil einer Sekunde klar wurde, dass es nicht Olivia war, die da gerade aus dem Flur getreten war, sondern Austin.

Mit großen Schritten kam er auf mich zu und blieb dicht vor mir stehen. Mittlerweile hatte er sich etwas mehr angezogen und trug nun einen grauen Kapuzenpullover. Trotzdem fielen mir wieder seine schön definierten Schultern auf. Sie waren breit und muskulös, aber dennoch nicht so aufgepumpt wie bei einem Bodybuilder. Eher athletisch und schlank. Beim Tanzen wären Popeye-Muskeln bestimmt auch ziemlich unpraktisch gewesen.

Auf einmal war ich mir wieder zu hundert Prozent sicher, dass er der Idiot war, der mich zweimal angerempelt hatte. Ich irrte mich auf keinen Fall. Diese Kieferknochen, die dunkelgrünen Augen und das bescheuerte verschmitzte Grinsen … es konnte nur er gewesen sein.

»Na, wie hat es dir gefallen?« Er stemmte die großen Hände in die Hüften und legte den Kopf schief. Seine Mundwinkel zuckten nach oben.

»Es war cool.« Ich holte tief Luft und kniff die Augen zusammen. »Du kannst dich wirklich nicht mehr an mich erinnern, oder?«

»Sollte ich?«

»Vor ein paar Tagen hast du mich in Brooklyn umgerannt, direkt an der Haltestelle York Street. Dabei sind meine Entwürfe, an denen ich *stundenlang* gearbeitet hatte und die wirklich wichtig waren, in eine riesige Pfütze gesegelt. Und da du nicht mal den Anstand hattest, mir zu helfen, sie aufzusammeln, durfte ich sie anschließend in den Müll schmeißen.«

Austins Kiefer war heruntergeklappt, und er war blass geworden. Das Lächeln war aus seinem Gesicht gewichen, stattdessen lag Verwunderung in seinem Blick – die kurz darauf von Erkenntnis abgelöst wurde. »Oh Gott, ja, ich erinnere mich. Das warst du?«

Ich nickte und sah ihn grimmig an.

»Das tut mir wirklich leid, ganz ehrlich. Ich hatte es echt eilig an dem Tag. Ich war viel zu spät für einen wichtigen Termin dran. Und das mit den Entwürfen habe ich gar nicht mitbekommen, sonst hätte ich dir natürlich geholfen.«

Er klang zwar aufrichtig, aber so ganz überzeugt war ich trotzdem nicht. Behaupten konnte er viel.

»Mhm«, brummte ich unbestimmt.

»Wirklich. Verdammt, ich hoffe, du glaubst mir.« Er senkte den Blick, runzelte die Stirn und fügte hinzu: »Kann ich es irgendwie wiedergutmachen?«

Wie sollte das gehen? Die Entwürfe waren dahin. »Ich wüsste nicht wie.«

Austin überlegte kurz, dann hellte sich seine Miene plötzlich auf, und es sprudelte nur so aus ihm heraus: »Ich lade dich auf ein Getränk deiner Wahl ein! Such dir was aus, egal was. Heiße Schokolade, Orangensaft, Wodka pur – ich bin zu allem bereit.«

Was für ein Scherzkeks. Natürlich würde das nichts an den verlorenen Arbeitsstunden ändern, trotzdem ertappte ich mich bei dem Gedanken, dass ich sein Angebot nett fand. Ich musste schmunzeln, versuchte es aber zu unterdrücken, damit er mich nicht falsch verstand. Denn ich wollte mich ganz sicher nicht mit ihm treffen. Allein bei dem Gedanken legte sich ein schwerer Stein auf meine Brust und drohte, mich zu ersticken.

»Schon in Ordnung«, gab ich bemüht kühl zurück und sah mich nach Olivia um. Erleichtert stellte ich fest, dass sie gerade aus dem Flur kam.

Es fühlte sich seltsam an, hier allein mit diesem Kerl zu stehen. Unauffällig machte ich einen Schritt zur Seite, um etwas Abstand zu gewinnen. Dabei entging mir nicht, dass uns eine Gruppe Mädchen, die nicht weit entfernt von uns standen, aufmerksam beobachteten. Bei ihrem Anblick verspürte ich einen kurzen Anflug von Panik, doch Austin bemerkte sie offenbar gar nicht.

Sein Blick wurde weicher. »Überleg es dir. Du weißt, wo du mich findest, Jade.«

Die Art, wie er meinen Namen aussprach, löste eine Gänsehaut bei mir aus. Seine Stimme war ruhig, aber alles andere als einschläfernd oder monoton. Sie war warm und herzlich, und ich fragte mich unwillkürlich, wie sie sich wohl frühmorgens nach dem Aufwachen anhörte.

»Mal sehen«, entgegnete ich und wich seinem Blick aus. Hauptsache nicht in seine Augen schauen.

»Flirtest du etwa mit meiner Freundin?« Olivia war zu uns herübergekommen und blickte neugierig zwischen uns hin und her.

»Das würde ich doch niemals wagen.« Austins Mundwinkel zuckten, und er verschränkte die Arme vor der Brust. »Wir wollten nachher noch was trinken gehen. Brennan meinte, er kennt eine neue Bar, die ganz gut sein soll. Kommst du mit?«

Olivia runzelte leicht die Stirn, als würde sie kurz überlegen, bevor sie antwortete: »Gute Idee. Ich muss morgen auch erst später im Café anfangen.«

»Wenn du magst, kannst du auch mitkommen.« Austin sah wieder zu mir und fuhr sich dabei mit einer Hand durch die hellbraunen Wellen.

Mit klopfendem Herzen blickte ich ihn an und blinzelte ein paarmal. Seine Mundwinkel hoben sich zu einem angedeuteten Lächeln, und ich zog die Augenbrauen zusammen in der Hoffnung, mir würde die richtige Antwort zufliegen. Einerseits sah er wirklich gut aus, und ich hätte liebend gerne weiter seine muskulösen Arme und seine großen Hände betrachtet, andererseits … war er ein fieser Mistkerl, Kunstzerstörer, blöder Tänzer! Verdammt, er hatte meine Entwürfe auf dem Gewissen. Niemals konnte ich mitkommen. Selbst wenn er noch so nett fragte (und noch so umwerfend aussah). Außerdem sollte ich diesen Abend nutzen, um an meinen Zeichnungen zu arbeiten.

»Ich habe noch zu tun … also keine Zeit, tut mir leid«, sagte ich und schaute schnell zur Seite.

Es war die einzig richtige Entscheidung. Ich wusste eh nicht, was ich von diesem Typen halten sollte. Irgendwo hatte ich mal gehört, dass Tänzer oft ziemliche Bad Boys waren, die sich für unwiderstehlich hielten, und das war das Letzte, was ich im Moment gebrauchen konnte.

»Schade.« Er stemmte die Hände in die Seiten und runzelte die Stirn. »Ich kann dir auch gerne mal eine Privatstunde geben.«

Oh Gott, da hatte er ja tief in die Trickkiste gegriffen. Das hörte sich an, als wäre es einem schlechten Pornodialog entsprungen. So nett er eben noch gewirkt hatte – ich hatte sogar fast das Gefühl gehabt, dass er es ehrlich meinte –, war er am Ende eben doch nur ein Aufreißer. Solche Typen kannte ich nur zu gut. Ganz charmanter Schwiegersohn – bis er sein wahres Ich zeigte.

Mir wurde übel. »Nein, danke. Kein Bedarf«, stieß ich

hervor und schob die Hände in die Hosentaschen, um ihr Zittern zu verbergen.

Er musterte mich ein paar Sekunden, bevor er ganz leise und mit einem Augenzwinkern konterte: »Abwarten.« Dann drehte er sich mit einem Lächeln auf den Lippen um und gab mir nicht einmal die Möglichkeit, noch etwas Schlagfertiges zu antworten.

Mit zu Fäusten geballten Händen starrte ich ihm stumm hinterher, bis er hinter der Tür mit der Aufschrift *Team* verschwunden war.

KAPITEL 7

Gestern Abend noch hatte ich in der Tanzschule gestanden, während ich jetzt wieder die Frühschicht im Café antreten musste. Miles hatte schon wieder damit angefangen, sämtliche Kuchenplatten umzustellen, eine Angewohnheit von ihm, die etwas beinahe Neurotisches hatte, das mich jedes Mal zum Schmunzeln brachte.

Ich ließ ihm seinen Spaß und wandte mich der großen Tafel zu, die an der Wand hinter dem Tresen hing und auf der die Specials des Tages standen. Bisher hatte sich Miles um die Tafel gekümmert, aber da er vielleicht ein Talent im Apfelkuchenverkaufen, aber auf keinen Fall im Schönschreiben hatte, war das Ergebnis ziemlich bescheiden. Als er angefangen hatte, sich mit den Kuchenplatten zu beschäftigen, hatte ich sofort die Gelegenheit ergriffen und mir die Aufgabe gekrallt. Ich hatte an allem Spaß, was mit Design zu tun hatte, und das schloss Kalligrafie mit ein.

Als ich gerade mit meinem Werk fertig war, drehte sich Miles zu mir um und kam mit großen Schritten auf mich zu. Seine dunkelbraunen Locken standen zu allen Seiten ab, und er strahlte über das ganze Gesicht, als er sich über seine dunkelblaue Schürze fuhr. »Krass! Das sieht wirklich toll aus. Ab jetzt machst du das bitte immer, dann können die Kunden auch endlich lesen, was da steht.«

Ich gluckste. »Dafür machst du den besten Kaffee!«

»Das ist richtig. Andererseits: Übung macht die Meisterin. Die Tafel sieht ziemlich fertig aus, und die Frau dort vorne will etwas bestellen.« Er nickte mit dem Kopf in Richtung einer jungen Frau mit Hut, die sich einen der schönsten Plätze vorne an der Glasscheibe gesichert hatte.

Ich salutierte, schnappte mir meinen Notizblock und einen Kugelschreiber und machte mich auf den Weg zum Tisch.

Es war ein Platz mit perfekter Aussicht auf die herbstlichen Straßen New Yorks. Die Musik war hier vorne nicht ganz so gut zu hören wie weiter hinten im Café, doch dafür hatte man den Vorteil, dass einem bei gutem Wetter die Sonnenstrahlen ins Gesicht schienen. Außerdem befand sich ganz in der Nähe ein Regal mit den vielen verschiedenen Kaffeebohnen, die es bei uns im Angebot gab. Die Kunden konnten sich anhand des Duftes für eine Sorte entscheiden, falls sie ein wenig Abwechslung haben wollten. Somit war hier vorne ein starker Kaffeegeruch gesichert – besser als jede Duftkerze.

Die junge Frau saß mit ihrem Laptop am Tisch und blickte mich freundlich an, als ich ihren Tisch erreichte. »Einen großen Cappuccino und ein Stück Käsekuchen, bitte.«

Ich nickte, notierte ihren Wunsch und kehrte wieder zurück zum Tresen, um Miles die Bestellung durchzugeben.

»O-kay.« Miles zog das Wort in die Länge und betätigte die Kaffeemaschine, die daraufhin Geräusche von sich gab, wie ich sie von ihr noch nie gehört hatte. Ein Gluckern, dann dampfte sie und ging schließlich aus. Miles warf mir einen skeptischen Blick zu, und ich zuckte ratlos mit den Schultern.

»Och nö, nicht jetzt…«, grummelte Miles und rief nach Larry.

Wenige Minuten später kam unser Boss aus seinem Büro gestapft. »Was ist denn jetzt wieder los?«, raunzte er genervt. Seine Haare waren wie immer nach hinten gegelt und sahen so aus, als ob er heute Morgen einen Abstecher in ein Ölfass gemacht hätte. Sein faltiges Gesicht wirkte grimmig. Bei seinem Anblick wurde mir immer noch ein wenig flau im Magen, auch wenn er mich in den letzten Tagen nicht mehr so oft angeschnauzt hatte. Ich wurde einfach nicht schlau aus ihm – einmal war er (mehr oder weniger) nett, dann fluchte er wieder wild herum und gab uns an allem, was schiefging, die Schuld.

Ich atmete tief durch und ließ meinen Blick durch den Raum gleiten, um nach Gästen Ausschau zu halten, die etwas bestellen wollten, damit ich einen Grund hatte, die Flucht zu ergreifen. Doch momentan schienen alle wunschlos glücklich zu sein.

»Hast du vielleicht etwas mit der kaputten Maschine zu tun?«, wandte Larry sich an mich. »Das hat man davon, wenn man Anfänger anstellt. Besonders guten Kaffee machst du ja auch nicht. Das sollte sich übrigens bald ändern, wenn du diesen Job behalten willst.« Er sah mich finster an und spielte dabei an der Maschine herum.

Ich schluckte und starrte ihn mit rasendem Herzen

an. »Nein, da kann ich ausnahmsweise *nichts* für, und bisher hat sich auch noch niemand über meinen Kaffee beschwert.« Ich stemmte die Hände in die Hüften, um möglichst selbstbewusst zu wirken, versuchte ihn dabei aber freundlich anzusehen, um ihm keinen Grund für eine Kündigung zu liefern.

Larry schüttelte den Kopf und lächelte mich spöttisch an. »Pass einfach auf.« Dann besprach er kurz das weitere Vorgehen mit Miles und lief daraufhin ziemlich schnell wieder zurück in sein Büro, um ein paar Telefonate zu führen.

»Puh, wenn's für dich okay ist, mache ich eine kurze Pause«, sagte ich tonlos zu Miles. Als der nur mit den Schultern zuckte, zog ich mir die blaue Schürze über den Kopf und lief mit meiner Jacke in der Hand nach draußen auf die überfüllte Straße. Ein paar Meter weiter bog ich in eine Querstraße und konnte das Café nicht mehr sehen.

Es war etwas frisch, also zog ich mir schnell meine Jeansjacke über und nahm mein Handy aus der linken Tasche, um die Uhrzeit zu checken. Bevor ich überhaupt die Zeit ablesen konnte, stachen mir die Benachrichtigungen auf meinem Sperrbildschirm ins Auge.

Drei verpasste Anrufe von einer unterdrückten Nummer.

Eine Nachricht von Tara.

Was konnte die noch von mir wollen? Ich hatte geglaubt, dass sich das alles erledigt hatte, doch so wie es aussah, verfolgte sie mich bis nach New York.

Mit zitternden Händen öffnete ich ihre Nachricht.

Ruf mich bitte an! Ist wichtig. Tara

Einen Teufel würde ich tun. So wie sie und die anderen sich mir gegenüber verhalten hatten, hätte ich kaum weniger Interesse haben können, wieder Kontakt zu ihr aufzunehmen. Im Gegenteil: Ich brauchte ganz dringend Abstand. Dieses Kapitel lag hinter mir, und auch wenn es an vielen Tagen schwer war und ich mich allein fühlte – ich wollte nichts sehnlicher, als damit abzuschließen. Und wer wusste schon, ob sie mir nicht nur wieder wüste Beschimpfungen an den Kopf werfen wollte. Nicht mit mir. Die Anrufe waren sicher auch von ihr.

Ich atmete tief ein und aus, löschte Taras Nachricht und nach kurzem Zögern auch ihre Nummer. Unsere Freundschaft war Geschichte.

Was war das heute für ein beschissener Tag? Neben meiner ehemals besten Freundin hatte es auch noch Larry auf mich abgesehen, wie mir schlagartig wieder bewusst wurde. Ich wollte den Job nicht verlieren, aber an manchen Tagen war es echt schwer zu ertragen, dass ich es meinem Chef anscheinend nie recht machen konnte. Plötzlich fühlte ich mich einfach nur komplett missverstanden und einsam – in diesen Momenten vermisste ich eine starke Schulter zum Anlehnen. Hinzu kam, dass ich gestern Abend wieder nichts zustande bekommen und ich das Gefühl hatte, es nie auf die Parsons zu schaffen, wenn es so weiterging. Mir blieben zwar noch mehr als drei Monate, um das Portfolio fertigzustellen, aber bisher hatte ich nur ein paar Skizzen und Entwürfe, von denen ich selbst nicht wirklich überzeugt war.

Ich sog scharf die Luft ein und blickte nach oben in den wolkenverhangenen Himmel, um meine Tränen zu unterdrücken. War es doch falsch gewesen, nach New York zu kommen? Ich biss mir auf der Innenseite meiner Wange herum. Nein, ich hatte alles richtig gemacht. Beckhaven lag hinter und New York buchstäblich vor mir. Alles, was ich tun musste, war, mich zusammenzureißen und mich auf mein neues Leben zu konzentrieren. Punkt. Irgendwann würde es aufhören, dass jede Kleinigkeit eine Erinnerung an Beckhaven in mir wachrief, und ich würde vergessen, was dort passiert war. Ich musste darüber hinwegkommen. Taras Nummer zu löschen war ein Schritt in die richtige Richtung. Auf keinen Fall würde ich eines dieser Mädchen werden, das für immer unter einem Trauma aus ihrer Jugend litt und nie wieder ein normales Leben führen konnte. Auch wenn es mit Sicherheit nicht einfach werden würde, ich würde es schaffen. Ich hatte einen üblen Tag, das war alles.

Ich räusperte mich und lief noch ein bisschen herum. An einer großen Kreuzung blieb ich stehen, vor mir hetzten Menschen über den Bürgersteig, Autos hupten um die Wette und passierten die Straße mit quietschenden Reifen. Und genau gegenüber, auf der anderen Straßenseite, konnte ich sie sehen: Die Parsons School of Design. Sie lag nur ein paar Straßen vom Café entfernt mitten in Greenwich Village. Allein ihr Anblick ließ mich vor Freude grinsen. Das abstrakte Gebäude mit den vielen Stockwerken, die bis in den wolkenverhangenen Himmel reichten, war ein richtiger Hingucker. Geschwungene Scheiben, die sich quer nach oben entlang der grauen minimalistischen Front zogen, und der Eingangsbereich mit den Glastüren, durch die gerade ein paar Studenten kamen, die sich angeregt unterhielten und lachten. Mein Herz schlug schneller. In einem Jahr würde ich hier studieren. In einem Jahr würde ich den nächsten Schritt in Richtung meines Traumes, eine erfolgreiche Designerin zu werden, machen und von brillanten Dozenten lernen. Eine gute Zeit würde auf mich zukommen. Eine Zeit, die mich hoffentlich alles vergessen ließ, was mir passiert war.

Kurz darauf schlenderte ich zurück zum Café, meine halbe Stunde Pause war vorbei. Larry blieb den Rest des Tages zum Glück in seinem Büro. Dafür tauchten Taras Nachricht und die verpassten Anrufe immer wieder in meinen Gedanken auf und wollten selbst nach einigen Stunden nicht verschwinden.

Nach einer schlaflosen Nacht, in der ich mich im Bett hin und her gewälzt und immer wieder über Taras Nachricht und ihre Anrufe gegrübelt hatte, schmierte ich mir die Reste meines Concealers auf meine dunklen Augenringe und verließ die Wohnung. Auf der Straße atmete ich tief die frische Herbstluft ein und lief los in Richtung U-Bahn-Haltestelle. Auf der Fahrt zur Arbeit fuhr ich an der Haltestelle vorbei, an der mich Austin angerempelt hatte. Mittlerweile war ich nicht mehr allzu wütend wegen der Geschichte. Indirekt war er ja auch daran schuld, dass ich in die Tanzschule gestolpert war, und vielleicht war ich ihm sogar ein kleines bisschen dankbar dafür. Ein Grinsen legte sich auf meine Lippen, als ich überlegte, dass er doch eigentlich ganz süß und witzig …

Stopp! Was sollte das denn jetzt?

Irritiert schüttelte ich den Kopf. Solche Gedanken hatten hier nichts zu suchen. Selbst wenn er süß war – das tat überhaupt nichts zur Sache. Zwar war meine Laune längst nicht mehr so schlecht wie am Tag zuvor, aber ich bezweifelte, dass es an meinen unsinnigen Gedanken an Austin lag.

Eine halbe Stunde später erreichte ich Larry's Brew und eilte direkt hinter den Tresen, um mir meine morgendliche Dosis Koffein kochend heiß aus der Maschine zu lassen, die zum Glück wieder funktionierte. Es war kurz nach acht, und solange keine Kunden im Laden waren, konnte ich mich an einen der Tische setzen und die Leute draußen auf der Straße beobachten. Da Olivia heute spät dran war, hatte Larry mir die Türe geöffnet, sich dann aber zum Glück direkt verzogen, um ein paar Einkäufe zu erledigen.

Ich schaltete die Musikanlage an, woraufhin ein Song von Conan Gray durch das Café dröhnte; ich drehte die Lautstärke etwas herunter, setzte mich und genoss die Ruhe vor dem Sturm. Doch die fand sehr schnell ein Ende, als nach wenigen Minuten Olivia hektisch durch die Tür gerannt kam und sich überschwänglich für ihre Verspätung entschuldigte.

»Ich hab den Wecker nicht gehört. So was passiert mir sonst nie!« Sie fluchte leise und band sich ihre blauen Haare zu einem Dutt. »Aber ich bin momentan einfach so wahnsinnig müde… Die ganze Arbeit, das Training und alles andere. Ich brauche unbedingt mal einen Abend ganz ohne Stress.«

Sie sah wirklich fertig aus. Ich hatte keine Ahnung gehabt, dass sie so viel um die Ohren hatte.

»Wenn du willst, kann ich nächste Woche mal für dich einspringen«, schlug ich vor und lächelte sie aufmunternd an. »Oder kann ich sonst etwas für dich tun?«

»Nein, nein. Ich brauche das Geld, aber lieb von dir. Toll wäre so ein richtig entspannter Filmabend … mit ganz viel ungesundem Essen.« Sie spielte an ihrem Armband herum, während sie auf ihre schwarzen Vans hinunterstarrte.

»Irgendwer von deinen Freunden hat doch bestimmt Lust auf so was«, sagte ich beiläufig und räumte meine Tasse in die Spülmaschine.

»Bestimmt.« Sie verschränkte die Arme vor der Brust und sah mich an. »Aber wie sieht's denn mit dir aus? Hättest du Lust? Ich fänd's toll, wenn wir uns auch mal außerhalb dieses Cafés sehen würden.«

Ich erstarrte mitten in der Bewegung. Was sollte ich darauf antworten? Langsam wanderte mein Blick von unten zu ihr hoch. Olivia war unglaublich nett, aber war ich wirklich schon bereit, neue Freunde in mein Leben zu lassen?

»Komm schon, lass uns das machen! Morgen, ja? Du kommst zu mir, wir essen Pizza, und wenn du reden willst, redest du, und wenn nicht, dann nicht. Übrigens kannst du auch wieder gehen, falls es dir bei mir nicht gefällt, was ich aber nicht glaube, denn ich bin eine super Gastgeberin. Bisher wollten alle meine Freunde bei mir einziehen.« Die Wörter sprudelten nur so aus ihrem Mund, zwischen den Sätzen hatte sie kein einziges Mal Luft geholt.

Ich musste unweigerlich schmunzeln. Einerseits bewegte sich ihr Vorschlag gerade noch komplett außerhalb meiner Komfortzone, andererseits bedeutete es ihr anscheinend viel, und egal war sie mir auch nicht. Vielleicht war es einfach an der Zeit, ins kalte Wasser zu springen und es zu probieren. Nur weil wir zusammen einen Film schauten, musste ich ihr ja nicht gleich mein ganzes Leben anvertrauen.

»Okay, dann also morgen Abend bei dir?«, sagte ich unsicher und kratzte mich am Ellenbogen.

Ihre Augen leuchteten auf, und sie machte einen Freudensprung. »So gerne! Ich habe Gesichtsmasken für uns, und meine Lieblingsserie musst du dir auch unbedingt mal anschauen! Der Abend wird super. Ich schicke dir gleich mal meine Adresse, aber meine Wohnung liegt ja auch in Brooklyn, also nicht allzu weit von dir entfernt.«

Das ging schnell. Ich musste lachen und schüttelte dabei den Kopf. Sie brauchte mich, und ich war gerne für sie da. Und vielleicht würde es sogar ein lustiger Abend werden.

Nachdem das Café am Vormittag ziemlich gut besucht war, ebbte der Kundenstrom gegen Nachmittag ab, und irgendwann kehrte wieder eine angenehme Ruhe ein. Nur noch wenige Tische waren besetzt, und ich konnte endlich wieder durchatmen. Die Sonne kam hinter den Wolken hervor und durchflutete den ganzen Raum. Ein paar Mädchen saßen an dem kleinen Tisch links vom Tresen und unterhielten sich über die Jungs aus ihrer Stufe und wie sie diese auf sich aufmerksam machen konnten. Olivia machte gerade Pause.

Ich lehnte mich hinter der Theke an die Wand und wartete darauf, dass einer der Kunden etwas bestellen wollte.

Nach kurzer Zeit ging die Tür auf, und ich sah mich nach dem Gast um, der in diesem Moment Larry's Brew betrat. Das Gesicht kam mir irgendwie bekannt vor.

Oh Gott.

Seine hellbraunen Haare sahen aus, als hätte er mindestens eine Stunde vor dem Spiegel verbracht. Dabei war er bestimmt einer von der Sorte, die auch ganz ohne Aufwand immer perfekt gestylt wirkten. Was machte der denn hier? Ob er zu Olivia wollte? Die war im Moment jedenfalls nicht da.

Mit einem strahlenden Lächeln im Gesicht kam Austin auf mich zu und blieb unmittelbar vor der Theke stehen. Um seine Augen herum hatten sich Lachfältchen gebildet, was ihn sehr sympathisch wirken ließ. Eingehend studierte er die Tafel mit den Angeboten. Sein grauer Sweater umspielte seine muskulösen Oberarme, und die schwarze Jeans, die er dazu trug, saß gerade eng genug, um keinen Zweifel daran zu lassen, wie trainiert seine Beine waren.

»Hey! Was kannst du mir empfehlen?« Er sah mich mit einem Funkeln in den grünen Augen an.

Die Theke zwischen uns gab mir ein gewisses Gefühl von Sicherheit. Ich erwiderte seinen Blick und versuchte, nicht mal zu blinzeln. Wie bei Hunden – da gewann auch immer der, der länger den Augenkontakt halten konnte, das hatte ich zumindest mal irgendwo gelesen. Austin konnte ich jedenfalls locker in die Tasche stecken, schon nach wenigen Sekunden schaute er leicht irritiert zur Seite. Ha! Das wäre doch gelacht gewesen.

»Unser Vanilla Cappuccino ist super. Sehr empfehlenswert. Vor allem mit einem extra Espresso-Shot und ein wenig Zimt als Geheimzutat.«

»Dann muss ich dir wohl oder übel vertrauen.« Ein freches Grinsen umspielte seine Lippen. Er holte die Geldbörse aus der hinteren Hosentasche und kramte darin herum. »Wie viel kostet der?«

»Geht auf mich.« Okay, der war gut, Jade, nur nicht nachlassen. Ich war der Gewinner-Hund, und cool war ich auch. Hinter mir schneite es, so cool war ich.

Austin schmunzelte und beugte sich leicht vor, um sich an den Holztresen zu lehnen.

Rasch wich ich ein Stück zurück und fing an, sein Getränk zuzubereiten.

Ich konnte genau spüren, wie mich seine Blicke durchbohrten und er jede meiner Bewegungen verfolgte. Was wollte der Typ verdammt noch mal von mir? Ich fragte mich, ob es zu viel wäre, wenn ich ihn kurz anbellte, um mein Revier zu verteidigen, aber da er meine Gedanken nicht hören konnte, käme das wohl eher peinlich als bedrohlich rüber.

»Was machst du eigentlich, wenn du nicht hier arbeitest? Diese Entwürfe, die ich auf dem Gewissen habe, was hat es damit auf sich?«, fragte er unvermittelt.

Ich räusperte mich und goss Milchschaum in seine Tasse. »Ich arbeite gerade an meinem Portfolio für das Modedesignstudium an der Parsons. Dafür waren die Entwürfe. Das waren Zeichnungen.«

»Shit! Ich kann mich echt nicht genug dafür entschuldigen.« Er kaute auf seiner Lippe herum, was die Hunde-Metapher perfektionierte – er erinnerte mich an einen Retriever mit traurigen Augen, dem man seinen Napf geklaut hatte.

»Da kann man nichts machen«, entgegnete ich ruhig und schob den fertigen Vanilla Cappuccino über die Theke.

»Das mit der Mode ist auf jeden Fall eine coole Sache, davon musst du mir irgendwann mal mehr erzählen.«

Ich musste lächeln, obwohl ich das gar nicht wollte. Ich traute seinem hübschen Gesicht einfach nicht. Mit diesem charmanten Grinsen und den verstrubbelten hellbraunen Haaren hatte er eine viel zu große Ähnlichkeit mit Kyle.

»Und was machst *du*, wenn du mir nicht gerade auflauerst?« Mit verschränkten Armen beobachtete ich, wie er die Tasse an seine vollen Lippen hob und einen Schluck nahm.

»Schmeckt gut.« Er nickte mir anerkennend zu und wischte sich den Mund mit dem Handrücken ab. »Wie dir vielleicht schon aufgefallen ist, tanze ich – und außerdem bist *du* doch eigentlich diejenige, die *mir* auflauert!«

Ich verdrehte die Augen.

»Also das Tanzen ist mein Beruf. Ich unterrichte, tanze bei Künstlern – meistens aus dem RnB- oder Pop-Bereich – mit oder werde für Auftritte gebucht, zum Beispiel von Firmen, die bei ihren Feiern ein bisschen Unterhaltung wollen. Außerdem choreografiere ich für andere. Und manchmal ziehe ich mich auch aus«, fügte er trocken hinzu, ohne eine Miene zu verziehen.

Hätte ich etwas getrunken, hätte ich mich jetzt ganz sicher verschluckt. »Du ziehst dich aus?«, fragte ich perplex.

Ein vergnügter Gluckser entfuhr ihm. »Nein, natürlich nicht. Aber es war klar, dass du direkt nachfragst und mich nackt sehen willst. Ihr Frauen wollt doch immer nur meinen Körper«, entgegnete er, und in seiner Stimme schwang eine gehörige Portion Sarkasmus mit.

»Du bist kein bisschen eingebildet, oder?« Lachend drehte ich mich weg, um die Röte zu verstecken, die mir in die Wangen geschossen war. Verdammt, dieser Scherzkeks hatte es echt drauf.

»Nein, Quatsch, das bin ich wirklich nicht. Ich glaube, ich kann von mir behaupten, dass ich ein netter und cooler Typ bin und kein bisschen arrogant.« Er schnipste mit den Fingern und hob dabei die Augenbrauen. »Und eine Serviette hätte ich auch gerne.«

Ich gab ihm eine und beobachtete, wie er sie neben seine Tasse legte. »Und von dieser Tanzsache kannst du leben?«

»Mal besser, mal schlechter, aber das ist es mir wert. Ich wollte nie etwas anderes machen. Schon in der Highschool habe ich jede freie Minute dem Tanzen gewidmet. Na ja, und danach habe ich mich dann komplett dafür entschieden und es bisher noch nicht bereut. Meine Eltern haben mich glücklicherweise immer unterstützt.«

»Hört sich interessant an.« Ich wollte nicht den Eindruck erwecken, ihn in irgendeiner Art toll zu finden, aber ich musste zugeben, dass ich tatsächlich beeindruckt war. Bisher hatte ich angenommen, das Tanzen sei nur eines seiner Hobbys.

»Genau wie deine Modesache.« Unsere Blicke trafen sich, und ich konnte nicht wegsehen. Mein Herz raste. »Ich würde vorschlagen, du erzählst mir mehr davon, wenn ich dich zu deinem Wiedergutmachungs-Drink einlade …«

»Ich denke, eher nicht«, erwiderte ich und senkte den Blick. Schon bei der Vorstellung, mit ihm allein zu sein, fühlte ich mich unwohl und wollte nichts lieber, als in mein Bett flüchten und für mich sein.

»Warum nicht?«

»Vergiss es. Wirklich«, sagte ich mit ernstem Gesicht und schüttelte dabei nachdrücklich den Kopf, um ihm klarzumachen, dass das kein Scherz von mir war.

Ein paar Sekunden herrschte Stille, und ich hoffte, dass er es jetzt endlich begriffen hatte.

Sein Kiefer mahlte, während er mich neugierig musterte. Dann stand er langsam auf und schob den Barhocker nach hinten. Nachdem er den letzten Schluck Cappuccino getrunken hatte, stellte er die Tasse ab und wischte sich mit der Serviette über den Mund. Ein verschmitztes Lächeln umspielte seine Mundwinkel. »Wenn du meinst.«

Ohne ein weiteres Wort nahm ich seine Tasse vom Tresen und räumte sie schnell in die Spüle, bevor sie mir aus den schwitzigen Händen gleiten konnte.

Austin nickte und musterte mich noch einen Augenblick, bevor er sich geschmeidig umdrehte und zur Tür ging. Dort verharrte er kurz und lehnte sich an den Türrahmen, verschränkte die Arme vor der Brust und grinste mich an. »Irgendwann wirst du deine Meinung ändern, das weiß ich.«

Ich versuchte, entspannt zu bleiben. »Du brauchst dich nicht zu bemühen.« Ich zeigte mit dem Finger erst auf ihn und dann auf mich. »Das hier wird niemals passieren.«

Schmunzelnd blickte er auf seine Schuhe, drückte sich mit der Schulter vom Türrahmen ab und verließ das Café.

Ohne ein weiteres Wort.

KAPITEL 8

Ein Blick auf die Uhr meines Handys verriet mir, dass es fünf Minuten vor acht war. Ich verstaute es wieder in meiner schwarzen Umhängetasche.

Mit weichen Knien starrte ich das hohe Backsteingebäude auf der anderen Straßenseite an. Ich war mit der U-Bahn von mir zu Hause ein paar Stationen bis nach Bushwick gefahren und nach drei Minuten Fußweg durch Straßen mit eindrucksvollen Street-Art-Kunstwerken hier angekommen. Bushwick war für seine Kunst- und Kulturszene bekannt – auf dem kurzen Weg war ich an mindestens fünf Galerien vorbeigelaufen.

Noch fünf Minuten.

Olivia hatte mir am Nachmittag eine Nachricht geschrieben, dass ich um acht Uhr zu ihr kommen sollte, doch ich war wie immer zu früh dran – was Fluch und Segen zugleich war. Einerseits kam ich so gut wie nie zu spät, andererseits musste ich mir in den meisten Fällen die Beine in den Bauch stehen, während ich auf andere Menschen wartete. Genau wie an diesem windigen Abend. Die Straße war wie leer gefegt; einzig und allein ein paar Autos standen an den Straßenrändern geparkt, und ein alter Mann schlenderte gerade mit seinem Yorkshire Terrier den Gehweg entlang.

Noch vier Minuten.

Früher klingeln wollte ich nicht aus Angst, seltsam pedantisch oder unhöflich zu erscheinen. Was, wenn sie noch unter der Dusche stand und im Handtuch die Tür öffnen musste? Vielleicht führte sie auch gerade noch ein wichtiges Telefonat, bei dem ich sie stören würde.

Zu spät kommen war doof, aber zu früh erscheinen auch nicht viel besser. Die wenigen Minuten des Wartens kamen mir immer wie unzählige Stunden vor, ähnlich wie früher in der Schule, als man sich wünschte, dass es endlich zur Pause klingelte. Allerdings freute ich mich auf diesen Filmabend nicht so uneingeschränkt wie damals auf die Schulpausen. Ich hatte ein mulmiges Gefühl im Magen und war mir nicht sicher, ob ich schon so weit war, neue Freundschaften zu schließen, die über die Arbeit im Café hinausgingen. Andererseits war ich es leid, meine Abende alleine in meinem Miniapartment zu verbringen.

Noch drei Minuten.

Ich zog meine dünne Jeansjacke enger um mich und rieb die Hände aneinander. Ich hatte hin und her überlegt, was ich anziehen sollte, und mich schließlich für eine simple schwarze Leggings – immerhin wollten wir entspannt Filme schauen – und einen übergroßen dunkelgrauen Sweater entschieden. Meine hellblonden Haare hatte ich zu einem unordentlichen Dutt hochgesteckt, sodass sie mich nicht störten.

Das Backsteingebäude, in dessen Fassade sich Risse zeigten, hatte vier Etagen und war von einer niedrigen Mauer aus den gleichen rotbraunen Backsteinen umgeben. Eine Treppe mit ungefähr einem Dutzend Stufen führte zu der schweren schwarzen Holztür hinauf, in die mittig eine Scheibe eingelassen war. Die Fenster, von denen es zur Straßenseite hin auf jedem Stockwerk vier gab, waren von Wasserflecken übersät.

Noch zwei Minuten.

Ich schaute nach links und rechts und überquerte im Schleichtempo die Straße. Als ich die Treppe zum Eingang hochstiefelte, fühlte ich mich wie kurz vor einer wichtigen Präsentation: ohne Plan, was ich sagen oder tun sollte. Vor der Sache mit Tara und Beth waren solche Mädelsabende vollkommen selbstverständlich für mich gewesen. Aber nach fast einem Jahr selbst gewählter sozialer Abstinenz wusste ich einfach nicht mehr, wie man sich in Situationen wie dieser normal verhielt.

Ich suchte die Klingelschilder nach dem Nachnamen Mitchell ab.

Da. *Mitchell/Turner.* Olivia hatte mir gar nicht erzählt, dass sie in einer WG wohnte. Ich drückte den Knopf. Kurz darauf summte der Türöffner, und ich stemmte mich dagegen.

»Zweiter Stock!«, rief eine hohe Stimme von oben durch das Treppenhaus. »Schwing deinen Booty hoch, ich habe Hunger!«

Jap, das war ganz sicher Olivia.

Im zweiten Stock steuerte ich direkt auf eine dunkelgrüne Tür zu, die einen Spalt offen stand. Aus der Wohnung drang laute Musik von Beyoncé. Und noch mal jap, das war ganz sicher Olivias Wohnung. Sanft drückte ich gegen die Tür – und stand mitten in einer Wohnküche. Oder wohl eher einem Dschungel.

»Komm rein!«

Ich streifte meine Sneakers ab, stellte sie neben Olivias, die auf einem kleinen Regal neben der Tür ihren Platz hatten, und wagte mich ein Stück weiter vor.

Unschlüssig blieb ich neben dem Esstisch rechts an der Wand stehen und sah mich um. Die hohen Decken, der dunkle Holzboden und das gedimmte Licht verliehen dem ganzen Raum etwas Gemütliches. In jeder Ecke standen Pflanzen. Wobei … nicht nur in den Ecken, sondern einfach überall. Auf dem Fensterbrett und dem weißen Klapptisch mit den Metallstühlen genau wie auf den dunkelbraunen Kommoden, die sich an der anderen Seite des Raumes entlangzogen. Es war nur zu hoffen, dass die ganzen Pflanzen den Abend mit mir überleben würden. Schließlich war mir schon mit zehn Jahren klar geworden, dass ich absolut keinen grünen Daumen hatte. Egal wie einfach in der Handhabung, ich killte alles, was grün war und Sauerstoff ausstieß. Einzig und allein Blumensträuße konnten es mit mir aufnehmen, was vermutlich auf deren ohnehin sehr begrenzte Lebenszeit zurückzuführen war. Ein fehlendes Talent, das mich immer ein wenig traurig machte, da ich es sehr schön fand, wenn das Haus voller Pflanzen war; es verlieh Räumen etwas Lebendiges.

Als ich bereits kurz davorstand, mein nicht vorhandenes Buschmesser zu zücken, um mir einen Weg zu Olivia zu bahnen, die mit dem Rücken zu mir vor dem Kühlschrank verweilte, drehte sie sich herum, kam auf mich zugehüpft und fiel mir überschwänglich um den Hals.

Ich versteifte mich in ihrer Umarmung und hoffte, dass sie es nicht bemerkte.

»So cool, dass du gekommen bist! Wir müssen unbedingt gleich Pizza bestellen und Serien schauen. Ich habe so einen Hunger.« Sie ließ mich los und grinste mich an.

Schnell trat ich einen Schritt zurück. »Ich freue mich schon. Sag mal, hast du einen Mitbewohner oder so?«

»Ja. Stimmt, das hatte ich dir gar nicht erzählt, oder? Warte, ich zeige dir erst mal alles. Das da drüben ist Brodys Zimmer. Er ist eigentlich ganz nett, hängt nur ein bisschen viel an seinem Computer.« Sie zeigte auf eine verschlossene Tür, die links von der Wohnküche abging. »Daneben ist das Bad, hier die Küche und unser kleiner Essbereich, und na ja … da drüben ist schon mein Zimmer.« Sie tänzelte in ihrer schwarzen Sportleggings und dem beigen Kapuzenpullover, der ihr mindestens zwei Nummern zu groß war, voraus zu einer anderen Tür, die sich rechts von uns befand.

Ich folgte ihr neugierig, und während sie es sich auf ihrem großen Bett, das rechts an der Wand stand, gemütlich machte, sah ich mich ein wenig um.

Meine geschulte Nase nahm sofort den Geruch einer Vanille-Duftkerze wahr. Ein dicker Pluspunkt. Um den schwarzen Holzrahmen ihres Bettes war eine Lichterkette gewickelt, der innere Teil des Rahmens war gepolstert. Auf der Matratze häuften sich unzählige weiße Kissen und eine übergroße weiße Decke, die so dick war wie eine riesige Wolke. Wenn man sich einmal mit Tee und einem Buch dort hineingekuschelt hatte, wollte man bestimmt nie wieder aufstehen.

Gegenüber dem Bett hatte eine kleine schwarze Kommode ihren Platz, die – wer hätte es gedacht – das Zuhause vieler weiterer Pflanzen war. Da gab es welche mit großen Blättern, mit langen Stängeln und mit spitzen grünen Ästen. Wenn das überhaupt Äste waren … Ich hatte keine Ahnung. Dazwischen standen Bilderrahmen mit Fotos von ihr auf der Bühne, allein oder mit anderen Menschen, vermutlich ihrer Crew, da sie alle ähnliche Sachen trugen. Eine der unteren Schubladen war halb geöffnet und gewährte Einblick in Olivias bunte Sockensammlung. Neben der Kommode standen zwei Kleiderstangen, die mit Klamotten vollgehängt waren, darunter viele Trainingsjacken, aber auch verrückte Show-Outfits wie eine goldene Bomberjacke über einem Cow-Girl-Kostüm. Ich fragte mich, ob ich wirklich wissen wollte, was es damit auf sich hatte. Daneben an der Wand hingen Urkunden von Wettbewerben und Meisterschaften mit Olivias Namen. In einem Regal aus hellem Holz rechts von der Tür befanden sich etliche Sneakers, die zum Teil so aussahen, als würden sie nur noch von den Schnürsenkeln zusammengehalten.

Ich biss mir auf die Lippe und sah mich unsicher um, bis Olivia mir lächelnd zunickte und mit der Hand neben sich auf die Matratze klopfte. Vorsichtig lief ich ein paar Schritte zum Bett und nahm neben ihr Platz. Das Bett war noch gemütlicher, als es aussah, und so nervös ich auch war, war ich mir ziemlich sicher, dass ich nie wieder aufstehen würde.

Mittlerweile hatte sich Olivia ihren Laptop auf den Schoß gezogen und tippte munter auf den Tasten herum. »Was für eine Pizza möchtest du?«, fragte sie, während sie die Seite des Lieferdienstes studierte.

Ohne lange nachzudenken, entgegnete ich: »Das wird dich vielleicht ein wenig schockieren, aber wenn es um Pizza geht, habe ich sehr spezielle Vorlieben.«

»Soll ich fragen, ob sie die Pizza auch mit einem heißen Typen belegen können?« Prustend schlug sie sich eine Hand vor den Mund, und ich konnte nicht anders als einzustimmen.

Als wir uns wieder ein wenig beruhigt hatten, entgegnete ich mit hochrotem Kopf: »Nicht ganz, aber fast! Ich esse immer Pizza mit Champignons, Spinat, Paprika, Ananas und Chicken Nuggets – und natürlich extra viel Knoblauch.«

»Das«, sie machte eine Pause und schaute mich mit großen Augen an, »ist eine wirklich eklige Kombination, Jade Evans. Dafür landest du in der Pizza-Hölle.«

»Im Pizza-Ofen meinst du? Damit könnte ich leben, da habe ich dann immer etwas zu futtern.« Ich grinste sie unschuldig an und rieb mir mit der flachen Hand über den Bauch. »Weißt du schon, was du nimmst?«

»Vier Käse! Es geht nichts über Käse.« Sie riss die Faust in die Luft, als würde sie jeden Moment einen Angriff auf eine Käsefabrik anführen, und wandte sich dann wieder ihrem Computer zu.

Wir bestellten unser Essen und machten es uns anschließend an das gepolsterte Kopfteil ihres Bettes gelehnt gemütlich.

»Hast du dich mittlerweile gut in New York eingelebt?«

Ich spielte am Saum meines Sweaters herum. »Mehr oder weniger. Es ist noch ein bisschen komisch, weil ich die meiste Zeit im Café oder meiner Wohnung verbringe, aber die Arbeit an meiner Mappe ist mir total wichtig, und dafür geht einfach sehr viel Zeit drauf.«

»Dann ist dieser Abend hier doch eine gelungene Ablenkung, oder?« Ein Lächeln legte sich auf ihre Lippen. »Läuft es denn gut mit der Bewerbung?«

Mir entfuhr ein gequältes Stöhnen. »Geht so. In letzter Zeit fehlt mir irgendwie die Inspiration. Ich habe keine guten Ideen.«

»Was?« Erstaunt blickte sie mich an. »Und das in New York?«

Ich nickte. »Ja, es nervt total, aber das wird schon noch. Mir bleiben ja noch ein paar Monate. Abgabe ist erst Mitte Januar, aber ich wäre gerne vor Weihnachten mit der Mappe fertig.«

»Damit du anschließend entspannt die Feiertage genießen kannst?«

Meine Mundwinkel verzogen sich zu einem kleinen Lächeln. »Genau.«

»Dann fährst du Weihnachten sicher nach Hause zu deiner Familie, oder?« Neugierig blickte sie mich von der Seite an.

Ich schluckte. Unwillkürlich musste ich an Mom und Dad denken und daran, dass ich ihnen unbedingt mal wieder auf ihre Nachrichten antworten musste. Außerdem erinnerte mich ihre Bemerkung an Beckhaven, was ich sofort wieder zu verdrängen versuchte. Es hatte mich genug Überwindung gekostet, Olivias Einladung anzunehmen – wenn ich jetzt an all das dachte, was mir dort passiert war, würde ich doch noch die Flucht ergreifen.

»Ja, wahrscheinlich ... aber ist ja noch Zeit bis dahin.« Als Olivia mich fragend musterte, setzte ich schnell ein verkrampftes Lächeln auf und wechselte das Thema: »Was machen wir, bis das Essen kommt?«

Ein freches Grinsen legte sich auf ihre Züge. »Gut, dass du fragst.« Sie griff wieder nach ihrem Laptop und klappte ihn auf. »Ich muss dir meine absolute Lieblingsserie zeigen. Lass dich überraschen!«

Sie öffnete eine Streaming-Seite, klickte ein paarmal hin und her, und schon erschienen auf dem Bildschirm mehrere Jungs, die Basketball spielten. Nicht unbedingt mein Spezialgebiet, aber hey, mit süßen Jungs, die schwitzten und Ball spielten, konnte ich leben.

Bei der Serie handelte es sich um *One Tree Hill*, und Olivia ging es damit ähnlich wie mit der Käsepizza: Nichts und niemand konnte es damit aufnehmen. Und schon nach der ersten Episode musste ich ihr recht geben. Besonders einer der Hauptcharaktere, der eine gewisse Ähnlichkeit zu Austin aufwies, hatte es mir angetan – das behielt ich aber lieber für mich.

Nachdem Austin ins Café gekommen war, hatte ich immer wieder an ihn denken müssen. Was wollte er von mir? Und was war er eigentlich für ein Typ? Ich konnte ihn nur schwer einschätzen. Einerseits schien er nett, andererseits riss er gerne blöde Sprüche. Aber er sah ziemlich passabel… na ja, um ehrlich zu sein, ziemlich heiß aus.

Als wir pappsatt im Bett lagen und eine Serienpause einlegten, fasste ich mir ein Herz und sprach Olivia doch auf ihn an. »Du bist gut mit diesem einen Tänzer befreundet, oder?«, warf ich so beiläufig wie möglich ein. »Ich glaube, er heißt Austin.«

»Ja, Austin. Wir kennen uns schon ziemlich lange, seit wir Teenies waren und etwa zur gleichen Zeit in der Tanzschule angefangen haben. Uns war beiden schnell bewusst, dass wir das mit dem Tanzen irgendwann beruflich machen wollen. Das schweißt zusammen, also wenn man die gleiche Leidenschaft und das gleiche Ziel hat, und über die Jahre wird man zu so einer Art Familie. Wir sind jetzt vielleicht nicht ganz so eng wie Bruder und Schwester, eher so wie Cousin und Cousine.« Sie hielt inne und musterte mich von der Seite. »Gefällt er dir?«

»Nein.« Ich verdrehte die Augen. »Na ja, er ist ganz nett, aber ich bin immer noch sauer auf ihn. Weißt du noch, der Kerl, der meine Entwürfe auf dem Gewissen hat? Das an dem Tag war er. Wegen ihm musste ich ein paar meiner Zeichnungen in den Müll werfen. Das Studium ist echt wichtig für mich.« Ich wich ihren neugierigen Blicken aus und spielte an meiner silbernen Herzkette herum, die mir meine Eltern zum Highschoolabschluss geschenkt hatten.

»Ach, verdammt! Manchmal hat er aber auch echt keine Augen im Kopf. Und wie kommst du jetzt so plötzlich auf ihn?«

»Er war gestern im Café, und irgendwie habe ich das Gefühl, dass er mit mir flirtet.«

»Was für ein unfassbarer Mistkerl.« Olivia lachte auf und setzte sich mir im Schneidersitz gegenüber. »Ist doch nett von ihm. Er ist echt cool, gib ihm eine Chance.«

Ich runzelte die Stirn und fuhr mir nervös mit beiden Händen über die Oberschenkel. »Nein, kein Bedarf.«

»Hast du etwa doch schon jemanden und mir nichts von ihm erzählt?« Olivia funkelte mich aus schmalen Augen an, aber ich wusste, dass ihre Empörung nur gespielt war.

»Ich habe keinen Freund, und ich will auch keinen«, sagte ich ernst und mit Nachdruck.

»Verstehe. Strong, independent woman. Wir brauchen keine Typen, wir sind auch alleine glücklich.« Sie hielt mir ihre Faust hin, und ich stieß mit meiner leicht dagegen.

Ich war froh, dass sie nicht weiter nachbohrte, warum ich kein Interesse an Dates hatte, und ließ sie in dem Glauben, dass ich absichtlich lieber Single war. »Richtig.« Ich atmete aus, nahm meine Tasse Schwarztee von ihrem Nachttisch und trank einen großen Schluck.

»Aber falls du irgendwann doch Bedarf hast …« Olivia nahm eine ihrer blauen Strähnen zwischen die Finger und untersuchte sie auf Spliss, bevor sie fortfuhr: »… dann könnte ich bei Austin ein gutes Wort für dich einlegen. Wobei du das wahrscheinlich gar nicht nötig hast.«

Mein Magen zog sich zusammen, und ich bezweifelte, dass es an der Pizza lag. »Mach dir keine Mühe, ich habe sowieso keine Lust auf einen Bad Boy, der jede Woche eine andere abschleppt«, stellte ich klar.

Olivia begann schallend zu lachen, sie schien sich gar nicht mehr einkriegen zu können.

Hatte ich etwas verpasst?

»Was ist daran so witzig?«, fragte ich sie skeptisch und verschränkte die Arme vor der Brust.

Sie schüttelte bloß den Kopf und gluckste immer noch, als hätte ich einen grandiosen Witz gemacht. »Du solltest eins über Austin wissen«, sagte sie, als sie sich wieder einigermaßen beruhigt hatte. »Er ist absolut kein Bad Boy. Ich kenne ihn jetzt seit neun Jahren, und in dieser Zeit hatte er nur eine einzige feste Beziehung. Mädels abgeschleppt hat er nie. Er zieht sie auf und flirtet gerne, aber mehr steckt nicht dahinter. Der ist einer von den Guten, glaub mir.«

Anscheinend hatte mich meine ach so tolle Menschenkenntnis ordentlich übers Ohr gehauen. Zumindest wenn Olivia Austin wirklich so gut kannte, wie sie behauptete.

»Trotzdem. Ich bin echt nicht interessiert.« Ich nippte erneut an meiner Tasse.

»Wie du meinst.« Olivia nickte, als sei das Thema damit abgehakt, und beugte sich anschließend über den Rand des Bettes, von wo sie eine Holzkiste, so groß wie ein Schuhkarton, zutage förderte. Sie hob sie auf ihren Schoß und öffnete sie vorsichtig.

»Willst du noch etwas Süßes?«

Verwirrt schaute ich erst sie an und warf dann einen Blick in die Kiste. Andere Menschen lagerten unter ihrem Bett geheime Briefe, Geld oder sogar Waffen – bei Olivia waren es verschiedene Sorten Schokolade, Gummiwürmer und alles, was man zum Überleben brauchte. Oder so ähnlich.

Ich musste unweigerlich grinsen und griff in die Kiste, um mir ein Stück Haselnussschokolade zu sichern, das ich mir genüsslich auf der Zunge zergehen ließ. Schokolade war besser als jeder Typ, den ich mir vorstellen konnte.

»Wieso lagerst du deine Süßigkeiten unter dem Bett?«

»Ist doch klar.« Entgeistert sah sie mich an. Es war ihr offensichtlich ein Rätsel, wie ich eine so bescheuerte Frage stellen konnte. »Erstens habe ich immer was zum Snacken hier, ohne in die Küche laufen zu müssen, und zweitens würde mir mein Mitbewohner sonst alles wegfuttern und es auf seine Katze schieben.«

»Brody? Wie lange wohnt ihr schon zusammen?«

»Er wohnt jetzt seit einem Jahr hier, und er geht echt klar. Davor habe ich mir das Apartment mit einem Mädel geteilt, aber als sie mit ihrem Freund zusammengezogen ist, wurde ihr Zimmer frei. Sich in New York alleine so eine Wohnung leisten zu können ist unmenschlich, ganz im Ernst, aber dann hat Brody auf meine Anzeige geantwortet, und schon hatte ich einen neuen Mitbewohner. Er ist manchmal eine kleine Diva, aber mit ein bisschen Schokolade kann man ihn wieder beruhigen. Und deshalb ...« Sie machte eine Pause und schloss ihre Schatzkiste. Es wunderte mich, dass kein dickes Vorhängeschloss daran befestigt war. »... verstecke ich meine Schätze hier unter dem Bett.« Zufrieden stellte sie die Kiste wieder zurück an ihren Platz.

»Und wo ist Brody jetzt?« Ich hatte weder jemand anderen gesehen noch gehört, als ich vorhin die Wohnung betreten hatte.

»Der ist mit seinem Kumpel unterwegs.«

»Und seine Katze?« Auch die Katze hatte ich nirgends entdeckt, dabei hatte ich gegen ein bisschen Flausch unter den Fingern nie was einzuwenden.

»Welche Katze?« Olivia sah mich mit zusammengezogenen Augenbrauen an und biss in eine Gummischlange.

»Na, die Katze, die du erwähnt hast. Auf die er es immer schiebt ...«

»Ach so!«, rief sie und zog das O dabei in die Länge. »Die gibt es nicht. Das sagt er immer, aber wir haben gar keine Katze.«

»Oh Mann.« Ich schüttelte den Kopf und fuhr mir lachend mit der flachen Hand übers Gesicht. »Tanzt Brody denn auch?«

»Um Gottes willen, nein. Ich habe zwar schon öfter versucht, ihn dazu zu kriegen, aber er hat einfach keine Lust darauf – was vermutlich daran liegt, dass er die Grazie eines Nilpferds besitzt. Er hat irgendetwas mit Film studiert, und jetzt ist er seit ein paar Monaten Kameramann und produziert Videos und Werbefilme für Firmen und so einen Kram.« Ihre Augen blitzten verheißungsvoll auf, und sie spitzte die Lippen. »Apropos tanzen, hast du dir überlegt, ob du noch mal mitkommen willst? Austin würde sich bestimmt freuen, dich wiederzusehen, und wenn du beim nächsten Mal auch noch mitmachst, hast du doppelt so viel Spaß.« Sie schenkte mir ein engelsgleiches Lächeln. Fehlte nur noch ein Heiligenschein über ihrem Kopf.

Mir war klar gewesen, dass Olivia mir die Frage irgendwann stellen würde, deswegen hatte ich mir schon eine Antwort überlegt. »Ja, ich glaube schon. Es war echt cool, und ein bisschen sportlicher Ausgleich schadet sicher nicht.«

»Aah, wie cool! Das freut mich echt.« Olivia strahlte. »Ich finde es immer toll, wenn ich Leute zum Tanzen motivieren kann. Meiner Meinung nach kann es das ganze Leben verändern. Man wird selbstbewusster, findet neue Freunde, wird sportlicher und das Wichtigste: Man hat dabei unfassbaren Spaß!«

»Ich bin gespannt«, sagte ich vorsichtig und nickte. Eine Veränderung würde mir ganz sicher guttun, auch wenn ich bei dem Gedanken, in einem Kurs zu stehen, jetzt schon vor Nervosität fast an die Decke sprang. Egal, ich schaffte das schon. Immerhin kannte ich Olivia und war nicht komplett auf mich gestellt.

»Warte nur ab, in ein paar Wochen willst du auch als Tänzerin durchstarten, ich sag's dir.« Sie klatschte begeistert in die Hände.

»Mal sehen, erst mal muss ich die erste Stunde überleben.«

»Das wirst du, ich bin doch bei dir!«

Bei ihren Worten überkam mich ein warmes Gefühl, und ich schenkte ihr ein dankbares Lächeln.

Montag wollte ich wieder in Olivias Class gehen und dieses Mal mitmachen. Hoffentlich würde ich es nicht bereuen.

KAPITEL 9

Meine beige Sporttasche rutschte mir in Zeitlupe die Schulter herunter. Ich schob sie wieder zurück an ihren ursprünglichen Platz und klemmte mir eine Strähne hinters Ohr, die der Wind aus meinem Zopf gelöst hatte.

Was tat ich hier verdammt noch mal?

Bei meinem Besuch bei Olivia vor ein paar Tagen war ich noch motiviert gewesen, wieder in die Tanzschule zu gehen, doch heute war mein Tatendrang offensichtlich schon wieder verflogen. Wie bereits vor einer Woche stand ich vor der Glastür des Move District und zögerte.

Tief durchatmen.

Ich hatte mir das eingebrockt, und jetzt musste ich es auch durchziehen.

Trotz der kühlen Abendluft, die über die New Yorker Straßen wehte, war mir warm. Nein, mir war *heiß*. Und das meinte ich nicht auf irgendeine anzügliche Art und Weise, denn wenn es etwas gab, das eindeutig *nicht* heiß sein würde, dann waren das meine Bewegungen in der mir bevorstehenden Hip-Hop-Stunde. Ich machte einen Schritt nach hinten, dann wieder einen nach vorne, sah mich nach rechts und links um und kaute auf meinem

Kaugummi herum, der bereits vor einer halben Stunde seinen Pfefferminzgeschmack verloren hatte.

Genau hier waren Austin und ich zusammengestoßen. Ob er heute wohl auch da sein würde?

Olivia stand ein paar Meter entfernt an die Scheibe der Tanzschule gelehnt und tippte auf ihrem Handy herum. Sie hatte mich bei der Arbeit abgeholt, und wir waren gemeinsam zur Tanzschule gelaufen. Ich hatte vorgegeben, meine Schuhe neu binden zu müssen, um noch ein wenig Zeit zu schinden, und sie war schon weitergeschlendert. Unter ihrer pinken Trainingsjacke trug sie bereits ihre Sportkleidung: eine dunkelgraue Jogginghose und ein weißes, locker sitzendes T-Shirt, das sie in der Taille geknotet hatte.

»Kommst du?«, rief sie mir zu, als sie kurz aufblickte.

Einerseits war ich neugierig, andererseits hoffte ich, dass ich aus der Nummer doch noch irgendwie herauskam.

Vergeblich.

Ich konnte Olivia nicht noch länger warten lassen, also riss ich mich zusammen und ging langsam in ihre Richtung. Augen zu und durch, danach würde ich mich besser fühlen, und Spaß würde es sicher auch machen.

Olivia lief voraus, und ich folgte ihr in den Eingangsbereich und zum Check-in-Schalter.

Heute saß auf dem Hocker nicht der flirty Typ vom letzten Mal, sondern ein Mädchen mit kurz rasierten schwarzen Haaren, das mich übers ganze Gesicht anstrahlte. »Hey«, sagte sie freundlich und öffnete eine App auf dem Tablet, das vor ihr lag. »Wie kann ich dir helfen?«

Ihr Lächeln war ansteckend. »Hey, ich bin Jade. Ich

würde heute gerne bei Olivias Class mitmachen.« Ich warf Olivia einen kurzen Blick zu, woraufhin sie enthusiastisch mit dem Kopf nickte.

»Ach, wie schön. Eine Probestunde? Beginner, Intermediate oder Advanced?«

»Beginner«, entgegnete ich schnell. *So was* von Beginner.

Das Mädchen wischte ein paarmal auf dem Tablet vor sich herum und trug dann meinen Namen und meine Kontaktdaten in ein Formular ein.

Nachdem wir die Anmeldung erledigt hatten, setzten Olivia und ich uns an einen der Metalltische, da uns noch zwanzig Minuten blieben, bis die Class losging. Die Sofas waren bereits von vielen anderen Tänzern belegt, die sich unterhielten oder über ihre Kopfhörer Musik hörten. Nicht weit von uns saßen drei Jungs in Jogginghosen. Einer von ihnen tippte wild auf seinem Laptop herum, während die anderen beiden auf ihn einredeten. Am Check-in hatte sich inzwischen eine Schlange gebildet, und ein Paar Anfang vierzig stand neben der Eingangstür und wartete vermutlich darauf, dass ihr Kind aus dem Tanzunterricht kam.

»Hast du Hunger?« Olivia holte ein Sandwich aus ihrer Tasche und hielt es mir hin. »Thunfisch mit Ei.«

»Danke, alles gut«, erwiderte ich und verzog die Mundwinkel zu einem angedeuteten Lächeln. Selbst wenn mein Magen in diesem Moment ein verräterisches Knurren von sich gab, ich würde jetzt eh nichts herunterbekommen. »Ich gehe mich mal umziehen.« Auf keinen Fall wollte ich auf den letzten Drücker in Olivias Class kommen, sodass mich alle anstarrten. »Die Umkleiden sind da hinten am Ende des Flurs, oder?«

»Genau, hinten rechts.« Olivia nickte und biss genüsslich in ihr Sandwich.

Langsam stand ich auf und lief mit schweren Beinen den Gang zu den Umkleiden entlang. Auf dem Weg dorthin fielen mir gleich im ersten Saal ein paar Mädchen auf, die an einer Hip-Hop-Choreografie arbeiteten und verschiedene Schritte ausprobierten. Ein paar Fenster weiter fand eine Class der etwas anderen Art statt. Um die vierzig Leute standen fast so dicht gedrängt wie bei einem Konzert von Ariana Grande, und ich fragte mich, wie sich die Tänzer da noch richtig bewegen konnten. Ich blieb einen Moment stehen, um herauszufinden, was für ein Tanzstil dort unterrichtet wurde. Die verschiedensten Menschen fast aller Altersgruppen kamen hier zusammen, doch eines hatten sie gemeinsam: Alle trugen High Heels. *Alle.*

Im nächsten Augenblick dröhnte »Circus« von Britney Spears aus den Lautsprechern in den Ecken, und die kleine rothaarige Trainerin mit schwarzen Overknees und einer knappen Hotpants fing an einzuzählen. Auf den nächsten Takt tanzte der gesamte Raum los.

Mir klappte der Kiefer herunter. Wie gebannt starrte ich durch die Scheibe. So was hatte ich bisher noch nie live gesehen. Vielleicht mal in einem Tanzfilm, aber nicht direkt vor meiner Nase. Die Energie der Tänzer überrollte mich wie ein Tsunami, vor dem es kein Entkommen gab. Jeder und jede Einzelne hatte solch eine Power, alle trafen die Schläge in der Musik nahezu perfekt. So sah es zumindest für einen Laien wie mich aus. Was ich am beeindruckendsten fand, war die Tatsache, dass die Typen sich teilweise noch femininer bewegten als die Mädchen.

Ein riesiger Kerl mit einem voluminösen Afro und einem noch größeren Ego tanzte die Schritte, als ob es kein Morgen gäbe. Am Ende der Choreo landete er auf dem Boden. In einem Spagat. In einem *verdammten* Spagat!

Ich war überwältigt. Dennoch riss ich mich von der Scheibe los, sonst würde ich doch noch zu spät zu Olivias Class kommen.

In der Umkleide stellte ich meine Tasche auf der Ablagefläche vor einem der Schließfächer ab und kramte meine schwarze Jogginghose hervor. Danach wechselte ich mein Shirt. Ich hatte mich für ein weißes mit Aufdruck entschieden, das ich bei meinem letzten Taylor-Swift-Konzert am Merch-Stand erbeutet hatte, und kombinierte es mit schwarzen Nike Sneakers. Vor einem Spiegel, der vom Boden bis fast zur Decke reichte, band ich mir die hellblonden Haare zu einem tiefen Pferdeschwanz. Meine Wangen waren vor nervöser Aufregung leicht gerötet – ich schwitzte bereits jetzt.

Vor ein paar Wochen, als ich gerade in New York angekommen war, hätte ich nicht zu träumen gewagt, mich so etwas jemals zu trauen. Ich war davon ausgegangen, dass sich mein Leben nur zu Hause und im Café abspielen würde. Dass ich auf mein Ziel hinarbeiten würde, Modedesign studieren zu können. Die Tatsache, dass ich dieser ganzen Sache hier eine Chance gab, verwunderte mich zwar, aber insgeheim war mir bewusst, dass ich nach der beschissenen Zeit, die hinter mir lag, ein bisschen Freude bitter nötig hatte. Es war Zeit, den ersten Schritt zu tun; das war mir in der letzten Woche, als ich bei Olivias Class zugesehen hatte, klar geworden. Vielleicht konnte das Tanzen für mich eine Art Anker sein, nachdem mein letzter schon lange versunken und die Kette, an der er gehangen hatte, mit lautem Krachen entzweigerissen war.

Nachdem ich meine Jeans, den dunkelgrauen Pulli und die Chelsea Boots in meiner Sporttasche verstaut hatte, überlegte ich kurz, sie einzuschließen, erinnerte mich dann aber, dass Olivia gesagt hatte, man könne seine Sachen auch mit in den Saal nehmen. Also warf ich mir die Tasche über die Schulter, nahm meine Jacke in die Hand und machte mich auf den Weg zurück in den Eingangsbereich.

Olivia kam mir mit einem Glas Wasser in der einen und ihrem Laptop in der anderen Hand auf halbem Weg entgegen und bedeutete mir mit einer Kopfbewegung, ihr in einen der Räume zu folgen. Der Saal war noch ganz leer, doch die Luft umso stickiger. Sofort stellte Olivia ihre Sachen ab und hechtete zu den Fenstern, um Luft hereinzulassen.

»Puuuh.« Sie fächelte sich vor der Nase herum und verzog gequält das Gesicht. »Davor waren ein paar Breaker hier drin. Die lüften nie, und dann mieft der ganze Raum nach verwestem Stinktier.«

»Die haben sich wohl ein bisschen zu sehr verausgabt«, gab ich grinsend zurück.

Der Raum sah ziemlich genauso aus wie der von letzter Woche, nur dass das Sofa hier an der rechten Wand stand und nicht unter dem Fenster zum Flur. Ich stellte meine Tasche daneben und legte meine Jacke darauf, dann zog ich meine Wasserflasche aus dem Seitenfach und nahm einen großen Schluck.

Olivia haute währenddessen in die Tasten ihres Laptops, und kurz darauf ertönte die sanfte Stimme von

Jhené Aiko aus den schwarzen Lautsprechern, die in jeder Ecke von der Decke hingen.

Unruhig trat ich von einem Bein aufs andere und versuchte, mir nicht so viele Gedanken darüber zu machen, dass es gleich ernst werden würde.

Ruhig bleiben, Jade.

Doch mein Herz schlug schneller als der Beat der Musik, und ich erwischte mich bei dem Gedanken an mein warmes Bett und eine heiße Schokolade mit viel Sahne und bunten Zuckerstreuseln. Langsam machte ich ein paar Schritte auf Olivia zu, versuchte, meine Unsicherheit zu überspielen, und verschränkte die Arme, sodass sie nicht sehen konnte, wie meine Hände zitterten.

Sie hob den Kopf. »Kleiner Tipp: Stell dich am besten weit nach vorne. Dann siehst du alles und lernst die Choreo schneller.«

Einen Teufel würde ich tun und mich in meiner ersten Stunde direkt nach vorne stellen. Sicher *nicht*.

»Passt schon, ich … ich glaube, ich bleibe eher hinten.«

»Mach dir keinen Kopf, okay?« Verständnisvoll blickte sie mich an. »Das ist eine Anfängerstunde, und es ist auch noch kein Meister vom Himmel gefallen, also bleib ganz entspannt. Und das Wichtigste: Hab Spaß!«

Dankbar lächelte ich sie an. »In Ordnung, ich versuch's.«

Ich würde mir trotzdem einen Platz in den hinteren Reihen suchen und hoffen, dass die anderen mich nicht beobachteten oder über mich redeten. Leute in meinem Alter … nein, in jedem Alter, konnten fies sein. *Sehr* fies.

Die Gedanken rasten durch meinen Kopf und blieben bei Tara hängen. *Tara*. Sie war meine beste Freundin gewesen – bis sie und Beth und insbesondere Kyle dafür gesorgt hatten, dass ich die schlimmsten Monate meines Lebens durchmachen musste. Ich war mir sicher, dass es überall solche Menschen gab. Auch hier in dieser Tanzschule, die auf den ersten Blick wie ein zweites Zuhause vieler Jugendlicher wirkte.

Gänsehaut legte sich auf meinen Körper, und ich atmete tief ein und aus, um die Gedanken aus meinem Kopf zu drängen.

Als nach und nach immer mehr Menschen den Saal betraten – mittlerweile waren es um die dreißig, die meisten davon Mädels und vielleicht ein Drittel Typen – und sich einen Platz vor dem Spiegel suchten, beschloss ich, mich unter das Volk zu mischen. Ich kniff die Augen zusammen und sah mich im Raum um, bis ich eine Lücke zwischen zwei Mädchen meines Alters entdeckte. Ich kam gerade noch rechtzeitig dort an, bevor Olivia sich vorne in die Mitte stellte und uns begrüßte.

»Hey, schön, dass ihr alle da seid! Das hier ist eine Anfänger-Class, also macht euch keinen Stress und fragt, wenn ihr etwas wissen wollt oder einen Schritt nicht verstanden habt. Ein paar bekannte Gesichter habe ich schon gesehen, aber über die neuen freue ich mich natürlich auch sehr. Alles klar, dann wärmen wir uns doch direkt mal auf.« Beschwingt tänzelte sie zum Mischpult und drückte ein paar Tasten, woraufhin sanfte Beats aus den Lautsprechern klangen.

Zuerst machten wir uns mit verschiedenen recht einfachen Schritten auf ein House-Lied warm. Am Anfang kam ich mir noch ein wenig komisch vor, aber schon nach ein paar Minuten fiel es mir leichter, ich fand in die Musik und hatte tatsächlich Spaß. Und als wir schließlich die Choreografie auf »I Like That« von Houston lernten, wurde es noch besser. Ich spürte förmlich, wie mein innerer Gangster herauskam – der sich wohl die meiste Zeit meines Lebens versteckt gehalten hatte. Ich slidete nach rechts und links, sprang wild hin und her, überkreuzte die Beine und fuchtelte mit den Armen vor meinem Körper herum. Ich sah vielleicht nicht ganz so cool aus wie Olivia oder ein paar der anderen Tänzer im Raum, aber ich fühlte mich großartig. Anders als ich erwartet hatte, schämte ich mich für nichts; ich ließ mich einfach von der Musik und der Stimmung mitreißen. Eine schöne Abwechslung zu den Gedanken, die Tag für Tag meinen Kopf belagerten und nie ganz verschwinden wollten.

Als ich mich nach einer kurzen Trinkpause wieder auf meinen Platz stellte, lächelte mich ein Mädchen mit strengem Dutt und Sommersprossen an. »Hi, du bist auch neu hier, oder? Ich habe dich zumindest noch nie gesehen. Ich bin Becky.«

»Ja, das ist mein erster Kurs«, sagte ich und nickte. »Ich heiße Jade. Warst du schon öfter hier?«

»Freut mich! Bisher habe ich nur Ballett getanzt, aber ich wollte mal was Neues ausprobieren. Eine echte Umstellung, das kannst du mir glauben. Tausendmal lockerer als die Bewegungen im Ballett«, erwiderte sie und lachte, was mich sofort ansteckte.

»Kann ich mir vorstellen.«

»Na ja, ich glaube, es geht weiter, aber vielleicht sehen wir uns ja öfters hier.«

»Ja, könnte sein.« Meine Mundwinkel zuckten nach oben. Sie schien aufrichtig nett zu sein, und ich fühlte mich sofort noch ein klein wenig wohler.

Dann wandten wir uns wieder Olivia zu, die die nächsten Schritte erklärte. Die Choreo war zum Glück einfach gehalten. Viele Schritte zur Seite, bei denen man, laut Olivia, im *Flow* bleiben und nicht zu steif sein sollte, aber auch Drehungen und Abschnitte, in denen ausschließlich der Oberkörper oder die Arme bewegt wurden. Schnell bildeten sich Schweißperlen auf meiner Stirn, die an meinen Schläfen herunterliefen. Da war wieder diese Übung mit den lockeren Kniebeugen, die alle *Bounce* nannten. Bei mir sah es leider nicht ganz so lässig aus wie bei vielen anderen. Ich kam mir vor, als hätte ich einen Stock im Arsch, wenn ich im Vergleich Olivia im Spiegel beobachtete. Trotz allem machte es unfassbar viel Spaß. Nachdem wir die Choreo einige Male geübt hatten, schaltete sich mein Kopf irgendwann ganz von selbst aus, und ich verließ mich voll und ganz auf meinen Körper, der sich an die Schritte erinnerte und sie abspielte.

Als die Class vorbei war, konnte ich nur noch grinsen – so wie früher, wenn mir mein Mathelehrer zur Abwechslung mal eine gute Note ausgehändigt hatte. Für eine Stunde hatte ich meine Probleme vergessen. So vollkommen in eine andere Welt abzutauchen gelang mir sonst nur, wenn ich an meinen Zeichnungen arbeitete oder mir Modenschauen anguckte. Niemals hätte ich auch nur zu träumen gewagt, dass mir das Tanzen so guttun würde. Egal, wie doof ich dabei aussah, ich wollte es wieder tun.

Atemlos trank ich einen Schluck Wasser und hüpfte anschließend begeistert zu Olivia hinüber, die sich gerade mit ein paar Jungs unterhielt. Während ich wartete, blickte ich in den beschlagenen Spiegel vor mir. Auch wenn mein Kopf ein neues Rötelevel erreicht hatte, ich sah glücklich aus. Und selbst wenn es nur in diesem einen flüchtigen Moment der Fall war, der schneller wieder schwinden konnte als Sonnenstrahlen an verregneten Herbsttagen – es ging mir gut. Keine Ahnung, wann ich das letzte Mal so empfunden hatte.

Nachdem sich die Jungs von Olivia verabschiedet hatten, wandte sie sich zu mir um. »Wie hat es dir gefallen?«

»Es war toll! Ich hätte nie gedacht, dass das so viel Spaß macht.« Ich lächelte sie an und hob meine Trinkflasche an den Mund.

Sie gab mir ein High Five und erwiderte mein Lächeln. »Das freut mich. Du bist hier immer willkommen.«

»Danke! Ich werde mich dann gleich mal umziehen gehen. Kommst du mit?«

Sie schüttelte leicht den Kopf. »In einer halben Stunde beginnt die Class von einer Freundin, bei der ich mitmachen will. Ich hätte dir vorgeschlagen, auch zu kommen, aber die ist, glaube ich, noch etwas schwer für dich.«

»Ach so, ja … kein Problem. Dann sehen wir uns gleich vorne im Eingang, oder?«

»Yes!«

Mit einem Dauergrinsen im Gesicht schnappte ich mir meine Sachen, und wir verließen zusammen den Tanzsaal, da bereits der nächste Kurs vor der Tür wartete.

Nachdem ich mich aus meinen verschwitzten Sportklamotten geschält, in Deodorant gebadet und mir meine Alltagskleidung angezogen hatte, warf ich mir die Sporttasche über die Schulter. Ich hatte schon mitbekommen, dass es eher unüblich war, in der Tanzschule zu duschen. Die meisten machten das zu Hause. Was mir nur recht war, da ich mich momentan sowieso nicht wohl damit fühlte, mich vor anderen auszuziehen.

Ich trat aus der Umkleide und durchquerte den Flur.

Olivia unterhielt sich gerade mit einem Jungen aus ihrer Class. So wie er sie anhimmelte, stand er bestimmt auf sie, aber Olivia blieb ganz entspannt und erklärte ihm ein paar der Schritte, die er nicht verstanden hatte.

Als ich fast bei ihr angekommen war, tauchte plötzlich ein braunhaariger, großer Typ vor mir auf, der abrupt stehen blieb, als er mich erkannte.

Austin.

Schnell stoppte ich und verlor dabei fast das Gleichgewicht, doch zum Glück konnte ich mich fangen, sonst hätte diesmal ich ihn über den Haufen gerannt.

Da stand er vor mir, in der einen Hand einen Burger, der noch riesiger schien als das Ego des High-Heels-Kerls vorhin, und in der anderen seinen dunkelgrünen Rucksack, auf den in weißer Farbe das Move-District-Logo gedruckt war. Er sah mir direkt in die Augen, und ich bekam keinen einzigen Ton heraus. Es schien, als wäre die Musik verstummt, und auch das Gerede der anderen Menschen blendete ich aus.

Wieso sagte er nichts? Wieso sagte *ich* nichts?

Ehe ich mich sammeln konnte, kam er mir zuvor.

»Hi, alles klar?« Er zog einen Mundwinkel zu einem schiefen Grinsen nach oben und sah mich erwartungsvoll an.

Natürlich beruhigte sich mein Puls nicht, dieser Verräter. Gott sei Dank hatte ich vom Tanzen sowieso schon einen hochroten Kopf, also fiel es hoffentlich nicht auf, dass mir noch mehr Röte in die Wangen schoss. Wieso zur Hölle löste ein idiotischer Tänzer so etwas in mir aus? Ich musste mich zusammenreißen, schließlich war ich keines dieser Mädchen, das in Atemnot geriet, nur weil ein gut aussehender Typ vor ihr stand. Nein, so jemand war ich noch nie gewesen und wollte ich auch niemals sein. Egal wie durchtrainiert, tätowiert oder humorvoll er auch war. Nicht mit mir!

»Na klar, und bei dir?«, antwortete ich mit fester Stimme.

»Bei mir immer«, sagte er grinsend und biss genussvoll ein Stück von seinem saftigen Burger ab.

»Wow, das ist echt die perfekte Sportlernahrung.« Ich wies schmunzelnd auf den Burger in seiner Hand.

Er kaute kurz, schluckte und entgegnete dann: »Du bist doch nur neidisch.«

»Ein bisschen vielleicht«, gab ich zu und zuckte mit den Schultern.

Triumphierend reckte er das Kinn. »Tja, von einem guten Burger gebe ich nur leider nichts ab.« Er überlegte kurz und wackelte dann anzüglich mit den Augenbrauen. »Aber für dich würde ich eventuell eine Ausnahme machen.«

Augenblicklich stellten sich mir die Nackenhaare auf, und ich senkte den Blick. Ich dachte daran, wie Olivia darauf beharrt hatte, dass er ein guter Kerl war, aber irgendwie konnte ich das nicht so richtig glauben. Dafür war er viel zu selbstbewusst und von sich überzeugt. Krampfhaft durchsuchte ich meinen Kopf nach einer passenden Antwort. Nach etwas Schlagfertigem. Doch noch bevor ich dazu kam, überhaupt etwas zu sagen, meldete er sich wieder zu Wort.

»Ist auch egal. Schön, dass du wieder hier bist. Warst du in Olivias Class, oder was treibt dich her?«

»Ja, ich habe zum ersten Mal mitgemacht«, antwortete ich und nickte. »Es hat echt Spaß gemacht. Mal gucken, vielleicht schaue ich jetzt öfter vorbei.«

»Das würde mich freuen.« Er lächelte mich an.

Irgendwie wirkte er jetzt richtig nett. Trotzdem war ich mir nicht sicher. Lag es an der Ähnlichkeit zu Kyle? Unauffällig trat ich einen kleinen Schritt zurück und warf einen raschen Blick nach links, doch Olivia war noch immer in das Gespräch vertieft und bemerkte mich nicht.

»Wenn du so neidisch auf meinen Burger bist, lade ich dich auch gerne mal auf einen ein. Ich schulde dir ja eh noch was.« Austin legte den Kopf schief, und in seiner linken Wange erschien wieder das Grübchen.

Meine Augenbrauen schossen in die Höhe, und mir wurde noch ein wenig heißer. Auch wenn er es angedroht hatte, ich hatte nicht geglaubt, dass er mich noch mal nach einem Treffen fragen würde. Ich atmete aus und versuchte, meinen Herzschlag, der laut gegen meine Brust trommelte, wieder auf normale Geschwindigkeit zu bringen.

»Eigentlich hatten wir das doch geklärt, oder? Das mit den Entwürfen ist übel gelaufen, aber das heißt nicht, dass du mich irgendwohin einladen musst. Ich will kein Date oder so was.«

»Ich auch nicht«, sprudelte er heraus. »Kein Date. Wir könnten uns doch als Freunde auf einen Burger treffen, ganz zwanglos.«

Austins Blick ruhte auf mir, so dunkel und unergründlich, dass sich in meinem Körper alles zusammenzog. Mein Brustkorb hob und senkte sich noch immer viel zu schnell. Ich biss mir auf die Lippe, während ich mich fragte, ob es nicht vielleicht schön wäre, weitere Freunde in New York zu finden. Die Frage war nur, ob ich diesem Kerl trauen konnte.

»Lieber nicht.«

Austin kniff die dunkelgrünen Augen zusammen, legte den Kopf schief und studierte mich einen Moment. »Das sagst du *jetzt*. Ist auch vollkommen okay, aber dir sollte klar sein, dass du dich früher oder später sowieso mit mir treffen wirst.« Er lachte. »Oder zumindest hoffe ich das.« Mit diesen Worten und einem Zwinkern ging er an mir vorbei und streifte dabei sanft mit seinem Arm meine Schulter.

Meine Haut kribbelte, und ich bekam ein flaues Gefühl im Magen. Ich drehte mich noch mal nach ihm um und beobachtete, wie er den Flur hinunter Richtung Männerumkleide verschwand.

Den restlichen Abend verbrachte ich damit, an meinen Entwürfen zu arbeiten. Immerhin war es schon fast Ende September, und mir lief langsam die Zeit weg. Auch wenn ich vom Tanzen total fertig war, lief es erstaunlich gut, und meine Kreativität kam mehr und mehr zurück. Ich kritzelte beigefarbene, ausgestellte Röcke, daneben lange Mäntel mit Kunstlederbesatz und T-Shirt-Kleider, die mich an die Outfits der Tänzerinnen in der Tanzschule erinnerten. Immer wieder musste ich an Austin und unser Gespräch denken, versuchte jedoch, meine Gedanken auf meine Arbeit zu fokussieren. Nachdem ich mich in der letzten Zeit künstlerisch total blockiert gefühlt und nichts zu Papier gebracht hatte, auf das ich so richtig stolz war, flossen mir die Designs heute geradezu aus den Fingern.

Es fühlte sich einfach nur gut an, und ich musste die ganze Zeit dümmlich grinsen. Wie es aussah, war meine Inspiration zurückgekehrt. Nach wenigen Stunden hatte ich noch zwei Oberteile entworfen, die auf einer Bühne und besonders an Tänzern mit Sicherheit gut aussehen würden. Etwas sportlicher und weniger schick. Die Tanzschule mit all den unterschiedlichen Menschen, die dort zusammenkamen, hatte mir zu neuen Ideen verholfen, die ich nun zufrieden meiner Mappe beilegen konnte.

Völlig schlapp, dafür aber umso glücklicher, legte ich mich in mein Bett und schlief innerhalb weniger Minuten ein.

Schweißgebadet schreckte ich hoch und schnappte hektisch nach Luft. Drohte zu ersticken.

Stell dich nicht so an!, hörte ich dicht an meinem Ohr die vertraute Stimme, die ich seit Monaten aus meinem Kopf zu verbannen versuchte.

Ich presste mir eine Hand auf die Brust und keuchte. Gänsehaut lag auf meinem Körper.

Kyles Gesicht dicht vor mir.

Seine Hand fest an meinem Arm.

Mit zitternden Fingern tastete ich nach meiner Nachttischlampe und schaltete sie an. Mein Herz raste wie wild. Schauer krochen mir die Wirbelsäule hinauf, mir war abwechselnd heiß und kalt.

Wann hörte das alles auf? Wann würde ich endlich wieder ein normales Leben führen können?

Ich griff nach meinem Handy, auf das ich seit der Tanzstunde keinen Blick mehr geworfen hatte. Neben den täglichen Check-ups meiner Eltern und ihren Erinnerungen an das Familien-Thanksgiving-Essen leuchtete eine Benachrichtigung für fünfzehn unbeantwortete Anrufe von einer unterdrückten Nummer, die ich seit Tagen nicht angenommen hatte, auf dem Display auf. Mit Sicherheit Tara, die mir sowieso nur wüste Beschimpfungen an den Kopf werfen wollte.

Warum konnte sie mich nicht einfach in Ruhe lassen? Dafür hasste ich sie. Genau wie Beth und Kyle. Ich hasste sie für all die Dinge, die sie mir angetan hatten. Außerdem hasste ich mich, weil ich es einfach nicht schaffte, das alles hinter mir zu lassen. Ich führte hier ein komplett neues Leben, und trotzdem glaubte ich, sie in jedem Menschen, den ich traf, wiederzuerkennen.

KAPITEL 10

Der stechende Muskelkater in Beinen, Armen und Po gab mir den Rest. Als ich mich am nächsten Morgen für die Arbeit im Café fertig machte, versuchte ich ihn vergeblich zu ignorieren. Ich ging zwar manchmal joggen, aber beim Tanzen strengte man offenbar andere Muskeln an als beim Laufen.

Mit der Zahnbürste in der Hand deutete ich ein paar der Schritte an, die ich gestern gelernt hatte, und kam mir vor wie in einem Musikvideo von Justin Bieber. Wenn ich nur daran dachte, wieder in diesem Tanzsaal zu stehen und mich zur Musik zu bewegen, ging mir das Herz auf. Es fühlte sich nicht wie Sport an, sondern vielmehr wie ein richtiges Hobby, das einen tollen Ausgleich zur Zeichenarbeit am Schreibtisch schaffte. Dabei war ich bisher nur in einer einzigen Hip-Hop-Class gewesen. Was würde wohl mit mir passieren, wenn ich die anderen Tanzstile ausprobierte oder noch mehr Stunden nahm? Sofort musste ich an den sassy Tänzer von gestern denken, der locker in einem Video von Lady Gaga hätte mittanzen können. Aber bevor ich mich – zumindest in meinen Träumen – weiter mit meinem zweiten Standbein als

Profitänzerin beschäftigen konnte, musste ich mich erst einmal mit dreckigen Tassen und kaputten Kaffeemaschinen befassen.

Als ich gestern mit Olivia frühstücken gewesen war – mir lief jetzt noch das Wasser im Mund zusammen, wenn ich an die Waffeln und den Avocado-Toast dachte –, hatten wir uns für den heutigen Nachmittag in der Tanzschule verabredet. Heute unterrichtete sie zwar nicht, aber sie meinte, dass sie trotzdem dort sein würde. Sie wollte mit mir den Stundenplan durchgehen, um noch ein paar Kurse herauszusuchen, die ich ausprobieren könnte. Allzu viel Zeit hatte ich natürlich nicht dafür, schließlich wollte ich noch vor Weihnachten mit meiner Mappe fertig werden, aber ich hatte das Gefühl, dass es mir guttun würde, mir ein- bis zweimal die Woche den Kopf freizutanzen. Viel mehr war auch finanziell nicht drin – eine Mitgliedschaft im Studio war nicht gerade billig. Wobei ich in jedem Tanzbereich eine Class erst einmal kostenlos ausprobieren durfte, bevor ich mich entschied.

Als ich nach meiner Schicht im Café durch die gläserne Tür in den Eingangsbereich des Move District trat und Olivia an einem der Tische sitzen sah, fühlte ich mich viel weniger mulmig als bei den letzten beiden Malen, mich überkam sogar ein warmes Gefühl. Vor ihr stand eine Tasse heiße Schokolade, deren Duft mir schon von Weitem in die Nase stieg. Sie sprach mit ein paar anderen Tänzern, die neben ihr saßen. Ich erkannte Brennan, Jules und Vincent, die mir Olivia im Café vorgestellt hatte; daneben saßen zwei weitere Mädels und ein Typ, allerdings mit dem Rücken zu mir. Jules trug ihr langes schwarzes Haar in einem zerzausten Dutt und kaute auf dem Ende ihres Kugelschreibers herum, während Brennan in ein Gespräch mit einem Mädchen vertieft war, das ihm im Sitzen irgendwelche Tanzschritte zu erklären versuchte. Sie führte kontrollierte Bewegungen mit den Armen aus und nahm dabei immer wieder ihren Oberkörper mit.

Als Vincent mich neben der Tür stehen sah, stupste er Olivia mit dem Ellenbogen an und nickte in meine Richtung.

»Jade ist da!«, rief Olivia und strahlte mich breit an.

Als sich sämtliche Köpfe in meine Richtung drehten, fühlte ich mich wie auf dem Präsentierteller. Nervös ging ich auf die Gruppe zu und lächelte zögerlich in die Runde. »Hey.«

Der Typ, der mit dem Rücken zu mir gesessen, sich bei Olivias begeisterter Begrüßung jedoch wie die anderen zu mir umgedreht hatte, war Austin. Sein weißes T-Shirt lenkte meine Aufmerksamkeit auf seine breiten Schultern. Er wuschelte sich durch seine hellbraunen Locken, die an den Seiten kurz und oben etwas länger waren. Seine dunkelblaue Jogginghose mit den drei Streifen an der Seite schmiegte sich an seine muskulösen Beine. Als er bemerkte, wie ich ihn musterte, zuckten seine Mundwinkel, und er versuchte ein Grinsen zu unterdrücken, scheiterte aber kläglich. Stattdessen blitzten seine Augen auf, als sich unsere Blicke trafen.

»Jade, schön, dass du da bist!«, sagte Olivia und strahlte mich an, während ich mich langsam der Gruppe näherte und versuchte, einen erneuten Blickkontakt mit Austin zu vermeiden. Ich spürte, wie er jede meiner Bewegungen genau beobachtete, und ich konnte nicht einmal sagen, ob ich das gut oder schlecht fand.

Durchatmen. Tiiiiief durchatmen, Jade.

Ich versuchte, meine verdammte Unsicherheit in die hinterste Ecke meiner Gedanken zu verdrängen – von wo sie sich hoffentlich nicht zurück an die Oberfläche kämpfen konnte. Es wurde Zeit, dass ich in New York ein paar Bekanntschaften schloss. Das bedeutete ja nicht, dass wir alle gleich die dicksten Freunde werden mussten, die einander alles anvertrauten. Mit klopfendem Herzen nahm ich mir einen gepolsterten Stuhl vom Nebentisch und positionierte ihn zwischen Brennan und einem der Mädchen, deren Namen ich noch nicht kannte. Dann ließ ich mich darauf sinken.

»Alles klar?«, fragte ich vorsichtig und schaute von einem Gesicht ins nächste, während ich mit den Fingern am Saum meines Pullis herumspielte.

»Immer! Wir hängen hier nur ein bisschen ab«, entgegnete eines der Mädchen. Sie hatte lange mahagonifarbene Haare, die sie zu einem hohen Pferdeschwanz zusammengebunden hatte, und leuchtende grüne Augen. Auf ihrer Stupsnase saßen jede Menge Sommersprossen. »Ich bin übrigens Sienna.«

»Und das da ist Adaline. Die anderen kennst du schon, oder?«, fügte Olivia hinzu und deutete auf ihre Freundin mit den geschwungenen, vollen Lippen, deren karamellfarbene Locken ihr offen über die Schultern fielen und die vollkommen vertieft in irgendwelche Notizen in ihrem Collegeblock zu sein schien, der aufgeschlagen vor ihr lag.

Die beiden waren ungefähr in meinem Alter, vielleicht ein oder zwei Jahre jünger.

Ich nickte. »Freut mich. Ich bin Jade.«

Adaline hob den Kopf. »Cool. Warst du schon öfter

hier, oder ist das dein erstes Mal?« Sie musterte mich freundlich, während sie ihren Block zusammenklappte und ihn in der braunen Tasche zu ihren Füßen verstaute. Wie es aussah, trug sie bereits ihre Trainingskleidung. Eine schwarze Sportleggings und ein graues Schlabber-Shirt, dazu weiße Sneakers und eine schwarze Trainingsjacke. Ein schlichtes, aber cooles Sportoutfit.

Die anderen am Tisch waren teils sportlich, teils aber auch in Jeans, Strickpullis oder Stoffhosen gekleidet.

»Ich habe bisher einmal zugeschaut und einmal mitgemacht«, entgegnete ich. »Heute wollte ich mir mit Olivia den Stundenplan ansehen und überlegen, welche Classes zu mir passen könnten. Wir kennen uns übrigens aus dem Café; ich arbeite auch dort.«

»Klingt gut. Du musst unbedingt in meine Jazz-Class kommen. Ich bin ganz frisch Trainerin geworden und würde mich freuen, bekannte Gesichter zu sehen.« Adaline strahlte etwas Warmes aus, als ob ihre Freunde sich auf sie verlassen konnten, wenn es hart auf hart kam. Irgendwie fühlte man sich in ihrer Gegenwart direkt wohl.

Doch bevor ich Adaline antworten konnte, schaltete sich eine mir inzwischen nur allzu bekannte Stimme ein: »Also in meiner Class ist auch immer ein Platz für dich frei.«

Alle Augen waren auf mich gerichtet. Austin beobachtete mich frech grinsend und verschränkte die Arme vor der Brust.

Ich spürte, wie mir die Röte in die Wangen schoss. Wenn ich nervös oder mir etwas unangenehm war, wurde ich rot, das gehörte zu mir wie meine kurzen Wimpern oder meine kleine Nase. Ich konnte es nicht ändern.

»Das hättest du wohl gerne.«

An meiner Schlagfertigkeit musste ich definitiv noch arbeiten; vor allem, wenn mir ein Typ gegenübersaß, der gut und gerne als Calvin-Klein-Model hätte durchgehen können und so entspannt wirkte, als ob ihn nichts und niemand aus der Ruhe bringen konnte.

Ohne den Blick von mir zu lösen, fuhr er sich mit einer Hand über die Bartstoppeln an seiner Wange. »Stimmt.« Sein selbstsicheres Grinsen verschwand, und auf seinem Gesicht zeichnete sich ein Hauch von Hoffnung ab.

Konnte es sein, dass er wirklich ernsthaftes Interesse an mir hatte? Oder war das alles nur Show? Ich traute der ganzen Sache nicht.

Um dem Gespräch mit ihm aus dem Weg zu gehen, wendete ich mich der restlichen Gruppe zu. »Was macht ihr jetzt? Habt ihr alle Training?«

»Yep, Contemporary. Die anderen sind nur hier, weil sie kein Leben haben. Ich gehe mich mal umziehen.« Mit einem Kichern stand Sienna auf und lief in Richtung Flur davon.

»Jetzt mal nicht übertreiben, Madame«, rief Vincent ihr gespielt empört hinterher.

»Dann seid ihr einfach so hier?« Verdutzt schaute ich in die Runde und erntete skeptische Blicke.

Olivia war die Erste, die sich zu Wort meldete. »Ehrlich gesagt ist das schon irgendwie unser zweites Zuhause. Wir hängen ziemlich oft einfach nur hier ab. Na ja, und wir arbeiten schließlich auch hier, bis auf Sienna zumindest. Die studiert. Und wir anderen haben teilweise noch Nebenjobs.«

»Man trifft hier jeden Tag jemanden, den man kennt«,

fügte Brennan hinzu, »man unterhält sich, geht noch mal Choreos durch oder isst einfach zusammen Pizza …«

»… oder Burger.«

War ja klar, dass Austin auch da seinen Senf zu abgeben musste.

»Ich mag Pizza lieber«, entgegnete ich trocken, woraufhin er sich nach vorne lehnte und seine durchtrainierten Unterarme auf den Knien abstützte, um mich amüsiert zu mustern.

Seine Hände waren groß und gepflegt. Nicht so, als ob er eine Flatrate im besten Maniküre-Studio New Yorks hatte, aber ansehnlich. Die Muskeln in seinen Unterarmen zuckten, und die Adern darin traten ein wenig hervor.

»Auf eine Pizza lade ich dich auch gerne ein.«

»Was?«, kam es von Jules, und als ich mich umsah, bemerkte ich, dass mich alle mit großen Augen ansahen.

Verwirrt strich ich mir eine hellblonde Strähne hinters Ohr und zog die Augenbrauen zusammen.

»Austin geht nicht so oft auf Dates«, raunte mir Brennan verschwörerisch von der Seite zu.

Oh. Das erklärte einiges. Olivia hatte zwar etwas Ähnliches angedeutet, aber geglaubt hatte ich es nicht. Dafür war er einfach zu attraktiv und wirkte dazu noch wie ein schamloser Aufreißer. Außerdem wusste er bestimmt, wie gut er sich bewegen konnte – mit Sicherheit hatte er ein ziemlich großes Ego. Tänzern wurde doch sowieso immer nachgesagt, dass sie jede Nacht eine andere im Bett hatten. So überrascht, wie mich alle anblickten, geriet ich allerdings ins Zweifeln. Nervös begann ich meine Hände im Schoß zu kneten, während ich mich fragte, was sie wohl gerade über mich dachten.

Olivia rettete mich glücklicherweise aus der unangenehmen Situation. »Jade ist schon *mein* Pizza-Buddy, sorry.«

Ich sah sie dankbar an und fügte, an Austin gerichtet, hinzu: »Da hast du's.«

Hoffentlich hörte er jetzt auf, mich nach einer Verabredung zu fragen. Denn jedes Mal, wenn er es tat, schoss mein Adrenalinspiegel in ungeahnte Höhen.

Er lehnte sich wieder auf seinem Stuhl zurück und schaute mich mit einem unergründlichen Blick an. Das Grübchen auf der linken Wange blitzte auf, als er seinen Mundwinkel leicht nach oben zog.

Ich konnte diesen Typen einfach nicht einschätzen. Nahm er mich auf den Arm, oder meinte er es ernst?

»Überleg es dir.« Er spielte an seiner Fitnessuhr herum und senkte für einen Moment den Blick darauf.

Hilflos sah ich erneut zu Olivia, die ratlos mit den Schultern zuckte und offensichtlich auch nicht weiterwusste. Wieso sprach er diese »Date«-Sache vor allen an? Das war doch echt peinlich.

»Wie auch immer«, schnaubte ich und hoffte, dass sich das Thema damit erledigt hatte.

Die anderen gaben keinen Mucks von sich, warfen sich nur vielsagende Blicke zu.

Austin verschränkte die Arme hinter dem Kopf und presste die Lippen aufeinander, als sich zwei Hände auf seine Schultern legten. Er zuckte zusammen und sah sich zu dem braunhaarigen Mann Mitte vierzig um, der hinter ihm aufgetaucht war.

»Gut, dass du hier bist, Austin, wir müssen uns gleich noch über die anstehenden Workshops unterhalten«, sagte er und lächelte freundlich in die Runde. Zu seiner hellblauen Jeans trug er ein schwarzes T-Shirt mit dem Logo der Tanzschule auf der Brust.

»Hey, Dan«, entgegnete Austin und richtete sich auf, um mit dem Mann einzuschlagen. »Machen wir. Ich habe mir schon Gedanken gemacht, das wird richtig gut!«

»Wenn du nicht wärst, hätte ich ein echtes Problem.« Dan grinste und nickte noch einmal freundlich in die Gruppe. »Ich bin hinten, komm doch gleich mal bei mir vorbei.«

»Alles klar, mach ich.«

Dann verschwand der Kerl mit großen Schritten.

Ich warf Olivia einen fragenden Blick zu.

»Das war Dan. Ihm gehört das Move District«, klärte sie mich auf; die anderen hatten mittlerweile wieder angefangen, sich miteinander zu unterhalten. »Wollen wir uns jetzt Gedanken über die Kurse machen?« Sie stand auf, um sich auf den Platz neben mir zu setzen, den Sienna frei gemacht hatte.

Erleichtert über den Themenwechsel nickte ich.

Olivia holte ihren Laptop aus der Tasche und öffnete die Website der Tanzschule.

Aus dem Augenwinkel sah ich, wie Austin seinen Rucksack auf den Schoß hob und dann von seinem Stuhl aufstand. Er verabschiedete sich mit einem »Ich bin dann mal bei Dan. Bis später!« und schlenderte zu der Tür mit der Aufschrift *Team* hinter dem Check-in.

Ich sah ihm nach, bis er verschwunden war.

»Es gibt viele verschiedene Kurse auf unterschiedlichen Levels, aber ich glaube, wir bleiben erst mal bei den Anfänger-Classes, oder?« Ohne auf meine Reaktion zu warten, den Blick starr auf den Bildschirm gerichtet, fuhr Olivia fort: »Du kannst dir unsere App auf dein Handy laden, da siehst du immer den Plan für die kommende Woche. Es gibt Trainer, die nur sporadisch unterrichten, für ihre Classes muss man sich vierundzwanzig Stunden vorher anmelden, aber es gibt auch normale Kurse, die wöchentlich stattfinden. Wenn du erst einmal bei den Beginner Classes bleibst, schränkt das das Angebot natürlich ein wenig ein, aber im Prinzip kannst du trotzdem alle Styles ausprobieren – Ballett, Jazz, Modern, Contemporary, Commercial, Old School, New Style, Dancehall, House, Urban Fusion, Street Jazz, Heels, Vogueing, Waacking…«

Ich blinzelte perplex. Was zur Hölle war das alles? Mit Ballett und Jazz konnte ich etwas anfangen, aber was in Gottes Namen war bitte der Unterschied zwischen Old School und New Style, und was verstand man unter Commercial?

»Was ist mit ganz normalem Hip-Hop?«, fragte ich verwirrt.

Olivias Augen weiteten sich, und sie zischte schnell: »Sch, sag das hier bloß nicht so laut!«

Entgeistert sah ich sie an und wartete darauf, dass sie weitersprach.

Sie blickte mich ernst an. »Hip-Hop ist nicht einfach Hip-Hop. Das ist eigentlich eine ganze Kultur und nicht nur ein einfacher Tanzstil. Den Hip-Hop, von dem die Anfänger sprechen, gibt es so eigentlich gar nicht. Man könnte es Urban Dance nennen, und der gliedert sich wiederum in verschiedene Styles. Die Class, in der du bei mir warst, war New Style für Beginner, aber wenn du in die Breakdance- und Funk-Richtung gehen willst, solltest du dich für Old School entscheiden. Commercial ist eher das, was man auf Konzerten, in Filmen oder Musikvideos sieht. Also plakativ und ausdrucksstark. Wir sprechen nur im Leben außerhalb der Tanzschule von Hip-Hop, weil sich die nicht tanzende Bevölkerung sonst so gut wie nichts darunter vorstellen kann.«

Ich fuhr mir ratlos mit einer Hand übers Gesicht und warf einen unschlüssigen Blick auf den Stundenplan. »Das klingt alles total spannend, aber ich weiß nicht so recht, was ich ausprobieren soll.«

»Pass auf, wir gehen das jetzt alles zusammen durch, und ich zeige dir Videos von den Styles, damit du einen ersten Eindruck bekommst. Und hey, wenn es dir dann in der ersten Stunde nicht gefällt, kannst du dich immer noch umentscheiden.«

Olivia öffnete einen Ordner auf ihrem Laptop, in dem sich viele verschiedene Videodateien befanden.

Jetzt wurde es interessant. Wie gebannt starrte ich auf den Bildschirm, während sie Clip für Clip anklickte und mir die verschiedenen Stilrichtungen vorführte.

Tanzen war nicht gleich Tanzen. Diese ganzen verschiedenen Arten, sich auf die Musik, manchmal sogar auf das gleiche Lied, zu bewegen, überforderten mich einerseits, andererseits faszinierten sie mich. Das sah alles so beeindruckend aus – jeder Tanz auf seine eigene Art und Weise. Und alle waren so unterschiedlich.

Am Ende entschied ich mich, erst mal Classes in den Bereichen New Style, Old School und Modern auszuprobieren. Durch Olivia bekam ich sogar ein wenig Rabatt auf die Mitgliedschaft. New Style würde ich weiterhin bei ihr nehmen, aber für die anderen beiden Richtungen musste ich zu anderen Trainern. Der Gedanke, alleine in einen Kurs zu gehen, bereitete mir immer noch Magenschmerzen, aber ich würde das schon hinkriegen.

Als wir noch einen kurzen Abstecher zur Toilette machten, blieb mein Blick an den vielen gerahmten Fotos und Postern von Tänzern und ganzen Crews an den Wänden im Flur hängen. Vor dem Bild einer Gruppe mit goldenen Jacken blieb ich stehen. Olivia war darauf zu sehen, neben ungefähr fünfzehn weiteren Tänzern.

»Da bist ja du!«, sagte ich und zeigte auf das Bild.

Olivia grinste und blieb neben mir stehen. »Ja, auf den Bildern hier an der Wand sind fast nur Leute zu sehen, die bei uns tanzen oder getanzt haben. Das hier wurde bei einem Auftritt vor ein paar Jahren, für den wir von einer Sportfirma gebucht waren, gemacht. Früher habe ich noch mehr in der Crew getanzt, wir sind auch bei Meisterschaften angetreten und haben echt gut abgeschnitten. Mittlerweile trainiere ich allerdings mehr Gruppen, als dass ich selbst mittanze, sonst würde es zeitlich ein bisschen eng werden.«

»So cool«, entgegnete ich mit offenem Mund und lief einen Schritt weiter zum nächsten Poster. »Wow. Das sieht auch richtig gut aus.«

»Ja, Mackenzie hat es echt drauf. Sie war früher mal hier an der Tanzschule, ist allerdings vor ein paar Jahren nach Los Angeles gezogen.« Olivia kniff die Augen zusammen und kratzte sich am Ellenbogen. »Vielleicht hast du sie schon mal auf Instagram gesehen. Die ist da eine ziemlich große Nummer in der Tanzszene und hat auch schon in einem Tanzfilm mitgespielt. Über eine Million Follower hat sie mittlerweile, glaube ich.«

Ich nickte. »Sie wurde mir schon mal vorgeschlagen,

nachdem ich deine Seite angeschaut habe. Voll schön, wenn man mit seinem Hobby Geld verdienen kann. Das ist doch echt der Traum.«

»Ja, auf jeden Fall. Hoffen wir mal, dass das früher oder später bei uns beiden auch hinhaut.« Sie seufzte, und ich überlegte, ob ihr ihre Eltern wohl immer noch Druck machten, sich einen anderen Job zu suchen oder mit dem Studieren anzufangen, fragte aber nicht weiter nach. Vielleicht wollte sie nicht über dieses Thema sprechen.

Als ich mich ein paar Minuten später von Olivia verabschiedet hatte und das Foyer Richtung Straße verlassen wollte, hörte ich, wie jemand meinen Namen rief. Beim Klang der Stimme blieb ich wie angewurzelt stehen und drehte mich langsam um.

Austin stand an den Check-in gelehnt. Er fing meinen Blick auf und kam geschmeidig auf mich zugelaufen.

Yep, er wusste eindeutig, wie er sich zu bewegen hatte, um einen bleibenden Eindruck zu hinterlassen.

Lächelnd blieb er vor mir stehen.

Unwillkürlich wich ich einen Schritt zurück und spürte, wie sich etwas in mir zusammenzog.

So ein Lächeln hat Kyle auch immer auf den Lippen gehabt. Freundlich, unverbindlich. Zumindest habe ich das immer geglaubt.

»Hast du ein paar Kurse gefunden?«, fragte er mich und hob erwartungsvoll die Augenbrauen.

»Ja, ich werde mir Old School und Modern anschauen. New Style habe ich schon bei Olivia gehabt, da will ich auf jeden Fall weitermachen.« Ich verschränkte die Arme vor der Brust und legte den Kopf schief.

Er wartete einen Moment ab und sah sich um, als wollte

er sichergehen, dass uns niemand zuhörte, dann kam er ein Stück näher. So nah, dass ich seine Wärme spüren konnte.

Der Duft vergangener Sommertage am Strand stieg mir in die Nase. Diese Nähe machte mir gleichzeitig Angst und ließ mein Herz verrücktspielen. Meine Hände hatten zu zittern angefangen. Ich wollte vor ihm zurückweichen, aber meine Füße waren schwerer als meine dunklen Gedanken, und so konnte ich nichts tun, außer abzuwarten, was er mir zu sagen hatte.

»Mal so unter uns …« Er fuhr sich mit einer Hand durch die hellbraunen Locken und atmete schwer aus. »Das mit deinen Zeichnungen war eine beschissene Aktion. Es tut mir immer noch leid, also lass es mich doch bitte wiedergutmachen. Außerdem würde ich mich echt gerne mit dir treffen.« Er wirkte plötzlich nicht mehr ganz so selbstsicher, wie er mir bisher immer vorgekommen war.

Ich bekam am ganzen Körper Gänsehaut, und mein Kopf, der normalerweise das Zuhause Tausender Gedanken und Ängste war, schien auf einmal vollkommen leer gefegt.

»Ich …« Wortgewandt wie eh und je. So konnte das nicht weitergehen. Schnell schüttelte ich den Kopf und versuchte, die Spannung aufzulösen, die sich zwischen uns aufgebaut hatte. »Das ist nett von dir, aber echt nicht nötig.«

Er runzelte die Stirn und sah mir tief in die Augen. »Wenn ich einen Fehler gemacht habe, will ich dafür auch geradestehen. Dein erster Eindruck von mir war sicher nicht der beste.«

Meine Hände begannen zu schwitzen. Damit hatte er wohl recht …

»Kein Problem, schon wieder vergessen«, entgegnete ich mit brüchiger Stimme.

»Schade! Aber ich hoffe, dass du früher oder später merkst, dass ich gar nicht so übel bin, sondern eigentlich ein netter Kerl.« Er zog einen Mundwinkel zu einem schiefen Lächeln nach oben.

Der warme Ausdruck in seinen Augen verriet mir, dass da vielleicht etwas dran sein könnte. Aber eben nur vielleicht. Die Energie, die von ihm ausging, rief Hitze und Kälte zugleich in mir hervor. Brachte mich immer wieder dazu, mein Bauchgefühl infrage zu stellen. Möglicherweise war er ein netter Kerl, aber wie sollte ich da sicher sein? Was, wenn er mir etwas vormachte, was, wenn ich mich von ihm täuschen ließ? So wie von Kyle. Von Tara. Von Beth und all den anderen, denen ich vertraut hatte.

Seufzend fuhr ich mir mit einer Hand durchs Haar. »Wir werden sehen.« Ich zuckte mit den Schultern. Dann wandte ich mich ab und lief nach draußen auf die windigen Straßen New Yorks.

War es richtig gewesen, ihm schon wieder eine Abfuhr zu erteilen? Vielleicht war ich doch zu abweisend gewesen. Ich konnte mir gut vorstellen, dass er mich für kühl und merkwürdig hielt, und aus irgendeinem Grund war mir das nicht egal.

Große Klasse, Jade.

Dabei war das Einzige, was ich wollte, endlich wieder ein normales Leben führen zu können. Ohne Probleme auf neue Menschen zugehen, mich mit ihnen verabreden und Freundschaften schließen zu können. Weniger allein sein zu müssen.

KAPITEL 11

In den darauffolgenden Wochen ließ Austin nicht locker. Immer wieder fragte er mich nach einem Date – allerdings kam es mir eher wie Spaß vor und wirkte überhaupt nicht aufdringlich –, und jedes Mal lehnte ich ab. Es entwickelte sich zu einer Art Running Gag zwischen uns, und das nahm mir die Angst davor. Inzwischen musste ich schon grinsen, wenn er mich nur ansah. Wie lange er das wohl noch durchziehen würde? Ich gab ihm maximal einen Monat, bis er sich ein neues Opfer unter den Tanzschulmädchen herauspickte – die Unschuldsnummer nahm ich ihm nämlich immer noch nicht ab, egal was Olivia behauptete.

Jetzt lebte ich bereits seit zwei Monaten in Brooklyn. Die Zeit war wie im Flug vergangen, vor allem in den letzten zwei Wochen, in denen ich alle zwei Tage in der Tanzschule gewesen war, um neue Kurse auszuprobieren. Mittlerweile fühlte ich mich mit den Schritten schon ein wenig sicherer, und auch die anderen Tanzstile hatten schnell mein Herz erobert. Die Bewegungen fühlten sich nicht mehr ganz so fremd an wie am Anfang, ich wurde langsam eins mit ihnen. Am besten gefiel mir aber nach wie vor New Style, vielleicht lag das aber vor allem an Olivia und ihrem Unterricht, von dem ich jedes Mal ein Dauergrinsen mit nach Hause nahm. Zum Glück hatte sich Larry inzwischen ebenfalls mit meiner Anwesenheit abgefunden. Er kritisierte mich immer noch regelmäßig für alles – wirklich *alles* –, was ich nur annähernd falsch machte, aber er hackte genauso auf Miles und Olivia herum, und die beiden versicherten mir regelmäßig, dass dies eben seine Art wäre und ich es nicht persönlich nehmen sollte.

Doch obwohl alles so gut lief, ließ meine Vergangenheit mich nicht los, wie sehr ich es mir auch wünschte. Die anonymen Anrufe, von denen ich nach wie vor überzeugt war, dass sie von Tara kamen, waren nicht weniger geworden. Sie hatte mir vor einigen Tagen eine weitere Nachricht geschickt, in der sie mich zum zweiten Mal aufgefordert hatte, sie anzurufen. Ich hatte die Nachricht gelöscht und hoffte, dass sie nun endlich kapierte, dass sie in meinem Leben nichts mehr zu suchen hatte.

Ich war gerade aufgewacht und rieb mir den Schlaf aus den Augen. Gestern Abend hatte ich noch lange an meinem Schreibtisch gesessen und meinem Portfolio ein weiteres Design beilegen können – eine Mischung aus Trainings- und Jeansjacke. Erst ziemlich spät und völlig übermüdet hatte ich mich danach in mein Bett geschleppt.

Obwohl ich anfangs noch Angst gehabt hatte, durch das Tanzen wertvolle Zeit bei der Arbeit an meiner Mappe zu verlieren, lief es inzwischen ganz im Gegenteil wieder deutlich besser: Mir flogen die Ideen für Entwürfe nur so zu – was mir die Tanzstunden an Zeit stahlen, gaben sie mir als Inspiration doppelt zurück.

Blöderweise hatte ich im Halbschlaf vergessen, mein Fenster zu schließen, und nun war es schweinekalt im Raum. Es schüttelte mich, und ich zog mir schläfrig die Decke bis unter die Nase. Ich würde einfach für immer und ewig hierbleiben – oder zumindest bis sich meine Blase meldete, und das konnte sich leider nur noch um Minuten handeln.

Verdammt.

Langsam versuchte ich, meine Augen ein wenig zu öffnen. Meine Lider flatterten – und ich gab direkt wieder auf.

Viel. Zu. Müde.

Wenige Minuten später hatte ich es endlich geschafft. Meine Augen waren offen, auch wenn sie am liebsten direkt wieder zufallen wollten. Ich rollte mich zur Seite, robbte unter der Decke so nah wie möglich an mein Handy heran und behielt meinen Arm weitestgehend darunter, während ich nach meinem Smartphone griff. Schnell verkroch ich mich damit wieder unter der warmen Decke, die ich in diesem Moment am liebsten geheiratet hätte. Nachdem ich meinen Sperrcode eingegeben hatte, leuchtete eine Nachricht auf.

Olivia.

Kannst du heute Mittag für mich einspringen? Ich habe kurzfristig ein wichtiges Training reinbekommen. Sorry, ich revanchiere mich! Danke! xx

Ich stöhnte auf und hoffte, dass das nur ein Scherz war. Gerade heute, wo mir eigentlich gar nicht danach war, mein Bett, geschweige denn meine Wohnung, zu verlassen. Aber gut, Olivia konnte auf mich zählen. Leise fluchend antwortete ich ihr, dass es klarginge, ich dafür allerdings eine Einladung zu einer gigantischen Pizza erwartete. Dann legte ich das Handy beiseite und starrte an die weiße Decke über mir. Eigentlich hatte ich vorgehabt, an meinen Entwürfen zu arbeiten und mir gegen Abend noch ein paar Fashion Shows auf YouTube anzusehen. Beim Gedanken an die kalte Oktoberluft, die draußen um meine Ohren wehen würde, gab ich ein gequältes Seufzen von mir und hoffte, dass der Tag schnell vorbeigehen würde.

Das zusätzliche Geld konnte ich natürlich gut gebrauchen. Ein nicht unwesentlicher Teil meines Verdienstes ging mittlerweile für die Kurse in der Tanzschule drauf, dazu kam das Zeichenmaterial. Und die Mieten in Brooklyn waren zwar um einiges günstiger als die in Manhattan, aber dennoch eigentlich viel zu hoch für mich. Ich war wahnsinnig froh, dass meine Eltern mich unterstützten.

Beim Gedanken an Mom und Dad packten mich sofort Schuldgefühle. Sie gaben mir immer das Gefühl, auf meiner Seite zu stehen, selbst in den letzten Monaten, in denen ich ihnen so viel aus dem Weg gegangen war. Wenn ich darüber nachdachte, wie selten ich mich bei ihnen gemeldet hatte, seit ich in New York lebte, bekam ich ein richtig schlechtes Gewissen. Schon in Beckhaven hatte ich sie gemieden und so wenig wie möglich mit ihnen gesprochen. Morgens war ich schnell aus dem Haus verschwunden und abends erst spät wieder reingeschlichen, damit sie mich nicht auf Dinge ansprachen, die sie eventuell irgendwo aufgeschnappt hatten. Seit meinem Umzug schrieben wir uns regelmäßig Nachrichten, ich lieferte kurze Updates, um sie auf den neusten Stand zu bringen, aber Telefonate versuchte ich zu vermeiden, dabei vermisste ich sie sehr. Aber sie durften von der Sache mit Kyle und den anderen aus der Clique nichts erfahren, und ich hatte Angst, beim Klang ihrer Stimmen irgendwann zusammenzubrechen und ihnen doch alles zu erzählen. Mich durchfuhr ein eiskalter Schauer, als ich daran dachte, und ich war mir sicher, dass es dieses Mal nicht an der kalten Brise lag, die durch das geöffnete Fenster in meine Wohnung zog. Ich konnte ihnen nicht erzählen, was passiert war, das hätte mich umgebracht. Was, wenn sie mir nicht glaubten? So wie die anderen, so wie Tara und Beth. Sie hatten zehn Jahre Freundschaft einfach so weggeworfen, ohne auch nur irgendetwas infrage zu stellen.

Ich wusste, dass ich nichts getan hatte, dass ich im Recht war, trotzdem schämte ich mich und hatte Angst vor einer weiteren Enttäuschung. Bevor ich die riskierte, zog ich mich lieber zurück. Meine Eltern verstanden natürlich nicht, was los war, und ich konnte ihnen ansehen, dass sie mein altes Ich vermissten. Aber ich war ein anderer Mensch geworden und wünschte mir nichts mehr, als dass sie es einfach akzeptierten und nicht weiter nachfragten.

Ich spürte, wie meine Augen feucht wurden und kurz darauf eine heiße Träne auf mein Kissen floss. Blinzelnd versuchte ich mich zu beruhigen. Vergeblich. Ich bekam keine Luft mehr, hatte das Gefühl zu ersticken, doch die weiße Decke über mir rettete mich. Ein Punkt, den ich fixieren, auf den ich mich konzentrieren konnte. Einatmen. Ausatmen. Ich musste stark bleiben. Für mich.

Als ich mich wieder gefangen hatte, schloss ich für einen Moment die Augen und versuchte, all die fiesen Gedanken zu verdrängen. Ich dachte an meine Entwürfe und das Tanzen, das mir neue Kraft schenkte. Kraft, die ich heute mehr als alles andere brauchte.

»Zwei Cappuccino, einen doppelten Espresso und einen Chai«, rief mir Miles ein paar Stunden später über die Schulter hinweg zu.

Ich stand hinter der Kaffeemaschine und bereitete einen Vanilla Latte zu. Da ich mittlerweile eine recht routinierte Barista war, stellte das zum Glück kein Problem mehr für mich dar. Ich machte mich an die Cappuccinos, ignorierte die enorme Geräuschkulisse aus schreienden Babys, diskutierenden Geschäftsmännern und lästernden Teenie-Mädchen und konzentrierte mich auf meine Arbeit.

»Kassierst du die beiden ab?«, fragte ich und nickte in Richtung eines jungen Paars weiter hinten im Raum.

»Mach ich«, entgegnete Miles und kümmerte sich um die zwei, die kurz darauf von der gepolsterten Couch aufstanden und Larry's Brew Hand in Hand verließen. Dann kam er zurück zum Tresen und half mir bei der Zubereitung einiger Getränke.

Als gegen Mittag der Besucherstrom langsam nachließ, atmete ich tief durch und schnappte mir ein Tablett und einen Lappen, um ein paar der Tische abzuräumen und zu wischen, bevor der nächste Schwung an Kunden den Laden betreten würde. Miles hatte die Musik ein wenig lauter gestellt, und Billie Eilishs Stimme tönte durch das ganze Café. Ich setzte einen Fuß vor den anderen, unterdrückte jedoch den Drang, mich zur Musik zu bewegen und ein paar der Schritte zu tanzen, die ich in Olivias Class gelernt hatte, denn alles andere wäre höchstwahrscheinlich ziemlich peinlich geworden. Ich hatte jetzt zwar schon ein paarmal Training gehabt, aber richtig gut war ich natürlich noch nicht. Also zusammenreißen und Tische abräumen. Tanzen konnte ich morgen im Move District oder heute Abend zu Hause, während ich die gebratenen Nudeln vom Vortag in der Mikrowelle aufwärmte.

Nachdem ich Tassen, Teller und Besteck auf mein Tablett gestapelt und die zugehörigen Tische feucht abgewischt hatte, zog ich ein Feuerzeug aus der Tasche, um das Teelicht, das in einem kleinen beigen Glas auf dem Tisch vor mir stand, wieder anzuzünden. Als ich gerade den nächsten Tisch abräumen wollte, hörte ich Miles' Stimme.

»Jade«, rief er. »Kommst du mal?«

Schnell lud ich noch die restlichen Tassen und Teller auf und balancierte das Tablett langsam, aber sicher nach vorne zur Theke. Dort angekommen, stellte ich es vorsichtig ab.

»Da hat gerade ein Typ nach dir gefragt«, sagte Miles und zeigte auf die Tür, die soeben zufiel. »Aber als er gesehen hat, dass du da bist, ist er wieder rausgerannt. Echt komisch. Keine Ahnung, was das sollte. Sah irgendwie unsympathisch aus.«

Jemand wollte zu mir und verdünnisierte sich dann? Was war das denn für eine Aktion? Vielleicht Austin, der Scherzkeks, der mir einen Streich spielen wollte … Wobei, Miles kannte Austin, und außerdem sah er alles andere als unsympathisch aus. Also konnte ich ihn schon mal ausschließen.

»Wie seltsam.« Ich blinzelte Miles erstaunt an und lief dann mit schnellen Schritten zur Tür und raus auf den Bürgersteig, um vielleicht noch einen Blick auf den mysteriösen Kerl zu erhaschen. Draußen angekommen, sah ich von einer Seite zur anderen und konnte ungefähr zehn Meter weiter, zwischen all den anderen Menschen in ihrer Alltagshektik, eine männliche Gestalt ausmachen, die verdächtig rasch um die nächste Ecke verschwand.

Wie komisch, dachte ich und folgte ihm misstrauisch, doch als ich um die Ecke bog, war er bereits verschwunden. Nach ein paar Schritten gab ich auf. Wenn er etwas von mir wollte, würde er schon wieder zurückkommen. Außerdem war es frisch, und ich trug nur ein T-Shirt. Meine Nase fühlte sich wie die Spitze eines Eisbergs an, und ich hatte das Gefühl, gleich in eine Kältestarre zu verfallen, also stiefelte ich schnell zurück zum Café.

»Hast du ihn noch erwischt?«, erkundigte sich Miles. Er stand noch immer hinter dem Tresen und stellte gerade eine türkisfarbene Tasse unter die Kaffeemaschine, bevor er einen der Knöpfe daran betätigte. Wahrscheinlich konnte er mir meine Verwirrung ansehen.

Ich verstand nicht, was das sollte. Wer zur Hölle war dieser Typ, und was wollte er von mir? Wieso kannte er meinen Namen? Bis auf die Tänzer, meine Café-Kollegen und meinen Vermieter kannte ich in New York niemanden. Anscheinend wollte er etwas von mir, aber wieso rannte er dann weg? Aus Beckhaven konnte er nicht sein, wer würde freiwillig so einen weiten Weg auf sich nehmen, nur um dann *nicht* mit mir zu sprechen? Ganz ausgeschlossen. Vielleicht jemand aus der Tanzschule? Aber warum?

»Du bist ganz bleich um die Nase, geht's dir gut?«, erkundigte sich Miles erneut und machte ein besorgtes Gesicht.

Ich klatschte mir mit flachen Händen sanft gegen die Wangen, in der Hoffnung, so aus meinem Gedankenstrudel herauszukommen. »Der Kerl ist vor mir weggerannt«, entgegnete ich leise und mit belegter Stimme, während ich versuchte, meine zitternden Hände in den Taschen meiner Schürze zu verbergen. »Hat er seinen Namen gesagt?«

»Nee, sorry.« Miles zuckte mit den Schultern.

»Oder sonst irgendetwas?« Verzweifelt hoffte ich auf eine Information, um die Sache einordnen zu können.

Nachdenklich runzelte Miles die Stirn. »Nein, leider gar nichts. Er war aber auf jeden Fall in unserem Alter und hatte kurze hellbraune Haare, falls dir das weiterhilft.« Er platzierte zwei Tassen und ein Stück Kirschkuchen auf einem Tablett und kam hinter dem Tresen hervor. »Ich mache dann weiter.«

Ich fuhr mir mit den Händen über das Gesicht und blickte starr die Wand an. Mir war übel. Der Vorfall machte mir Angst, auch wenn ich nicht genau sagen konnte, wieso. Alles um mich herum schien auf einmal in den Hintergrund zu treten, ich fühlte mich wie betäubt. Erst als mir jemand sanft eine Hand auf die linke Schulter legte, erwachte ich aus meinem Tagtraum und erlitt einen halben Herzinfarkt. Mein Puls raste. Welcher Vollidiot jagte mir so einen Schrecken ein? Blitzschnell drehte ich mich um und blickte in zwei dunkelgrüne Augen, die mich amüsiert musterten.

»Habe ich dich etwa erschreckt?« Austin musste ein

Grinsen unterdrücken und setzte sich neben mich auf einen der Hocker.

Ich schnaubte. »Ist das dein Ernst? Du hättest dich echt nicht so anschleichen müssen.« Tief ein- und ausatmend, fuhr ich mir mit einer Hand durch die offenen Haare.

»Aber so hat es viel mehr Spaß gemacht«, antwortete er und zog seinen dunkelgrünen Parka aus. Darunter trug er eine hellblaue Jeans mit Rissen an den Knien und einen schwarzen Sweater, der sich an seinen Körper schmiegte. Seine Augen funkelten, und auf einmal war ich heilfroh über die Ablenkung.

»Und, willst du was bestellen? Ich gehe jetzt wieder an die Arbeit.« Ich wollte loslaufen, aber er winkte ab, stützte einen Unterarm auf den Tresen und verlagerte sein Gewicht ein wenig in meine Richtung.

»Ich will nichts bestellen, ich bin nur hier, weil ich kurz etwas mit dir besprechen wollte.«

Hä?

»Mit mir?« Verwirrt kniff ich die Augen zusammen.

»Ja.« Er zögerte einen Moment und holte Luft. Seine vollen Lippen öffneten sich ein Stück. Sie sahen so weich aus, und ich fragte mich, ob sie sich wohl auch so anfühlten, wenn man sie küsste.

Ich schüttelte den Kopf, um wieder in die Gegenwart zurückzukehren.

Verdammter Tänzer!

»Du stehst auf Modedesign, oder?«

Ich legte den Kopf schief. »Ja, ich arbeite immer noch fleißig an meinem Portfolio.«

Er griff in die Tasche seiner Jacke und holte einen Flyer heraus, den er sorgsam auseinanderfaltete und mir unter die Nase hielt. »Es gibt da gerade so eine Ausstellung im Metropolitan Museum of Art, in der es um Mode geht.« Er machte eine kurze Pause und wartete, bis ich ihm das Stück Papier aus der Hand genommen und es überflogen hatte. »Da geht es um ungewöhnliche Mode, alles ziemlich extravagant und kunstvoll. Ziemlich abgespacte Teile aus allen möglichen Materialien von verschiedenen Designern. Die Ausstellung ist nur dieses Wochenende, und ich wollte fragen, ob du nicht Lust hast hinzugehen? Ich habe rein zufällig zwei Tickets.«

Von der Ausstellung hatte ich gehört, und sie klang *wirklich* gut. Eigentlich stand fest, dass ich sie mir nicht entgehen lassen durfte, jedoch waren die Tickets bereits ausverkauft. Ich biss auf der Innenseite meiner Wange herum und ließ den Blick langsam wieder hoch zu Austins Gesicht wandern.

Er lächelte mich hoffnungsvoll an und knetete seine großen Hände.

»Mit dir zusammen, meinst du?«, fragte ich skeptisch und trat nervös von einem Bein aufs andere.

»Genau, mit mir zusammen.« Seine feste Stimme klang selbstsicher, ein Lächeln umspielte seine Lippen.

Die Art, wie er mich beobachtete, warm und erwartungsvoll, löste ein Kribbeln in mir aus, das ich zu ignorieren versuchte. Einerseits wollte ich mich nicht mit ihm verabreden – ich wusste einfach nicht, ob ich ihm trauen konnte, und hatte Angst davor, mit ihm alleine zu sein. Leider versteckten sich die fiesesten Kerle nun mal viel zu oft hinter einer sympathischen Fassade; das hatte Kyle mit seinem charmanten Lächeln, das Austins so ähnlich war, nur zu deutlich unter Beweis gestellt. Andererseits hatte ich riesige Lust auf diese Ausstellung. Ich konnte sicher ganz viel neue Inspiration aus ihr schöpfen, was Schnitte, Stoffe, Materialien im Allgemeinen und Themen betraf. Daher wäre es ausgesprochen dumm von mir, sein Angebot nicht anzunehmen.

Meine Gedanken kreisten wild durch meinen Kopf, während mein Blick zu einer Frau zuckte, die die Getränkekarte an einem der Tische studierte, und wieder zurück zu Austin, der geduldig auf eine Antwort wartete.

»Ich habe dir doch schon öfter gesagt, dass ich kein Date mit dir möchte«, sagte ich vorsichtig und presste die Lippen zusammen.

»Ich weiß, ich weiß.« Er hob beschwichtigend die Hände. »Aber das ist alles andere als ein Date. Die Ausstellung interessiert mich auch, und wenn ich dann noch jemanden dabeihabe, der mir vielleicht noch ein bisschen was über die Hintergründe erzählen kann, ist das eine tolle Sache.«

»Ach ja?«

»Ja, ich meine … könnte doch interessant werden. Vor allem mit einer Modekennerin wie dir.«

Ich kaute auf meiner Unterlippe herum und überlegte. Das MET war ein öffentliches Museum, wir wären nicht alleine, nur zur selben Zeit am selben Ort, nichts weiter. Ich wollte unbedingt zu dieser Ausstellung, und wenn ich dann noch mit jemandem darüber sprechen konnte, war das die Kirsche auf der Sahnetorte. So etwas war tausendmal besser, wenn man es mit jemandem gemeinsam erlebte. Auch wenn es Austin war, dem ich noch nicht so wirklich über den Weg traute.

Mit pochendem Herzen holte ich Luft, doch bevor

ich etwas sagen konnte, fügte er augenzwinkernd hinzu: »Wenn du nicht mit mir hinmöchtest, kann ich das natürlich verstehen. Ich kann dir dein Ticket einfach hierlassen, und du gehst ohne mich. Wer weiß … vielleicht laufen wir uns ja dort ganz zufällig über den Weg.«

Damit konnte ich leben. Irgendwie.

»Okay … So machen wir's! Danke für die Karte«, entgegnete ich, als er mir das Ticket über die Theke schob.

»Möglicherweise werde ich Samstagnachmittag dort sein. Also nur für den Fall, dass du doch ein wenig Gesellschaft möchtest.«

Samstagnachmittag. Am Samstag musste ich nicht arbeiten, und mir blieben sogar noch drei Tage, um mir zu überlegen, ob ich wirklich zur selben Zeit wie er oder doch lieber wann anders dort aufkreuzen wollte.

Sein warmer Blick ruhte auf mir, und von einer Sekunde auf die andere breitete sich ein strahlendes Lächeln auf seinem Gesicht aus. »Du wirst es nicht bereuen, Jade Evans.«

Ich atmete seufzend aus. Worauf hatte ich mich da bloß eingelassen?

KAPITEL 12

Langsam setzte ich einen Fuß vor den anderen. Stufe für Stufe arbeitete ich mich die breite Treppe des MET hinauf, auf der bereits Blair und Serena aus *Gossip Girl* zusammen abgehangen hatten. Doch es kam mir so vor, als würde ich noch mindestens vier Stunden brauchen, bis ich den Eingang erreichte, wenn ich so weitermachte.

Die hellbeigen Säulen und die hohen Bögen an der Gebäudefassade verwandelten das Museum schon von außen in ein wahres Kunstwerk. Trotz der hupenden Autos, die hinter mir über die 5th Avenue brausten, hatte ich das Gefühl, mein Herz laut klopfen zu hören, und nicht zum ersten Mal heute musste ich mich daran erinnern, dass ich in erster Linie hier war, um mir die Ausstellung anzusehen, und nicht, um einen Kerl zu treffen. Wenn er mir zufällig über den Weg lief, war das natürlich eine ganz andere Sache …

Du wirst es nicht bereuen, Jade Evans.

Ich hoffte, dass er recht behielt, erwischte mich allerdings bei der Überlegung, wie ich wohl mit einem angeklebten Schnauzer und einer übergroßen getönten Brille aussah. Eventuell noch einen Zylinder und einen beigen

Trenchcoat dazu, und niemand würde mich erkennen. Zumindest in meiner Vorstellung. Im Zweifelsfall müsste ich wohl doch zu meinem Tarnumhang greifen, denn irgendwie machte es mir tatsächlich ein wenig Angst, ihm möglicherweise über den Weg zu laufen.

Unruhig knetete ich meine Hände und sah zwischen all den Menschen umher, die an diesem Samstagnachmittag das Gleiche vorhatten wie ich und Austin – von dem jedoch jede Spur fehlte. Ich atmete tief ein und aus und stiefelte die letzten paar Stufen zu den schweren Türen hinauf. Nachdem ich mit dem Ticket, das Austin mir gegeben hatte, die Kontrolle passiert hatte, betrat ich die imposante Eingangshalle und sah mich um. Wie jedes Mal, wenn ich das MET besuchte, überkam mich trotz all der Menschen, die hin und her wuselten, eine innere Ruhe, die ich in diesem Moment besonders brauchte. Museen hatten schon immer beruhigend auf mich gewirkt. Mein Puls entspannte sich ein wenig, und ich lief an den hohen Steinsäulen vorbei, die an den Seiten der Halle bis zur Decke reichten. Das Echo der sich unterhaltenden Menschen hallte durch das ganze Gebäude.

Mit gestrafften Schultern betrat ich den ersten Ausstellungssaal, und meine Augen scannten in Sekundenschnelle jede Ecke.

Keine Spur von Austin.

Ich musste mich ablenken. Vielleicht liefen wir uns ja gar nicht über den Weg. Möglicherweise hatte er es sich anders überlegt und war zu Hause geblieben. Da ich ihn nirgendwo sehen konnte, entspannte ich mich etwas und schlenderte an den Ausstellungsstücken vorbei, die rechts und links im Raum ihren Platz hatten. Vor einem hellrosa

Kleid, das aus den verschiedensten Stoffen, darunter Samt, Tüll und Satin, bestand, kam ich zum Stehen. Es hatte einen hohen Kragen, der fast bis über den Kopf der Puppe reichte. An der Brust lag es eng an und formte ein schönes v-artiges Dekolleté. Abwärts der Taille war es stark ausgestellt und erinnerte an eine Disney-Prinzessin, die auf dem Weg zu einem Ball war, um ihren Traumprinzen zu treffen.

Was für eine Ironie.

Die Ausstellung war riesig. In den verschiedenen Sälen waren die Stücke nach Designern geordnet, und allein beim Anblick der Vielfalt der Materialien schlug mein Modeherz höher. Ich bezweifelte, dass Austin mich hier finden würde. Meine glatten blonden Haare fielen genauso wenig auf wie meine schlichte Kleidung, die heute aus einer schwarzen Jeans, weißen Sneakers und einem schwarzen Oversize-Pullover mit weißer Bluse darunter bestand.

Die ausgestellten Designs beeindruckten mich, und ich hoffte, dass sie mich zu neuen Ideen für meine Mappe inspirieren würden. Besonders zu Kleidern. Dazu fehlten mir nämlich noch ein paar Entwürfe, bisher hatte ich mich mehr um Jacken, Oberteile und Röcke gekümmert.

Ich streifte noch ein wenig umher, bis es mich im nächsten Saal zu einem Kleid zog, das aus glänzendem Goldstoff geschneidert war und mit dem Kronleuchter meiner Großeltern um die Wette hätte glitzern können. Aus Sicherheitsgründen befand es sich in einem Glaskasten, der mindestens halb so groß war wie meine ganze Wohnung. Ich verschränkte die Arme vor der Brust und musterte es von oben bis unten, versuchte, jedes kleinste Detail aufzusaugen.

Als mein Blick durch die Scheiben auf die andere Seite des Glaskastens fiel, erlitt ich beinahe einen Herzinfarkt, und mir wurde von einer Sekunde auf die andere unglaublich heiß.

Dort stand Austin, der mich schief angrinste. Sein dunkelroter Pulli war bis zu den Ellenbogen hochgekrempelt, sodass seine Tattoos zu sehen waren. Als er sich abwandte, um ein paar Schritte zur Seite zu gehen, konnte ich in der hinteren Hosentasche seiner Jeans das zusammengerollte Programmheft der Ausstellung erkennen.

Mein Herz pochte schneller. Langsam lief ich um den Glaskasten herum, doch als ich auf der anderen Seite ankam, war Austin verschwunden. Ich sah mich nach rechts und links um, doch er war wie vom Erdboden verschluckt. Vielleicht war das auch besser so. Ich widmete meine Aufmerksamkeit wieder dem strahlenden Kleid, das ich nun von hinten bewundern konnte.

»Meinst du, man könnte blind werden, wenn man es zu lange ansieht?«

Erschrocken fuhr ich herum, um festzustellen, aus welcher Richtung die hochqualifizierte Äußerung gekommen war. So wie er sich an mich herangeschlichen hatte, hätte Austin außer Tänzer auch gut und gerne noch Ninja im dritten Ausbildungsjahr sein können.

Er musterte mich grinsend; es war kaum zu übersehen, dass ihn die Situation amüsierte. Seine hellbraunen Locken hingen ihm unverschämt attraktiv zerzaust in die Stirn, und sofort stieg mir wieder sein angenehmer Duft nach einem Sommerlagerfeuer in die Nase.

In Sekundenschnelle versuchte ich, meine Gedanken

zu ordnen, und zwang mich, den Blick von seinen dunkelgrünen Augen zu lösen.

Verdammt, Jade, reiß dich zusammen! Er ist nur ein Typ wie jeder andere.

Den Blick nach vorne auf das Kleid gerichtet, entgegnete ich mit ruhiger Stimme: »Ist nicht ausgeschlossen.«

Ist nicht ausgeschlossen?

Wow. Schlagfertigkeit Level minus dreihundert. Eine bessere Antwort hätte mir nicht einfallen können – und das, obwohl ich seit Jahren *Gilmore Girls* schaute und die Wortgewandtheit von Lorelai und Rory schon lange auf mich hätte abfärben müssen.

»Hast du schon ein Ausstellungsstück gesehen, das du besonders interessant findest?«, fügte ich schnell hinzu und lief langsam ein paar Schritte in Richtung des nächsten Kleides.

»Mir hat das mit den aufgenähten Essstäbchen gefallen.«

»Das waren nie im Leben Essstäbchen.« Verwirrt schaute ich ihn an und stemmte die Hände in die Taille.

»Doch, klar. Ich bin sogar ganz nah rangegangen, um das nachzuprüfen.« Er verzog den rechten Mundwinkel zu einem leichten Grinsen, wobei sein Grübchen sichtbar wurde. »War kurz davor, mir welche zu schnappen und danach beim Asiaten gebratenen Reis zu holen.«

Ich versuchte, ein Lachen zu unterdrücken, und senkte den Blick, bekam aber mit, wie er neben mir weitergrinste. Sein strahlendes Lächeln musste einfach jeden anstecken, der sich in seiner Nähe befand. Als ich schließlich den Mund öffnete, um etwas zu sagen, und ihm den Kopf zuwendete, war er schon wieder verschwunden.

Ich drehte mich unauffällig in alle Richtungen, konnte ihn aber nirgends entdecken. Er musste wirklich ein verkappter Ninja sein!

Kopfschüttelnd lief ich zum nächsten Kleid. Ein paar Menschen standen davor und verdeckten es, also schlenderte ich um sie herum auf die andere Seite, wo auf einem Podest drei Paillettenkleider in Waldgrün ausgestellt waren, die unterschiedliche Formen hatten. Eines war sehr kurz, das andere reichte bis kurz über die Knie und das dritte bis zum Boden. Als sich die Gruppe um das Kleid, an dem ich vorbeigegangen war, auflöste, entdeckte ich Austin, der mit verschränkten Armen ein paar Meter von mir entfernt stand.

Er hatte mich ebenfalls gesehen und kam näher. Breit grinsend blieb er neben mir stehen.

»Du bist echt immer gut gelaunt, oder?«, fragte ich und lächelte ihn vorsichtig an.

Wir hatten uns wieder in Bewegung gesetzt, und er schien über meine Frage nachzudenken, während er eine Reihe Paillettenkleider und weiße Jacken, auf denen jemand bunte Farbkleckse verteilt hatte, musterte.

»Ich glaube, ich bin von Natur aus einfach ein sehr positiver Mensch und lache gerne über alles und jeden – mich eingeschlossen. Aber immer gut gelaunt bin ich nicht, vielleicht wirkt es so, aber ich habe auch mal einen schlechten Tag.« Er lachte wieder, und unsere Blicke trafen sich für einen kurzen Moment. Alles in mir zog sich zusammen, und ich blinzelte ein paarmal, bevor er schnell fortfuhr: »Aber erzähl mal von dir. Du willst Mode studieren, meintest du?«

»Ja, ich will mich hier in New York an der Parsons

School of Design bewerben und dort ab nächsten Herbst Modedesign studieren.«

»Und die Entwürfe sind für die Bewerbung, oder?«

Ich nickte. »Abgabe ist Mitte Januar, aber ich wäre gerne bis Mitte Dezember fertig. Das sind jetzt noch gut zwei Monate, aber das kriege ich schon hin.«

»Ich drück' dir die Daumen«, sagte er und verzog die Mundwinkel zu einem kleinen Lächeln.

»Danke«, entgegnete ich und spürte, wie meine Wangen warm wurden. »Das Entwerfen von Kleidung bedeutet mir alles. Auch wenn es sich kitschig anhört, ich glaube, ich wurde dafür geboren. Für nichts anderes habe ich je so gebrannt, und immer wenn ich ein neues Design aufs Papier bringe, fühlt es sich wie eine Art Rausch an. Ich kann einfach nicht mehr aufhören und vergesse alles um mich herum. Wahrscheinlich ähnlich wie bei dir mit dem Tanzen, oder?«

»Das trifft es echt gut. Es ist so wichtig, dass man eine Leidenschaft hat. Ich weiß nicht, was ich ohne das Tanzen machen würde. Dann hast du bestimmt auch große Ambitionen. Ich sehe schon vor mir, wie deine Kleider irgendwann an Models über die Laufstege der Fashion Week schreiten.« Er lachte und warf mir einen Blick von der Seite zu.

»Das wäre der absolute Hammer«, entgegnete ich und seufzte hoffnungsvoll. »Ich möchte irgendwann mein eigenes Fashion Label gründen. Und eine eigene Boutique in Manhattan wäre natürlich auch ein Traum und …«

»Und dann wird es zu deinen Ehren auch eine Ausstellung wie diese hier geben«, vervollständigte Austin meinen Satz, und ich musste unweigerlich grinsen.

»Vielleicht… Man kann seine Ziele nie hoch genug stecken. Nur wer groß denkt, kann Großes erreichen«, gab ich mit einem Schulterzucken zu bedenken.

»Warst du schon immer so zielstrebig?« Er musterte mich erneut von der Seite, und seine Augenbrauen zuckten für eine Sekunde nach oben. »Mir sind meine Ziele auch sehr wichtig. Leider gibt es zu viele Menschen, die nicht genug an sich glauben und deshalb nie die Dinge erreichen, von denen sie träumen. Auch wenn es manchmal hart ist und ich bei Auditions nicht genommen werde, bleib ich immer dran. Etwas anderes würde für mich nie infrage kommen. Wer aufgibt, hat sowieso schon verloren.«

Wow. Ich hatte keine Ahnung gehabt, dass wir so ähnlich dachten. Ich nickte zustimmend und sah vorsichtig zu ihm hoch, aber er hatte den Blick bereits abgewandt.

Vor uns lief eine Gruppe von Touristen, der wir jetzt zwischen einigen Steinsäulen hindurch in den nächsten Saal folgten. Hier gab es zahlreiche Schmuckstücke zu entdecken, von Ketten über Ringe bis hin zu modernen Diademen. Es glitzerte und funkelte aus jeder Ecke, und ich wollte mir gar nicht vorstellen, was für einen Wert die gesammelten Kunstwerke in diesem Raum hatten.

»Träume sind wirklich wichtig«, gab ich nach ein paar Momenten zurück und holte tief Luft. »Wie sieht es denn bei dir aus? Wie lange tanzt du schon?«

Austin dachte einen Moment nach und atmete dann hörbar aus. »Seit ich neun war, also ziemlich genau vierzehn Jahre.«

Mit großen Augen starrte ich ihn an. »Wow. Das ist… eine lange Zeit.«

»Meine Eltern haben mich als Kind immer mit in die

Tanzschule genommen. Die beiden haben in jeder freien Minute getanzt, allerdings weniger Hip-Hop und mehr Paartanz und auch nur als Hobby. Die Tanzschule in Midtown war ziemlich renommiert und hat sie dann auch manchmal auf Wettbewerbe geschickt, wo sie sogar hin und wieder echt gute Plätze belegt haben.« Er verzog das Gesicht bei der Erinnerung zu einem leichten Grinsen. »Das hat irgendwie auf mich abgefärbt. Während meine zwei älteren Brüder Baseball spielten, hat es mich in den Trainingsraum gezogen. Und nach der Highschool, als die beiden aufs College sind, habe ich mich dafür entschieden, alles auf eine Karte zu setzen. Ich hätte es mir nie verziehen, wenn ich nicht versucht hätte, als Tänzer Fuß zu fassen.«

»Haben sie dich damit aufgezogen, dass du lieber mit den Mädels getanzt hast?«

»Quatsch. Die fanden das cool und waren immer ein bisschen neidisch, dass die Mädchen mich mehr mochten, weil ich mich besser bewegen konnte«, sagte er und zwinkerte mir verschmitzt zu.

Schmunzelnd verdrehte ich die Augen und lief schnell voraus, damit er meine geröteten Wangen nicht bemerkte.

»Wie lange interessierst du dich denn schon für Mode?«, wollte er von mir wissen und holte die paar Schritte kurzerhand wieder auf. Ich spürte seine Blicke von der Seite und hoffte, dass er mir nicht ansah, dass ich rot geworden war.

»So richtig, seit ich dreizehn war. Damals war ich mit meinen besten Freundinnen …« Ich sog die Luft scharf ein und riss die Augen auf. Darüber wollte ich nicht mit ihm sprechen. Ich wünschte, ich hätte einfach irgendetwas erfunden, um einem Gespräch über Beth und Tara aus dem Weg zu gehen. Mit zittriger Stimme fügte ich schnell hinzu: »Schon echt lange.« Meine Fingernägel bohrten sich in meine Handflächen, als ich die Hände zu Fäusten ballte.

Austin blickte mich verwundert an, fragte aber nicht weiter nach. Stattdessen nickte er, und ich hatte das Gefühl, dass er verstand, dass ich nicht darüber reden wollte. Wenn ich eben noch eine Anspannung verspürt hatte, die sich wie krabbelnde Ameisen durch meinen Körper zog, fiel sie ab, als ich ihn aus dem Augenwinkel kurz ansah. Austin strahlte in diesem Moment eine Gelassenheit aus, die auf merkwürdige Weise beruhigend auf mich wirkte, und ich konnte wieder gleichmäßig atmen.

Vor einer Glasvitrine mit Diademen in allen Formen und Farben blieben wir stehen. Ich fuhr mir mit einer Hand durch die Haare, und Austin beobachtete mich dabei. Als ich zu ihm sah, blickte er schnell wieder nach vorne zu den Schmuckstücken vor uns.

»Und wie funktioniert das mit dem Tanzen so? Du machst das beruflich, meintest du?«

»Genau. Schon während der Highschool habe ich jede freie Minute im Move District verbracht, aber auch Classes von weiteren Trainern in anderen Städten besucht, um von so vielen krassen Leuten wie möglich zu lernen. Ich unterrichte mehrere Male in der Woche in der Tanzschule, aber hin und wieder werde ich auch für Workshops von anderen Studios gebucht. Dan hast du schon mal kurz gesehen, oder? Na ja, ich bin irgendwie so eine Art rechte Hand für ihn und helfe sehr viel bei der Organisation von Veranstaltungen in der Tanzschule und bei der Stundenplanerstellung und solchen Sachen. Bei ein paar Künstlern tanze ich regelmäßig in Musikvideos oder bei Auftritten im Hintergrund mit, und außerdem renne ich immer wieder zu Auditions, um noch öfter gebucht zu werden. Es ist einfach das Leben, das ich mir früher schon gewünscht habe, und ich bin wirklich froh darüber, dass ich mein Hobby zum Beruf machen konnte. Klar ist es auch hart, wenn ich nicht genommen werde, aber da muss man nun mal durch. Bei Auditions platzen die Säle fast aus allen Nähten, und am Ende werden nur superwenige gebucht. Der Druck, der da in deinem Kopf entsteht … na ja, das ist auf Dauer echt heftig.« Er hielt kurz inne und ergänzte: »Irgendwann würde ich gerne auf einer Tour rund um die Welt mittanzen, bei einem von den ganz großen Musikern. Darauf arbeite ich momentan hin und hoffe, dass es eines Tages klappt.« Er kreuzte seine Mittel- und Zeigefinger und hob sie auf Schulterhöhe.

»Das hört sich echt toll an. Ich bin mir sicher, dass du das schaffst!«

Unsere Blicke trafen sich, und wir mussten beide zur selben Zeit lächeln. Ein Kribbeln machte sich in meiner Magengegend breit, von dem ich hoffte, dass es nur Hunger war. Okay, ich gab es zu – seine Träume und seine Leidenschaft faszinierten mich. Er hatte Biss, und es wirkte so, als ob er alles mit Herzblut tat.

»Danke.«

Seine tiefe Stimme in Kombination mit seinem unverwechselbaren Duft …

Stopp! Fokus, Jade!

Wieso schweiften meine Gedanken immer ab? Andererseits konnte ich nicht bestreiten, dass er mir in den letzten Minuten ein vertrautes Gefühl gegeben hatte und ich mich in seiner Gegenwart sogar wohlfühlte.

Die Zeit verging wie im Flug, während wir weiter durch die Ausstellung schlenderten und uns über die Kleider und Schmuckstücke unterhielten. Austin versuchte zwar, sich nicht anmerken zu lassen, dass er eigentlich keine Ahnung hatte, aber mir wurde recht schnell klar, dass er sich nur Karten für die Ausstellung besorgt hatte, um mir eine Freude zu machen, und nicht, weil er sich besonders dafür interessierte. Ich erzählte ihm ein bisschen was über die Designer, und er interpretierte die Stücke auf seine eigene Art und Weise.

Austin war jemand, der einen immer wieder zum Lachen brachte, sodass man seine Probleme vergessen konnte. Und als er sich zum mindestens zehnten Mal nach meinen Entwürfen erkundigte, beschloss ich, mich zusammenzureißen und über meinen Schatten zu springen. Nachdem er mir so viel über das Tanzen erzählt hatte, schuldete ich ihm ein paar Auskünfte über meine Arbeit.

»Die letzten Monate hatte ich das Gefühl, meine Inspiration verloren zu haben. Daher war ich auch so sauer auf dich, als meine hart erarbeiteten Zeichnungen im Dreck gelandet sind und nicht mehr zu retten waren … Ich hatte so viel Zeit und Mühe investiert und war endlich mal wieder ganz zufrieden mit etwas, bis du daherkamst.« Abwehrend hob er die Hände und verzog entschuldigend den Mund, doch bevor er etwas sagen konnte, sprach ich schnell weiter: »Mittlerweile läuft es glücklicherweise wieder besser. Durch das Tanzen sind mir einige coole

Ideen gekommen, die ich jetzt meinem Portfolio beilegen kann.«

»Ha! Dann solltest du mir wohl eher dankbar sein.« Er klatschte in die Hände und funkelte mich aus seinen grünen Augen an.

Witzbold.

»Immer schön den Ball flach halten, Kollege«, gab ich zurück und verschränkte grinsend die Arme vor der Brust. Zwischen uns lag plötzlich etwas in der Luft, das ich nicht richtig deuten konnte. War es einfach Sympathie, gemischt mit einer Prise Humor und Verständnis – oder doch mehr?

»Freut mich, dass dich das Tanzen wieder auf den richtigen Weg gebracht hat.«

»Ich bin auch sehr froh. Manche der neuen Designs könnten, glaube ich, auch ziemlich gut auf einer Bühne oder in einem Musikvideo aussehen. Von Ariana Grande oder Selena Gomez vielleicht…« Ich schlenderte weiter, stellte nach ein paar Metern jedoch fest, dass Austin nicht mehr neben mir ging. Suchend sah ich mich nach ihm um.

Austin war stehen geblieben und hatte den Kopf schief gelegt, seine Stirn war gerunzelt, als würde er über etwas nachdenken.

Verwirrt sah ich ihn an, ohne die geringste Ahnung, was sich da gerade unter seinem hellbraunen Lockenschopf abspielte. Hatte ich etwas Falsches gesagt? Verlegen trat ich von einem Bein aufs andere und wartete darauf, dass er endlich etwas sagte.

»Was ist?«, fragte ich nach ein paar Sekunden, als ich es nicht mehr aushielt, erwartungsvoll und strich mir eine Strähne aus dem Gesicht.

»Ich glaube, ich habe gerade eine ziemlich gute … nein, eine nahezu atemberaubende, sensationelle und auch unfassbar geistreiche Idee …« Er hob den Zeigefinger und tippte sich gegen die Schläfe.

»Komm auf den Punkt, du Scherzkeks!«, unterbrach ich ihn ungeduldig und spielte dabei an meiner Halskette herum.

»Wir suchen momentan jemanden, der sich um den Entwurf neuer Merchandise-Kleidung, also um Schnitte und Materialauswahl für die Tanzschule kümmert. Vielleicht hast du ein paar Teile unserer aktuellen Kollektion gesehen. Die werden am Check-in verkauft, und die Trainer tragen zum Beispiel die Shirts in ihren Classes, manchmal auch Sweater oder Jogginghosen. Außerdem fahren ein paar unserer Crews immer wieder auf Meisterschaften oder haben Auftritte – es wäre super, jemanden zu haben, der sich Gedanken zu den Looks macht, Ideen einbringt und so. Korrigiere mich, falls ich falschliege, aber ich könnte mir wirklich gut vorstellen, dass das etwas für dich wäre.«

Ich kniff die Augen zusammen und dachte nach. Das klang nach einer ziemlich tollen Chance.

»Um wie viele Kostüme geht es denn da normalerweise und in was für einem Stil? Ich wäre ja allein, das heißt, meine zeitlichen Kapazitäten sind etwas eingeschränkt.«

»In der Regel kümmern sich die verschiedenen Gruppen immer selbst darum und bestellen sich passend zum Thema ihrer Show Outfits im Internet, aber manche Teile gibt es nun mal nicht so, wie sie es sich vorstellen. Die Tänzer legen dann selber Hand an, aber das sieht natürlich nicht so toll aus, wie wenn es jemand macht, der

Ahnung von Design hat. Ich kann dir gerne mal unseren Kostümfundus zeigen, wenn du willst. Unsere Jazz-Formation studiert zum Beispiel gerade fürs Frühjahr eine Art Disney-Show ein. Dazu findet man zwar schon einige Outfits, aber die sind dann oft nicht elastisch genug oder eignen sich aus anderen Gründen nicht so gut zum Tanzen. Ansonsten wäre es einfach immer mal wieder, wenn etwas anfällt. Und den Merchandise wollen wir im Laufe der nächsten Monate – idealerweise bis März – neu auflegen. Darum hat sich bisher eine Agentur gekümmert, aber die sind einfach nicht so in der Thematik drin wie jemand, der selbst bei uns tanzt.«

Menschen würden meine Designs tragen … Okay, ich hätte vermutlich Vorgaben, aber es wäre auf jeden Fall eine tolle Referenz in meinem Lebenslauf, und ein paar der Designs könnte ich sicher meinem Portfolio beilegen.

»Das wäre doch bestimmt eine geniale Erfahrung für dich, und du könntest das Designen mit dem Tanzen verbinden.« Austin kam ein paar Schritte auf mich zu, und zu meinem eigenen Erstaunen wich ich nicht zurück.

»Das wäre echt der Wahnsinn, aber meinst du, dein Chef würde mir so einfach eine Chance geben? Ich tanze noch nicht so lange, und ausgebildete Designerin bin ich auch nicht.«

Er kam noch ein Stück näher und legte seine schlanken Finger auf meine Schultern. Die Haut unter meinem Pulli fing an zu kribbeln, und ich war mir sicher, dass sich jeder Muskel meines Körpers anspannte. Sein Blick ruhte auf mir, und ich konnte ihm nicht ausweichen – selbst wenn ich es gewollt hätte.

»Ich verspreche dir jetzt was, okay?« Er war mir so nah, dass ich seinen warmen Atem auf der Haut spüren konnte.

Versprich nichts, was du nicht halten kannst.

»Nur zu.«

»Wenn du den Job haben möchtest, bekommst du ihn. Ich rede mit Dan und kläre das, wenn es für dich in Ordnung ist?«

Ob es für mich klarging, dass er mir einen Job besorgte, der wie für mich gemacht war? Ich kniff die Augen zusammen, versuchte die Gedanken zu ordnen, die in meinem Kopf Achterbahn fuhren.

»Das wäre echt nett von dir«, antwortete ich leise.

Verdammt, es bedeutete mir etwas, dass er das für mich tat. Von ihm unterstützt zu werden fühlte sich wie Wärme an, die sich um mein Herz legte, es sanft einhüllte, es nicht mehr losließ.

Er löste sich langsam von mir und machte einen Schritt zurück, dann verzog er den rechten Mundwinkel zu einem kleinen Lächeln und senkte den Blick. »Und da du am Anfang sicher Hilfe benötigst, immerhin musst du ja eingewiesen werden, was die Themen und Vorgaben betrifft, werde ich dir selbstverständlich mit Rat und Tat zur Seite stehen.«

Aha!

»Selbstverständlich…«, wiederholte ich und musste mir ein Grinsen verkneifen. *Das* war also sein durchtriebener Plan.

Von einer Sekunde auf die andere schwand das unbeschwerte Lächeln von seinem Gesicht, und etwas Ernstes legte sich auf seine markanten Züge. »Ich bin wirklich nicht so übel, wie du vielleicht denkst. Für meine Freunde bin ich jedenfalls immer da, und es wäre mir eine Ehre, wenn ich dich, Jade Evans, zu ihnen zählen dürfte. Oder vielleicht wird es ja auch noch ein bisschen mehr als nur das, wer weiß.«

Mir wurde heiß, und ich wusste nicht, was ich sagen sollte. Die letzten Stunden waren wirklich schön gewesen, das konnte ich nicht leugnen. Aber mehr als eine Freundschaft kam für mich nicht infrage. Zeit mit Austin zu verbringen machte Spaß, sogar sehr viel Spaß. Meine anfängliche Befürchtung, dass er ein schamloser Aufreißer war, hatte sich bisher nicht bewahrheitet. Und wieso sollte er sich so reinhängen und mir sogar einen Job besorgen, wenn er es nicht ernst meinte?

»Freunde. Irgendwann vielleicht«, flüsterte ich und hoffte, dass ich damit nicht seine Gefühle verletzte. Trotzdem war ich lieber ehrlich, als ihm etwas vorzuschwindeln.

Doch Austin verjagte all die Gedanken, die ich mir gemacht hatte, mit einem breiten Grinsen, das sich über sein ganzes Gesicht zog. Lachfältchen bildeten sich um seine Augen, aus denen er mich anstrahlte. Man konnte fast meinen, er freute sich über die indirekte Abfuhr, die ich ihm gerade erteilt hatte …

»Damit kann ich arbeiten«, sagte er überzeugt, während er sich rückwärtslaufend in Richtung Ausgang bewegte, ohne den Blick von mir abzuwenden.

Dieser Typ verwirrte mich von Sekunde zu Sekunde mehr.

»Soll ich dich noch zur U-Bahn-Station bringen? Wo wohnst du überhaupt?«, fragte Austin, als wir die Stufen des MET hinunterliefen und auf die hell erleuchtete Straße traten.

»Nein, danke, alles gut, das schaffe ich schon. In Brooklyn, und du?«, sagte ich.

»Auch in Brooklyn. Bei Olivia in der Nähe. Aber ich mache jetzt noch einen Abstecher zu meinem Bruder, der arbeitet ein paar Straßen weiter bei Barnes & Noble.« Er räusperte sich. »Dann trennen sich unsere Wege jetzt, oder?«

»Ja … aber wir sehen uns die nächsten Tage sicher in der Tanzschule«, murmelte ich und begann nervös auf den Zehenspitzen auf und ab zu wippen, unsicher, was jetzt folgen sollte. Nichts? Eine Umarmung? High Five? Winken? Rauchzeichen?

Austin nahm mir die Entscheidung ab, indem er auf mich zutrat und seine muskulösen Arme um meinen Körper schloss.

Augenblicklich stieg mir sein unverwechselbarer Duft nach einem sommerlichen Lagerfeuer in die Nase. Seine Wärme fühlte sich wie etwas an, das ich in meinem Leben vermisste. Nicht brauchte, aber wollte.

Zaghaft erwiderte ich seine Umarmung. Seine breiten Schultern und die Tatsache, dass er über einen Kopf größer war als ich, brachten meine Hände leicht zum Zittern. Erst hatte ich Angst, erdrückt zu werden, doch schon nach wenigen Sekunden merkte ich, dass es mir tatsächlich guttat. Ich spürte, wie ein weiteres Stückchen von der Last von mir abfiel, die ich in den letzten Monaten mit mir herumgetragen hatte.

Die Sekunden verstrichen.

Weitere folgten.

Nach einer kleinen Ewigkeit wurde mir plötzlich bewusst, was wir hier gerade taten. Mein Herz begann zu rasen, und ich bewegte mich, brauchte ganz schnell mehr Platz, woraufhin sich Austin allmählich von mir löste. Seine Hände strichen an meinen Armen entlang bis zu meinen Fingern und entfachten eine Gänsehaut, die sich über meinen gesamten Körper zog.

Er lächelte mich noch einmal schief an, nickte mir zum Abschied leicht zu und wandte sich schließlich ab.

Ich sah ihm nach, bis ihn eine der dunklen Seitenstraßen verschluckte.

KAPITEL 13

Olivia stand mir gegenüber, Vanillesirup in der linken und einen Matcha-Besen in der rechten Hand, und ihre Augen vergrößerten sich von Sekunde zu Sekunde. Mit offenem Mund sah sie mich entgeistert an, offensichtlich auf der Suche nach ihrer Sprache.

»Du hast *was*?!«

Jap, da war sie, die Sprache.

»Ich habe mich gestern mit Austin getroffen«, wiederholte ich und kaute nervös auf meiner Unterlippe herum. Als sie gefragt hatte, wie mein Wochenende war, hatte ich sie nicht anlügen wollen. Außerdem brauchte ich dringend jemanden, mit dem ich darüber sprechen konnte.

»Wie kam das? Wie war es? Was habt ihr gemacht? Wow, ich erzähle dir zehn Minuten von dem nervigen Abendessen bei meinen Eltern auf der Upper Westside, wie sie mich runtergemacht und meinen Bruder und meine Schwester in den Himmel gelobt haben … und du rückst jetzt erst mit der Sprache heraus? Ich glaube, es hackt!«

»Immer mit der Ruhe«, entgegnete ich lachend. »Am Wochenende fand diese megainteressante Modeausstellung im MET statt, und irgendwie sind wir uns da über den Weg gelaufen. Ganz zufällig.«

Olivia runzelte die Stirn, stellte Sirup und Matcha-Besen beiseite und kniff misstrauisch die Augen zusammen. »Komischer Zufall. Ich wusste gar nicht, dass Austin was für Modeausstellungen übrighat.«

»Ja, ich fand das auch ... seltsam, aber vielleicht hat er ja Hobbys, von denen du nichts weißt.« Ich richtete den Blick auf die Tafel mit den Angeboten und versuchte, mich unauffällig zu verhalten, doch ich hätte ahnen müssen, dass Olivia mir das nicht abkaufte.

»Der gute Austin mit seinen ungeahnten Interessen.« Ihre Stimme triefte nur so vor Sarkasmus. Als ich darauf nichts entgegnete, sondern anfing, die Tassen aus der Spülmaschine zu räumen, kam sie ein Stück auf mich zu und stemmte die Hände in die Taille. »Ihr hattet also ein Date.«

Ich war mir nicht wirklich sicher, ob das eine Frage oder eine Feststellung war, deshalb berichtigte ich sie schnell. »Nein, nein. Das war nur freundschaftlich, wenn überhaupt.«

»Verstehe.« Sie musterte mich neugierig, während sie eine ihrer blauen Locken um den Finger wickelte, die sie sich für das gestrige Abendessen bei ihren Eltern in die Haare gedreht hatte. »Ich meine, ich würde es super finden, wenn meine Lieblingskollegin und einer meiner liebsten Tanz-Buddys Freunde werden würden. Dann würdest du vielleicht auch irgendwann mal abends mit der Clique mitkommen, wenn wir was essen gehen oder zu Hause abhängen oder so.«

»Ich bin deine *einzige* Kollegin, Olivia.«

»Trotzdem mag ich dich lieber als jedes andere Mädel,

das bisher hier gearbeitet hat. Die waren teilweise superseltsam. Haben in der Nase gebohrt und es an ihre Schürze geschmiert.«

Als ich sie entgeistert anschaute, prustete sie los, woraufhin ich mich ebenfalls nicht mehr zusammenreißen konnte und in ihr Lachen einstimmte. Es tat gut, und irgendwie fühlte ich mich in diesem Moment fast ein bisschen unbeschwert.

»Ich komme irgendwann schon noch zu euren Abenden, aber momentan habe ich einfach viel zu tun«, sagte ich schulterzuckend. Zum Teil stimmte das ja auch.

»Ein paar der anderen kennst du sowieso schon, und die würden sich bestimmt freuen, dich öfter zu sehen.«

Mein Herz pochte schneller.

»Austin sowieso am meisten – also abgesehen von mir.« Sie lachte und machte sich dabei wieder an die Zubereitung der Vanilla Matcha Latte.

»Er war echt nett am Samstag… Wäre aber auch gut möglich, dass die Nettigkeit nur gespielt ist und er ganz andere Absichten hat. Ich weiß nicht so recht, ob ich ihm trauen kann«, äußerte ich meine Bedenken. Es wunderte mich selbst, dass ich Olivia so offen davon erzählte, aber es kam einfach so über mich.

Sie sah mich ernst und doch verständnisvoll an. »Ich verrate dir jetzt mal was. Ich würde für Austin Lewis jederzeit meine Hand ins Feuer legen. So lange, wie ich ihn schon kenne, kann ich dir versichern, dass er absolut anständig ist. Und wenn er lieb zu dir ist, dann liegt das daran, dass er dich mag, Jade.«

Mit gesenktem Blick atmete ich tief ein und aus. »Okay…«

»Okay.« Sie lächelte mich aufmunternd an, und irgendwie war ich mir ziemlich sicher, dass sie in ihrer kleinen Ansprache die Wahrheit gesagt hatte.

Zögerlich erwiderte ich Olivias Lächeln, da wurde sie auch schon von einem Kunden zu sich gerufen, der eine Bestellung aufgeben wollte.

Olivia sprach immer in den höchsten Tönen von Austin, und beim Treffen am Samstag war mir auch nichts Negatives aufgefallen. Vielleicht durfte ich ihm nicht immer die kalte Schulter zeigen und musste auch mal ein wenig auf ihn zugehen. Solange ich vorsichtig blieb, war daran ja nichts Falsches.

Ich machte mich wieder an die Arbeit – die Spülmaschine rief bereits verzweifelt nach mir. Im Hintergrund lief »Black and White« von Niall Horan, und ich spürte, wie die Musik in meinen Körper überging und ich anfing, im Takt mit dem Kopf zu nicken. Das Tanzen hatte mir in den vergangenen Tagen gefehlt, ich musste unbedingt in der kommenden Woche wieder in die Classes gehen. Wenn ich nur daran dachte, begann ich dämlich zu grinsen und alles Negative zu vergessen. Ich freute mich jetzt schon auf den Geruch des frisch gewachsten Parketts, den Bass, der durch meinen Körper jagte, und das Gefühl von Freiheit, das ich in jeder Stunde empfand.

Abends in meiner Wohnung schob ich mir eine Tiefkühlpizza in den Ofen, schnappte mir meine Decke und kuschelte mich an meinem Schreibtisch sitzend in sie ein. Die Stille tat zur Abwechslung wirklich gut, also verzichtete ich an diesem Abend auf meine Lieblingssongs und widmete mich unter dem Schein der Schreibtischlampe meinen Entwürfen. Wenn Austin mir wirklich diesen Job beschaffte, musste ich mir ein paar coole Designs und Ideen einfallen lassen, die überzeugten. Für Shows und Auftritte hatte ich ja schon das ein oder andere aufs Blatt gezaubert, aber da musste noch mehr her. Und dann waren da noch die Merchandise-Produkte. Ich stellte mir vor, wie ich in die Tanzschule kam und alle Menschen dort meine Designs trugen. Hoodies, Sweater, Shirts, Jogginghosen, Trainingsjacken und Bandanas.

Wie cool das doch wäre.

Und danach würden Shows stattfinden, und meine Entwürfe würden dort getragen werden, und dann würde ein Produzent kommen und mich für die Outfits in seinen Tanzfilmen engagieren. So lief das ganz bestimmt, das war so sicher wie das Amen in der Kirche. *Ha!* Meine Gedanken schweiften immer mehr ab, und plötzlich befand ich mich auf der Bühne der Oscar-Verleihung und erhielt einen Preis für das beste Kostüm.

Wow, wenn das so weiterging, musste ich jemanden anstellen, der mir jedes Mal eine scheuerte, wenn mein Vorstellungsvermögen mich übermannte und ich deswegen dermaßen prokrastinierte. Für heute übernahm das mein Smartphone in Form einer digitalen Ohrfeige, indem es mich mit seinem Klingeln aus meinen Träumereien riss.

Es war halb zwölf, und ich hatte keine Ahnung, wer mich jetzt noch anrief – vor allem in Zeiten von Sprachnachrichten. Ich schüttelte kurz den Kopf, um zurück in die Realität zu gelangen, und schaute auf das hell erleuchtete Display.

Anonymer Anruf.

Im Ernst? Die Anrufe und Nachrichten von Tara waren in der letzten Zeit nicht weniger geworden, und so langsam hatte ich es satt. Was dachte sie, wer sie war, dass sie mich so terrorisierte? Ich lebte nicht mehr in ihrer Nähe, und ich wollte nur, dass es aufhörte. Bisher hatte ich ihre Nachrichten immer gelöscht und ihre Anrufe ignoriert, doch das musste jetzt ein Ende haben.

Wutentbrannt hob ich das Handy an mein Ohr und ließ ihr nicht einmal die Möglichkeit, sich zu erklären. »Was denkst du eigentlich, wer du bist? Ich bin nicht umsonst aus Beckhaven weggezogen. Deine Anrufe und Nachrichten kannst du dir sparen, ich will keinen Kontakt mit dir oder sonst jemandem von euch. Es ist mir egal, was für Beschimpfungen du mir an den Kopf werfen oder was du mir androhen willst. Ich sage es dir jetzt und ein für alle Mal: Halt dich von mir fern, ich will nichts mehr von dir, Beth oder Kyle wissen!«

Puh!

Das hatte rausgemusst, ich fühlte mich gleich schon ein wenig besser. Hoffentlich begriff Tara nun endlich, dass sie keinen Platz mehr in meinem Leben hatte.

Stille.

Allerdings war die Leitung nicht tot. Doch alles, was ich hörte, war ein leises Atmen.

Sekundenlang wartete ich auf etwas. Ein Geräusch. Ein Wort. Einen Satz. Irgendetwas.

Das Atmen wurde lauter. Es war gruselig, vor allem, wenn ich an all die Horrorfilme dachte, in denen Frauen solche Anrufe von seltsamen Stalkern bekamen.

Plötzlich tat sich etwas, ich hörte am anderen Ende der Leitung ein Räuspern. Ein Räuspern, das mir das Blut in den Adern gefrieren ließ. Gänsehaut breitete sich auf meinen Armen und von dort über meinen ganzen Körper aus. Das Räuspern stammte nicht von Tara, ganz bestimmt nicht. Ihre Stimme kannte ich so gut wie meine eigene.

Die ganze Zeit war ich mir so verdammt sicher gewesen, dass sie es war, die mich immer wieder anrief. Das hätte zu den Nachrichten gepasst, die sie mir schickte. Doch dieses Geräusch kam nicht von einer Frau Anfang zwanzig – es war ganz eindeutig das Räuspern eines *Mannes*.

Bevor ich meine Gedanken ordnen und noch etwas sagen konnte, wurde aufgelegt, und die Leitung war tot.

Zitternd nahm ich das Smartphone vom Ohr und legte es auf den Tisch. Die Augen starr auf die leere Wand vor mir gerichtet, versuchte ich zu verstehen, was soeben passiert war.

Die Anrufe … sie kamen nicht von Tara, sondern von einem Typen. Allerdings konnte ich mir nicht erklären, wer das sein sollte, der anrief, nichts sagte, nur atmete und dann wieder auflegte.

Dann, auf einmal, ein Gedankenblitz. Eine Erinnerung. Mir drehte sich der Magen um, Hitze stieg mir in den Kopf, und zugleich schüttelte es mich am ganzen Körper vor Kälte, als mir der Typ in meinem Alter einfiel, der im Café nach mir gefragt hatte und wieder abgehauen war. War das derselbe Kerl, der mich so psychomäßig anrief? Was zum Teufel wollte er von mir?

Meine Gedanken befanden sich auf einer Achterbahn und fuhren wild kreischend durch meinen Kopf. Hier in der Wohnung konnte mir nichts passieren. Wenn ich nur die Tür hinter mir verriegelte, war ich sicher. Das sagte mir zumindest mein Gefühl.

Jade, reiß dich verdammt noch mal zusammen!

Immer noch zitternd, atmete ich ein paarmal tief durch und schloss die Augen. Ich zählte mit jedem Atemzug von zehn bis eins herunter und versuchte, dabei auf andere Gedanken zu kommen.

So wirklich funktionierte es leider nicht. Schnell nahm ich mein Handy und meine Decke und hechtete zu meinem Bett, um mich darin zu verkriechen. Ob ich diese Nacht würde schlafen können, war fraglich, aber versuchen musste ich es.

In der Eile hatte ich meine Schreibtischlampe angelassen. Bei Licht zu schlafen war ich zwar nicht gewohnt, aber im Dunkeln hätte ich es in diesem Moment alleine auch nicht ausgehalten.

Mein Herz raste. Ich musste runterfahren. Mich beruhigen. Für das alles gab es sicher eine Erklärung. Der Kerl aus dem Café war vielleicht irgendein Typ, der … Ja, was? Was konnte er von mir gewollt haben? Gut, der Vorfall war wirklich seltsam gewesen, aber er war auch nicht noch mal aufgetaucht. Und die Anrufe kamen vielleicht von einem Kerl, der sich verwählt hatte und jetzt, wo ich ans Telefon gegangen war, zum ersten Mal bemerkt hatte, dass er die falsche Nummer gewählt hatte. Das war die Erklärung; so musste es sein.

Pling.

Ich schrak hoch. Eine Benachrichtigung erschien auf dem Display meines Handys und brachte mein Herz dazu, noch schneller zu rasen. Hektisch schaute ich mich im ganzen Raum um, ohne zu wissen, wonach ich überhaupt Ausschau hielt.

Was ist denn nur in dich gefahren, Jade?

Am liebsten hätte ich mir für all die Panikmache selbst eine geknallt. Nach kurzem Zögern warf ich zitternd einen Blick auf mein Smartphone.

Austin.

Ich hätte nie gedacht, dass ich das mal denken würde, wenn er sich meldete, aber in diesem Moment tat ich es: *Gott sei Dank.*

Nach unserer Verabredung im MET hatten wir zwar Nummern getauscht, aber das hier war die erste Nachricht, die ich von ihm erhielt. Schnell entsperrte ich den Bildschirm, um sie komplett lesen zu können.

Hey, wir müssen uns unterhalten. Kommst du morgen ins Move District? Lass uns danach kurz reden, okay?

Huch, das klang ernst. Seltsam. Vielleicht hatte es mit dem Job doch nicht geklappt, oder es ging um etwas anderes. Ich hoffte nur, dass er nicht in diese Sache mit den Anrufen verwickelt war. Um das rauszufinden, musste ich mir wohl einfach anhören, was er zu sagen hatte.

Hi, ja, ich werde da sein. Bis morgen:)

Noch bevor ich mein Handy zur Seite legen konnte, kam seine Antwort.

Bis morgen:)

Nach unserem *zufälligen* Treffen gestern hatte ich versucht, nicht allzu viel über Austin nachzudenken. Der

Tag war sehr schön gewesen, und ich hatte mich bei ihm wohler gefühlt, als ich es für möglich gehalten hätte. Und das jagte mir eine Heidenangst ein. Immerhin hatte ich mir vor nicht einmal einer Woche nicht mal im Ansatz vorstellen können, jemals wieder einem Typen über den Weg zu trauen – am wenigsten einem durchtrainierten, tätowierten Tänzer, der sich für unwiderstehlich hielt.

KAPITEL 14

Am nächsten Tag scrollte ich durch das Kursprogramm in der Move-District-App und überlegte hin und her, für welche Class ich mich an diesem Abend anmelden wollte. In den meisten waren noch einige freie Plätze. Normalerweise hätte ich mich für Olivias Kurs entschieden, aber heute war mir nach etwas Abwechslung. Noch schwankte ich zwischen einer Heels-Class, die eine besondere Herausforderung für mich sein würde, da ich mich auf High Heels nicht besonders wohlfühlte. Aber durch Herausforderungen wuchs man schließlich über sich hinaus. Dann war da noch eine Modern-Dance-Class, die ich vor einer Woche schon einmal besucht hatte – der üble Muskelkater verfolgte mich bis heute. Die dritte Möglichkeit, die ich in Erwägung zog, war eine Popping-Class, die Austin unterrichtete. Noch nie hatte ich mich in diesen Kurs gewagt, da man Popping auf Funk-Musik tanzte und es echt schwer aussah. Einmal hatte ich durch die Scheibe gelinst und all die Tänzerinnen und Tänzer beobachtet, die roboterähnliche Bewegungen machten. Manchmal führten sie auch diese Wellen aus, die sich durch den gesamten Körper zogen.

Modern, Heels oder Popping?

Da ich danach sowieso noch mit Austin verabredet war, entschied ich mich für seine Popping-Class. Auch wenn sich bei dem Gedanken, von ihm unterrichtet zu werden, ein seltsames Grummeln in meinem Magen breitmachte – ich wollte es durchziehen. Selbstverständlich nur, um über mich hinauszuwachsen.

Eine gute Stunde später saß ich auf einer der flauschigen Couches im Eingangsbereich der Tanzschule und schnürte meine weißen Sneakers. Wie ich festgestellt hatte, kamen die meisten Tänzer bereits in Sportklamotten in die Tanzschule, deswegen hatte ich mir diesmal meine schwarze Jogginghose und das graue Move-District-Shirt auch schon zu Hause angezogen und nur ein paar Schuhe zum Wechseln mitgebracht.

Jetzt, um kurz vor fünf, war deutlich weniger los als am Abend, wenn viele der besonders beliebten Kurse in unterschiedlichen Schwierigkeitsstufen zur selben Zeit stattfanden. Zwei Teenagermädchen, eine mit braunen, die andere mit schwarzen Haaren, standen am Anfang des Ganges, der zu den Tanzräumen führte, und überflogen die Zettel, die am Schwarzen Brett hingen. Neben Flyern für Events, Auditions oder Workshops hingen dort auch Anzeigen, mit denen nach passenden Tanzpartnern gesucht wurde. Olivia saß mir schräg gegenüber auf einem der Sessel und tippte konzentriert auf ihrem Laptop herum. Sie stellte gerade die Playlist für ihre Stunde zusammen.

»Hey, Liv?«, fragte ich sie vorsichtig.

Sie sah mich aus ihren großen braunen Augen an. Die blauen Haare fielen ihr heute in leichten Wellen über die Schultern.

»Kannst du heute auf mich verzichten? Ich wollte mal in der Popping-Class vorbeischauen.«

»Ach schade, aber na klar! Die ist echt cool, und von Austin kannst du noch viel lernen.« Olivia zwinkerte mir zu.

Ich verdrehte die Augen. »Auf jeden Fall bin ich total gespannt, ich hatte noch nie eine Class bei ihm«, gab ich schulterzuckend zu und band meine Haare zu einem lockeren Zopf.

»Er unterrichtet wirklich toll. Das wird gut!« Mit einem Lächeln auf den Lippen wandte sie sich wieder ihrem Laptop zu, und ich lehnte mich auf dem gemütlichen Sofa zurück. Ein Blick auf die Uhr verriet mir, dass der Unterricht in zehn Minuten anfangen würde.

Erst in diesem Moment fiel mir auf, dass ich Austin bisher gar nicht hatte reinkommen sehen – dabei saß ich schon mindestens eine halbe Stunde im Eingangsbereich. Neugierig sah ich mich um. Vielleicht trainierte er gerade in einem der Räume oder zog sich um. Unwillkürlich wanderte mein Blick in Richtung Gang, an dessen Ende die Umkleiden lagen, und ich fragte mich plötzlich, welche Tattoos sich wohl noch unter seinem Shirt versteckten. Ich hatte Austin bisher noch nicht allzu oft tanzen sehen, dafür hatten sich die wenigen Male umso stärker in mein Gedächtnis gebrannt. Hoffentlich war es keine doofe Idee gewesen, in seine Class zu gehen. Nervös tippte ich mit den Fingern auf meinen Oberschenkeln herum und spürte, wie mein Herz immer schneller schlug. Allein die Vorstellung seiner Gegenwart machte mich nervös.

Als es nur noch fünf Minuten bis Kursbeginn waren,

richtete ich mich langsam auf, nahm meine Tasche und Jacke und wandte mich in Richtung Flur. »Bis morgen zum Frühstück«, rief ich Olivia noch zu, doch die nickte nur kurz geistesabwesend und starrte immer noch auf den Bildschirm ihres Laptops.

Mittlerweile trafen wir uns an unseren freien Vormittagen regelmäßig in einem kleinen Café, das auf dem Weg zwischen unseren beiden Wohnungen in Brooklyn lag, und frühstückten dort, bevor wir in den Tag starteten. Nach meiner anfänglichen Vorsicht war Olivia inzwischen zu einer Freundin geworden. Ich war froh, endlich den Schritt gewagt zu haben, wieder Vertrauen zu einem anderen Menschen aufzubauen, der nicht zu meiner Familie gehörte. Es fühlte sich gut an, jemanden zum Reden und Herumalbern zu haben.

Saal eins … zwei … drei … vier … fünf … sechs!

Neugierig warf ich einen Blick durch die Scheibe von Raum sechs. Austin stand am Mischpult und unterhielt sich angeregt mit zwei blonden Jungs, die etwas jünger aussahen als er.

Tief durchatmen.

Wenige Sekunden später fasste ich mir ein Herz und betrat so leise wie möglich den Raum, um nicht sofort die ganze Aufmerksamkeit auf mich zu lenken. Ich wollte nicht, dass mich direkt jeder anstarrte. Nachdem ich die Tür möglichst behutsam hinter mir geschlossen hatte, schaute ich mich um.

Der Erste, der mich bemerkte, war Austin. Er reckte das Kinn und sah mich interessiert an, während die beiden Typen weiter auf ihn einredeten.

Ich blieb wie angewurzelt stehen und starrte zurück.

Seine hellbraunen Locken hingen ihm wirr in die Stirn, vermutlich weil er schon das ein oder andere Training hinter sich hatte. Sein schwarzes T-Shirt mit dem weißen Move-District-Logo umspielte seine muskulösen Oberarme. Selbst aus zehn Metern Entfernung konnte ich erkennen, wie sein Kiefer sich anspannte.

Ich hob die Hand und winkte ihm kurz zu, woraufhin er den Mund zu einem schiefen Lächeln verzog und mir zunickte.

Ich straffte die Schultern und steuerte die linke Seite des Raumes an, um dort meine Tasche abzustellen. Da ich genau wusste, dass Austin mich immer noch beobachtete, versuchte ich, so selbstbewusst wie möglich zu wirken – er sollte nicht denken, dass er mich mit dem intensiven Blick nervös gemacht hatte. Allerdings hatte ich die Rechnung ohne den Boden gemacht, der vom vorherigen Training noch etwas feucht war. Schon nach vier Schritten merkte ich, dass es unter meinen Sneakers wie wild quietschte. Doch bevor ich mein Tempo verlangsamen konnte, hatte es mich schon erwischt. Es zog mir die Füße weg, und in der nächsten Sekunde lag ich wie ein gestrandeter Oktopus auf dem Boden.

Autsch! Verdammt!

Hätte jemand ein Video davon aufgenommen, wäre es auf YouTube bestimmt viral gegangen. Mit Sicherheit hatte es so ausgesehen, als ob ich auf einer Bananenschale ausgerutscht und durch die Luft geflogen war wie in Mario Kart.

Vollkommen überfordert blickte ich mich zu allen Seiten um und versuchte, mich so schnell wie möglich aufzurichten. Röte schoss mir in die Wangen, und ich wünschte mir nichts sehnlicher, als dass sich der Boden auftat und mich komplett verschluckte. Wow. Ich war tollpatschiger als jeder Charakter aus einem Slapstick-Film. Mittlerweile waren eindeutig zu viele Augenpaare auf mich gerichtet, und es fühlte sich schrecklich an.

Noch bevor ich wieder sicher auf zwei Beinen stand, war plötzlich Austin an meiner Seite und griff mir unter den Arm, um mir hochzuhelfen. Hatte ich doch gewusst, dass ein Ninja in ihm schlummerte, so schnell wie er an meiner Seite war. Dagegen war Speedy Gonzalez eine Schildkröte im Halbschlaf.

Er ließ den Blick aus seinen dunkelgrünen Augen besorgt über meinen Körper wandern. »Hast du dir wehgetan? Verdammt, ich dachte, das Lüften würde reichen, um den Boden wieder trocken zu kriegen.«

Meine Haut fühlte sich an jeder Stelle, die er berührte, elektrisiert an, doch sein fester Griff gab mir den Halt, den ich brauchte. Meine Wangen glühten. Verlegen senkte ich den Blick und stammelte: »Äh … ja … alles in Ordnung.« Als ich wieder aufrecht stand, fügte ich noch schnell ein »Danke!« hinzu und blinzelte ihn von der Seite an.

Austin stand immer noch dicht neben mir und ließ meinen Arm nicht los. Es fühlte sich an, als ob wir in diesem Raum alleine wären. Die anderen Menschen um uns herum hatte ich komplett ausgeblendet. Mittlerweile hatte ich keine Ahnung mehr, ob sie uns beobachteten oder in ihre eigenen Gespräche vertieft waren. Austins volle Lippen waren leicht geöffnet, und er sah mich nach wie vor mit einem dermaßen besorgten Blick an, dass mir noch heißer wurde.

Erst nach einer gefühlten Ewigkeit sickerte langsam in mein Gehirn, was gerade passiert war, und ich zog verwirrt meinen Arm zurück. Wild blinzelnd schaute ich mich um, nur um festzustellen, dass uns einige der Tänzer interessiert musterten.

Austin räusperte sich und trat einen Schritt zurück. »Nichts zu danken«, sagte er mit weicher Stimme. »Schön, dass du gekommen bist.«

Ich nickte ihm zu und presste die Lippen aufeinander, dann wandte ich mich wieder der Wand zu, zu der ich unterwegs gewesen war, bevor es mich wie einen Cartoon-Charakter hingehauen hatte.

Große Klasse, Jade. Das war gar nicht peinlich, nein.

Dass Austin mir geholfen hatte, hatte sich seltsam und zugleich angenehm angefühlt, doch ich musste einen kühlen Kopf bewahren. Glücklicherweise schaffte ich es beim zweiten Versuch ohne weitere Zwischenfälle bis ans Ziel.

Kurze Zeit später hatte sich der Kurs gefüllt, und Austin begrüßte uns, bevor er die Musik aufdrehte. Wir machten uns auf Will Smiths »Wild Wild West« warm, und schon war die Peinlichkeit von davor wie weggepustet. Es fühlte sich zwar seltsam an, einen neuen Style zu tanzen, den ich bisher noch nicht ausprobiert hatte, aber durch die Partystimmung, die alle dreißig Menschen in dieser Class ansteckte, war es mir egal, ob ich die Bewegungen perfekt ausführte oder nicht.

Nach dem Aufwärmen stellte sich Austin wieder nach vorne vor die Gruppe und erklärte, um was es heute ging. »Letzte Woche hatten wir uns ja mit Tutting beschäftigt, das lief schon echt gut«, sagte er mit fester Stimme und versuchte, jeden seiner Teilnehmer mindestens einmal anzusehen. »Deshalb würde ich vorschlagen, dass wir uns heute noch mal mit ein paar Pops und Basics auseinandersetzen – ihr wisst, dass man die nicht oft genug üben kann.« Er lachte, und die meisten anderen Tänzer stimmten mit ein.

Ich stand daneben oder besser gesagt in der dritten Reihe links und hatte nicht die geringste Ahnung, wovon die Rede war. Aber gut, ich würde es einfach auf mich zukommen lassen …

Schon begann Austin ein paar Schritte und die dazugehörige Technik zu erklären. Bei ihm sah es so leicht aus, dass eine leise Hoffnung in mir keimte, dass ich es hinbekommen konnte.

Bevor ich es selbst ausprobierte, beobachtete ich Austin noch eine Weile. Es sah wieder so aus, als ob die Musik sich seinem Körper anpasste und nicht andersrum – das hatte ich schon beim ersten Mal gedacht, als ich ihn tanzen gesehen hatte. Er war in seinem Element. Man merkte ihm an, dass er einen unfassbaren Spaß daran hatte, seine Schüler mit den Schritten zu beeindrucken. Ein Grinsen stahl sich auf sein Gesicht, während sein Körper fließende Bewegungen ausführte, sich dann jedoch auf die Snare in der Musik rasant anspannte – seine Muskeln trafen den Beat wie aus dem Nichts. Er bewegte sich wie ein Roboter – allerdings weniger Blech und dafür umso mehr Sixpack –, isolierte seine verschiedenen Körperpartien und blieb genau im Groove der Musik.

Ich erwischte mich bei dem Gedanken, wie die Bewegungen wohl aussähen, wenn er sie ohne Shirt ausführte.

Oh wow, was geht denn jetzt ab?

Ich schüttelte den Kopf, um meine ausufernden Gedanken zu vertreiben, und fokussierte mich auf mein Spiegelbild. Durch die beiden Reihen vor mir konnte ich mich zwar nicht so gut erkennen, aber es reichte, um festzustellen, dass ich heute wohl keinen Preis als die beste Popping-Newcomer-Tänzerin gewinnen würde. Während es bei Austin leichter aussah als Fahrradfahren, kam ich mir vor wie eine Vogelscheuche, die versuchte, ihren Bauern zu jagen. Aber auch wenn ich bei der Class mehr schlecht als recht mitkam, hatte ich eine Menge Spaß. Ich sah mich um und entdeckte ein paar Tänzer neben mir, die sich ebenfalls abmühten und mir aufmunternd zulächelten. Ich erwiderte das Lächeln und widmete mich wieder den Schritten.

Irgendwann sollten wir das Gelernte für uns üben, während Austin durch die Reihen ging und uns individuell verbesserte. Ich versuchte, mein Bestes zu geben, als er bei mir ankam, dennoch spürte ich, wie ich rot wurde. Es war ein seltsames Gefühl, von jemandem beobachtet zu werden, während man tanzte.

»Du machst das schon echt gut, aber versuch doch mal, stärkere Kontraste zwischen den lockeren und den harten Bewegungen zu setzen.« Er nahm meine Hände und brachte meine Arme auf Brusthöhe neben den Körper.

Seine Hände fühlten sich warm und weich an, groß und stark. Ich schaute kurz in seine Augen, senkte dann aber schnell wieder den Blick und achtete auf meine Arme, während ich die Akzente passend zur Musik setzte.

»Genau, ganz locker lassen und so plötzlich wie möglich anspannen, quasi wie aus dem Nichts.«

Er vermittelte die Schritte so, dass ich es verstand, und ein paar Takte später bemerkte ich bereits eine leichte Verbesserung.

»So?«, fragte ich erwartungsvoll.

»Ja! Genau so will ich es haben, das war sehr gut!«

Ich grinste stolz. Ein Kompliment von Austin zu bekommen fühlte sich gut an. Seltsam. Aber gut.

»Wir sehen uns später«, sagte er noch und ging dann zum nächsten Tänzer weiter.

Ich fühlte mich großartig, doch leider war die Class ein paar Minuten später vorüber. Die Zeit war wie im Flug vergangen, sogar noch schneller als in Olivias Kurs, und das *musste* etwas heißen.

Zehn Minuten später waren wir die Letzten im Tanzsaal. Austin packte gerade seinen Laptop in den Rucksack, als ich mit meiner Tasche über der Schulter langsam auf ihn zuging. Diesmal versuchte ich, auf meine Füße zu achten, um nicht noch mal auf dem Hintern zu landen. Einmal reichte für heute.

»Es hat echt Spaß gemacht«, sagte ich, während ich ein wenig nervös am Reißverschluss meiner Tasche herumspielte.

Austin blickte auf, und anstelle des konzentrierten Ausdrucks während der Tanzstunde erschien ein erfreutes Lächeln auf seinen markanten Gesichtszügen. »Du hast es auch wirklich toll gemacht – dafür, dass es deine erste Popping-Class war.« Er wuschelte sich durch die hellbraunen Haare.

»Der Trainer war ja auch echt gut …«

Mooooment mal! Flirtete ich etwa gerade mit ihm?

Austins Mundwinkel zuckten nach oben und offenbarten sein Grübchen. »Damit könntest du natürlich recht haben.«

»Nur nicht zu bescheiden sein, das steht dir nicht«, gab ich lachend zurück.

»Geht's dir eigentlich gut? Der Sturz vorhin hat sicher wehgetan.« Er musterte mich besorgt.

Ich strich mir verlegen eine Strähne hinters Ohr und wollte mir für meine Tollpatschigkeit innerlich am liebsten eine klatschen. Wieso hatte das auch direkt vor seiner Nase passieren müssen?

»Ja, alles so weit in Ordnung. Wenn ich morgen aufwache, werde ich bestimmt ein paar blaue Flecken finden, aber weh tut gerade nichts.« Ein verstohlener Blick in den Spiegel verriet mir, dass meine Wangen glühten.

Er atmete erleichtert aus und warf sich seinen Rucksack über die Schulter. »Gut! Nicht, dass du mich noch verklagst – immerhin war es meine Class, in der du dir fast den Hals gebrochen hättest.« Daraufhin lief er schnurstracks an mir vorbei, doch ich konnte genau erkennen, wie er verschmitzt grinste.

Ich verdrehte die Augen und folgte ihm. »Du wolltest doch noch was mit mir besprechen. Es hat sich irgendwie ernst angehört.«

Hoffentlich sagt er mir jetzt nicht, dass aus dem Job nichts wird.

»Ich weiß.« Er öffnete die Tür zum Flur, hielt sie mir auf, und wir schlenderten nach vorne in den Eingangsbereich.

Als er sich auf eines der freien Sofas sinken ließ und mir mit einem Nicken in Richtung des Sessels neben ihm bedeutete, mich zu ihm zu setzen, nahm ich mit rasendem Herzen Platz. Irgendwas war komisch, er verhielt sich viel zu ernst.

»Ich habe mit meinem Boss gesprochen und …« Er machte eine Pause. Wenn er mich noch weiter so auf die

Folter spannte, konnte dieser Ein-Meter-fünfundachtzig-Kobold etwas erleben.

»Und was?«, fragte ich ungeduldig.

»Was denkst du denn? Natürlich hat er Ja gesagt.« Er grinste bis über beide Ohren.

Ich konnte es nicht fassen. »Was? Bist du dir sicher?«

Oh mein Gott. Ich habe den Job. Wie genial ist das denn?

»Na klar bin ich mir sicher. Mein Chef wäre schön blöd, wenn er dir den Auftrag nicht geben würde.«

»Aber wieso warst du dann so ernst? Das hat mir richtig Angst gemacht.«

»Ich wollte dich nur ein wenig ärgern«, entgegnete Austin, der aus dem Grinsen gar nicht mehr rauskam.

»Dein Ernst? Ich hätte fast einen Herzinfarkt bekommen«, lachte ich, unfähig, meine Freude zu bändigen – am liebsten wäre ich ihm um den Hals gefallen.

»Tut mir leid«, sagte er amüsiert und hob die rechte Hand zum High Five. »Zumindest ein kleines bisschen.«

Strahlend schlug ich ein. »Tausend Dank. Es ist wirklich cool, dass du das organisiert hast. Ich freue mich riesig!«

»Sehr gern. Wir sollten uns in den nächsten Tagen direkt zur ersten Besprechung treffen.«

Mir wurde heiß. »Wir?«

»Ja. Dan ist die nächsten Wochen nicht in der Stadt, deshalb soll ich mich um alles kümmern. Er hat mich gebrieft. Wir starten sowieso erst mal klein. Du sollst dir erste Gedanken zu neuen Schnitten für die Merchandising-Kollektion machen, und unsere Jazz-Gruppe braucht ein Cinderella-Kleid, in dem es sich gut tanzen lässt. Alles ganz entspannt, sodass du auch genügend Zeit für deine

Parsons-Mappe hast. Wegen des Honorars wollte Dan dich direkt kontaktieren, aber er zahlt eigentlich echt fair.«

»Verstehe. Dann vielleicht … übermorgen? Da arbeite ich nur bis mittags im Café.« Ich biss mir auf die Unterlippe.

»Klar, da bin ich sowieso den ganzen Tag hier. Komm einfach vorbei, dann setzen wir uns zusammen.«

Ich merkte, wie sich meine Vorurteile Austin gegenüber immer mehr verflüchtigten. Es schien, als wollte er mir wirklich helfen und die Job-Geschichte nicht nur als Vorwand nutzen, um an mich ranzukommen. Insgeheim musste ich sogar zugeben, dass es mir inzwischen richtig Spaß machte, Zeit mit ihm zu verbringen. Vielleicht hatte ich ihm Unrecht damit getan, ihn vorschnell als Aufreißer abzustempeln, der seine wahren Absichten hinter einem charmanten Lächeln verbarg.

KAPITEL 15

Da saß er und tippte auf seinem Laptop herum, während er auf mich wartete. In einem schwarzen Hoodie und der ausgeblichenen Jeans mit den Rissen an den Knien. Seine hellbraunen Locken waren wie immer ein wenig verwuschelt, und ich ertappte mich bei dem Gedanken, dass ich am liebsten meine Finger darin vergraben hätte.

Heute Morgen noch hatte sich bei dem Gedanken an das Treffen Übelkeit in mir breitgemacht, und ich war kurz davor gewesen, ihm abzusagen. Was, wenn er mich überschätzte und ich noch nicht so weit war, ganze Outfits für eine Tanzschule zu entwerfen? Doch dann hatte ich meine innere Cheerleaderin losgelassen, die mir ordentlich in den Arsch getreten hatte, und jetzt war ich hier.

Ich trat auf den Tisch zu, an dem er saß.

Als Austin den Kopf hob, erschien ein Lächeln auf seinen Lippen.

Diese Lippen, die …

Nein! Konzentration auf das Wichtige!

»Hey, setz dich doch, ich muss nur noch schnell was im Kursplan ändern, dann bin ich für dich da«, sagte er freundlich und schob mit seinem Fuß den Stuhl neben ihm ein paar Zentimeter nach hinten.

»Hi. Kein Stress, ich habe Zeit.« Langsam zog ich meine Jacke aus und hängte sie über die Lehne, dann nahm ich Platz und packte mein Notizbuch aus. Darin fasste ich immer all meine Ideen zusammen, um den Überblick nicht zu verlieren – was in meinem Kopf schneller passierte, als mir lieb war.

Während ich wartete, sah ich mich um. Jules saß am Check-in und winkte mir freundlich zu, bevor sie sich wieder einer Frau zuwandte, die ein T-Shirt kaufen wollte. Aus dem Augenwinkel schaute ich zu Austin hinüber, der mit seinen großen Händen über das Touchpad wischte. Dabei spannte er den Unterarm an, und seine Muskeln traten hervor. Seine Augenbrauen waren konzentriert zusammengezogen.

Wenige Sekunden später lehnte er sich zurück und lächelte mich an. »Okay, ich bin fertig.«

Ich räusperte mich. »Cool. Dann kann's jetzt losgehen, oder?«

»Einen Moment noch.« Er griff unter den Tisch und zog eine braune Papiertüte mit Henkeln darunter hervor. Seelenruhig holte er zwei kleine Kartons heraus, die er vor uns auf den Tisch stellte. Dann verstaute er die Tüte wieder und sah mich mit blitzenden Augen und seinem typischen Grinsen an. »Weißt du noch, dass ich dir gesagt habe, dass ich nichts von meinen Burgern abgebe, dich aber gerne auf einen einlade?«

Ich nickte und kniff fragend die Augen zusammen.

»Ta-da, der Tag ist gekommen: ein leckerer, saftiger Burger aus meinem Lieblingsdiner, nur für dich.« Er breitete so übertrieben die Arme aus, als wäre er ein Showmaster, der einem Kandidaten seinen Gewinn präsentiert. »Du kannst den Karton jetzt öffnen. Keine Angst, darin befindet sich kein Verlobungsring.«

Ich musste lächeln und öffnete die Pappschachtel. Beim Anblick des dampfenden Burgers, der göttlich duftete, lief mir sofort das Wasser im Mund zusammen.

Ich schaute Austin mit großen Augen an. »Du hast mir ernsthaft einen Burger mitgebracht?« Ich konnte nicht fassen, dass er sich an unser Gespräch erinnert hatte.

»Na klar, ist doch keine große Sache.« Er zuckte mit den Schultern und schnappte sich seinen Burger, um genüsslich hineinzubeißen.

»Danke, das ist lieb von dir.« Ich wusste nicht so recht, was ich sonst sagen sollte. Einerseits war es *nur* ein Brötchen mit Belag, andererseits kam es mir wie so viel mehr vor. Schnell senkte ich den Blick, um meine Gedanken zu ordnen.

»Ich habe doch gesagt, dass ich dich einladen möchte. Als Wiedergutmachung.«

»Du hast mich doch schon zu der Ausstellung eingeladen, was – nur am Rande – wirklich nicht nötig gewesen wäre.«

Er sah mir in die Augen, und auf einmal war das Grinsen aus seinem Gesicht verschwunden. »Ich wollte es aber.«

Als sich unsere Blicke trafen, jagte ein Schauer meine Wirbelsäule hinauf.

Wieso fühlt sich das hier nicht seltsam, sondern auf einmal vertraut an?

Nein, das hatte rein gar nichts zu bedeuten.

Im Laufe des Gesprächs mit Austin erfuhr ich, worum genau es bei meinem Auftrag für das Merchandise ging. Ich sollte mir überlegen, welche Kleidungsstücke am besten zur Tanzschule passten, neue Designs entwerfen und mir die Materialien ansehen, aus denen die bisherigen Produkte gefertigt waren, um diese eventuell durch andere zu ersetzen. Erst hatte ich ein wenig Bedenken, ob ich das alles zeitlich mit der Arbeit im Café und an meinem Portfolio unter einen Hut bekommen würde, aber Austin beteuerte, dass ich mir keinen Stress machen müsste und die Tänzer sich im Zweifelsfall auch an Kostümen aus dem Fundus bedienen könnten.

»Außerdem hat eine unserer Hip-Hop-Crews für einen Wettbewerb nächstes Jahr im Frühling einen Dresscode, der dunkelblau, grau und weiß sein soll. Da wäre es super, wenn du ein paar coole Outfits zusammenstellen könntest. Erst einmal sollten wir uns demnächst im Kostümlager umsehen, da hängen noch ziemlich viele Stücke, die miteinander kombiniert werden könnten«, sagte Austin und stützte sich auf seine Unterarme. Die Ärmel seines Hoodies hatte er mittlerweile ein Stück nach oben geschoben, sodass seine Tattoos gut zu erkennen waren. Er blickte rasch von seinem Laptop auf und erwischte mich dabei, wie ich sie musterte.

Ups.

Ich spürte, wie mir die Hitze in die Wangen stieg. Schnell senkte ich den Blick auf mein Notizbuch. Drei Seiten hatte ich bereits vollgeschrieben – in der nächsten Zeit würde ich einiges zu tun haben. Als ich aus dem Augenwinkel zu ihm hinüberlinste, merkte ich, dass er mich immer noch gespannt ansah. In seinen Augen lag etwas

Erwartungsvolles, das ich nicht deuten konnte. Austin war und blieb mir ein Rätsel. Ich wusste noch immer nicht, was er an mir fand, wo ich ihm doch andauernd Abfuhren erteilt und mich sicher nicht immer von meiner besten Seite gezeigt hatte.

»Verstehe. Man könnte mit vielen Accessoires arbeiten und die dann farblich kombinieren. Mir fällt da sicher was Cooles ein«, sagte ich, um meine Unsicherheit zu überspielen, und nickte.

»Klingt gut. Auf meinem Laptop habe ich auch noch eine Liste mit weiteren Show-Konzepten, die wir nächstes Jahr umsetzen wollen. Es wäre super, wenn du dir in den nächsten Monaten zu denen auch irgendwann Gedanken machen könntest, aber das eilt nicht.« Er klickte sich durch seine Ordner, zog die Datei mit der Liste in eine neue Mail, gab meine Adresse ein und schickte sie ab. »Alles klar, du müsstest sie bekommen haben.«

»Super, danke!«

Wir unterhielten uns noch eine Weile über unsere Ideen und zukünftige Events. Als wir mit dem Großteil fertig waren, lehnte ich mich vor und legte den Stift auf meinen Notizen ab. »Danke noch mal, dass du mir den Job besorgt hast. Das ist echt nicht selbstverständlich.«

Er klappte seinen Laptop zu und beugte sich ebenfalls vor, sodass wir weniger als einen halben Meter voneinander entfernt waren. Sein frischer, männlicher Duft stieg mir in die Nase, und ich sog leise die Luft ein. Jetzt, wo er mir so nah war, konnte ich jedes Detail seines Gesichts erkennen. Seine markanten Kieferknochen, das Grübchen und die vollen Lippen, die er in diesem Moment befeuchtete. Der kleine Leberfleck an seiner linken Wange. Die dunkelgrünen Augen, die mir das Gefühl gaben, ich selbst sein zu können.

Ein angedeutetes Lächeln stahl sich auf seine Züge. »Dafür musst du mir nicht danken, das habe ich wirklich gerne gemacht«, sagte er leise und lehnte sich noch weiter vor.

Es waren jetzt nur noch wenige Zentimeter, die uns trennten, und ich spürte bereits die Wärme, die von ihm ausging. Ob durch seinen Blick, der entspannt auf mir ruhte, oder seinen Körper – es lag etwas in der Luft, das ich nur schwer in Worte fassen konnte. Es fühlte sich wie ein unsichtbares Gummiband an, das um uns beide gespannt war und uns einander immer näher bringen wollte. Meine Hände, die ich zu Fäusten geballt hatte, begannen zu schwitzen, und ich öffnete sie. Aus dem Augenwinkel bemerkte ich, dass sie Austins Händen gefährlich nah waren. So nah, dass er nur wenige Sekunden später meine Hand streifte.

Ein Schauer lief mir den Rücken hinab, ich zuckte aber nicht zurück.

Konnte nicht.

Wollte nicht.

Meine Hand blieb liegen, was Austin als Zeichen deutete, und ganz langsam, wie in Zeitlupe, nahm er sie in seine. Seine Hand war weich und warm, und auch wenn bei der Berührung zwanzig Blitze durch mich schossen, es fühlte sich schön an. Angenehm. Vertraut. Ich konnte nicht klar denken, alles, was durch meinen Kopf schwirrte, war dieser heiße Tänzer, der vor mir saß und mich anschaute, als ob es nur uns beide auf der Welt gäbe.

Nur wir beide.

Allein.

Mit einem Mann allein.

Von einer Sekunde auf die andere wurde mir bewusst, was hier gerade passierte. Ich zuckte zurück und sog scharf die Luft ein.

Austin sah mich erstaunt an.

Mir war heiß geworden. Ich lockerte meine Schultern, die ich unbewusst hochgezogen hatte.

Früher, vor jener Party in Beckhaven, hatte ich nie Probleme mit Körperkontakt gehabt. Ganz im Gegenteil. Es hatte mir Spaß gemacht, einem Jungen auch mal näherzukommen, und oft war es viel weiter gegangen als in diesem Moment mit Austin. Aber inzwischen war alles anders. Mit Austin war alles anders.

»Alles okay? Geht es dir gut?«

»Ja … Danke … war auf jeden Fall wirklich lieb von dir«, antwortete ich stockend.

Austin fuhr sich durch die Locken und kratzte sich am Hinterkopf. Es wirkte nicht so, als würde er mir glauben.

Instinktiv lehnte ich mich wieder vor. Ich verstand nicht, was mein Körper da tat, steuern konnte ich es nicht.

Austin hatte sich, wenn überhaupt, nur wenige Zentimeter nach hinten bewegt. Seine Lippen waren leicht geöffnet.

Ich versuchte, ruhig zu atmen, nicht durchzudrehen. Irgendetwas hielt mich hier. Austin hielt mich hier. Seine Anwesenheit und das Gefühl, das er mir gab.

Verdammt …

Ausgerechnet Austin, der im ersten Moment wie ein Typ wirkte, der jedes Wochenende eine andere abschleppte.

Austin, der mich manchmal an einen Menschen erinnerte, den ich vergessen wollte.

Austin, den ich in den vergangenen Wochen als einen ganz anderen Menschen kennengelernt hatte.

In meinem Kopf kreisten auf einmal all die Gedanken, die ich Tag für Tag zu verdrängen versuchte. Die Erinnerungen an Beckhaven. An eine Zeit, die ich hinter mir lassen wollte. Austin sollte mir nicht unter die Haut gehen. Und ganz sicher sollte er mir nicht anmerken, wie sehr er das doch tat, denn auf ihn wollte ich wie die starke Jade wirken, die ich früher gewesen war. Und ich wusste, dass sie sich vielleicht tief in mir versteckte, aber sich noch nicht unwiderruflich verabschiedet hatte.

Langsam verlagerte ich mein Gewicht auf dem Stuhl nach hinten und atmete hörbar aus.

Austin sah mich mit gerunzelter Stirn an. Offensichtlich wurde er aus meinem Verhalten nicht schlau – und ich konnte es ihm nicht mal verübeln, immerhin verstand ich mich selbst nicht mehr.

»Wir können uns gerne nächste Woche wieder treffen, wenn du dir ein paar Gedanken zu den Outfits gemacht hast.« Seine Stimme klang rau, und er wandte den Blick ab.

»Äh, ja, na klar, sehr gerne«, stammelte ich.

Mein Puls musste sich beruhigen, verdammt!

»Oder auch sonst mal, also wenn du magst.« Er knetete seine Hände und suchte wieder den Augenkontakt mit mir.

Ein neuer Schwall Wärme stieg in mir auf, als ich all das sah, was sich in dem Meergrün verbarg. Hoffnung. Zuneigung. Leidenschaft.

Reiß dich zusammen, ihr seid Freunde. Er wird dir schon nichts tun …

»Ja, vielleicht«, sagte ich.

Seine Miene hellte sich auf, und er lächelte mich aus vollstem Herzen an. Sein Strahlen wirkte ansteckend, und meine Mundwinkel zuckten nach oben.

»Streich das *vielleicht*, dann klingt es noch besser.«

»Also gut, aber bilde dir bloß nichts darauf ein«, entgegnete ich grinsend.

»Das würde ich niemals tun. Nicht mal in meinen kühnsten Träumen.«

»Wer's glaubt!« Ich schüttelte schnaubend den Kopf.

»Da wir uns beim letzten Mal eine Modeausstellung angeschaut haben, würde ich sagen, dass wir uns beim nächsten Mal *meiner* großen Leidenschaft widmen.« Er verschränkte die Arme vor der Brust.

»Tanzen?«

»Okay, meiner *zweit*größten Leidenschaft.«

Ich sah ihn verständnislos an.

»Natürlich Essen.«

Das war nachvollziehbar, wer liebte Essen nicht?

»Und noch konkreter: Frühstück. Ich mache nämlich das beste Frühstück aller Zeiten, also nur fürs Protokoll.«

»Moooment mal, wenn sich hier jemand als Frühstückskönigin bezeichnen darf, dann bin ich das. Ich glaube nicht, dass du da mithalten kannst«, scherzte ich, aber insgeheim meinte ich es todernst.

Austin lachte. »Davon musst du mich schon live und in Farbe überzeugen. Vorschlag: Du präsentierst mir deine Spezialität, ich bereite meine vor, und dann entscheiden wir, wer der Bessere ist.«

»Und was bekommt die Gewinnerin?«

»Was heißt hier *Gewinnerin*? Es ist so gut wie sicher, dass ich als Sieger aus dieser Challenge hervorgehen werde.« Er machte eine kurze Pause und überlegte. »Wenn ich gewinne, darf ich dir eine Privatstunde geben. Und wenn du gewinnst … bekommst du eine Privatstunde mit mir.«

Ich musste lachen. »Von mir aus.« Eine Extrastunde Training konnte schließlich nicht schaden.

Er grinste, und seine Augen blitzten.

Ich packte mein Notizbuch und den Stift in meine Tasche und zog meine Jacke über. »Dann gehe ich jetzt mal, wir sehen uns die Tage sicher wieder«, sagte ich und stand auf. »Danke noch mal für den Burger.«

»Warte. Lass uns das doch gleich festmachen. Ich meine, das Frühstück … Also, wenn du magst.« Erwartungsvoll sah er mich an.

»Okay.« Ich spürte, wie mir schon wieder die Röte den Hals hinaufkroch. Vor unserer Verabredung musste ich mich innerlich auf jeden Fall entsprechend wappnen, sonst würde das eine ziemlich peinliche Veranstaltung. »Nächste Woche?«

»Klar. Dienstag?«

»Da spricht nichts dagegen, denke ich.«

»Super!« Austins Grinsen reichte ihm bis über beide Ohren. »Soll ich zu dir kommen, oder magst du zu mir?«

»Das können wir uns ja noch überlegen«, antwortete ich ausweichend und presste die Lippen aufeinander. Der Gedanke, mit ihm allein zu sein – ob bei mir zu Hause oder bei ihm –, machte mir nach wie vor Angst. Bevor ich eine Entscheidung traf, brauchte ich definitiv noch ein wenig Bedenkzeit.

»Alles klar! Ich habe gleich Training, aber ich bringe dich noch raus.«

Es fühlte sich seltsam an, so vertraut neben ihm herzulaufen, vor allem hier in der Tanzschule, wo ihn alle kannten. Ich wollte nicht, dass es irgendwelche Gerüchte über uns gab, also vergrößerte ich den Abstand zwischen uns ein bisschen.

Vor der Tür blieben wir stehen und sahen uns in die Augen. Ich hatte keine Ahnung, was ich sagen, geschweige denn tun sollte. Ich musste an unsere Verabschiedung nach der Modeausstellung denken, als er mich in seine Arme geschlossen und ich seinen Duft eingeatmet hatte.

Ob er mich wieder so umarmen wird?

Einerseits wünschte ich es mir, andererseits hatte ich Angst, dass die Leute über uns tuscheln würden.

Austin nahm mir die Entscheidung ab. Er kam einen Schritt näher, breitete die Arme aus und schlang sie sanft um mich.

Mein Herz pochte schneller, als ich die Umarmung erwiderte.

In der nächsten Sekunde löste er sich schon wieder von mir und sah mich mit angespanntem Kiefer an. Noch bevor ich ihn richtig gespürt hatte, war es schon wieder vorbei. Er sah sich zu allen Seiten um und fuhr sich mit der Hand über den Nacken. »Bis bald«, sagte er dann und wandte sich rasch ab.

Ich blieb noch einen Moment stehen, während er zum Eingang der Tanzschule zurücklief. Vor der Glastür sah er über die Schulter zu mir zurück und hob die Hand, um mir kurz zu winken. Ich erwiderte die Geste.

Dann war er fort, und ich machte mich auf den Weg zur nächsten U-Bahn.

Trotz allem, was heute und in den letzten Wochen zwischen uns passiert war, fiel es mir schwer, in seiner Gegenwart loszulassen – auch wenn ich mir insgeheim vorstellte, wie es sich anfühlen würde, seine Lippen auf meinen zu spüren. Aber jetzt, wo ich durch die kühle Abendluft spazierte, fielen mir tausend Gründe ein, die dagegensprachen.

Tausend Gründe, wieso ich mich nicht auf mehr als eine Freundschaft mit ihm einlassen sollte.

Und dennoch war da diese leise Stimme in meinem Inneren, die mir beharrlich zuflüsterte, dass er es vielleicht wert war, den Schutzpanzer, den ich mir aufgebaut hatte, endlich zu durchbrechen.

KAPITEL 16

Austins Name ploppte auf meinem Display auf. Dabei hatten wir uns doch erst vor zwei Stunden verabschiedet. Ich hatte nicht damit gerechnet, dass er sich so schnell bei mir meldete.

Bevor ich die Nachricht öffnete, mussten ein paar Snacks aus der Schublade in meiner Küche her. Die meisten Leute, die ich kannte, standen total auf Schokolade, aber mich machte man mit Salzigem am glücklichsten. Mit einer Familienpackung knuspriger Käsestangen setzte ich mich im Schneidersitz auf mein Bett und drückte auf Austins Nachricht.

Bist du gut nach Hause gekommen?:)

Ich biss mir auf die Lippe, während mein Daumen über dem Display schwebte. Da ich diese Spielchen mit dem »Zappeln lassen« hasste, entschied ich mich, ihm direkt zu schreiben – auch wenn ich vor Aufregung fast explodierte.

Klar, und du hast fleißig trainiert?:)

Mein Handy zeigte die drei Punkte an; er schrieb eine Antwort.

Ja, noch ein bisschen. Bin jetzt fertig und hänge noch mit den anderen ab.

Das hieß, er war noch in der Tanzschule bei seinen Freunden, aber trotzdem schrieb er *mir*. Mein Herz klopfte schneller. Bevor ich ihm antworten konnte, kam schon die nächste Nachricht hereingeflattert.

Was machst du jetzt noch?

Ich schaute mich um. Auf meinem Schreibtisch stapelten sich Skizzen, Blöcke, Stifte und Notizbücher.

Ich wollte noch zeichnen und eine Folge Project Runway schauen. Unser Gespräch heute hat mich motiviert. Und du?

Ob ich heute tatsächlich noch zum Zeichnen kam, war fraglich. Bestimmt würde ich mich nach dem Schreiben mit Austin den restlichen Abend nicht mehr konzentrieren können.

Freut mich!:) Wenn ich hier fertig bin, falle ich wahrscheinlich todmüde in mein gemütliches Bett:D

Oh, oh. Ich hatte die Erfahrung gemacht, dass die meisten Typen, sobald Schlaf, Dusche oder Betten zur Sprache kamen, im nächsten Atemzug zweideutige Bemerkungen von sich gaben. Hoffentlich war Austin keiner von dieser Sorte.

Ganz vergessen, dass ich Dienstag einen Termin habe. Wie wär's, wenn wir unser Frühstücks-Date vorziehen?;)

Himmel. Was sollte der doofe Smiley denn bedeuten? Ich hasste Zwinker-Smileys. Die wirkten auf mich immer passiv-aggressiv und herablassend – oder zweideutig.

Kein Date!:D

Ich wartete. Und wartete. Und wartete. Keine Antwort. Nicht mal ein Tippen. Hatte er meinen letzten Text überhaupt gelesen?

Um mich abzulenken, schloss ich die App und öffnete Instagram, wo ich fast ausschließlich Fashion-Accounts oder Designern folgte, die mich inspirierten. Zusätzlich hatte ich Olivia und ein paar ihrer Tänzer-Freunde geaddet. Austin, Olivia und die anderen posteten regelmäßig Tanz-Clips von Choreos aus ihrem Unterricht oder von Auftritten, und da wollte ich auf dem neusten Stand bleiben. Ich tippte auf Olivias Story, wo sie über ihre kommende Class sprach und nach den Musikwünschen ihrer Schüler fragte.

Das brachte mich auf eine Idee … Schnell schloss ich die App und tippte eine Nachricht an Olivia.

Hey, du musst mir helfen. Bist du da?

Zwei Sekunden später sah ich, wie sich ihr Status in *online* änderte, also tippte ich weiter.

Okay, die Kurzfassung: Austin will mit mir frühstücken. Bei einem von uns beiden zu Hause. Eigentlich nächste Woche, aber jetzt schreibt er mir gerade, ob es nicht schon früher geht. Was denkst du?

Sofort begann sie zu tippen, währenddessen ploppte eine Antwort von Austin auf.

Natürlich kein Date. Also … wann willst du es mit mir aufnehmen, Evans? Morgen?

Ich spürte, wie mir warm wurde. Was sollte ich antworten? Eigentlich hatte ich gehofft, mich innerlich noch ein wenig auf das Treffen vorbereiten zu können.

Ich wechselte wieder in Olivias Nachrichtenfenster.

Haha, der alte Lustmolch sitzt mir gerade gegenüber! Tu es, Jade! Ahh, das wird super! Wehe, du sagst nicht sofort Ja. Ich will seine Reaktion beobachten. Go Girl, no time like the present. Du schaffst das!

Mir entfuhr ein gequältes Geräusch, das auch von Tarzan aus dem Urwald hätte stammen können. Okay, okay … Es war an der Zeit, dass ich über meinen Schatten sprang. Austin hatte mir bisher keinerlei Anlass gegeben, Angst vor ihm zu haben, ich musste wieder anfangen zu vertrauen.

Ich überlegte kurz, dann tippte ich eine Antwort.

Samstag?

Bis dahin blieb mir genügend Zeit, um das wohl leckerste Frühstück aller Zeiten auf die Beine zu stellen.

Sehr gerne! Kannst dich auf was gefasst machen. Soll ich zu dir kommen?

Oh, nein. Er in meiner Wohnung. Keine gute Idee! Dass wir uns bei ihm trafen, bereitete mir allerdings mindestens genauso heftige Bauchschmerzen … Nervös fuhr ich mir mit der flachen Hand übers Gesicht. Ich wusste ja nicht einmal, wie er wohnte.

Er grinst so breit wie ein Schimpanse, schrieb Olivia gerade, und ich öffnete schnell unseren Chat, um zu antworten.

Sag mal, wohnt er auch in einer WG oder so?

Keine zwei Sekunden später schrieb sie zurück.

Ne, alleine. Aber keine Sorge, die Leichen aus dem Keller müsste er letzte Woche entsorgt haben. Haha

Ich musste schmunzeln, doch der Gedanke, mit ihm alleine in einer Wohnung zu sein, bereitete mir Schweißausbrüche. Was sollte ich tun? Wenn ich zu ihm ging, konnte ich im schlimmsten Fall abhauen; in meiner Wohnung könnte ich ihn nicht so schnell wieder loswerden. Aber wieso zum Teufel dachte ich jetzt schon daran, vor ihm zu flüchten? Olivia kannte ihn lange genug, wenn sie mich geradezu anfeuerte, mich mit ihm zu treffen, musste das als Versicherung reichen.

Ich komme zu dir, okay?

Erwartungsvoll schaute ich auf das Display und schob mir eine Käsestange in den Mund. Gut, dass ich mir etwas zum Snacken geholt hatte. Das hier war nervenaufreibender als jeder Kinofilm.

Während ich auf seine Antwort wartete, textete ich Olivia zurück.

Danke für deine Hilfe. So wie es aussieht, gehe ich zu ihm.

Und schon erreichte mich Austins Nachricht, die ich mit klopfendem Herzen öffnete.

Alles klar. Meine Küche ist nicht sehr groß, aber wir schaffen das:)

Ich blickte zu meiner zwei Meter breiten Küchenzeile und schnaubte. Kleiner als meine war sie bestimmt nicht.

Mach dich bereit zu heulen: einmal vor Freude, weil mein Essen so lecker sein wird, und einmal aus Trauer, weil du haushoch verlieren wirst.

Er unterschätzte mich – und das würde seinen sicheren Untergang bedeuten. Einen Untergang in den Tiefen meines göttlichen Pancake-Teigs!

Am nächsten Morgen nahm ich wie immer die Church Avenue Station, eine U-Bahn-Haltestelle, zu der ich zwar länger laufen, mit der ich dafür aber nicht umsteigen musste. Es machte mir gute Laune, mit einem Spaziergang in den Tag zu starten, und außerdem half mir das Laufen, den Kopf freizubekommen. Das schadete nie – erst recht nicht nach der Zeit, die ich tags zuvor mit Austin verbracht, und den Nachrichten, die wir daraufhin geschrieben hatten.

In meinen hellbraunen Mantel gewickelt, lief ich durch die Straßen Brooklyns und atmete die frische Herbstluft ein. Inzwischen war es Ende Oktober, und die Hälfte meiner Bewerbungsmappe stand. Fünf Entwürfe, mit denen ich wirklich zufrieden war. Heute hatte ich die Mittagsschicht in Larry's Brew. Da ich früh aufgewacht war – die Baustelle vor meinem Fenster machte zu viel Lärm, als dass ich länger als bis acht Uhr hätte schlafen können –, hatte ich den Weg zur Arbeit etwas früher in Angriff genommen. So konnte ich mir ein bisschen mehr Zeit lassen und entspannt in den Tag starten.

Der gestrige Tag war seltsam gewesen. Auf eine gute und gleichzeitig verwirrende Weise. Zwischen Austin und mir hatte sich etwas verändert, ohne dass ich einschätzen konnte, wie sich das auswirken würde. Auch nachdem ich mein Handy am Abend zuvor weggelegt hatte, musste ich immer wieder an ihn denken und konnte mich nicht richtig auf die Arbeit an meinen Zeichnungen konzentrieren. Selbst als ich, nachdem ich mir noch ein Stück Pizza vom

Vortag in der Mikrowelle aufgewärmt hatte, zu meiner Lieblingsmusik tanzte, fragte ich mich, wie sich Austin wohl darauf bewegen würde. Wie er seine Muskeln anspannen und die Musik mit seinem Körper verschmelzen würde.

Mein Handy piepte.

Flink griff ich in meine Tasche und fischte das Smartphone heraus.

Tara.

Ich erkannte ihre Nummer, auch wenn ich ihren Kontakt gelöscht hatte. Mit zitternden Händen entsperrte ich den Bildschirm und öffnete ihre Nachricht.

Bitte ruf mich an! Ich meine es ernst. Meld dich, verdammt!

So schnell ich den Text gelesen hatte, so schnell löschte ich ihn. Sie musste doch merken, dass ich keinen Kontakt mehr wollte. Ein Gespräch würde nichts bringen, und im schlimmsten Fall steckte irgendein fieser Plan dahinter, um mich weiter fertigzumachen. Mein Leben erneut zu ruinieren.

Mein Atem ging schneller. Ich blinzelte in den Himmel, um die Tränen zurückzudrängen, die sich ihren Weg an die Oberfläche bahnen wollten.

Wenige Minuten später saß ich in der U-Bahn nach Manhattan, und in jedem Menschen, der mir begegnete, sah ich Taras fies funkelnde Augen.

In Larry's Brew angekommen, legte ich meine Tasche und Jacke im Mitarbeiterraum ab und band mir die dunkelblaue Schürze um, an die ich mein Namensschild pinnte. Den Block zum Notieren der Bestellungen schob ich wie immer in die seitliche Tasche. Die Arbeit würde mir guttun, mich auf andere Gedanken bringen.

Olivia bediente gerade ein paar Kunden und hatte dabei ihr charmantestes Lächeln aufgesetzt. Nicht zum ersten Mal wünschte ich mir, so offen wie sie auf andere Menschen zugehen zu können. Früher hatte ich keine Probleme damit gehabt. Die alte Jade war Olivia gar nicht so unähnlich gewesen, aber mittlerweile traute ich mich nicht mehr. Zu groß war die Angst, so etwas wie in Beckhaven erneut durchleben zu müssen.

Während ich vor mich hin grübelte, stupste Miles mich an. »Weniger schlafen, mehr Tische abräumen.«

Ich zuckte zusammen und blinzelte ein paarmal. »Oh, ja, sorry, wollte ich gerade machen.«

Er nickte mit vorwurfsvollem Gesichtsausdruck.

Ich bekam sofort ein schlechtes Gewissen, aber Taras Nachricht verfolgte mich immer noch – ich fragte mich, was sie von mir wollte. Irgendwie schien es ihr ziemlich wichtig zu sein, mit mir zu sprechen. Andererseits erwartete ich nichts weiter von ihr als Bosheiten.

Schnell schnappte ich mir eins der Tabletts und klapperte die Tische ab, um das dreckige Geschirr einzusammeln. Drei Freundinnen nahmen gerade eines der Sofas hinten im Café in Beschlag und unterhielten sich über ein paar Kerle von der letzten Uni-Party. Ein paar Tische daneben saß eine Frau um die sechzig mit einem jüngeren Typen, der wahrscheinlich ihr Enkel oder Sohn war. Vor ihnen stand ein Laptop, und er versuchte, ihr das Internet zu erklären. Ich musste schmunzeln. Das war echt niedlich. Mit dem Tablett in der einen und einem Lappen in der anderen Hand nahm ich noch eine Bestellung von ihnen auf und versuchte, mir alles zu merken, ohne es zu notieren.

Nachdem ich den beiden ihren Earl Grey und die heiße Schokolade gebracht hatte, schaute ich mich um, doch erst mal schienen alle Gäste wunschlos glücklich. Zufrieden stemmte ich die Hände in die Taille und wartete hinter der Theke auf Olivia, die ebenfalls ein paar Tische abgewischt hatte und nun zu mir gelaufen kam.

»Wie läuft's?«, fragte sie und ging mit dem Lappen zur Spüle, um ihn auszuwaschen.

Ich lehnte mich daneben an die Anrichte und sah ihr zu. »Gut so weit, gerade sind alle zufrieden, glaub ich.«

»Super. Miles meinte, dass er kurz hinten bei Larry ist, um irgendwas zu bequatschen.« Olivia zuckte mit den Schultern, dann lehnte sie sich mit verschränkten Armen neben mir an die Arbeitsfläche. »Du kommst auch nächste Woche zur Halloween-Party in der Tanzschule, oder?«

Ich öffnete den Mund, um etwas zu entgegnen, doch sie ließ mich gar nicht zu Wort kommen.

»Keine Ausreden, du musst! Ich habe eine dermaßen geniale Kostümidee für uns, dass du vor Begeisterung mindestens in Ohnmacht fallen wirst.«

Ich musste lachen; es war schwer, sich von Olivias Begeisterung nicht anstecken zu lassen. »Okay. Klingt auf jeden Fall nach Spaß – mal abgesehen von der Sache mit der Ohnmacht. Und was ist die Idee?«

»Lass dich überraschen. Glaub mir, du wirst es echt witzig finden.«

»Solange es etwas *wirklich* Witziges ist und ich nicht als halb nackte Stripperin herumlaufen muss…«

»Keine Panik.« Sie kicherte. »Du wirst viel anhaben. Sehr viel.« Dann sah sie sich um, bevor sie scheinbar vollkommen unbeteiligt fortfuhr: »Reden wir eigentlich noch mal über gestern? Jules meinte, dass sie dich mit Austin im Move District gesehen hat. Und dann schreibst du mir das mit dem Frühstück. Ich will Details!« Sie wackelte anzüglich mit den Augenbrauen und grinste mich an.

»Wir haben uns gestern getroffen, um über den Job zu sprechen, den er mir angeboten hat … Davon hatte ich dir schon erzählt, oder?« Als Olivia nickte, fuhr ich fort: »Na ja, irgendwie war es ganz … *nett* mit ihm. Ich weiß auch nicht. Es gab da so einen Moment … Aber vielleicht interpretiere ich das auch falsch. Und wegen des Frühstücks …« Ich biss mir auf die Lippe, unsicher, ob ich bereit war, Olivia in meine Ängste einzuweihen. Aber ich brauchte endlich jemanden, mit dem ich darüber reden konnte, also gab ich mir einen Ruck. »Ich muss zugeben, dass ich ein bisschen Schiss davor habe, mit ihm alleine zu sein.«

So, jetzt war es raus.

Olivia hatte die ganze Zeit über neugierig grinsend an meinen Lippen gehangen, doch jetzt wurde ihr Gesichtsausdruck ernst. »Ich weiß, du redest nicht so gern über deine Heimatstadt und so, und ich hab keine Ahnung, ob da was passiert ist, weswegen du jetzt Schiss hast … Aber ich kann dir versichern, dass Austin ein lieber Kerl ist. Mach dir keine Gedanken, ihr werdet Spaß haben, und er wird total nett zu dir sein.«

Es tat gut, mit ihr darüber zu sprechen, und dass sie mich nicht unter Druck setzte, über Kyle, Tara und Beth zu reden, gab mir nur noch mehr das Gefühl, dass ich ihr vertrauen konnte. »Okay, danke.«

Sie lächelte. »Also so, wie er gestern Abend gegrinst hat, als ihr geschrieben habt … Heilige Scheiße, der muss echt auf dich stehen.«

Ein warmes Gefühl machte sich in mir breit, und meine Mundwinkel zuckten nach oben. »Hat er gar nichts zu euch gesagt?«

»Keinen Piep. Jules und Vincent wollten ihn ausquetschen, weil es offensichtlich war, dass er überaus gute Laune hatte, aber er hat nur dämlich gegrinst und nichts verraten.« Sie lachte.

Ich holte gerade Luft, um ihr noch weiter von gestern zu erzählen, als jemand hinter uns auf die Theke klopfte.

»Der Service war hier definitiv schon mal besser.«

Wenn man vom Teufel spricht.

»Was machst du denn hier?«, rief Olivia, die genau wie ich erschrocken herumgefahren war, überrascht, bevor sie mir einen vielsagenden Blick zuwarf.

»Nette Begrüßung. Ich freue mich auch, dich zu sehen«, entgegnete Austin und grinste Olivia an. Als sein Blick zu mir huschte, wurde sein Lächeln noch eine Spur strahlender, sodass sich das Grübchen in seiner Wange zeigte. Er trug einen weißen Sweater und seine hellblaue Jeansjacke, und die hellbraunen Locken fielen ihm wie fast immer wild in die Stirn. Sie verliehen ihm etwas leicht Verwegenes, genau wie die Tattoos. Wenn ich nur daran dachte, wurde mir am ganzen Körper warm. »Ich war gerade in der Nähe und dachte, ich schaue mal bei euch vorbei.«

»So, so … In der Nähe, meinst du?«, entgegnete Olivia und grinste Austin wissend an, bevor sie zwischen uns beiden hin und her sah.

Verlegen vergrub ich die Hände in den Taschen meiner Schürze und trat von einem Bein aufs andere.

»Ja, und außerdem hatte ich Lust auf einen Kaffee.« Er hielt den Blick fest auf Olivia gerichtet und verzog den Mund zu einem schiefen Grinsen. »Oder gibt's hier etwa keinen mehr?«

»Ich glaube dir kein Wort, Lewis.«

»Was willst du denn bestellen?«, schaltete ich mich ein und stieß mich von der Arbeitsfläche ab.

Sein Blick glitt in meine Richtung. »Einen großen Kaffee ohne alles, bitte«, antwortete er und beobachtete mich, während ich ein paar Schritte nach rechts zur Kaffeemaschine machte und ihm einen Café Americano in eine der türkisfarbenen Tassen ließ. Eine halbe Minute später stellte ich ihn vor ihm ab.

Austin flüsterte ein kurzes »Danke«.

In meiner Magengegend kribbelte es, und ein Lächeln zerrte an meinen Lippen. Verdammt, in der Spiegelung der Kanne, die auf der Ablage vor mir stand, erkannte ich, dass meine Wangen leicht gerötet waren.

Olivia grinste noch einmal, schüttelte den Kopf und ging dann zu einem der Gäste hinüber, der etwas bestellen wollte.

Austin fixierte mich noch immer aus seinen grünen Augen. Als ich den Blick senkte, fragte er: »Bringst du die Sachen mit, die du Samstag brauchst, oder soll ich für dich mit einkaufen gehen?«

»Nein, nein, brauchst du nicht. Ich bringe alle meine Zutaten mit«, sagte ich schnell. »Nicht, dass du mich und mein göttliches Frühstück sabotierst.«

»Das würde ich niemals wagen. Und außerdem muss

ich es auch gar nicht, immerhin wirst du sowieso gegen mich verlieren«, sagte er mit einem Lachen und rieb sich verschwörerisch die Hände.

»Das werden wir ja sehen«, entgegnete ich und funkelte ihn an.

Aus dem Augenwinkel konnte ich sehen, wie Olivia aus wenigen Metern Entfernung mit hochgezogenen Augenbrauen lauschte. Jetzt kam sie zu uns zurück.

»Deine Kollegin ist ziemlich selbstbewusst. Sie hat mir gerade den Frühstückskrieg erklärt«, bemerkte Austin. »Ich weiß nicht, was ich davon halten soll.«

»Ach, hat sie das?«, fragte Olivia gespielt überrascht und nahm eine Tasse aus dem Hängeschrank, um sie unter die Kaffeemaschine zu stellen; dann betätigte sie einen Knopf an der Maschine.

Ich schaute mich im Raum um und sah, dass mir ein Mann mit Schnurrbart ein Handzeichen gab, dass er gerne zahlen wollte. Schnurstracks steuerte ich ihn an und kassierte ab. Danach lud ich das schmutzige Geschirr auf mein Tablett und drehte noch eine Runde durchs Café, um zu schauen, ob jemand etwas bestellen oder zahlen wollte. Da alle Gäste wunschlos glücklich schienen, lief ich zurück zur Ablage und stellte das Tablett dort ab, um das Geschirr in die Spülmaschine zu räumen. Aus dem Augenwinkel konnte ich erkennen, wie Austin sich langsam von seinem Hocker erhob. Im Stehen trank er seine Tasse aus und stellte sie wieder vor sich ab.

»Hey, Jade?«

Mit klopfendem Herzen drehte ich mich zu ihm um.

»Ich bin dann mal weg. Gezahlt habe ich gerade schon bei Olivia.«

»Alles klar.«

»Aber wir sehen uns dann ja Samstag.« Er schenkte mir wieder dieses Lächeln, bei dem mir ganz warm wurde.

Mit geröteten Wangen erwiderte ich es und strich mir eine hellblonde Strähne hinters Ohr. »Genau, ich komme dann um zehn zu dir, oder? Du musst mir nur noch deine Adresse schicken.«

»Klar, mach ich. Ich freue mich schon darauf, dich zu besiegen«, sagte er, während er rückwärts Richtung Ausgang lief. »Und auf dich freue ich mich natürlich auch.« Austin zwinkerte mir noch einmal zu, dann drehte er sich grinsend um und verließ das Café.

Ich versuchte, meinen Puls unter Kontrolle zu bekommen, und presste die Hände an die Wangen, um sie etwas abzukühlen. Während ich die Tür fixierte, die inzwischen hinter Austin ins Schloss gefallen war, sah ich aus dem Augenwinkel, dass Olivia neben mir auftauchte und in die gleiche Richtung starrte.

»Egal, was du sagst, Jade«, stellte sie fest, ohne den Blick von der Tür abzuwenden, »der Kerl ist verrückt nach dir.«

KAPITEL 17

Austins Wohngebäude sah aus wie die Häuser in Olivias Viertel: um die drei Stockwerke, karminrote Backsteinwände und eine kleine Treppe, die zu einer braun gestrichenen Haustür hinaufführte – vor der ich nun nach gut zwanzig Minuten U-Bahn-Fahrt und einem kurzen Fußmarsch in der Kälte stand und darauf wartete, dass er mich hereinließ. Machte sich der Kerl gerade für einen Schönheitswettbewerb fertig, oder warum dauerte das so lange? Ungeduldig trat ich von einem Bein aufs andere, bis ich den Türöffner hörte und das Treppenhaus betrat.

»Zweiter Stock!«, kam es von oben. »Und beeil dich, ich hab' Hunger!«

Schnell lief ich die knarrende Holztreppe hoch und fand mich im zweiten Stock wieder, wo die Tür zu Austins Wohnung angelehnt war. Vorsichtig streckte ich den Kopf durch den Spalt und gab der Tür einen sanften Stoß.

»Jemand da?«

Oh Mann, was für eine doofe Frage. Er hat dir doch eben die Tür geöffnet.

Hoffentlich hatte er mich nicht gehört.

Mit einem mulmigen Gefühl betrat ich die Wohnung.

Es war ein Altbau mit hellem Dielenboden und einem Flur, von dem mehrere Räume abgingen. Eine kleine schwarze Kommode, auf der ein Schlüssel, ein paar Briefe und Münzen lagen, stand neben der Tür. Links ging es offensichtlich in die Küche.

Austin stand mit dem Rücken zu mir; er hatte eine Schürze umgebunden und hantierte an der Arbeitsfläche. Der Geruch von frisch gebackenem Kuchen lag in der Luft.

Ich war immer noch nicht sicher, ob es eine gute Idee war, ihn in seinem Apartment zu besuchen. Als ich die Tür hinter mir ins Schloss zog, wurde mir bewusst, dass wir jetzt alleine waren. Ganz alleine. Ohne eine weitere Menschenseele. Ich befand mich absolut nicht mehr in meiner Komfortzone. Trotzdem musste ich versuchen, locker und entspannt zu bleiben. Es würde schon nichts Schlimmes passieren.

»Schicke Schürze«, rief ich, vor allem um mich selbst davon zu überzeugen, dass ich absolut kein Problem damit hatte, mit ihm alleine zu sein. Darunter konnte ich ein helles T-Shirt erkennen, das er zu seiner dunkelgrauen Jeans kombiniert hatte. Zögerlich betrat ich die Küche und blieb hinter seinem breiten Rücken stehen.

Austin drehte sich zu mir um und musterte mich kritisch von oben bis unten.

Mein Blick fiel auf seine Brust. *Hot Sausages!* stand dort in dicken, fetten Buchstaben. Ich riss die Augen auf und presste die Lippen aufeinander, um nicht laut loszuprusten, doch ich merkte, wie ich mich sofort ein wenig entspannte.

»Wo ist deine Kampfmontur? Ich dachte, ich habe es

mit einem Profi zu tun, aber was ich hier sehe«, er zeigte mit seinem Finger auf meine Kleidung und machte ein ernstes Gesicht, »enttäuscht mich zutiefst.«

Grinsend boxte ich ihm leicht in den Bauch, woraufhin er sich so heftig krümmte, als hätte er einen Schlag von Rocky Balboa höchstpersönlich kassiert.

»Wie kommt es eigentlich, dass du schon in der Küche stehst? Schon mal was von Chancengleichheit gehört?«, stellte ich ihn zur Rede und lehnte mich neben ihm gegen den Kühlschrank.

»Ich hab was vorbereitet, das in den Backofen muss, sonst hätte es ewig gedauert, bis wir frühstücken können.« Er zuckte mit den Schultern und verzog die Mundwinkel zu einem Lächeln.

Da spielte jemand mit unfairen Mitteln. Ich versuchte, wenigstens einen kurzen Blick in den Backofen zu erhaschen, doch Austin stellte sich rasch davor.

»Hättest du wohl gerne!« Er zeigte auf den Garderobenständer im Flur. »Da kannst du deine Jacke aufhängen. Ich würde es für dich erledigen, aber ich beschütze lieber meine Brut. Wer weiß, was du mit ihr anstellen würdest.« Und als wollte er seinen Worten noch mal Nachdruck verleihen, verschränkte er seine athletischen Arme vor der Brust.

Seine Brut im Backofen. Das konnte ja was werden.

Ich nickte und marschierte zurück in den Flur, wo ich meine Jacke an einen der Haken hängte und die Gelegenheit nutzte, mich ein wenig genauer umzusehen.

Austins Wohnung war definitiv größer als der Schuhkarton, in dem ich hauste. Vom Eingangsbereich aus führte links eine Tür in die Küche, dahinter eine ins Badezimmer, und auf der rechten Seite befanden sich zwei weitere

Türen, die geschlossen waren. Geradeaus, am Ende des Flurs, stand eine schmale Kommode aus dunklem Holz, auf der ein paar Pokale ihren Platz hatten. Bestimmt hatte er die bei Wettbewerben oder Meisterschaften im Tanzen gewonnen. Rechts und links entlang des Flurs hingen an den freien Stellen Bilderrahmen mit Fotos von vielen verschiedenen Menschen. Er schien eine große Familie oder zumindest jede Menge Freunde zu haben.

Ich schnappte mir meine schwarze Tasche und lief zurück zu Austin in die Küche – immerhin hatte ich eine Schlacht zu gewinnen. Die kleine Küchenzeile wirkte durch die ganzen Zutaten, die Austin auf der Arbeitsfläche verteilt hatte, etwas chaotisch. Töpfe waren in Pfannen gestapelt und ragten aus Schränken heraus, während in der Spüle schon eine dreckige Rührschüssel in Wasser eingeweicht war.

»Wo kann ich mich ausbreiten? Ich brauche auf jeden Fall eine Schüssel, etwas zum Rühren und später noch den Herd.«

Er sah mich mit schief gelegtem Kopf an. »Machst du etwa Rührei?«

»Nein, du?«, entgegnete ich neugierig.

»Niemals.«

Alles klar, ich bekam heute Eier zum Frühstück.

Austin gab mir die gewünschten Utensilien, räumte mir ein paar Zentimeter auf der Küchentheke frei, und ich packte alles aus, was ich von zu Hause mitgebracht hatte. Er würde sicher genauso schnell erraten, was ich für ihn machen wollte.

Nachdem er sich ein paar Eier, Käse und Schinken aus dem Kühlschrank geholt hatte, stellte er sich neben mich und fing an, alles in eine Schüssel zu geben. Er wirkte routiniert, als ob er tatsächlich öfter kochte.

Ich vermischte Mehl, Eigelb und die weiteren Zutaten für die besten Chocolate Chip Pancakes der Welt und wagte anschließend einen Blick aus dem Augenwinkel in seine Richtung.

Austin sah konzentriert aus, während er die Eier umrührte und verschiedene Gewürze hinzugab. Fast wie ein echter Chefkoch – aber nur fast. Als er seinen Arm ein Stück hob, stieß er mir aus Versehen mit dem Ellenbogen in die Seite.

Ich zuckte zusammen, allerdings nicht aus Schmerz, sondern weil ich bei der plötzlichen Berührung das Gefühl hatte, tausend Stromstöße gingen durch meinen Körper. Gott sei Dank schien Austin meine Reaktion nicht zu bemerken. Als ich blinzelnd zu ihm aufsah, lächelte er nur entschuldigend.

Es half nichts, es zu leugnen. Er war süß. Heiß und süß. Sexy, heiß und süß. Mit einer Prise Humor. Na ja, wohl eher einem Fass. Mein Blick wurde wie magisch von seinen Unterarmen angezogen, die sich beim Umrühren im Wechsel an- und entspannten. Wieso musste ich ihn dauernd so anstarren? Ich sollte mich auf mein Frühstück konzentrieren und nicht auf irgendwelche nackten Unterarme eines Kerls, der dachte, dass er mich mit seinen komischen Eiern schlagen konnte.

Ich biss mir auf die Lippe. Wow, gut dass ich das nicht laut gesagt hatte …

In den nächsten Minuten berührten sich scheinbar zufällig immer wieder unsere Arme, und jedes Mal fühlte es sich wie ein elektrischer Schlag an, der meinen Körper durchfuhr. Meine Handflächen begannen zu schwitzen, der Schneebesen rutschte mir aus der Hand und fiel in meine Pancake-Mischung.

Verdammter Mist!

Natürlich lachte Austin mich aus. Doch es war kein fieses Lachen, sondern ein warmes, herzliches. Ich wollte es öfter hören, es steckte mich an und machte mich ein kleines bisschen glücklicher.

Okay, Jade, das reicht jetzt – Frühstück machen, sofort!

Nach der mentalen Ohrfeige kippte ich schnell die Schokodrops in den Teig – das war die nicht so geheime Geheimzutat – und stellte die Pfanne auf den Herd.

Austin vermischte sein Rührei mit Käse und Schinken und zauberte daraus ein Omelett. »Seit wann bist du eigentlich in New York?«, fragte er mich, während ich einen Klecks Teig in die Pfanne gab.

»Seit Mitte August …«

»Und im Café arbeitest du seit September?«

»Genau.« Ich nickte.

»Macht dir der Job Spaß?«

»Es ist in Ordnung. Mit Olivia ist es echt cool. Mein Chef ist manchmal ein bisschen grummelig, aber irgendwie ist das so seine Art, und mit der Zeit gewöhne ich mich sicher daran. Wenn die Uni nächsten Herbst losgeht … also falls ich genommen werde … muss ich mal gucken, ob ich das zeitlich alles noch schaffe.«

Auf dem Pancake bildeten sich ein paar Bläschen. Mit einem Pfannenwender fuhr ich darunter und drehte ihn geschmeidig um. Perfekt! Beim Anblick der gleichmäßig goldenen Oberfläche gab mein Magen ein knurrendes Geräusch von sich.

»Klar nehmen die dich.« Austin stupste mich aufmunternd mit dem Ellenbogen in die Seite. »Und wohnst du wie Olivia in einer WG?«

»Nein, nein. Ich habe ein kleines Apartment in der Nähe des Prospect Park. Eine WG wäre, glaube ich, nichts für mich, ich habe gerne meine Ruhe, wenn ich an den Entwürfen arbeite.«

Er musste schmunzeln und wendete sein Omelett. »Geht mir auch so. Ich bin gerne mal alleine, wenn ich den ganzen Tag in der Tanzschule oder mit Freunden unterwegs war. Da tut es echt gut, abends in eine stille Wohnung zu kommen.«

Mein Magen knurrte erneut, und ich beeilte mich, sodass die Pancakes ein paar Minuten später fertig waren.

»Was ist mit deiner Brut aus dem Ofen?«

Austin öffnete vorsichtig die Ofentür und holte eine Kastenform heraus.

Sofort stieg mir der köstliche Geruch nach Bananenbrot in die Nase, und mir lief das Wasser im Mund zusammen.

»Die Brut ist geschlüpft!«, sagte er und strahlte mich an, bevor er die Kastenform stürzte und das duftende Bananenbrot aufschnitt. Dann legte er zwei Scheiben neben das Omelett auf den Teller.

Anschließend folgte ich ihm in den Flur und von dort in das zweite Zimmer auf der rechten Seite – ein bunt zusammengewürfeltes Wohn- und Esszimmer. Eine beige Couch stand in einer der hinteren Ecken und an der Wand gegenüber ein Fernseher. Daneben waren ein DVD- und Bücherregal und ein Sideboard angebracht, auf dem allerlei Krimskrams lag. Angefangen bei irgendwelchen Papieren, über Kaugummipackungen bis hin zu Kleingeld. Im vorderen Teil des Zimmers, links der Tür, befand sich eine Kommode und davor ein dunkler Holztisch, um den vier passende Holzstühle mit Kissen darauf standen. Allgemein wirkte der Raum wie eine typische Junggesellenbude. Nicht so, als ob er ewig für die Einrichtung gebraucht, sondern einfach reingestellt hätte, was ihm in die Finger gekommen war.

Ich nahm auf einem der Stühle Platz und wartete darauf, dass Austin mir mein Frühstück kredenzte.

»Der große Moment ist gekommen.« Er stellte den Teller vor mir ab. Es duftete so gut nach der Mischung aus frischem Rührei, Schinken und Bananenbrot, dass ich mich zurückhalten musste, nicht direkt darüber herzufallen.

»Und hier hast du die besten Chocolate Chip Pancakes der Welt«, sagte ich stolz und positionierte den Teller vor seiner Nase. »Guten Appetit!«

»Danke, lass es dir schmecken!« Er schnappte sich Messer und Gabel. »Wie dir vielleicht schon aufgefallen ist, habe ich dir dafür das beste Schinken-Käse-Omelett und Bananenbrot zubereitet, das es im ganzen Universum gibt.«

Dann stürzten wir uns mit leeren Mägen auf unser Essen.

Oh. Mein. Gott. Das schmeckte verdammt genial. Wieso bekam ich mein Omelett nie so gut hin?

»Das ist total lecker«, gab ich zu und schob mir eine weitere Gabel in den Mund.

Austin lachte und beobachtete mich amüsiert, wie ich halb verhungert zwischen Bananenbrot und Omelett hin und her wechselte.

»Die Pancakes sind aber auch nicht schlecht. Wobei sie nicht an meine Kreation herankommen.«

»Wo hast du eigentlich gelernt, so bescheiden zu sein?«, erkundigte ich mich sarkastisch.

Er überlegte kurz und schluckte einen Bissen herunter. »Wahrscheinlich dort, wo du gelernt hast, solche trockenen Sprüche von dir zu geben.«

Touché.

Als sich unsere Blicke trafen, konnte ich nicht wegsehen. Austins dunkelgrüne Augen wirkten auf mich magnetisch. Seine Anziehungskraft war unbestreitbar. Da konnte ich noch so sehr an meine Vernunft appellieren – mein Körper sagte etwas anderes.

Also lieber schnell das Thema wechseln, Jade!

»Ich mag deine Wohnung.«

»Dabei habe ich mir gar nicht so viel Mühe bei der Einrichtung gegeben«, sagte er lachend.

»Trotzdem … vielleicht liegt es gerade daran. Also daran, dass alles nicht so richtig zusammenpasst und im Ganzen doch stimmig wirkt. Wie lange wohnst du denn schon hier?«

»Ein Jahr ungefähr. Davor habe ich noch bei meinen Eltern im Haus gewohnt. Da hatte ich sogar einen eigenen Trainingsraum im Keller. Total praktisch.« Er grinste. »Ich besuche sie ungefähr alle zwei Wochen. Sie wohnen nicht allzu weit von hier Richtung Queens.«

Bei der Erwähnung seiner Eltern musste ich an meine eigenen denken, die ich in den nächsten Jahren garantiert sehr viel seltener sehen würde. Sofort packte mich das schlechte Gewissen – meine Mutter hatte mir am vergangenen Abend mal wieder eine Nachricht geschickt und gefragt, ob wir telefonieren wollten. Aber ich hatte sie wie so oft in letzter Zeit abgewimmelt aus Angst, sie könnte mich Dinge fragen, über die ich noch nicht bereit war, mit ihnen zu sprechen. Ich vermisste sie sehr, aber allein beim Gedanken an Thanksgiving oder Weihnachten in Beckhaven wurde mir übel.

Bevor Austin zu einer Gegenfrage über meine Heimat ansetzen konnte, sagte ich schnell: »Klingt richtig cool. Aber eine eigene Wohnung ist doch am schönsten.«

Er sah mich immer noch an, sein Blick wurde intensiver. Hitze kroch mir den Hals hinauf. »Du kannst gerne öfter vorbeikommen.«

»Vielleicht.« Ich zupfte mir am Ärmel meines Sweaters herum, dann suchte ich wieder seinen Blick. Es war unmöglich, ihn *nicht* anzusehen.

Er zog seinen Mundwinkel ein Stück nach oben, und das typische Austin-Lächeln kam zum Vorschein.

Möglicherweise war er wirklich einer von den Guten.

Nachdem wir fertig gegessen hatten, räumten wir den Tisch ab und spülten das Geschirr.

Während ich einen Teller abtrocknete, spürte ich seine Blicke von der Seite. »Du solltest deine Modekarriere vielleicht noch mal überdenken. Als Küchenhilfe hättest du bestimmt auch gute Chancen.«

Ich grinste ihn an. »Mit dir und deiner schicken Schürze kann ich es aber nicht aufnehmen.«

»Die leihe ich dir gerne mal aus. Darin steckt all die Magie, die man braucht, um das perfekte Frühstück zuzubereiten, glaub mir.«

»Ach ja? So wie in diesen wundervollen, kitschigen Küchenvorhängen mit Spitzenbesatz?«, gluckste ich.

Austin lachte. »Nein, die sind noch von meinem Vormieter. Ich war nur zu faul, sie zu wechseln.«

Amüsiert schüttelte ich den Kopf. Es machte Spaß, Zeit mit Austin zu verbringen – genau wie Olivia es mir prophezeit hatte. Meine Ängste hatten sich spätestens beim ersten Anblick seiner Schürze in Luft aufgelöst. Oder sich zumindest in den hintersten Winkel meines Gehirns verkrümelt.

Als wir in der Küche fertig waren, war ich mir nicht sicher, ob ich bleiben oder nicht doch lieber gehen sollte. Unschlüssig sah ich mich im Flur um, als Austin wieder in Richtung Wohnzimmer lief.

Als er merkte, dass ich ihm nicht folgte, blieb er stehen und lehnte sich an den Türrahmen. »Ich würde mich freuen, wenn du noch ein wenig bleibst.«

Ich überlegte blitzschnell, merkte jedoch, dass es genau das war, was ich tun wollte. Hierbleiben. Um noch mehr Zeit mit Austin zu verbringen. Auch wenn ich mir nicht ganz sicher war, was das zu bedeuten hatte.

»Okay …«, entgegnete ich und folgte ihm ins Wohnzimmer, wo ich mich zögerlich auf das Sofa sinken ließ.

»Ich hatte schon Angst, dass du gleich wieder abhaust.« Austin lachte und setzte sich neben mich. »Schön, wenn du noch bleibst.«

Zwischen uns war noch eine Handbreit Platz. Sein unverwechselbarer Duft umspielte meine Nase. Ich überschlug die Beine und verlagerte automatisch das Gewicht ein Stück zur Seite, um etwas Abstand zu gewinnen. Vielleicht sollte ich doch lieber bald gehen. Verdammt, ich war hin- und hergerissen.

»Nur noch kurz.« Ich blinzelte ihn an.

»Lass dir alle Zeit der Welt«, sagte er und beugte sich ein paar Zentimeter zu mir herüber.

Ich rührte mich nicht, bewegte mich nicht weiter von ihm weg, auch wenn ich nicht wusste, ob das eine gute Idee war.

Irgendwann saßen wir so nah beieinander, dass unsere Knie sich berührten. Ich hatte nicht mehr das Bedürfnis, ihm auszuweichen, eher im Gegenteil. Mein Körper wollte viel mehr *zu* ihm als weg von ihm. Mit jeder Minute intensivierte sich die Spannung zwischen uns. Das Atmen fiel mir schwerer, und ich hätte schwören können, dass es ihm ähnlich ging. Immer wieder begegneten sich unsere Blicke, gebannt von der Energie, die sich zwischen uns aufgebaut hatte. Doch es fühlte sich natürlich an. Nicht kompliziert oder angsteinflößend, sondern so, als ob wir nie etwas anderes getan hätten.

»Ich glaube, ich mache mich mal besser auf den Weg nach Hause«, sagte ich, nachdem wir uns noch eine Weile unterhalten hatten, und stand auf. »Meine Schicht beginnt in zwei Stunden, und davor wollte ich noch mal in meine Wohnung.«

»Ach, okay.« Austin erhob sich vom Sofa und nickte. Seine Wangen waren etwas gerötet. »Moment! Wer hat eigentlich unser Frühstücksduell gewonnen?«

Ich musste keine Sekunde überlegen. »Ich natürlich. Oder willst du leugnen, dass meine Pancakes die besten waren, die du je gegessen hast?«

»Sie waren gut, aber mein Omelett war besser, und ich bekomme Extrapunkte für das frische Bananenbrot«, legte er die harten Fakten auf den Tisch.

Das Bananenbrot war wirklich gut gewesen. Allein dafür hatte er den Sieg verdient, also gab ich mich wohl oder übel geschlagen. »Von mir aus«, brummte ich. »Aber bild dir bloß nichts darauf ein. Ich kann noch ganz andere Geschütze auffahren.«

Er warf den Kopf in den Nacken und begann zu lachen. »Das glaube ich erst, wenn ich es sehe. Ich finde, das schreit nach einer Revanche.«

»Irgendwann bestimmt. Meine Frühstücksehre wurde verletzt, das kann ich nicht auf mir sitzen lassen.«

»Das heißt aber auch, dass wir uns ganz bald für ein Privattraining in der Tanzschule treffen«, entgegnete er mit blitzenden Augen. »Wann hast du Zeit?«

Mein Herz machte einen Satz. Doch bevor ich mir wieder zu viele Gedanken machen konnte, sagte ich: »Ich überlege mal und schreib dir dann, okay?«, und lief ihm voraus in den Flur.

Als Austin mir folgte, erwischte er mich dabei, wie ich die Bilder an der Wand ein paar Sekunden zu lang anstarrte. Es waren so viele, und ich wollte alle Geschichten dahinter erfahren. In meiner Wohnung hing kein einziges Foto.

»Du hast echt viele Freunde«, flüsterte ich.

»Ich habe eine große Familie.« Er stellte sich hinter mich und betrachtete die Wand. »Und die meisten davon sind auch meine Freunde, ja, aber mit einigen habe ich mittlerweile gar keinen Kontakt mehr.«

»Das ist schade.«

»Wie man's nimmt. Einige Freundschaften sind vielleicht nur von kurzer Dauer, aber trotzdem erlebt man gemeinsam schöne Momente und lernt voneinander. Das sind Zeiten, die ich niemals vergessen werde. Deshalb hänge ich die Fotos auch nicht ab, wenn die Freundschaft vorbei ist.«

Ich spürte, wie er sich einen Schritt näherte.

»Kam das denn schon öfter vor?«, fragte ich leise.

»Nicht so oft, aber als …« Er hielt inne. »Egal.«

Bevor ich nachhaken konnte, spürte ich seinen heißen Atem im Nacken. Wir berührten uns nicht, dennoch fühlte es sich so an. Ich schloss die Augen und wollte, dass er näher kam.

Mir näher kam.

Da war wieder sein Geruch nach einem sommerlichen Lagerfeuer, und ich fühlte mich lebendiger als je zuvor. Ich müsste nur einen winzigen Schritt nach hinten treten und könnte mich an seine starke Brust lehnen. In der Wohnung war es still, und keiner von uns wagte es, auch nur einen Ton von sich zu geben. Gänsehaut breitete sich auf meinem gesamten Körper aus, und meine Hände fingen leicht an zu zittern. Diese Stille machte mich fertig.

Dann legte er sanft eine Hand von hinten an meine Taille.

Meine Haut unter dem schwarzen Pulli kribbelte, und mir wurde mit jeder Sekunde heißer. Ich hörte, wie ihm der Atem stockte. Mein ganzer Körper spannte sich unter seiner Hand an. Wie in Zeitlupe drehte ich mich zu ihm um und starrte direkt in seine dunkelgrünen Augen. Kurz davor, etwas zu tun, was ich sicher bereuen würde.

Er berührte mich immer noch, streichelte mit seinen weichen Fingern sanft über den Bund meines Pullis. Fuhr über die schmale Lücke zwischen dem Oberteil und der Jeans. Panik drohte in mir aufzuwallen, doch der Blick in seine Augen beruhigte mich. Ich erkannte Unsicherheit darin, eine Frage, als würde er mich stumm um Erlaubnis bitten.

Meine Lippen öffneten sich leicht, als er noch einen Schritt auf mich zukam. So nah, dass meine Brüste seinen Oberkörper berührten. Es fühlte sich falsch und gleichzeitig genau richtig an. Ich war nicht mehr in der Lage, einen klaren Gedanken zu fassen.

Sein Griff an meiner Taille festigte sich, und er zog mich so eng an sich, dass es kein Zurück mehr gab. Wieder bahnte sich Furcht an, doch sein Duft erinnerte mich daran, dass es Austin war und nicht Kyle. Ich spürte seinen Atem auf meinen Wangen, als er näher, immer näher kam – bis er seine Lippen auf meine legte.

Es fühlte sich wie alles an, was ich brauchte und wollte. Wie ein Wunsch, der sich erfüllte, obwohl mir nicht einmal klar gewesen war, dass ich ihn hatte.

Ich erwiderte den Kuss und fuhr ihm mit zitternden Händen durch seine vollen Haare. Was sanft begonnen hatte, intensivierte sich von Sekunde zu Sekunde. Austin strich mit der einen Hand über meine Hüfte, während er die andere in meinen Nacken legte. Uns ging die Luft aus, aber das war egal. Alles war egal. In diesem Moment zählte nur das Hier und Jetzt. Das *Wir*. Seine weichen Lippen liebkosten meine, und aus meinem Mund drang ein leiser Seufzer, als sich unsere warmen Körper gegeneinander drängten. Mit beiden Händen fuhr ich von seinen Locken über seine breiten Schultern, die sich unter meinen Berührungen anspannten, bis zu seiner Brust.

Ich spürte, wie Austins Lippen sich unter meinen zu einem kleinen Lächeln verzogen. Ein Lächeln, das mich dazu brachte, den Kuss für eine Millisekunde zu unterbrechen. Eine Millisekunde, die mich wachrüttelte.

Kyles charmantes Lächeln, das so viel Ähnlichkeit mit Austins hatte, flackerte vor meinem inneren Auge auf.

Erschrocken zuckte ich zurück.

Austin starrte mich verwirrt an. Seine Mimik sprach Bände. Er verstand nicht, was mit mir los war. Natürlich tat er das nicht.

Mein Atem ging schneller, und ich stolperte rückwärts, um so viel Raum wie möglich zwischen uns zu bringen. Das war alles viel zu viel, ich hatte es von Anfang an gewusst. Austin verleitete mich dazu, mich immer weiter fallen zu lassen, und meine Gefühle für ihn wurden immer stärker. Aber etwas in mir hatte viel zu viel Angst, dass er sein wahres Ich auch nur hinter dieser strahlenden Fassade versteckte und irgendwann Dinge tun würde, zu denen ich nicht bereit war.

»Äh…«, stotterte ich. »Das… Wir… Ähm… lieber nicht.«

Austin war bleich um die Nase geworden, die Unsicherheit stand ihm ins Gesicht geschrieben. »Alles in Ordnung?«, fragte er heiser, ohne mich dabei auch nur eine Sekunde aus den Augen zu lassen.

»Ja… oder… nein… Ich weiß nicht. Ich gehe jetzt lieber.«

Ich trat einen Schritt zurück. All die Magie der letzten Minuten war verloren.

Als ich zur Garderobe ging, um meine Jacke zu holen, folgte er mir und legte sanft eine Hand auf meine Schulter.

Ich zuckte erschrocken zusammen.

»Jade? Sag mir, was los ist. Sag mir, was das gerade war.«

Ich fuhr zu ihm herum. »Das war nichts.«

»Schwachsinn!« Er stemmte die Hände in die Hüften und sah mich eindringlich an. »Du weißt genauso gut wie ich, dass da etwas zwischen uns ist, und zwar nicht erst seit heute.«

Ich senkte den Blick und nahm meine Jacke. »Wir sollten es bei einer Freundschaft belassen.«

»Wenn *du* das so willst?« In seinen Augen lag etwas Flehendes.

»Willst du denn etwas anderes?«

Sein Brustkorb hob und senkte sich schnell, dann sagte er nur: »Ja.«

Freundschaft war in Ordnung. Mehr konnte ich ihm nicht geben, und ich wollte ihm auch nicht in Aussicht stellen, dass sich das möglicherweise irgendwann ändern würde. Wenn ich ihm Hoffnungen machte, die nachher enttäuscht wurden, könnte ich mir das nie verzeihen. Das Letzte, was ich wollte, war, ihn zu verletzen.

»Es geht nicht, tut mir leid.« Ich wich seinem Blick aus.

»Warum nicht?« In seinen Augen blitzte ein Funken Hoffnung auf. »Wir haben uns gerade geküsst, Jade. Ich werde aus dir einfach nicht schlau.«

Hitze schoss mir in die Wangen, und ich trat von einem Bein aufs andere. »Ich will einfach nicht mehr als eine Freundschaft.«

... und ich habe Angst, die auch du mir nicht nehmen kannst.

Er versuchte, sich nicht anmerken zu lassen, wie sehr ich ihn damit traf, aber ich konnte es in seinen Augen sehen.

Er machte einen Schritt zurück und verschränkte die Arme vor der Brust. »Okay, Freunde und mehr nicht.«

»Und das ist sicher okay für dich?«

»Solange es dir damit gut geht, geht's mir auch gut.« Er zuckte mit den Schultern, starrte mich kühl an und atmete tief aus.

Ich nickte automatisch, ohne mir sicher zu sein, ob es das Richtige war, was ich da gerade tat. Ich fühlte mich wie betäubt.

An der Tür drehte ich mich noch einmal zu ihm um. Austins Mund war leicht geöffnet, als wollte er etwas sagen. Dann presste er seine wunderschönen, weichen Lippen mit gerunzelter Stirn wieder aufeinander.

»Bis dann.« Mehr bekam ich nicht raus.

»Bis dann.«

KAPITEL 18

In den beiden darauffolgenden Tagen hielt ich mich von Austin fern. Ich musste Abstand zwischen uns bringen. Abstand zwischen unsere Körper, aber ich musste auch versuchen, ihn aus meinem Kopf zu bekommen.

Der Kuss hätte nicht passieren dürfen. Zu mehr als einer Freundschaft fühlte ich mich einfach nicht bereit, und außerdem traute ich ihm immer noch nicht so wirklich. Vielleicht tat ich Austin unrecht. Immerhin war er in den letzten Wochen sehr aufmerksam und lieb zu mir gewesen. Allerdings wusste ich nicht, ob es dabei bleiben würde, ob er mich nicht irgendwann zu etwas drängen würde, das ich nicht wollte. Wenn ich daran dachte, ihm nah zu sein, spürte ich einen Anflug von Panik, doch zugleich flatterte etwas in meiner Magengegend. Allerdings konnte ich Austin nicht ewig aus dem Weg gehen. Mir war klar, dass wir uns wiedersehen würden. Und ich wusste nicht, ob ich, wenn es so weit war, weiter Abstand halten könnte – immerhin zog er mich wie magisch an.

Als ich am Dienstag das Move District betrat, fanden alle Fragen nach Abstand ein jähes Ende. Austin saß auf einem der flauschigen Sofas, das rechte auf das linke Bein gestützt, und tippte auf seinem Smartphone herum. Er trug einen grauen Sweater zu einer schwarzen Jogginghose mit Streifen an der Seite. Sein Haar war wie immer perfekt verwuschelt.

Als ich hereinkam, blickte er von seinem Handy auf.

Verdammt.

Ich blieb wie angewurzelt stehen und starrte ihn an. Mein Kiefer klappte herunter, während mir tausend Gedanken durch den Kopf schossen, wie ich mich aus der Situation retten könnte. Wenn ich mich nicht bewegte, dachte er vielleicht, dass ich nur eine Fata Morgana sei. So mitten im Herbst in New York City war das doch gut möglich …

Er presste seine Lippen aufeinander, wirkte unsicher, dann hob er langsam eine Hand, um mir zuzuwinken.

So viel zur Fata Morgana …

Ich verzog den Mund zu einem angedeuteten Lächeln und nickte ihm zu, sah jedoch schnell wieder weg auf der Suche nach einem Platz möglichst weit entfernt von ihm.

Hinter seinem Sofa saßen an einem Tisch ein paar Jugendliche, die etwas in ihre Blöcke kritzelten. Eine Sitzecke weiter lümmelte ein schwarzhaariges Mädchen, das über ihre Kopfhörer Musik hörte und dazu mit dem Fuß wippte; dahinter dehnten sich drei Ballerinen am Boden. Alle Sofas und Stühle waren belegt, nur bei Austin in der Sitzecke war noch Platz.

Als er mir ein zweites Mal unsicher zuwinkte, sah ich ein, dass ich ihm, so oder so, nicht länger aus dem Weg gehen konnte. Ich fasste mir ein Herz. Angespannt, wie kurz vor einer wichtigen Prüfung, näherte ich mich ihm und ließ mich auf einen der Sessel sinken.

»Hey, alles klar?«, fragte ich, um das Eis zu brechen.

»Ja, bei dir?« Er warf mir einen kurzen neutralen Blick zu, dann sah er wieder auf sein Handy. Er wirkte kühl, und das Schlimmste war, dass ich allein die Schuld daran trug.

»Auch. Gehst du gleich in die Class von Jules und Vincent?«

»Ja. Du auch?«

»So ist der Plan«, entgegnete ich und spielte am Reißverschluss meiner Tasche herum.

Oh Mann. Das fühlte sich verkrampfter an als mein erster Kuss auf dem Schüleraustausch in der sechsten Klasse. Da ich ihn aber auch nicht nerven wollte, hielt ich meinen Mund und hoffte darauf, dass zwischen uns wieder alles normal wurde – oder so normal, wie es eben sein konnte.

Bis die Class begann, wechselten wir kein Wort mehr miteinander. Einzig und allein unsere Blicke trafen sich immer wieder, woraufhin mir jedes Mal Wärme in die Wangen schoss und ich unruhig auf dem Sessel hin und her rutschte. Ich fragte mich, was Austin von mir dachte. War er sauer? Enttäuscht? Oder war es ihm egal, und er hatte nur einen schlechten Tag?

Nachdem ich fünfzehn Minuten später meine Tasche und meine Jacke an der linken Seite des Tanzsaals abgelegt und mir einen Platz im Raum gesucht hatte, streckte ich mich und wartete darauf, dass es losging. Jules und Vincent unterrichteten den Kurs gemeinsam und erstellten auch die Choreos immer zusammen.

»Schön, dass ihr alle da seid«, sagte Jules strahlend und stellte sich mit Vincent vor die breite Spiegelfront. Ihre glatten schwarzen Haare hatte sie heute zu einem hohen Pferdeschwanz gebunden, der locker hin und her baumelte. Zu einer dunkelgrauen Leggings trug sie ein zu großes weißes T-Shirt, das sie bestimmt Vince gemopst hatte. Es war in der Taille geknotet und betonte dadurch ihre Kurven. Ihr Freund hatte die Hände in die Hüften gestemmt und atmete schwer. Sein graues Shirt klebte feucht an seinem Körper, wahrscheinlich hatten die beiden gerade schon trainiert. Seine dicken dunkelbraunen Haare hatte er an den Seiten zusammengenommen und hinten zu einem Zopf geknotet.

»Vince und ich haben vorhin noch die letzten Schritte zusammengestellt«, fuhr Jules fort. »Heute wagen wir uns mal wieder an eine Partner-Choreo. Am besten findet ihr euch schon mal zu zweit zusammen, dann können wir nach dem Warm-up direkt starten.« Sie klatschte vergnügt in die Hände.

Nach und nach fanden sich Pärchen zusammen. Ich kannte in dieser Class nur Jules und Vincent, die natürlich nicht infrage kamen, Olivia, die vorne mit einem Typen tanzte und somit auch schon vergeben war, und … Austin. Aber ob das eine gute Idee war, bezweifelte ich stark, außerdem konnte ich ihn gerade nirgends sehen.

Nervös knetete ich meine schwitzigen Hände und sah mich um in der Hoffnung, dass mich einfach irgendeine nette Person ansprechen würde. Inzwischen war aber fast keiner mehr übrig. Es fühlte sich an wie zu Schulzeiten, wenn im Sportunterricht Teams gewählt wurden und man als Letzte noch auf der Bank saß.

Ich drehte mich ein Stück nach rechts und sah über meine Schulter. Sofort trafen sich Austins und mein Blick. In seinen dunkelgrünen Augen flackerte etwas auf.

Wie konnte es sein, dass er noch keine Partnerin hatte?

Geschmeidig kam er auf mich zu, die Hände in den Taschen seiner Jogginghose vergraben. »Hast du schon jemanden?«, flüsterte er, als er neben mir stehen blieb.

»Nein, noch nicht«, entgegnete ich leise. Dabei begann in meinem Magen etwas zu flattern. Ich sah mich erneut um, doch mittlerweile waren wir die Letzten, die noch keine Partner gefunden hatten. Mit klopfendem Herzen wandte ich mich Austin zu. »Aber wir könnten ja … zusammen … tanzen.« Ich hatte keine Ahnung, was ich da von mir gab, aber offenbar hatte er es verstanden, denn er nickte mir mit einem Lächeln zu.

»Klar, können wir machen.«

Vincent spielte das Lied an und tanzte nach dem Aufwärmen die Choreo mit Jules vor. »Conversations in the Dark« von John Legend dröhnte aus allen Ecken, während die beiden verliebt tanzten. Sie berührten sich, führten einander und versanken in den Augen des anderen.

Mir kroch ein wohliges Gefühl die Wirbelsäule hoch. Es war schön, ihnen zuzusehen und von der Liebe überschwemmt zu werden, die sie ausstrahlten. Ich vermisste diese Nähe zu einem anderen Menschen.

Als die Musik verstummte, grinsten die beiden einander an und wandten sich wieder ihren Schülern zu.

Wir applaudierten, doch schon überkam mich ein mulmiges Gefühl. All diese Bewegungen musste ich jetzt mit Austin tanzen. Unsere Körper würden sich berühren, und ich hatte keine Ahnung, wie ich damit umgehen sollte.

»In erster Linie geht es mir darum, dass ihr das Lied fühlt und die Emotionen vertanzt, die es in euch auslöst«, sagte Jules außer Atem. »Wenn die Schritte nicht perfekt sind, dann ist das erst mal egal. Hauptsache, die Gefühle kommen rüber, und ihr habt Spaß. Das hier ist eine Intermediate Class, keine Advanced, also bleibt ganz entspannt und lasst euch aufeinander ein.«

Wir hörten uns das Lied erneut an; dabei sollten wir auf den Text und die Stimmung achten. Während John Legend von bedingungsloser Liebe sang und davon, den anderen niemals zu verletzen, ließ ich den Blick vorsichtig zu Austin wandern. Sein markanter Kiefer mahlte, während er auf den Boden starrte und dem Lied lauschte.

Ich trat von einem Bein aufs andere, zog an meinem Shirt, um Luft an meinen Körper zu lassen. Verdammt, war mir warm geworden. Das würde sicher unangenehm werden.

Ein paar Minuten später begannen Vincent und Jules die ersten Schritte zu erklären. Der größere Partner sollte hinter dem kleineren stehen und ihm sanft von der Schulter bis hinunter zu den Handgelenken streichen.

Im nächsten Moment spürte ich Austins weiche Hände auf der nackten Haut meiner Arme, und augenblicklich stand mein gesamter Körper unter Strom. Es fühlte sich fast so an wie am Samstag in seiner Wohnung …

Keine Panik! Ihr seid umgeben von lauter anderen Menschen. Konzentrier dich auf die Schritte!

Als Nächstes sollte er meine Hand in seine nehmen und mich aus- und wieder eindrehen, sodass ich ihm am Ende gegenüberstand, meine Hand auf seiner Brust, während wir Augenkontakt hielten. Ich zögerte ein paar Sekunden, aber Austin schloss sofort seine Finger um meine Hand und führte mich sanft in die Drehung. Als ich im Anschluss an seiner Brust zum Stehen kam, positionierte ich meine linke Hand vorsichtig zitternd auf seinem Oberkörper. Wir waren uns so nah, dass ich seinen Atem heiß an meiner Wange spüren konnte. Unsere Blicke trafen sich, und die Kälte, die er vorhin im Eingang noch ausgestrahlt hatte, war verschwunden, stattdessen lag Hitze in seinem Blick und brachte meine Wangen zum Glühen. Mit leicht geöffneten Lippen und gesenkten Lidern sah er auf mich herab.

Meine Knie wurden weich. Einerseits hätte ich mich am liebsten in seine Arme sinken lassen, andererseits war da etwas in mir, das mich blockierte. Furcht wegen dem, was passiert war, als mir das letzte Mal jemand nahgekommen war. Zugleich hatte ich jedoch das Gefühl, dass ich bei Austin sicher war.

Sein Brustkorb hob und senkte sich, und unsere Atmung wurde eins, während die anderen schon weitertanzten.

»Ist das okay so?«, fragte er und blinzelte.

»Ja«, krächzte ich und räusperte mich schnell. »Das passt so, wir können die nächsten Schritte üben.«

Die Choreo ging weiter, und bei jeder Berührung fühlte es sich an, als ob mein Körper in Flammen aufging. Seine Hände waren überall und manchmal nirgendwo, dennoch spürte ich ihn immer an meiner Seite. Seine zarten Berührungen zauberten eine Gänsehaut auf meinen gesamten Körper. Austin war zwar um einiges größer und stärker als ich, bewegte sich aber trotzdem so geschmeidig, dass ich den Blick nicht von ihm abwenden konnte.

Nach einer halben Stunde standen wir uns schwer atmend gegenüber, während die Energie zwischen unseren Körpern pulsierte und ich das Gefühl hatte, die Welt um uns herum würde stillstehen.

»Das funktioniert doch echt gut«, flüsterte er und lächelte leicht. »Oder was meinst du?«

»Ja, ich denke … ich glaube auch«, stammelte ich.

Als die Stunde fast vorbei war, teilten Vincent und Jules alle Paare in Gruppen ein, die abwechselnd vortanzen sollten. Da ich noch nicht so erfahren war, wurde ich in Situationen wie diesen sonst immer total unsicher aus Angst, ich könnte die Schritte vergessen. Doch mit Austin an meiner Seite war meine Panik wie weggeblasen.

Als wir an der Reihe waren, wollte sich Austin direkt vorne in die Mitte stellen.

Nur über meine Leiche.

Ich pikste ihn mit dem Zeigefinger in die Seite und nickte nach rechts. Dort konnten die anderen uns immer noch sehen, aber wir standen etwas abseits, wo ich mich um einiges wohler fühlte.

Grinsend gab er sich geschlagen.

Mit dem Einsetzen der Musik schloss ich kurz die Augen und atmete tief ein und aus. Als ich sie wieder öffnete, spürte ich Austins zärtliche Berührungen, und nicht nur ich, sondern auch mein Herz fing an zu tanzen. Mit viel Gefühl versuchte ich, mit ihm gemeinsam eine Geschichte zu erzählen. *Unsere* Geschichte – auch wenn es sie nur hier und jetzt in dieser Class gab. Die Musik ging in unsere Körper über. Austin an meiner Seite zu wissen, brachte mein Herz zum Rasen, und doch fühlte ich mich sicher bei ihm. Und als wir in der Endpose verharrten und uns in den Augen des anderen verloren, war es mir auf einmal vollkommen klar. Ich wollte das hier. Ich wollte ihn. Unsere Geschichte. Nicht nur hier und jetzt, sondern an jedem weiteren Tag.

Als die anderen Tänzer anfingen zu klatschen, blinzelte ich verblüfft und löste mich von Austin, der mich genauso entgeistert ansah und zwei Schritte zurücktrat.

»Wow, das habt ihr alle wirklich toll gemacht!«, rief Jules in die Runde.

»Ja, das war echt klasse«, fügte Vincent hinzu. »Leider ist die Stunde vorbei, aber wir hoffen, dass wir euch beim nächsten Mal wiedersehen!«

Als die anderen um uns herum begannen, ihre Sachen zusammenzusuchen, riss ich meinen Blick von Austin los, der mich immer noch mit geröteten Wangen anblickte. Was ich bei diesem Tanz mit ihm gefühlt hatte, brachte mich vollkommen aus dem Konzept. Ich fragte mich, was er über mich dachte. Was er empfand. Wie er mich jetzt sah. Vor allem nachdem ich ihn bei unserer Frühstücksverabredung von einer Sekunde auf die andere abserviert hatte.

»I'll be there when you get lonely«, sang John Legend noch einmal, während wir den Saal verließen. Vielleicht war es an der Zeit, Austin nicht immer von mir wegzustoßen, ihn in mein Leben zu lassen. Ihm eine Chance zu geben, mir zu beweisen, dass es in Ordnung war zu vertrauen.

KAPITEL 19

Ein paar blonde Strähnen, die sich aus meinem Zopf gelöst hatten, hingen mir kreuz und quer im Gesicht, während ich die Treppe hinunterhechtete. Völlig außer Atem und mit hochrotem Kopf erreichte ich den Bahnsteig.

»Verdammter Mist!«

Ich hatte meine U-Bahn verpasst. Und das, obwohl ich eh schon spät dran war – perfekter Start in den Tag. So was passierte immer dann, wenn man es am wenigsten brauchen konnte.

Als ich wieder einigermaßen Luft bekam, sah ich mich nach der Anzeigetafel um. Fünf Minuten Wartezeit lagen noch im grünen Bereich, zumindest hoffte ich das. Olivia war bestimmt schon im Café, aber ich war nicht sicher, ob Larry auch da war, und ich wollte nicht, dass er bemerkte, dass ich zu spät zur Arbeit kam. Da hätte er nur wieder eine Vorlage gehabt, um mich aufs Neue anzuschnauzen.

Mein Herzschlag ratterte immer noch wie ein Maschinengewehr, während ich ein Stück den Bahnsteig entlanglief und mir einen Platz suchte, an dem nicht allzu viele Menschen standen. So war die Wahrscheinlichkeit höher, in der nächsten Bahn einen Sitzplatz zu ergattern. Dann fischte ich mein Handy heraus, um mir die Zeit mit Instagram zu vertreiben.

Die neuen Beiträge aus der letzten halben Stunde stammten von ein paar Designern und Mackenzie, dieser Tänzerin aus L. A., von der ein Poster im Flur der Tanzschule hing und der ich folgte, seitdem mir Olivia von ihr erzählt hatte. Ich versah sie mit Likes, sperrte mein Smartphone und behielt es in der Hand, während ich kurz den Kopf hob, um erneut die Anzeigetafel zu checken. In diesem Moment sauste am gegenüberliegenden Bahnsteig eine U-Bahn vorbei, und der Windstoß brachte meine losen Strähnen wieder durcheinander.

Mir blieb die Luft weg. Wie angewurzelt starrte ich in eines der Fenster, das an mir vorbeizog. Kalte Schauer liefen mir den Rücken hinab.

War das …? Nein, unter keinen Umständen ist das möglich.

Stockend atmete ich ein und aus, während mein Herz wie verrückt in meiner Brust trommelte. Die Bahn war schon lange vorbeigefahren, als ich immer noch heftig blinzelnd versuchte, mich zu beruhigen.

Kyle ist in Beckhaven.

Als der Zug an mir vorbeigerauscht war, hatte ich zwei Sekunden lang geglaubt, ihn gesehen zu haben. Aber es war sicher nur jemand gewesen, der ihm ähnlich sah.

Das Bild von ihm, die verstrubbelten hellbraunen Haare und die strahlenden Augen, hatte sich für immer in mein Hirn gebrannt. Aber alles sprach dagegen. Sein Studium am Community College in Beckhaven hatte schon begonnen, und somit war es unmöglich, dass er hier in New York war – neunhundert Meilen von Beckhaven entfernt. Zumal es keinen Grund für ihn gab, hier zu sein. Seine ganze Familie und seine Freunde … Ich ballte meine Hände zu Fäusten. Auch die waren in Beckhaven. Er konnte – *durfte* – es nicht gewesen sein.

Als meine Bahn kam, stieg ich mit weichen Knien ein. Wie erhofft, erwischte ich einen Sitzplatz. Doch erst nachdem sich die U-Bahn in die entgegengesetzte Richtung, in die der mysteriöse Typ gefahren war, in Bewegung gesetzt hatte, löste sich meine Anspannung langsam.

»Alles klar bei dir, Jade?« Olivia musterte mich besorgt.

»Äh, ja.« Mehr bekam ich nicht heraus. Mir lief es immer noch heiß und kalt den Rücken hinunter, wenn ich nur daran dachte, wen ich in der U-Bahn zu sehen geglaubt hatte.

Er war es nicht.

»Erzähl doch keinen Quatsch. Die letzten beiden Stunden hast du mindestens vier Bestellungen vertauscht, fast einen alten Mann umgerannt, und von deinem verängstigten Blick will ich gar nicht erst anfangen – du siehst aus, als ob dir Pennywise höchstpersönlich einen Ballon geschenkt hat.«

Ich wischte mir die schwitzigen Hände an der Schürze ab und lehnte mich an die Arbeitsfläche, während Olivia ein Stück Karottenkuchen auf einem Teller platzierte. »Es ist nur … Ich dachte, dass ich heute Morgen eine Person gesehen habe, die ich von früher kenne.« Ich schluckte hart und holte tief Luft. »Aber ich glaube, ich habe mich getäuscht.«

»Wäre das denn so schlimm?« Sie holte eine Kuchengabel aus der Schublade und legte sie mit einer kleinen Serviette zum Kuchen auf den Teller.

Ich ballte meine Hände zu Fäusten. »Keine Ahnung«, log ich. »Ich will diese Person nur nicht mehr sehen, das ist alles.«

Sie hob eine Augenbraue und stellte den Kuchen auf ein Tablett, auf dem sich bereits zwei Tassen mit dampfendem Kaffee befanden. »Ich versteh nur Bahnhof. Wie meinst du das? Rede mit mir!«

Ich schluckte. »Vielleicht wann anders, okay?«

Es war ihr anzusehen, dass sie das ganz und gar nicht okay fand – nicht aus Neugier, sondern weil sie sich Sorgen um mich machte –, dennoch gab sie nach: »Ich verstehe, wenn du nicht darüber reden willst. Auch wenn ich es nicht gesund finde. Bitte denk dran: Ich bin für dich da, wenn was ist.«

Ich lächelte sie dankbar an.

»Heute Abend wollte ich zu Jules und Vincent in die WG. Die Clique müsste auch da sein, und ich glaube, es wäre eine Superidee, wenn du mitkommst.«

Ich dachte kurz darüber nach. »Wann denn?«

»Nach unserer Schicht, so gegen acht. Wir wollten uns was zum Essen bestellen und abhängen.«

Abwechslung würde nicht schaden, ganz im Gegenteil. Die hatte ich bitter nötig, wenn ich nicht den ganzen Abend einsam an die Decke starren wollte. Ein paar von Olivias Freunden kannte ich bereits, und möglicherweise würde Austin auch da sein.

»Okay, ich bin dabei.«

»Yay! Das wird cool!« Sie grinste und hob das Tablett an. »Allerdings sage ich dir besser gleich, dass Austin heute nicht dabei ist. Er meinte, er muss noch länger trainieren und kommt höchstens ganz spät nach.«

Ich versuchte, mir nicht anmerken zu lassen, dass mich das ein wenig enttäuschte. »Macht doch nichts.«

Bevor Olivia noch etwas entgegnen konnte, zog ich meinen Block aus der Tasche und lief zu einem Kunden, der etwas bestellen wollte. Meine Gedanken kreisten zwar immer noch um Kyle, doch der heutige Abend war ein Lichtblick – er würde mir hoffentlich eine schöne Zeit mit netten Menschen verschaffen.

»Müssen wir noch was mitbringen?«, fragte Olivia Adaline, doch die schüttelte nur ihre karamellfarbenen Locken. Sie war nach unserer Schicht zum Café gekommen, um mit uns gemeinsam zu Vincent und Jules zu fahren.

»Nö, Jules meinte, wir bestellen später beim Asiaten.« Sie wandte sich mir zu. »Magst du Asiatisch?«

»Ja, das passt«, sagte ich und umfasste den Haltegriff fester, als die U-Bahn ratternd anfuhr.

»Perfekt! Ich habe schon so einen Hunger«, kam es von Olivia, die sich über den Bauch streichelte und fast umkippte, als die Bahn beschleunigte.

Im East Village stiegen wir aus. Die Wohnung der beiden befand sich über einem Tattoo-Studio, das laut Leuchtreklame vierundzwanzig Stunden geöffnet hatte. Bäume, deren Blätter selbst im Dunkel des Abends noch golden schimmerten, säumten die Straße.

Als wir klingelten, streckte Vincent den Kopf aus einem Fenster im zweiten Stock des Altbaus. »Ey, das sind Olivia, Adaline und Jade. Macht mal auf!«

Keine zwei Sekunden später brummte der Türöffner.

»So cool, dass ihr es geschafft habt!«, rief Jules, die in

der offenen Wohnungstür auf uns wartete, und fiel uns nacheinander strahlend um den Hals.

»Danke für die Einladung«, sagte ich höflich, als sie uns voraus in den Flur trat, und schaute mich neugierig um.

Ein geräumiges Wohnzimmer mit Essbereich und Küche, in dem sich mehrere Sitzsäcke und ein Sofa befanden, lag vor uns. Die Couch sah mit den dicken Polstern so gemütlich aus, dass ich mich am liebsten mit einer Decke in eine der Ecken gekuschelt hätte. An den hellgrauen Wänden hingen verschiedene Filmposter, die meisten von Quentin-Tarantino-Streifen, und ein Regal mit ein paar Hundert DVDs zog sich entlang der rechten Wand bis über zwei dunkle Kommoden, auf denen sich noch mehr Filme, aber auch Kerzen und Pflanzen stapelten. Daneben war ein weiteres Regal angebracht, das unter Dutzenden Sneakers zusammenzubrechen drohte. Große Fenster säumten die gegenüberliegende Seite. Im hinteren Teil des Zimmers befand sich die offene Küche, die um einiges größer war als meine und von der man über eine Stufe Zugang zu einem kleinen Balkon hatte.

»Hey«, rief Olivia in die Runde.

Ich hörte, wie Vincent und ein Typ mit Brille sich über irgendwelche Marvel-Serien unterhielten. Bis auf ihn kannte ich alle, die da waren. Brennan saß neben Sienna auf der Couch und versuchte, ihr gerade ein paar Chips zu klauen. Sie trug einen grünen College-Sweater, und ihr mahagonibraunes Haar hing ihr in einem geflochtenen Zopf über die Schulter.

»Hey, ich bin Christopher«, sagte der Brillenkerl mit den blonden Haaren und winkte mir freundlich zu.

»Jade. Freut mich.«

Ich ließ mich in einen der Sitzsäcke plumpsen und streifte meine Jacke ab, während Olivia uns Getränke besorgte.

»Wir haben gerade überlegt, was wir beim Asiaten bestellen wollen.« Brennan hatte sich zu mir herumgedreht und zeigte mit dem Daumen auf die Chips schmatzende Sienna. »Worauf hast du Lust?«

»Also, wenn es Sushi gibt, würde ich das nehmen.«

»Das will ich auch!«, kam es von Jules, die an uns vorbeilief und sich auf Vincents Schoß setzte.

Olivia kam mit zwei Gläsern Coke zurück und reichte mir eins, das ich auf dem kleinen Holztisch vor mir abstellte. Anschließend setzte sie sich neben Sienna auf die Couch.

»Erzähl mal, Jade, was machst du so?«, erkundigte sich Adaline, die es sich rechts von mir auf einem Sitzsack bequem gemacht hatte. »Wir hatten noch gar nicht die Gelegenheit, dich richtig kennenzulernen.«

Plötzlich richteten sich alle Augen auf mich. Wir hatten bisher noch nicht viel miteinander gesprochen, ich hoffte nur, dass sie mich jetzt nicht mit Fragen löcherten.

»Ich bin Mitte August nach Brooklyn gezogen und habe den Job im Café angenommen. Da habe ich Olivia kennengelernt.« Ich schaute Olivia an, und sie lächelte mir zu.

»Und zu tanzen hast du auch angefangen«, fügte Jules hinzu.

»Na ja, im Vergleich mit euch Profis ...« Ich lachte unsicher.

»Ach, das ist doch egal. Hauptsache, du hast Spaß dabei. Wir haben alle mal angefangen«, sagte Christopher, der Typ mit der Brille, und zuckte mit den Schultern. Anscheinend war er auch Tänzer, ich konnte mich aber nicht erinnern, ihn schon einmal im Move District gesehen zu haben.

»Dann arbeitest du hauptsächlich im Café, oder machst du noch was anderes?«, fragte Brennan und lehnte sich zurück.

»Ich bastele gerade an meiner Bewerbung für die Parsons. Ich will unbedingt Modedesign studieren. Ach ja, und ich darf mich ab sofort um die neue Merchandise-Kleidungslinie des Move District und das ein oder andere Outfit für eure Crews kümmern.«

»Wow, das ist ja cool!« Jules machte große Augen und klatschte vergnügt in die Hände. »Ich will unbedingt mal etwas von dir sehen. Und du musst mir dann irgendwann mein Hochzeitskleid schneidern.«

Vincent verschluckte sich und hustete röchelnd, sodass sein Gesicht knallrot anlief.

Jules begann schallend zu lachen. Dann nahm sie seine Hände, die um ihre Mitte gelegt waren, und drückte sie beruhigend. »Keine Panik. Vielleicht heirate ich auch jemand ganz anderen«, sagte sie neckisch und stand auf, um sich ein paar Chips von Sienna zu nehmen.

»Ähm, ja, wir werden sehen«, stammelte Vincent.

Die anderen grinsten amüsiert, und Christopher schlug ihm glucksend auf den Rücken.

»Klar, lässt sich bestimmt einrichten, wenn es dann so weit ist«, antwortete ich und lächelte Jules an.

»Bestellen wir jetzt endlich was zu essen?« Olivia, die ziemlich *hangry* aussah – eine Mischung aus *hungry* und *angry* –, zog ihr Handy aus der Tasche und begann, die

Speisekarte eines asiatischen Restaurants in der Nähe herunterzurattern. Dann notierte sie sich unsere Wünsche und bestellte über eine App. Ich entschied mich für Avocado- und Lachs-Maki und eine frittierte Inside-out-Roll – die mochte ich am liebsten.

Solange wir auf das Essen warteten, unterhielt ich mich mit Sienna und Christopher. Die zwei waren gut befreundet und planten, irgendwann ihre eigene Tanzschule zu eröffnen.

»Wir suchen noch nach geeigneten Räumlichkeiten. Die sind in New York so verdammt teuer. Wenn wir die haben, kann es eigentlich gleich mit der konkreteren Planung losgehen.« Siennas Augen strahlten.

Christopher lächelte sie an und fügte hinzu: »Ich kümmere mich um den ganzen Papierkram, und Sienna soll das Aushängeschild werden und die meisten Classes unterrichten.« Er sah grinsend in die Runde. »Und hoffentlich finden wir dann noch ein paar weitere Trainer.«

»Hört sich cool an.« Ich war fast ein wenig neidisch. Die beiden schienen ihrem Traum schon ein ganzes Stück näher zu sein als ich. Bevor ich auch nur darüber nachdenken konnte, meine eigene Boutique zu eröffnen, musste ich erst mal an der Uni angenommen werden.

Als es an der Tür klingelte, sprang Jules auf und hüpfte wie ein junges Reh zur Tür. Das musste der Lieferdienst sein. Gott sei Dank, mir knurrte schon seit einer ganzen Weile der Magen.

Kurze Zeit später kam sie wieder herein, allerdings ohne Essen. Dafür hatte sie einen Typen im Schlepptau, bei dessen Anblick mir das Herz in die Hose rutschte.

Austin.

»Schaut mal, wen ich draußen gefunden habe«, rief Jules und schloss die Tür hinter sich.

Austin zog seine Jacke aus und legte sie über einen der Stühle. »Hey, alles klar?«, grüßte er in die Runde und lächelte mich an. »Oh, Jade, du bist auch hier?«

Seit unserem Tanz vor zwei Tagen hatten wir uns nicht mehr gesehen. Die Stunde mit ihm war etwas Besonderes gewesen. Wie er mich berührt und angesehen hatte… Ich konnte jetzt noch seine warmen Hände auf meiner nackten Haut spüren. Allerdings war ich nach der Class ziemlich schnell verschwunden, um Klarheit in meine Gedanken zu bringen. Ich freute mich, ihn wiederzusehen, aber das Ganze war mir auch ein bisschen peinlich. Erst küsste ich ihn, dann ließ ich ihn abblitzen, nur um mich bei nächster Gelegenheit in reinster *Dirty-Dancing*-Manier an ihn zu schmiegen. Wahrscheinlich hielt er mich inzwischen für einigermaßen durchgedreht.

Sein Grinsen wurde immer breiter, und ich bildete mir ein, dass uns alle erwartungsvoll anstarrten.

Konnte sich mein Kopf mal entscheiden? Oder mein Bauch? Mein Herz? Wer oder was auch immer.

»Na klar.« Ich schaute ihm in die Augen und wartete nur darauf, dass er einen sarkastischen Spruch losließ.

Doch stattdessen nickte er nur und schlenderte anschließend in die Küche, um sich ein Bier aus dem Kühlschrank zu holen.

Er trug eine enge schwarze Jeans und ein schwarzes T-Shirt. Mit Basics konnte man nichts falsch machen, und an ihm sah das simple Outfit erst recht zum Anbeißen aus.

Als er mit seiner Flasche in der Hand zu uns zurückkam, ließ er mich keine Sekunde aus den Augen.

Mir wurde heiß. Das brachte mich völlig aus dem Konzept. Und dann setzte er sich natürlich auch noch direkt mir gegenüber auf einen der Sitzsäcke. Prima.

»Jade?« Adaline stieß mich an.

»Hm?«

»Was meinst du?«, fragte sie und zwirbelte eine ihrer karamellblonden Strähnen um den Zeigefinger.

»Was meinst *du*?« Ich war verwirrt.

»Ich habe dich gefragt, ob du morgen wieder ins Training kommst.«

»Oh. Äh. Ich weiß nicht«, stammelte ich und errötete. »Ich glaube, erst wieder nächste Woche.«

Adaline nickte. »Okay, cool.«

Während sich die anderen wieder in ihre Gespräche vertieften, sah ich mich im Raum um, blieb aber letztlich an Austins dunklen Augen hängen.

Er legte den Kopf schief, und seine Mundwinkel zuckten nach oben.

Mein Magen begann zu kribbeln, und ich sah schnell auf den Boden.

»Wann kommt denn endlich unser Essen?«, quengelte Olivia und fügte grummelig hinzu: »Gebt mir was zu futtern, sonst knabbere ich Brennans Fuß an.«

»Wenn du dich auf der Stelle in einen heißen Typen verwandelst, haben wir einen Deal.« Brennan zog anzüglich die Augenbraue hoch und grinste.

In diesem Moment klingelte es wieder an der Tür, und diesmal war es wirklich unser Essen. Jules nahm die Lieferung entgegen, und wenig später türmten sich Berge von asiatischem Essen auf dem riesigen Couchtisch.

Ich schnappte mir mein Sushi und stürzte mich hungrig

darauf, während ich den anderen bei ihren Gesprächen zuhörte.

»Nächste Woche treffe ich mich übrigens mit meinem heißen Nachbarn«, sagte Brennan und wackelte vor Freude hin und her. »Er hat mich endlich nach einem Date gefragt. Ich dachte echt nicht, dass das noch was wird.«

»Du hättest ihn auch einfach selbst fragen können«, entgegnete Olivia und zwinkerte ihm zu.

»Ihr wisst doch genau, dass ich mich das nicht trauen würde. Vergesst es. Niemals. Zum Glück hat er es getan. Ich freue mich schon auf seinen juicy Knackarsch.«

Ich musste schmunzeln.

»Was gibt's da zu grinsen?«, rief mir Austin von seinem Sitzsack aus zu.

Sofort richteten sich alle Blicke auf mich.

Am liebsten hätte ich ihm mein letztes Maki an den Kopf geworfen, entschied mich dann aber doch dafür, es mir in den Mund zu stopfen. So konnte ich wenigstens Zeit schinden.

»Hm?«, brummte ich nach ein paar Sekunden mit dicken Backen.

»Du hast gerade so frech gegrinst, und ich habe mich gefragt, an was du wohl gedacht hast.«

Ich schluckte und trank noch einen Schluck Coke, um mich zu sammeln. »Ich fand nur witzig, was Brennan über den Typen gesagt hat.«

Austin biss sich grinsend auf die Lippe, ganz offensichtlich verkniff er sich ein Lachen.

»Apropos Typen, gibt's bei dir auch einen heißen Anwärter, Jade?«, fragte Jules mit vielsagend erhobenen Augenbrauen.

Ich verschluckte mich fast an meiner Coke und warf einen raschen Blick zu Austin hinüber.

Der schien sich jedoch nach wie vor köstlich zu amüsieren. Mit schief gelegtem Kopf sah er mich grinsend an.

»Nein, da gibt's niemanden«, sagte ich kurz angebunden und nahm noch einen Schluck von meiner Coke, um jeden weiteren Augenkontakt zu vermeiden.

»Im Ernst? New York ist so groß. Da finden wir für dich bestimmt eine Schnitte.« Jules war aufgesprungen und hüpfte von einem Bein aufs andere, als könnte sie es gar nicht erwarten, mich unter die Haube zu bringen. »Gleich morgen schaue ich mich mal für dich um. Ich bin eine Meisterin des Verkuppelns.«

»Dann fang lieber bei mir an!«, entgegnete Brennan entrüstet und warf ein Essstäbchen nach ihr.

»Keine Sorge, dich kriegen wir auch noch unter. Aber erst will ich für Jade einen süßen Typen finden.«

Oh Mann, das hatte mir gerade noch gefehlt – eine Diskussion über mein nicht vorhandenes Liebesleben mit einem Haufen Menschen, die ich erst seit ein paar Wochen kannte, und das alles direkt vor Austins Nase. Ich musste schnellstens zusehen, dass ich aus der Nummer rauskam, bevor mir Jules vor lauter Enthusiasmus gleich noch ein Profil bei einer Partnersuche-Website erstellte.

»Wo ist denn das Bad?« Was anderes fiel mir auf die Schnelle nicht ein, um der Situation zu entkommen.

»Im Flur die zweite Tür«, entgegnete Jules.

Ich nickte und verschwand für ein paar Minuten im Badezimmer. Als ich wieder ins Wohnzimmer zurückkam, hatten sie bereits das Thema gewechselt und unterhielten sich nun über ein Tanzvideo, das Vincent auf YouTube entdeckt hatte. Erleichtert entspannte ich mich wieder ein wenig und blieb noch eine Weile, bis mich die Müdigkeit einholte und meine Lider immer schwerer wurden.

Als ich gähnen musste, beschloss ich zu gehen. »He, Leute, ich mache mich auf den Weg nach Hause. Bin ziemlich müde.«

»Was? Jetzt schon?«, fragte Jules entrüstet, und Olivia schaute mich fragend an.

Ich winkte ab und setzte ein Lächeln auf. »Wir sehen uns morgen im Café.« Dann richtete ich mich an die Runde: »Danke für die Einladung. Viel Spaß noch.«

»Schade! Aber schön, dass du da warst«, sagte Jules, und die anderen verabschiedeten sich ebenfalls von mir.

Austin sah mich nachdenklich an, einen Moment später erhob er sich.

»Ich bringe dich nach Hause.«

»Nein, bleib ruhig, ist schon okay. Ich fahre alleine mit der U-Bahn.«

Schon griff er nach seiner Jacke. »Keine Widerrede.«

Mit großen Schritten kam er auf mich zu, bis er mir gefährlich nah war, dann sagte er leise, sodass es die anderen nicht mitbekamen: »Ich will sichergehen, dass du heil zu Hause ankommst, immerhin ist es schon dunkel.«

Sein unverwechselbarer Duft zog mir in die Nase, und ich konnte nicht mehr klar denken. »Okay.« Mehr brachte ich nicht heraus.

Ein paar Minuten später saßen wir nebeneinander in der U-Bahn und unterhielten uns gerade über den Abend, als ein Typ in unserem Alter sich uns gegenüber auf einen der Sitze sinken ließ und den Blick starr aus dem Fenster richtete. So wie es dieser Kerl heute Morgen auch getan hatte. Sofort schossen die Erinnerungen daran durch meinen Kopf und ließen mein Herz schneller schlagen. Den ganzen Abend über hatte ich Spaß gehabt und das alles verdrängt, doch jetzt konnte ich davor nicht mehr fliehen. Es brach über mir ein.

»Hey, alles in Ordnung?« Austin stupste mich von der Seite an, doch ich schaute nur stumm auf meine Hände und fühlte mich nach Beckhaven zurückkatapultiert. Was, wenn es doch Kyle gewesen war? Schnell schob ich den Gedanken beiseite, doch was zurückblieb, war ein mulmiges Gefühl, das mich nicht mehr losließ.

»Ich … Ja, alles bestens, ich bin nur müde«, entgegnete ich leise.

Er stellte keine weiteren Fragen, sondern akzeptierte, dass ich jetzt nicht reden wollte.

Auch auf dem kurzen Fußweg zu meiner Wohnung sprachen wir kein Wort, bis wir vor meinem Wohnhaus stehen blieben. Keine Menschenseele weit und breit. Nur ein paar Straßenlaternen und Lichter, die in den Fenstern brannten. Sonst alles dunkel und still. Ich verharrte vor der kurzen Steintreppe, die zu meiner Haustür hinaufführte. Ich wollte jetzt nicht alleine sein, aber auch nicht darüber sprechen, was mich beschäftigte.

Austin räusperte sich und ließ sich auf einer der Stufen nieder, dann bedeutete er mir mit einem Nicken, dass ich mich zu ihm setzen sollte.

Langsam ließ ich mich neben ihn sinken, und während er mich besorgt musterte, konnte ich ihm nicht mal in die Augen sehen. Starrte nur auf meine Hände, die an der Schnalle meiner Tasche herumspielten, und versuchte, ruhig zu atmen.

»Sagst du mir, was los ist?«

Ich schwieg.

»Du hast die letzten fünfzehn Minuten keinen Ton von dir gegeben.«

Ich schwieg.

»Ich will dir doch nur helfen.« Austin fuhr sich mit der Hand übers Gesicht und atmete aus. »Wenn du mir nicht sagst, was mit dir ist, drehe ich noch durch.«

Langsam wanderte mein Blick von meinen Händen weg und zu ihm. In sein Gesicht. Wir schauten einander direkt in die Augen. Gänsehaut kribbelte auf meiner Haut. Ich erkannte etwas Warmes in seinem Blick, einen Funken Hoffnung.

»Ich will nicht darüber sprechen.« Hilfesuchend schaute ich ihn an, obwohl ich wusste, dass er mir nicht helfen konnte. Niemand konnte das.

»Du kannst mir alles sagen. Egal um was es geht, ich bin für dich da.« Er nahm meine kalte Hand in seine. Warm und weich.

Ich spürte Tränen, die sich ihren Weg an die Oberfläche bahnten, aber ich blinzelte sie zurück. Ich würde nicht weinen. Nicht jetzt. Nicht hier. Und vor allem nicht vor ihm. Dass er meine Hand hielt, fühlte sich gut an, liebevoll und vertraut, doch vor dieser Nähe hatte ich die meiste Angst.

»Können wir einfach noch ein bisschen hier sitzen bleiben?« Meine Stimme brach.

»Natürlich können wir das«, sagte er und lächelte mich verständnisvoll an. Ein ernster Ausdruck trat auf seine markanten Züge. »Aber lass mich dich etwas fragen, in Ordnung?«

Ich nickte leicht.

»Hat es etwas mit unserem Kuss zu tun?« Er starrte mich an. »Wir haben nie darüber gesprochen. Ich mache mir ein wenig Sorgen, dass du dich vielleicht bedrängt gefühlt hast.«

Mein Herz raste, und ich versteifte mich. Einerseits wollte ich mit ihm über alles sprechen, andererseits konnte ich es nicht. Es ging einfach nicht.

Austin schaute mich immer noch an, teils fragend, teils besorgt, doch ich fand keine Worte. Stattdessen schüttelte ich nur den Kopf und kämpfte gegen die Tränen an. Der ganze Tag hatte mir zugesetzt. Erst Kyles Doppelgänger, dann Jules' Kuppel-Andeutungen und jetzt noch Austins Frage nach dem Kuss. Das war zu viel. Ich wusste nicht, wohin mit meinen Gedanken und Gefühlen.

Austin presste die Lippen aufeinander. Er wartete immer noch darauf, dass ich etwas sagte.

»Du hast nichts falsch gemacht. Ganz im Gegenteil. Aber ich kann noch nicht darüber sprechen«, flüsterte ich schließlich und hoffte, dass er es verstand.

Alles, was ich wollte, war hier zu sitzen und zu schweigen. Seine Anwesenheit machte alles ein bisschen besser.

Austin schaute mich nachdenklich an, und ich konnte den Schmerz in seinen Augen erkennen, die Sorge, aber auch das Mitgefühl.

Wir saßen noch eine Weile da, und keiner sagte etwas. Nach ein paar Minuten räusperte er sich, hielt dabei immer noch meine Hand in seiner. Umschloss sie mit seinen warmen Fingern.

Dann flüsterte er: »Soll ich mit dir nach oben kommen?«

KAPITEL 20

Sonnenstrahlen bahnten sich ihren Weg durch die Laubbäume vor meinem Fenster hinein in meine Wohnung. Ich blinzelte, versuchte, die Augen zu öffnen, doch meine Lider fühlten sich so schwer an, dass sie direkt wieder zufielen. Wenige Minuten später startete ich einen zweiten Versuch – und scheiterte erneut kläglich.

Ich hatte bestenfalls zwei oder drei Stunden geschlafen, mich den Rest der Nacht nur herumgewälzt, und das machte sich jetzt bemerkbar. Ich fühlte mich wie von tausend Lastwagen überrollt. Besser konnte ein Morgen nicht starten. Mühsam drehte ich mich auf die Seite und tastete mit geschlossenen Augen nach meinem Handy. Irgendwo neben mir auf der Matratze musste es doch liegen. Nachdem ich es endlich unter meinem Kissen gefunden hatte, betätigte ich eine der seitlichen Tasten, um die Uhrzeit zu sehen. Das beleuchtete Display verriet mir, dass es kurz nach neun war und ich in den letzten Stunden einiges verpasst hatte. Seit ich mich gestern Abend in mein Bett gelegt hatte, hatte ich es nicht mehr angerührt. Anrufe meiner Eltern, die ich weiterhin gekonnt mied, Push-Benachrichtigungen irgendwelcher Onlineshops und einer

App, die mich daran erinnerte, dass eine neue Folge *This Is Us* auf mich wartete.

Ich scrollte herunter und entdeckte zwei Nachrichten von Olivia, die ich mit zusammengekniffenen Augen öffnete.

Hey, alles gut bei dir?

Und kurz darauf: Meld dich mal, hab Angst, dass Austin dich verschleppt hat, haha

Oh nein. Im nächsten Augenblick brachen die Geschehnisse des letzten Tages über mich herein, und ich legte mir den Unterarm über die Augen. Nein, nein, nein.

Gequält schaute ich, wer mir die anderen Nachrichten geschickt hatte.

Austin.

Bin für dich da, wenn was ist. Ruf mich an, falls du mich brauchst. Ich meine es ernst.

Mit jeder Sekunde, die verging, erinnerte ich mich an weitere Dinge. Der Typ gestern Morgen, der Kyle zum Verwechseln ähnlich gesehen hatte. Der Abend mit Olivias Clique. Sushi. Austin. Jules und ihr zukünftiges Hochzeitskleid. Ihre Idee, mich zu verkuppeln. Austin, der mit mir nach Hause gefahren war und mich auf den Kuss angesprochen hatte. Sein Angebot, bei mir zu bleiben.

Arghh.

Meine Gedanken überschlugen sich, und ein leichter Schweißfilm bildete sich auf meiner Stirn. In meinem Magen tanzten gefühlt fünfhundert Elefanten Polka. Langsam rieb ich mir über die Stirn und warf mein Handy auf die Matratze. Dann gab ich ein gequältes Knurren von mir und drehte mich auf den Bauch, um mein Gesicht ins Kopfkissen zu drücken.

Olivia und Austin warteten auf ein Lebenszeichen von mir, aber bevor ich den beiden antworten konnte, musste ich erst richtig wach werden. Nicht nur körperlich, sondern auch mental.

Wie in Zeitlupe hob ich den Kopf aus dem Kissen und drehte mich auf die Seite. Der gestrige Tag war verrückt gewesen. Mehr als das. Er war seltsam und schön und zugleich ziemlich furchteinflößend gewesen. Als Austin mich gefragt hatte, ob er mit hochkommen solle, hatte ich zuerst keinen Ton herausbekommen, so hin- und hergerissen war ich gewesen.

Lass mich für dich da sein.

Seine Worte waren durch die Risse in der Mauer um mein Herz gedrungen. Wie ein Pfeil, der sein Ziel getroffen hatte. Für einen kurzen Moment war ich versucht gewesen, Ja zu sagen. Mich darauf einzulassen, auf seine Nähe, die mir vielleicht dabei helfen konnte, den Abend zu überstehen. Nicht durchzudrehen und unter heißen Tränen einzuschlafen.

Lass nicht zu, dass deine Angst die Kontrolle übernimmt. Lass ihn für dich da sein. Austin ist nicht Kyle. Du willst ihn bei dir haben.

Doch alles, was ich herausbekommen hatte, war ein »Danke, aber ich schaffe das schon«. Die Angst, ihn mit nach oben zu nehmen, war größer gewesen als die Furcht davor, allein zu sein.

In Austins Blick hatte Sorge gelegen. Er war nicht sauer gewesen, weil ich ihm einen Korb gegeben hatte. Im Gegenteil. Mir nicht helfen zu können, schien ihn zu belasten.

Nachdem er noch einmal betont hatte, dass ich ihn jederzeit anrufen könne, war ich mit schweren, puddingartigen Beinen die Stufen zur Haustür hinaufgestiegen.

Austin war erst gegangen, als ich die schwere Eingangstür hinter mir verschlossen hatte.

Stundenlang hatte ich danach in meinem Bett gelegen und mich hin und her gewälzt. Mich zu- und wieder aufgedeckt. Gegen die Tränen angekämpft und schlussendlich akzeptiert, dass ich sie nicht aufhalten konnte. Mein Kissen umgedreht, weil es nass geweint war, und gehofft, dass die Sonne bald aufging und ich in einen neuen Tag starten konnte.

Ich hätte ihm vertrauen sollen.

Irgendwann war mir klar geworden, wie dumm ich war. Weil ich Austin in eine Schublade steckte, in die er mit ziemlich großer Wahrscheinlichkeit gar nicht gehörte. Weil er für mich da sein wollte und ich ihn immer wieder abwies. Und weil ich ihn in dieser Nacht bei mir haben wollte.

Mit schmerzendem Rücken drehte ich mich auf die andere Seite. Als ich die Augen flatternd öffnete, lag mein schwarzes Smartphone direkt vor meiner Nase. Die Sonnenstrahlen, die durch mein Fenster fielen, reflektierten auf dem Display und leuchteten mir ins Gesicht.

Ich gab mir einen Ruck. Es war an der Zeit, den Tag in Angriff zu nehmen. Ich schälte die rechte Hand aus der warmen weißen Decke, die ich wie einen Kokon um mich geschlungen hatte, und griff nach meinem Handy, um Olivia zu antworten.

Bin gut zu Hause angekommen, danke. Freue mich schon auf unseren nächsten Abend!

Auch wenn ich gerne über alles mit Olivia geredet hätte, war jetzt einfach nicht der richtige Zeitpunkt dafür. Irgendwann würde ich das schon noch tun, immerhin waren wir mittlerweile zu guten Freundinnen geworden. Schnell schloss ich das Nachrichtenfenster und öffnete Austins Verlauf.

Bin für dich da, wenn was ist. Ruf mich an, falls du mich brauchst. Ich meine es ernst.

Ich überlegte kurz und tippte dann drauflos, überflog den Text noch einmal und sendete ihn.

Danke. Ich weiß das zu schätzen. Wirklich.

Ich sperrte mein Handy und warf es wieder auf die Matratze, dann richtete ich mich auf und schlug die Decke zurück. Doch noch bevor ich einen Fuß auf den Boden stellen konnte, ertönte der Nachrichtenton.

Ich riss den Kopf herum und linste auf das Display. Austin hatte mir zurückgeschrieben.

Du musst nur ein Wort sagen, und ich bin sofort bei dir. Wie geht's dir jetzt?

Mein Herz pochte schneller. Ich schnappte mir mein Handy und machte mich auf den Weg ins Badezimmer.

Besser. Wird schon. Und wie geht's dir? Danke für gestern.

Nachdem ich im Bad fertig war, trottete ich zum Kühlschrank, um mir mein Frühstück zuzubereiten. Gerade, als ich die kleingeschnittene Banane in die Schüssel mit dem Joghurt füllte, meldete sich Austin zurück.

Gut! Hab ich gerne gemacht. Sehen wir uns diese Woche noch mal? Wir wollten doch die Kostüme im Fundus der Tanzschule durchsehen. Morgen gegen fünf?:)

Ich überlegte kurz, dann tippte ich meine Antwort.

Klar, gerne!:)

Morgen würde ich ihn sehen, und bis dahin hatte ich noch ein wenig Zeit, um über uns nachzudenken.

Gegen Mittag hatte ich eine neue Lektion eines Onlinekurses von Marc Jacobs absolviert, den mir meine Eltern zum Abschied geschenkt hatten. Doch ich war unkonzentriert gewesen, da meine Gedanken ständig um Austin kreisten. So konnte es nicht weitergehen, ich musste mich dringend ablenken.

Schnell schnappte ich mir meinen Block, Stifte und eine kleine Decke, verstaute alles in meiner Tasche und machte mich auf in Richtung Prospect Park. Dort angekommen, lief ich am John F. Kennedy Memorial und der Bailey Fountain vorbei hinein in den Park, um mir die Beine zu vertreten, bevor ich mich meinen Entwürfen widmete. Die Bäume schimmerten golden im herbstlichen Sonnenlicht. Auf einer großen Wiese spielten einige Leute mit ihren Hunden oder saßen auf Decken und lasen Bücher, andere unterhielten sich bei einem Spaziergang mit Freunden. Ein leichter Wind brauste durch meine offenen Haare, aber aufgrund der Sonne war es draußen angenehm. Nach ein paar Minuten suchte ich mir einen Platz auf der Wiese, breitete meine Decke aus und ließ mich darauf fallen.

Hier schien die Zeit stillzustehen. Fernab der städtischen Hektik konnte man an diesem Ort abschalten und die Seele baumeln lassen – oder in meinem Fall: sich in die Arbeit stürzen. Ich packte meine Stifte aus, schlug den Block auf und machte mich ans Werk. Mein Bleistift flog geradezu über das Papier, und ich musste ein wenig grinsen. Es machte so viel Spaß, meiner Kreativität freien Lauf zu lassen und Kleider zu skizzieren, die irgendwann womöglich Leute tragen würden.

Da ich mir keinen genauen Plan gemacht hatte, was für eine Art Design ich in Angriff nehmen wollte, realisierte ich erst, was ich auf meinen Block gebracht hatte, als ich nach einer Stunde den Stift sinken ließ.

Nachdem Austin und ich uns über meinen Job in der Tanzschule unterhalten hatten, hatte er mir eine Liste mit Show-Konzepten geschickt, die bald anstanden. Darunter auch das Thema »Disney« für eine der Jazz-Gruppen.

Ich atmete laut aus und blinzelte ein paarmal. Das

Kleid, das ich gezeichnet hatte, war hellblau und erinnerte stark an das Kleid, das Cinderella auf dem Ball des Prinzen trug. Viel dezenter und mit weniger Tüll, aber definitiv davon inspiriert, auch wenn ich das gar nicht beabsichtigt hatte. Es war mir regelrecht aus den Fingern geflossen, und jetzt hatte ich den Salat – oder besser gesagt: das Kleid. Das musste ich Austin und der Trainerin zeigen; hoffentlich waren sie davon genauso begeistert wie ich.

Ein stolzes Grinsen legte sich auf mein Gesicht, und ich beobachtete noch eine Weile das bunte Treiben um mich herum, bis ich schlussendlich meine Sachen zusammenpackte. Auf dem Heimweg machte ich noch einen Abstecher zum Supermarkt meines Vertrauens, um mich mit Snacks für den Abend einzudecken: Gurken, Paprika und Karotten, gepaart mit Käsestangen und meinen Lieblings-M&M's in Crunchy Caramel. Die gleichen, die es in der Tanzschule zu naschen gab. Eine ausgewogene Ernährung war definitiv ein wichtiger Teil meines Vor-Studentenlebens, nur so konnte ich einen gemütlichen Abend richtig zelebrieren. Ich freute mich jetzt schon auf mein Date mit den Pearsons. Die neue Episode *This Is Us* wartete nämlich immer noch auf mich. Außerdem wollte ich unbedingt ein paar weitere Lektionen des Marc-Jacobs-Onlinekurses absolvieren.

Den Block mit meiner Skizze fest unter den Arm geklemmt, nahm ich die letzten Meter bis zu meinem Wohnhaus in Angriff – ein Zwischenfall wie der mit Austin und den verdreckten Entwürfen durfte mir auf keinen Fall noch einmal passieren. Auch wenn er dadurch einen bleibenden Eindruck bei mir hinterlassen hatte.

KAPITEL 21

»Du solltest aufpassen: Wir sind ganz alleine, und es ist schon öfter passiert, dass Leute hier nicht mehr rausgekommen sind. Für immer verschwunden, besagt die Legende«, flüsterte Austin, während wir die Stufen im hallenden Treppenhaus hinunterliefen. An den Wänden rechts und links hingen alle paar Meter ein paar Leuchten, von denen aber einige nicht mehr funktionierten und andere flackerten.

»Klar, gleich springt sicher Damon Salvatore aus einer Ecke und fletscht seine Vampirzähne.« Da ich hinter Austin ging, sah ich nur seine hellbraunen Haare, aber ich hätte schwören können, dass er den Mund zu einem Lächeln verzog.

Wir steuerten auf einen düsteren Flur zu, der mindestens acht Meter lang war, dafür aber sehr schmal. Insgesamt gingen davon drei Türen ab. Auf der ersten prangte das Wort *Lager*, auf der nächsten stand *Technik*, und dann war da noch die letzte, auf die Austin jetzt zuging. Überraschenderweise verspürte ich kaum Angst, mit ihm hier unten im Dunkeln allein zu sein. Ich fing an, ihm zu vertrauen. Und nicht nur das, ich fühlte mich bei ihm immer sicherer.

Staub stieg mir in die Nase, und ich musste ein Niesen unterdrücken, während er sich mit seinem Schlüsselbund an der Tür zu schaffen machte. Nach ein paar Sekunden polterte es, und die weiße Tür, von der bereits der Lack abblätterte, öffnete sich quietschend. Was für ein Kontrast zum modernen Tanzstudio, das nur ein Stockwerk über uns lag.

Austin trat in den Raum, doch bevor ihn die Dunkelheit darin verschlucken konnte, betätigte er einen Lichtschalter, und nach und nach erhellte sich das Lager.

Ich folgte Austin und sah mich neugierig um.

Ach du heilige Scheiße!

Zig Kleiderstangen reihten sich an mehrere deckenhohe Metallregale. Der Raum platzte vor Kostümen und Show-Outfits beinahe aus allen Nähten. An einer Stange hingen paillettenbestickte Oberteile, die in allen Farben des Regenbogens um die Wette funkelten. Pluderhosen mit Ketten und kurze, knallbunte Tops reihten sich an der Stange daneben aneinander.

»Gefällt's dir hier?«, fragte mich Austin schmunzelnd. »Dein Gesichtsausdruck spricht Bände.«

Sofort bemerkte ich, dass sich ein breites Grinsen auf meine Lippen gelegt hatte. Mir entfuhr ein Lachen. Hier würde ich wirklich am liebsten verschwinden und nicht mehr auftauchen; es war das reinste Paradies für einen Modejunkie wie mich.

»Es ist so cool! Und riesig! Und atemberaubend schön!«

»Ja, das sagen viele über mich«, versuchte er mit ernstem Gesichtsausdruck zu sagen, scheiterte jedoch kläglich. Seine Mundwinkel zuckten wie wild um die Wette.

Was für ein Scherzkeks. Ich verdrehte lachend die

Augen und wandte mich schnell ab, um meine geröteten Wangen vor ihm zu verbergen.

»Ein kleines bisschen cool bist du vielleicht«, sagte ich und lief ein paar Schritte voraus. »Aber *damit* kannst du es leider nicht aufnehmen, tut mir leid.« Ich zeigte mit dem Finger auf eine Kleiderstange, an der schwarze Mäntel aus verschiedenen Materialien hingen.

»Tut es dir gar nicht. Lüg doch nicht so dreckig, ich hab' dich direkt durchschaut, als ich dich das erste Mal gesehen habe!« Er war neben mich getreten und funkelte mich herausfordernd an. Dabei verschränkte er die Arme vor der Brust, und sein weißes Longsleeve spannte sich um seine Bizepse.

»Du meinst, als du mich über den Haufen gerannt hast und dann einfach abgehauen bist?« Meine Augenbrauen schossen nach oben, und ich legte den Kopf schief.

»Reine Notwehr. Mir war damals schon klar, dass das mit dir keine leichte Sache werden würde«, erklärte er und zuckte mit den Schultern.

»Was soll das denn heißen?«, fragte ich gespielt entrüstet und trat in eine der Gassen zwischen mehreren Kleiderständern. Mit den Fingern fuhr ich über die verschiedenen Bügel, auf denen sich Lederjacken befanden. Viele schwarze, aber auch weiße und beige und einige in knalligeren Farben wie Feuerrot oder Meerblau. Es roch leicht modrig, und ich fragte mich, wie lange sie wohl nicht mehr getragen worden waren.

Austin zögerte, dann lief er nicht in meinen, sondern in einen Gang daneben. Durch Lederjacken und Federboas hindurch konnte ich seine hellbraunen Locken erkennen, die dazu einluden, sie durcheinanderzubringen.

»Na, dass du es mir nicht leicht machst. Das ist alles.« Austins Stimme tönte gedämpft durch die Kleidung, die zwischen uns hing. Ich hörte, wie er mit ein paar Kleiderbügeln über die Metallstange neben mir quietschte.

Ich machte es ihm nicht leicht … Irgendwie hatte er damit ja recht. Ich kaute auf meiner Unterlippe herum und überlegte. Vielleicht ließ ich den Kommentar vorerst im Raum stehen, ich wollte jetzt nicht darüber sprechen.

Langsam näherte ich mich dem Ende der Gasse. Die Lederjacken waren von Abendkleidern in allen erdenklichen Farben abgelöst worden. Ich strich über die Stoffe, über Samt, aber auch über Tüll – sehr viel Tüll –, bis die Stange endete und ich Austin gegenüberstand. Als ich scharf die Luft einsog, umspielte sein Duft, der mich immer wieder an Sommerabende am Strand erinnerte, meine Nase. Die Tatsache, dass er gerade mal einen Meter von mir entfernt stand und mich mit seinen dunkelgrünen Augen warm ansah, ließ mir die Hitze in die Wangen steigen. Jedes Mal, wenn wir Blickkontakt hielten, breitete sich ein wohliges Gefühl in meinem Magen aus.

»Sollen wir uns noch die Kostüme weiter hinten ansehen?«, fragte er und zeigte mit dem Daumen über seine Schulter.

Ich nickte und folgte ihm, als er sich umdrehte und weiterlief. Mein Blick flog über die Kleidungsstücke, die wir passierten, und ich kam aus dem Staunen nicht heraus. So viel Inspiration auf einen Schlag! Ich musste öfter hierherkommen, das erinnerte mich ein bisschen an den Fundus in Beckhaven, in dem ich mir früher immer mit Beth und Tara Halloween-Kostüme ausgeliehen hatte. Die meisten Mädels hatten sich als Häschen, Krankenschwestern oder

Engel für Charlie verkleidet, aber wir hatten uns einen Spaß daraus gemacht, besonders witzig auszusehen. In einem Jahr entschieden wir uns für die Teenage Mutant Ninja Turtles und im Jahr darauf für Gemüsesorten. Tara war eine Karotte, Beth eine Tomate und ich Brokkoli. Bei dem Gedanken daran entfuhr mir ein Kichern, und ich schlug mir schnell die Hände vor den Mund.

Austin drehte sich zu mir um und musterte mich neugierig, doch mein Lachen hatte sich bereits wieder verabschiedet. Auch wenn wir schöne Zeiten gehabt hatten, konnte und wollte ich nicht vergessen, dass ich wegen ihnen durch die Hölle gegangen war. Ich nahm meine Hände vom Mund und ballte sie zu Fäusten, den Blick starr auf eines der Kostüme gerichtet.

»Hör nicht auf«, flüsterte Austin.

»Womit?« Entgeistert sah ich ihn an, hatte keine Ahnung, was er meinte.

»Na, zu lachen«, sagte er sanft. »Das steht dir gut.«

Ich lockerte meine Fäuste wieder und entspannte mich. Blinzelnd atmete ich aus und starrte ihn an, woraufhin er mich schief anlächelte. In meinem Unterleib zog sich etwas zusammen. Seine Hände steckten in den Taschen der engen schwarzen Jeans, und er hatte die Schultern ein wenig nach oben gezogen. Ohne dass ich es wollte, stahl sich ein leichtes Grinsen auf meine Lippen. Mir war absolut schleierhaft, wie Austin das machte, aber allein durch seine Anwesenheit fühlte ich mich gleich ein bisschen besser.

»Wo sind jetzt die Kostüme, die du mir zeigen wolltest?«, fragte ich ihn und spielte dabei am Anhänger meiner silbernen Kette herum.

»Gleich hier! Ich habe sogar eins im Kopf, das an dir bestimmt super aussehen würde.« Mit einem Nicken bedeutete er mir, ihm in einen der Gänge zu folgen.

Sofort sprang mir ein Rotkäppchen-Kostüm ins Auge, das neben einer menschengroßen Chilischote hing. Hier musste eindeutig mal jemand ein wenig Ordnung reinbringen. Und für was für eine Show benötigte man überhaupt ein Chilischoten-Kostüm?

Plötzlich blieb Austin stehen, nahm vor sich etwas von einer Stange und sagte: »Augen zu, Evans!«

Zögernd schloss ich die Augen und trat unruhig von einem Fuß auf den anderen. Ich spürte, wie er sich mir näherte. Er musste jetzt genau vor mir stehen, vielleicht einen halben Meter entfernt. Mit warmen Fingern strich er mir eine Strähne aus dem Gesicht und klemmte sie hinter mein Ohr. Meine Wangen wurden heiß, und wo er zart meine Haut berührte, begann sie zu kribbeln. Mein Herz schlug schneller. Ich öffnete leicht die Lippen, atmete zitternd aus, hatte keine Ahnung, was mich erwartete.

Was zur Hölle?

Ich spürte, wie Austin mir etwas auf den Kopf setzte und es unter meinem Kinn zusammenband. Meine Ohren waren bedeckt, und es fühlte sich warm und kratzig und zugleich an manchen Stellen flauschig an.

»Alles klar!«, sagte er schließlich zufrieden.

Ich öffnete vorsichtig die Augen.

Austin stand mir frech grinsend gegenüber und zückte sein Smartphone, um ein Foto von mir zu schießen.

»Hey, lass das!«, protestierte ich lachend und versuchte, ihm das Handy wegzunehmen.

Schnell streckte er den Arm nach oben.

Ich stützte mich an seinem harten Bauch ab und ging auf die Zehenspitzen, um dranzukommen, doch Austin lachte nur und legte seine freie Hand sanft an meine Taille. Nach ein paar Sekunden sah ich ein, dass ich keine Chance gegen ihn hatte, und ließ mich zurück auf die Fußsohlen sinken. Ich nahm meine Hand von seinem angespannten Bauch, und er trat einen Schritt nach hinten, löste seine Hand von meiner Taille. Einen Wimpernschlag später vermisste ich seine Berührungen schon wieder.

»Ich will das doch nur für die Nachwelt festhalten. Für unsere zukünftigen Kinder! Die sollen sehen, wie süß ihre Mutter früher aussah«, versuchte er, sich zu verteidigen.

»Unsere Kinder? Träum weiter«, entgegnete ich empört und funkelte ihn gespielt böse an, bis er mir sein Smartphone hinstreckte. Als ich danach griff, zog er es jedoch wieder weg und grinste.

»Nein, nein. So nicht! Du kannst dir das Foto ansehen, aber löschen darfst du es nicht«, erklärte er und runzelte die Stirn. »Also Finger weg, nur schauen, nicht anfassen.«

Knurrend verdrehte ich die Augen und nickte.

Als er mir das Foto vor die Nase hielt, fing ich unweigerlich an zu lachen. Austin hatte mir eine Art Löwen-Kappe aufgesetzt. Eine flauschige Mähne, große Kulleraugen und eine Schnauze mit Schnurrhaaren auf der Stirn rahmten mein Gesicht ein. Zugegebenermaßen sah es wirklich witzig aus, besonders die Bänder, die unter meinem Kinn geknotet waren, ließen mich so bedrohlich erscheinen wie ein Salsa tanzender Teddybär.

Austin erwiderte mein Lachen und packte sein Handy in die Hosentasche.

»Ich sehe gefährlich aus, nicht süß!«

Austin schnaubte. »Absolut. Ich bekomme richtig Angst vor dir und deiner zotteligen Mähne.«

Ich setzte die Kappe ab und gab sie Austin zurück. Während er sie wieder am Rest des Kostüms befestigte, fuhr ich mir schnell mit den Händen durch die Haare, um sicherzugehen, dass keine Strähnen abstanden oder ich zerzaust aussah. Doch das Lächeln auf meinen Lippen war wie festgewachsen, es verschwand einfach nicht mehr.

Nicht, als wir weiter durch die Gänge liefen und nach Kostümen schauten.

Nicht, als Austins und mein Arm sich beim Nebeneinanderherlaufen streiften.

Nicht, als wir nach zwei Stunden beschlossen, das Lager zu verlassen.

Wieder oben in der Tanzschule angekommen, holten wir unsere Rucksäcke, die wir vorher im Mitarbeiterraum abgelegt hatten. Ich setzte mich im Eingangsbereich auf eines der samtigen Sofas, während Austin uns noch etwas zu trinken besorgte. Rasch warf ich einen Blick auf die Uhr meines Handys. Es war kurz nach acht abends, und viele Kurse liefen bereits. Deswegen war auch am Check-in nicht viel los. Das Mädchen, das dort saß, kaute Kaugummi, während sie durch eine Zeitschrift blätterte.

Aus meinem türkisfarbenen Rucksack, der etwas größer als die Tasche war, die ich üblicherweise bei mir trug, holte ich meine Mappe mit den Skizzen hervor. Immerhin musste ich Austin noch das Cinderella-Kleid zeigen, das ich gezeichnet hatte und das sich perfekt für die Disney-Show eignete.

In diesem Moment kam Austin mit zwei Gläsern Wasser zurück, die er vor mir auf den Tisch stellte, bevor er sich ebenfalls auf das weiche Polster fallen ließ.

»Pass auf, ich muss dir was zeigen«, begann ich und strahlte ihn an. »Die Disney-Show steht ziemlich weit oben auf meiner To-do-Liste, und ich glaube, ich habe ein Kleid entworfen, das toll für die Haupttänzerin wäre. Du musst es dir unbedingt ansehen.« Ohne ihn aus den Augen zu lassen, gab ich ihm meine Zeichnung und wartete mit pochendem Herzen auf seine Reaktion.

Er legte den Kopf schief, musterte jedes Detail, bis er mich ansah und die Augenbrauen hob. »Das sieht wirklich richtig gut aus, Jade. Ich bin mir sicher, dass es der Trainerin gefallen wird.« Er verzog den Mund zu einem Lächeln. »Total krass, wie talentiert du bist.«

Ich erwiderte sein Lächeln und errötete. »Oh, danke! Ich freue mich auch schon total darauf, die Stoffe zu kaufen und das Kleid zu nähen. Am besten, ich treffe mich in den nächsten Wochen mit Dan und der Trainerin, um ihnen den Entwurf zu zeigen und alles abzusprechen. Dann kann ich mich bald ans Schneidern machen.«

»Na klar, ich schick dir ihre Nummern, aber ich glaube nicht, dass jemand was dagegen hat. Das sieht schon ziemlich perfekt aus, so wie es ist! Die werden begeistert sein.«

Ich verstaute die Zeichnung in meiner Mappe und lehnte mich zufrieden zurück. Was für ein erfolgreicher Tag! Die Tatsache, dass Austin das Kleid auf Anhieb gefiel, bestärkte mich darin, dass das, was ich tat, das Richtige war. In mir kribbelte es, und ich konnte nicht aufhören zu lächeln.

»So langsam muss ich mich auf den Weg machen«, sagte Austin mit einem Blick auf die Uhr seines Smartphones.

»Ja, ich auch«, entgegnete ich und schob meine Mappe zurück in den Rucksack. »Hast du Training?«

»Nein, ich hab noch was vor.« Er zog sich seine Jacke an und wandte den Blick ab. Mehr sagte er nicht.

Ich musterte ihn aufmerksam. Gab es da vielleicht doch ein Mädchen, das er jetzt besuchte? Ich war neugierig, gleichzeitig wollte ich es gar nicht so genau wissen.

»Was hast du denn vor?« Ich holte Luft und fügte dann ganz beiläufig hinzu: »Ein Date?«

Er riss den Kopf herum und sah mich mit hochgezogenen Augenbrauen an, bevor er ein amüsiertes Schnauben ausstieß. »Ist da etwa jemand eifersüchtig?«

Erwischt.

»Nein, hat mich nur interessiert«, wiegelte ich in bemüht neutralem Ton ab.

Austin zwinkerte mir kurz zu. »Keine Sorge, ich habe kein Date. Ich wollte nur zu einem Battle, an dem ein paar meiner Freunde und Schüler teilnehmen.«

»Ein Battle? Also ich meine … ich habe das schon mal in Tanzfilmen gesehen, aber ist das auch wirklich so?«

Er überlegte kurz. »Ja, so ähnlich. Viele Menschen, eine Jury, ein paar Tänzer, die gegeneinander freestylen, also zu irgendeinem zufälligen Song improvisieren, und eine ziemlich geniale Stimmung.«

Uh, das hörte sich interessant an! So interessant, dass es mich bestimmt zu vielen neuen Ideen inspirieren konnte. Außerdem würde ich weiter in die Tanzwelt abtauchen, sodass ich bei Olivia und den anderen noch besser mitreden konnte. Mittlerweile verstand ich mich mit Austin so gut, dass es ein spaßiger Abend werden konnte. Und zudem war es auch eine tolle Möglichkeit, etwas mit ihm zu unternehmen, da ich spürte, wie mir seine Gegenwart immer mehr gefiel.

Austin blickte mich ernst an und schüttelte den Kopf. »Kannst du knicken!«

Er hatte mich durchschaut.

»Warum denn? Ich hätte voll Lust auf so was«, entgegnete ich euphorisch und klatschte in die Hände.

»Nein, vergiss es.«

Was soll das denn bedeuten?

»Wieso nicht? Das wird bestimmt cool.«

»Das ist kein Ort für dich.«

»Ich glaube, ich bin alt genug, um das selber zu entscheiden. Komm schon, wenn du mir keinen guten Grund lieferst, fasse ich das als Zustimmung auf.«

Ich hatte keine Ahnung, was sein Problem war, aber die Tatsache, dass er mich nicht mitnehmen wollte, machte mich misstrauisch. Vielleicht gab es da doch eine andere …

Er atmete hörbar aus, fuhr sich mit einer Hand über das Gesicht und musterte mich.

Plötzlich hatte ich einen Geistesblitz, der ihn vielleicht überzeugen konnte. Einen Versuch war es zumindest wert. »Das würde mir sicher bei meinen Entwürfen helfen. Du willst doch auch, dass ich coole neue Ideen für den Merchandise und die Show-Outfits habe, oder nicht?«

Austin verdrehte die Augen und stieß ein ergebenes Seufzen aus. »Oh Mann, du kannst echt froh sein, dass ich dir nichts abschlagen kann.«

Damit war die Sache geritzt.

KAPITEL 22

Ein Industriegebiet in Red Hook, das gerade jetzt in der Dunkelheit ziemlich gruselig schien, tat sich vor uns auf. Zwanzig Minuten mit der U-Bahn, eine kurze Busfahrt und einen Fußmarsch zur Upper New York Bay hatten wir hinter uns. Nirgendwo war auch nur eine Menschenseele zu sehen – das perfekte Setting für einen Horrorfilm. Viele Fabriken und hohe Gebäude reihten sich aneinander, grau und weiß und karminrot gestrichen. Hier und da war ein erleuchtetes Fenster zu sehen, aber weit und breit keine Menschen. Auch wenn ich gruselige Filme mochte, vor allem die blutigen, wollte ich keine Rolle in einem spielen – aber hey, mit einem Tänzer an meiner Seite, der sicher jeden Mörder in Grund und Boden duellierte, war mein Überleben vermutlich gesichert.

»Wir sind hier schon richtig, oder?«, fragte ich Austin, als wir den Bürgersteig entlangliefen.

»Ja, ich bin schon ein paarmal hier gewesen, aber normalerweise reden wir nicht darüber, da das Ganze …« Er machte eine kurze Pause. »Eventuell nicht ganz so legal ist, wie man annehmen könnte.«

»Nicht so legal wie die Battles, zu denen ihr sonst geht?«, entgegnete ich neugierig.

»Nein, nicht ganz.« Austin lachte, dann zeigte er auf ein heruntergekommenes Haus, das direkt vor uns lag. »Da gehen wir jetzt rein.«

Es sah wie ein leer stehendes Fabrikgebäude aus, in dem länger niemand mehr gearbeitet hatte. Die Wände waren mit bunten Graffitis und Sprüchen beschmiert. Pflanzen hangelten sich entlang verschiedener Rohre aufwärts bis zu den Fenstern in den oberen Stockwerken. Die schmutzigen Ränder eines großen Rechtecks an der Fassade ließen darauf schließen, dass das Schild, auf dem der Firmenname gestanden hatte, entfernt worden, aber nie ein Nachfolger eingezogen war. Einladend konnte man das Gebäude definitiv nicht nennen, dafür weckte es meine Neugier.

Wir betraten das Grundstück und gingen über einen asphaltierten Weg zu einer gläsernen Eingangstür. Sie hatte einige große Kratzer und Sprünge, und es wunderte mich, dass sie im Laufe der Zeit nicht irgendwann eingeschlagen worden war. Mit Leichtigkeit zog Austin an einem der Türgriffe und bedeutete mir mit einer Geste, vor ihm einzutreten.

Vorsichtig betrat ich die Eingangshalle und sah mich um. Ich konnte keine Möbel oder sonstigen Gegenstände erkennen, bis auf einen Schirmständer, den die Arbeiter beim Auszug vergessen haben mussten. Alles wirkte sehr kahl, die einst weißen Wände waren von Flecken und Schrammen übersät, und es war kühler als draußen.

Ich zuckte zusammen. Der Boden vibrierte leicht, und ich hörte in der Stille dumpfe Beats. Mein Herz begann schneller zu schlagen. Ich drehte mich zu Austin, der neben mir stand und sich über die Bartstoppeln fuhr.

»Wir können auch gehen, wenn dir das zu gruselig ist«, sagte er. »Letzte Chance!«

»Niemals«, entgegnete ich mit fester Stimme und schüttelte überzeugt den Kopf.

»Okay, ich habe dich gewarnt. Hier lang.« Austin lief zügig auf die gegenüberliegende Seite des Eingangsbereichs zu, wo sich eine Treppe befand, die in das Untergeschoss führte.

Dunkelheit hüllte uns ein. Jetzt bekam ich doch ein mulmiges Gefühl. Der Keller der Tanzschule war zumindest noch ein wenig beleuchtet gewesen, aber das hier… erinnerte an Katakomben, in denen irgendwelche Vampire hausten. Wenn ich heute draufging, würde ich nie erfahren, wie *This Is Us* endete.

Notiz an mich: versuchen, die Sache zu überleben.

Austin stellte die Taschenlampe seines Handys an, und wir stiegen vorsichtig die gefliesten Stufen hinunter, aus denen zum Teil große Stücke herausgebrochen waren. Die gedämpfte Musik wurde mit jedem Schritt lauter, bis wir schließlich vor einer zerkratzten dunkelgrünen Aluminiumtür stehen blieben.

»Bist du bereit, oder sollen wir lieber doch umdrehen und uns in Sicherheit bringen?«, scherzte Austin und legte seine Hand an den Türgriff.

Ich nickte ihm grinsend zu, dann lehnte er sich gegen die Tür, betätigte den Griff und öffnete sie langsam. Auf einen Schlag wurde die Musik dröhnend laut, und die Beats nahmen uns voll und ganz ein.

Der Raum war riesig. So groß wie die Eingangshalle,

nur mit deutlich mehr Menschen und Licht. Scheinwerfer waren in allen Ecken auf Kisten oder auf dem Boden platziert und verwandelten den düsteren Raum in einen improvisierten Hip-Hop-Club. An der rechten Wand stand ein Typ auf ein paar Paletten und legte Musik auf, die aus großen Boxen durch den ganzen Raum dröhnte. Im ersten Moment wusste ich nicht, ob wir hier auf einem Battle oder nicht doch eher beim geheimen Abschiedskonzert von Lil Wayne gelandet waren. Völlig gebannt versuchte ich, alles in mich aufzusaugen.

Plötzlich nahm Austin meine Hand und zog mich in Richtung einer Gruppe Menschen. Aus Angst, ihn in der Menge zu verlieren, ließ ich es zu. Haut auf Haut. Seine Hand war weich und warm, und mein Körper begann zu kribbeln.

Der Großteil der Leute stand in der Mitte des Raumes und hatte den Blick auf etwas gerichtet, das ich aus der Entfernung nicht erkennen konnte. Andere tanzten außerhalb der Menge zusammen oder auch alleine geschmeidig zur Musik. Ein Mädchen mit langen feuerroten Haaren bewegte sich selbstvergessen zum Beat. Sie ließ es so leicht aussehen, dass ich mich ein wenig neidisch fragte, ob ich das irgendwann auch so können würde.

Austin zog mich sanft ein Stück weiter zu der großen Gruppe von Menschen, die alle beobachteten, was auf der Tanzfläche vor ihnen geschah. Wir quetschten uns zwischen ihnen hindurch und erreichten eine der vorderen Reihen – mit perfekter Sicht auf das Geschehen.

Wow!

Innerhalb weniger Sekunden realisierte ich, was hier gerade abging. Zwei Tänzer standen in der Mitte der

Fläche. Die Menschenmenge umringte sie und feuerte sie lautstark an, während die beiden tanzten, als würde es um ihr Leben gehen. Aus allen Richtungen hörte man »Go! Go! Go!«, Pfiffe und bestärkendes Geschrei. Auf den Gesichtern der meisten Umstehenden lag ein Grinsen; schlechte Laune schien es hier nicht zu geben, nur pure Freude. So wie es aussah, ging es hier mehr um Spaß als um irgendwelche Titel oder Rivalitäten. Gerade zeigte ein schmaler blonder Junge, der höchstens sechzehn sein konnte, beeindruckende Roboter-Moves. Er isolierte jedes Körperteil und bewegte sich passend zur Musik und wie maschinell gesteuert Schritt für Schritt nach vorne. Plötzlich sprang er auf den Boden und führte ein paar Breakdance-Moves vor, die halsbrecherisch aussahen. Er drehte sich auf dem Kopf, als wäre es nichts Besonderes, einfach mal so zwanzig Umdrehungen nacheinander zu machen. Das Mädchen ihm gegenüber schätzte ich auf das gleiche Alter. Sie hatte schulterlange, glatte schwarze Haare und einen Pony, der schweißnass an ihrer Stirn klebte. Zu einem engen Sport-BH mit Leopardenmuster trug sie eine weite schwarze Jogginghose. Sie hatte den Blick auf den Jungen gerichtet, grinste ihn an und nickte anerkennend, als er vom Boden aufstand.

Die Leute um ihn herum rasteten jetzt noch viel mehr aus, klatschten und schrien. Ein paar Meter weiter, aber noch im Battle-Kreis, saßen zwei Typen und eine Frau auf weißen Klappstühlen und beobachteten kritisch das Geschehen.

Bestimmt die Jury.

Gab es bei solchen Battles überhaupt eine Jury, oder entschied das Publikum, wer als Gewinner hervorging?

Ich begann unruhig auf der Stelle herumzuzappeln. Mich überkam jetzt auch das Bedürfnis, mich zu den dröhnenden Hip-Hop-Beats zu bewegen. Ich konnte nicht anders, als bis über beide Ohren zu grinsen. Das war unglaublich cool, und ich war mittendrin.

»Wahnsinn, oder?«, flüsterte mir Austin ins Ohr. Sein heißer Atem streifte meine Wange, und ich bekam am ganzen Körper eine Gänsehaut.

»Total!«, entgegnete ich und strahlte ihn an.

Wir beobachteten das Geschehen noch eine Weile, um herauszufinden, wer nach den drei Runden gewann. Immer wieder spielte der DJ andere Musik, sodass die Tänzer verschiedene Hip-Hop-Stile zum Besten geben konnten. Währenddessen wich mir Austin nicht von der Seite. Er stand so dicht hinter mir, dass meine Schulter seinen Brustkorb berührte. Ich spürte die Wärme, die von ihm ausging. Zu wissen, dass er da war, beruhigte mich. Ließ mein Herz schneller schlagen.

Als die Jury entschieden hatte, dass der blonde Junge gewonnen hatte, löste sich die Menge auf, und die Tänzer verteilten sich nach und nach im ganzen Raum.

»Komm, die nächste Runde geht erst in ein paar Minuten los«, raunte Austin mir ins Ohr, nahm meine Hand und zog mich behutsam mit sich.

Mein Herz klopfte bei seiner Berührung wie wild, und ich folgte ihm durch die vielen Menschen zu einem freien Platz auf der linken Seite des Raumes.

»Das ist so unfassbar cool!«, sagte ich, als wir zum Stehen kamen. »Danke, dass du mich mitgenommen hast!«

Austin lächelte mich schief an, und auf seiner Wange erschien das Grübchen, das ich so mochte. »Gerne! Auch wenn ich es immer noch nicht für die beste Idee halte. Auf solchen Battles geht es manchmal ganz schön wild zu.«

»Was meinst du?«

»Es kommt hin und wieder vor, dass die Polizei das Ganze crasht, und dann kann es heftiges Gedränge geben, was … na ja, echt übel werden kann.« Er schluckte. »Ich will einfach nicht, dass dir etwas passiert.«

Mein Herz machte einen Satz. Seine Worte wirkten aufrichtig, nicht dahingesagt oder so, als wollte er mich nur beeindrucken.

»Mir passiert schon nichts«, sagte ich und sah ihm tief in die Augen. Er hielt immer noch meine Hand, und es fühlte sich vollkommen natürlich an. Als ob wir nie etwas anderes getan hätten.

»Tanzt du auch manchmal bei solchen Battles mit?«

Sein Blick huschte durch den Raum, dann fixierte er mich und schmunzelte. »Nein, eher nicht. Früher mal, aber mittlerweile schaue ich lieber zu und supporte meine Freunde.«

»Die Kids eben waren megaheftig. Ist das überhaupt erlaubt? Ich habe mich wie bei einem illegalen Hahnenkampf gefühlt – nicht, dass ich jemals bei so was war.«

»Das Gebäude steht leer, deshalb finden hier ab und an solche Battles statt. Aber alles ganz geheim. Ich weiß auch gar nicht, ob sich jemand den Schlüssel beschafft hat oder ob ein paar Leute eingebrochen sind … Ich glaube, ich will es auch gar nicht wissen.«

»Hört sich verboten an«, sagte ich grinsend.

Austin legte den Kopf schief und grinste zurück. »Jade Evans, stehst du etwa auf verbotene Dinge?«

»Dazu sage ich ohne meinen Anwalt nichts«, gab ich schulterzuckend zurück.

Er drückte kurz meine Hand, dann verschränkte er ganz langsam unsere Finger miteinander.

Mit klopfendem Herzen starrte ich ihn an und musste schlucken, als er noch ein Stück näher kam. Mein ganzer Körper kribbelte. Austins Daumen fuhr in kreisenden Bewegungen über meinen Handrücken, während ich meine Ängste beiseiteschob und ebenfalls einen kleinen Schritt auf ihn zutrat. Der Blick in seine Augen entspannte mich und machte mich gleichzeitig nervös. Ein Gefühl, das nur Austin in mir auslöste. Ich wollte ihm noch näher sein. So nah wie bei unserem Kuss in seiner Wohnung. Nur noch wenige Zentimeter, die uns trennten. Ich vertraute ihm, irgendwie. Etwas an ihm beruhigte mich, und auf einmal wünschte ich mir nichts sehnlicher, als seine Lippen auf meinen zu spüren.

Austin hob seine andere Hand und legte sie sanft an meine Wange, woraufhin mein Herz nur noch schneller raste. Mein Blick huschte zu seinem Mund und wieder nach oben in seine Augen, die sich von Sekunde zu Sekunde verdunkelten, bis …

»Uff!« Ich hatte einen Stoß von hinten abbekommen und war gegen Austins Brust geprallt.

Sofort schlang er die Arme um mich, damit ich nicht fiel.

Blinzelnd richtete ich mich wieder auf und wandte den Blick über meine Schulter, um zu sehen, wer mich da gerade angerempelt hatte.

»Oh, sorry!« Das Mädchen, das eben noch auf der Fläche getanzt hatte, stand hinter mir und hob entschuldigend die Hände.

»Kein Problem«, entgegnete ich und lächelte sie an. Dann drehte ich mich wieder zu Austin und bemerkte, wie er sich versteifte. Er fixierte einen Punkt hinter dem Mädchen, und sein Gesichtsausdruck verfinsterte sich. So hatte ich ihn noch nie zuvor gesehen.

Misstrauisch folgte ich seinem Blick und erkannte, dass es kein Punkt war, den er anstarrte, sondern ein großer Typ mit drahtiger Statur, der mich an eine Mischung aus Michael B. Jordan und Jackson aus *Grey's Anatomy* erinnerte und zielstrebig auf uns zukam. Er blieb hinter dem Mädchen stehen und legte ihr eine Hand auf die Schulter. Seine Miene wirkte genauso angespannt wie Austins, gemischt mit einem Ausdruck von Überheblichkeit und Herablassung. Mit den braunen Augen und den schwarzen Haaren, die er auf ein paar Millimeter gekürzt hatte, wirkte er wie das komplette Gegenteil von Austin.

Ich blickte irritiert zwischen den beiden Männern hin und her. Austins Kiefer mahlte, und er durchlöcherte den anderen mit seinem Blick. Der Kerl, der seine Hand noch immer auf der Schulter des Mädchens hatte, strahlte kalte Arroganz aus. Blinzelnd stand ich da und traute mich nicht, auch nur einen Mucks von mir zu geben, stattdessen drückte ich Austins Hand. Ich wollte ihn beruhigen.

Er zuckte kurz zusammen, entspannte sich aber kein bisschen. »Was machst du hier?«, kam es eiskalt über seine Lippen.

»Was? Brauche ich etwa deine Erlaubnis?«, spuckte der Kerl mit der Lederjacke aus und lachte hämisch.

Das Mädchen wirkte etwas blass um die Nase. Sie schien genauso verwirrt wie ich. »Dax ist mein Trainer. Er ist hier, um mich zu unterstützen«, sagte sie.

Dax hieß der Kerl mit dem Mir-ist-alles-egal-Gesichtsausdruck also. Im Move District hatte ich ihn jedenfalls noch nie gesehen, auch wenn er und Austin sich offensichtlich kannten.

»Hätte nicht gedacht, dich noch mal auf so einem Event zu sehen.« Austin zog die Augenbrauen zusammen und umschloss meine Hand so fest, dass es fast schmerzte.

»So kann man sich täuschen.« Dax schnaubte verächtlich.

»Das sagt der Richtige.«

»Hast du ein Problem damit?«

Oh, oh, jetzt wurde es ungemütlich. In Filmen flogen kurz nach einer solchen Frage meist die Fäuste.

»Hey«, ich zog an Austins Hand, wollte, dass er mich ansah. »Ich glaube, das nächste Battle geht los, lass uns mal hingehen.«

»Genau, hör auf deine Freundin und verpiss dich. Das kannst du ja am besten.« Dax verschränkte die Arme vor der Brust und fuhr sich mit der Zunge über die vollen Lippen.

»Alter …« Austin schüttelte verächtlich den Kopf und machte einen Schritt auf ihn zu, doch ich packte seine Hand fester und zog daran.

Endlich ließ Austin zu, dass ich ihn von dem arroganten Typen wegbrachte, der uns hasserfüllt hinterherstarrte. Wir liefen zwischen ein paar Tänzern hindurch zur anderen Seite des Raumes, bis wir irgendwann stehen blieben und ich ihm ernst in die Augen schaute. Er war immer noch merklich angespannt und strahlte eine Kälte aus, die ich von ihm nicht kannte.

»Was war das? *Wer* war das?«

Er biss die Zähne fest aufeinander und atmete tief ein und aus. »Ich will nicht darüber sprechen.«

»Komm schon, ich möchte dir nur helfen ...«

»Du hilfst mir, indem du es dabei belässt und nicht weiter nachfragst, Jade.«

»Aber ...«

Er ließ mich nicht ausreden. »Ich habe auch ein Recht auf Geheimnisse, genau wie du.«

Wow. Bei seinen Worten blieb mir die Stimme weg. So fühlte er sich also, wenn ich ihn wieder und wieder vor den Kopf stieß.

Offensichtlich merkte er, dass er mit seinen Worten einen Nerv bei mir getroffen hatte, denn seine Züge wurden etwas weicher. »Ich habe früher viele Fehler gemacht.« Gequält verzog er das Gesicht und strich sich mit einer Hand darüber. »Ich will dich da einfach nicht mit reinziehen, deshalb ist es besser, wenn wir es dabei belassen.« Dann sah er zum Ausgang. »Ich bring dich jetzt nach Hause.«

Ich biss mir auf die Lippe. Auf einmal schien ein dicker Felsen auf meinem Brustkorb zu liegen und sich nicht von der Stelle zu rühren. Er hatte Fehler gemacht. Jeder machte die. Aber was war so schlimm, dass er nicht darüber sprechen konnte?

Ohne meine Hand zu nehmen, wandte er sich in Richtung Ausgang und bedeutete mir mit einem Nicken, ihm zu folgen.

Schweigend stiegen wir die Treppe hinauf und durchquerten die Eingangshalle, bis wir schließlich wieder auf der Straße standen. Die ganze Wärme der letzten Stunden war gewichen, und nun herrschte eine Kühle zwischen uns, die mich erschaudern ließ. Hatte ich mich in ihm getäuscht? War er doch nicht so ein anständiger Kerl, wie ich angenommen hatte? Was steckte hinter Dax und der Feindseligkeit zwischen den beiden?

Mein Kopf brummte vor lauter Fragen, und ich fühlte mich allein, obwohl Austin an meiner Seite war. Aber war er es wirklich?

Ich musterte ihn, während wir in der U-Bahn saßen und nach Brooklyn fuhren. Alle Unbeschwertheit schien sich auf einmal hinter seine gerunzelte Stirn zurückgezogen zu haben und zeigte sich auch dann nicht wieder, als wir uns vor meiner Tür mit einer kurzen Umarmung verabschiedeten.

KAPITEL 23

Der vergangene Abend hatte ein wirklich merkwürdiges Ende genommen. Vielleicht konnte ich Austin heute auf der Halloween-Party in der Tanzschule noch mal fragen, was dahintersteckte? Während mein Kopf mir sagte, dass ich mit meiner anfänglichen Skepsis Austin gegenüber doch richtiggelegen hatte, war da auch noch mein Herz, das raste, wenn ich nur an ihn dachte – und die Tatsache, dass er die ganzen letzten Wochen, bis zum gestrigen Abend, ausnahmslos liebevoll und ehrlich auf mich gewirkt hatte. Die Frage war nur, ob ich mich auf meinen Kopf oder doch lieber auf mein Herz verlassen sollte.

Um mich abzulenken, beschloss ich, heute tagsüber meine Zeit in meine Designs zu stecken und nach Monaten mal wieder meine Nähmaschine aus der Kiste zu holen, die ich seit meinem Umzug nicht angerührt hatte. Die letzten Wochen hatte ich mich nicht getraut, da mir allein die Arbeit an meinen Entwürfen schon so schwergefallen war. Vermutlich hätte ich mir in meiner Verzweiflung dann noch einen Finger an ein Kleid genäht. Solch einem Blutbad wollte ich definitiv aus dem Weg gehen. Jetzt fühlte ich mich aber wieder bereit. In der letzten Zeit hatte ich einige neue Kleidungsstücke zu Papier gebracht, die ich unbedingt für mich schneidern wollte. Das Cinderella-Kleid lag noch auf Eis, bis ich das Go der Trainerin hatte.

Zuerst wollte ich mich an eine Jeansjacke mit weiten Ärmeln wagen, die am Bund eng anliegen sollten. Sie hatte einen geraden Schnitt, und ich wollte sie etwas größer anfertigen, da ich es mochte, wenn meine Sachen locker saßen. Gestern hatte ich mich schon auf den Weg zu einem Stoffladen in Williamsburg gemacht und mir ein paar Meter hellblauen Jeansstoff gesichert. Mit den Fingern über die verschiedenen Stoffe zu fahren, hatte ich bereits als Kind geliebt. Der Unterschied zwischen Seide und Taft, Chiffon und Spitze entfachte in mir jedes Mal aufs Neue pure Begeisterung. Nachdem ich meinen Schreibtisch, der aussah wie nach einer Bombenexplosion, zumindest in ein organisiertes Chaos verwandelt hatte, ließ ich mir einen Kaffee aus der Maschine. Willy, meine Nähmaschine, die ihren Namen ganz klar von Willy Wonka hatte (denn für mich war ein Stoffladen so was Ähnliches wie eine Schokoladenfabrik), hatte ich bereits aus ihrem Koffer genommen und auf dem Tisch platziert. Ich spannte den Faden ein und fing an, die Stoffe zuzuschneiden. Meine Schere schnitt sorgfältig durch den robusten Stoff, und ich konzentrierte mich darauf, die Linien einzuhalten, die ich kurz zuvor mit Schneiderkreide aufgezeichnet hatte.

Nach einer halben Stunde war ich so weit, die verschiedenen Stoffteile mit Willy zusammenzunähen, und schon als ich das erste Rattern der Nähmaschine hörte, zerrte ein Grinsen an meinen Mundwinkeln. Während sich manche Menschen freuten, wenn der Motor ihres ultraschicken Autos aufheulte, konnte man mich mit dem Sound meiner Nähmaschine glücklich machen. Günstiger als ein Ferrari war das allemal.

Nachdem ich ein paar Stunden gearbeitet hatte, fehlten nur noch kleine Details, und ich entschied mich, eine Pause einzulegen. Mit meinem Laptop und einer riesigen Portion Nudeln mit Tomatensoße setzte ich mich auf mein Bett und schaltete eine Episode *Project Runway* ein.

Heidi Klum und Tim Gunn tauschten sich gerade über die verschiedenen Designer aus, als aus den Lautsprechern meines Bildschirms ein klingelndes Geräusch ertönte. Vor lauter Schreck fiel mir meine Gabel aus der Hand, und ich konnte sie gerade noch im Flug fangen, bevor sie mein Bett vollsaute.

Das klingelnde Geräusch war die Benachrichtigung, dass meine Mom mich über Skype anrief. Ich hatte vergessen, mich auszuloggen, als ich die Episode eingeschaltet hatte. Wenn ich wieder nicht dranging, würden meine Eltern morgen vermutlich höchstpersönlich auf der Matte stehen, um zu sehen, ob ich noch lebte.

Ich stellte den Nudelteller auf den Boden, wischte mir mit der Hand über den Mund und pausierte die Episode. Bevor ich Skype öffnete, um den Videoanruf entgegenzunehmen, atmete ich einmal tief durch.

Mom saß vor der Webcam und starrte neugierig auf den Bildschirm. Ihr dunkelblondes halblanges Haar hatte sie zu einem Pferdeschwanz zusammengebunden. Ihr pinkes Tanktop verriet, dass sie gerade Sport getrieben hatte. Fitness war ihr liebstes Hobby; schon als ich ein Kind war, hatte sie versucht, mich zu motivieren, bei ihren Work-outs mitzumachen – mit mäßigem Erfolg. Stumpfe Kraftübungen waren einfach nicht mein Ding.

Ich lächelte in die Kamera. »Hey, Mom.«

»Hi, Schatz, wie geht es dir?«, fragte sie überschwänglich. »Ich bin gerade mit meinem Home-Work-out fertig geworden, da habe ich gesehen, dass du online bist… Wir haben uns schon so lange nicht mehr gesprochen. Was macht New York?«

»Mir geht's gut und euch? New York läuft super.« Ich machte eine kleine Pause. »Erinnerst du dich an die Tanzschule, von der ich dir erzählt habe?«

»Ja, natürlich. Du meintest, du nimmst ein paar Unterrichtsstunden?«

»Das auch, aber du wirst es nicht glauben…« Ich bekam vor Aufregung ganz heiße Wangen. »Ich kümmere mich dort ab jetzt um die Show-Outfits und die Merchandise-Klamotten.«

»Was? Das ist ja klasse!« Sie klatschte in die Hände. »Bestimmt macht sich das gut in deiner Bewerbungsmappe für die Uni. Ich wusste, dass meine Kleine das schafft!«

»Noch bin ich auf der Uni nicht angenommen, Mom…«

»Aber du bist auf einem guten Weg dorthin!«

»Ich glaube auch«, sagte ich und musste lächeln. »Wie geht's Dad?«

»Der verbringt wieder viel zu viel Zeit im Laden. Aber sonst geht es uns gut, Schatz.«

Meine Eltern besaßen ein gut gehendes Optikergeschäft in Beckhaven. Während meine Mom mittlerweile nur noch Teilzeit arbeitete und sich in ihrer freien Zeit ehrenamtlich engagierte, saß mein Dad an den meisten Tagen von morgens bis abends im Store und betreute die Kundschaft.

»Solange es ihm Spaß macht, ist doch alles in Ordnung«, sagte ich.

»Du hast recht, das stimmt wohl … Aber erzähl doch mal, was treibst du gerade so?«

»Ich habe heute wieder angefangen zu nähen«, sagte ich und warf einen Blick auf Willy. »Und das Ergebnis sieht bisher echt gut aus.«

»Wie toll, das freut mich für dich!«

»Danke. Ich bin auch echt froh darüber. In den letzten Wochen konnte ich viel neue Inspiration sammeln.«

»Ja, als du noch hier warst, lief es nicht mehr so gut, nicht wahr? Was hat sich geändert, woher kommt der neue Tatendrang? Du strahlst ja geradezu.«

Anscheinend war nicht zu übersehen, wie gut es mir ging. Zumindest in diesem Moment.

»Wahrscheinlich liegt es an den ganzen Tanzstunden, die ich in letzter Zeit genommen habe. Irgendwie hat das bei mir eine Blockade gelöst.« Dass es eventuell auch etwas mit einem ziemlich heißen Tänzer zu tun haben könnte, behielt ich lieber für mich.

»Das freut mich so sehr für dich!«

»Danke, Mom«, sagte ich ehrlich. »Ich muss jetzt aber so langsam Schluss machen. Ich will heute noch ein bisschen was schaffen und mich dann für die Halloween-Party umziehen, die heute Abend in der Tanzschule stattfindet.«

»Jetzt schon?« Ihr Lächeln schwand, und sie schob schmollend die Unterlippe vor. »Wie schade. Aber meld dich die Tage wieder, ja? Und komm uns bald besuchen, das Haus ist ohne dich so leer. Wie sieht's denn mit Thanksgiving aus?«

»Na klar, ich melde mich bald wieder. Thanksgiving … hmm … ich muss mal schauen, so viel zu tun.« Mir war klar, dass ich sie nicht ewig hinhalten konnte, aber ich hatte nicht geplant, so schnell wieder nach Beckhaven zu fahren, und mit ein bisschen Glück fiel mir bis zu unserem nächsten Telefonat eine passende Ausrede ein.

»Batman und Catwoman sind keine witzigen Kostüme, ihr seht viel zu gut für diese Party aus!« Olivia stand mit verschränkten Armen – na ja, zumindest soweit es ihr Kostüm zuließ – vor Jules und Vincent und starrte sie entrüstet an.

Olivia war auf die glorreiche Idee gekommen, dass wir mit zueinander passenden Kostümen auf der Halloween-Party der Tanzschule auftauchen sollten. Ich hatte gleich zugestimmt, doch als sie mir mit strahlenden Augen unsere Kostüme präsentiert hatte, war mir der Kiefer heruntergeklappt. Lange Rede, kurzer Sinn – jetzt standen wir hier in der Tanzschule, Olivia als überdimensionale Hand und ich als riesiger Fuß verkleidet. Selbstverständlich aufblasbar, denn alles andere wäre, laut Olivia, für Anfänger gewesen. Das Kostüm klebte auf meiner Haut, und auch wenn ich genug Platz darin hatte, um am Buffet ordentlich zuzuschlagen, war meine Bewegungsfreiheit deutlich eingeschränkt.

»Sorry, beim nächsten Mal gehen wir wieder als Avocado und Toast, in Ordnung?«, entgegnete Catwoman-Jules in ihrem hautengen schwarzen Latexkostüm, das an ihr wirklich heiß aussah.

Vincent, der neben ihr stand, hatte ich fast nicht erkannt. Die Batman-Maske verhüllte sein Gesicht, und außerdem war ich mir ziemlich sicher, dass er sich den Brustkorb ausgestopft hatte, um breiter zu wirken.

Die Halloween-Party war bereits in vollem Gange. Das gedimmte Licht flackerte, und beim Anblick der ganzen ausgehöhlten Kürbisse, Spinnennetze, Lichterketten, Skelette und schwebenden Kerzen, die den Eingangsbereich in ein Spukhaus verwandelten, fühlte ich mich in meine Teenie-Zeit zurückversetzt. Da war ich immer gerne auf solche Partys – überwiegend bei Tara – gegangen, und wir hatten viel Spaß gehabt. Schnell verdrängte ich den Gedanken. Ich war hier, um neue Erinnerungen zu schaffen. Mit meinen neuen Freunden.

»Wollen wir uns mal umsehen?«, schlug Brennan vor, der einen riesigen Magneten um seinen Nacken trug, an dessen beiden Enden Katzenköpfe baumelten.

»Was bist du eigentlich?«, fragte ich ihn neugierig, während wir uns einen Weg durch die Menge bahnten.

»Sieht man das nicht?« Er sah mich entrüstet an. »Ein Pussy-Magnet.«

»Passt ja super zu dir«, rief Sienna, die mit ihrem kugelrunden Oliven-Kostüm nicht durch die Tür in den ersten Tanzsaal passte und plötzlich stecken blieb.

»Warte, ich geh dir zur Hand«, sagte Olivia und lachte sich bei ihrem Wortspiel krumm und schief.

Ich stimmte in ihr Kichern ein, während wir versuchten, Sienna durch die Tür zu pressen.

»Aber das ist doch gerade die Ironie daran«, beharrte Brennan und verdrehte angesichts unserer Nachfragen übertrieben genervt die Augen.

Diese Party würde sicher witzig werden.

Im ersten Saal spielte gerade lautstark »Feels In My Body« von Icona Pop, zu dem neben ungefähr zehn weiteren Tänzern ein paar Shrimps, eine Kuh und ein Bleistift die Tanzfläche unsicher machten.

»Richtig cool, dass du auch gekommen bist«, sagte Sienna und grinste mich an, während wir nach den anderen aus der Clique Ausschau hielten, die sich hier, laut Vincent, irgendwo befinden mussten.

»Ja, ich habe mich schon voll gefreut. Auch wenn unsere Hand-Fuß-Kostüme vielleicht etwas gewöhnungsbedürftig sind.«

»Ach, ihr seht echt super aus, ich habe mich schlapp gelacht, als ihr zusammen durch die Tür gekommen seid.«

Ich grinste. Sienna war wirklich nett – so wie alle anderen aus der Clique auch. Olivias Freunde hatten mir von Anfang an das Gefühl gegeben dazuzugehören, und dafür war ich ihnen unglaublich dankbar.

Wir sahen uns noch in den anderen Tanzsälen um, die alle ähnlich schaurig dekoriert waren wie der Eingangsbereich und in denen die verschiedensten Musikrichtungen gespielt wurden – für jeden Geschmack war etwas dabei. In einem der hinteren Räume entdeckten wir das Buffet, wo wir auf Christopher, Adaline und Austin stießen. Auf der langen Tafel waren allerhand Köstlichkeiten aufgetischt: Würstchen, die mit Mandelsplittern und Ketchup angerichtet waren und wie blutige Finger aussahen, Candy Corn, Kekse und Gummiwürmer in Schüsseln, kleine Sandwiches, giftgrüne Drinks, aus denen Dampf emporstieg, und noch viele weitere Snacks.

Adaline hatte sich als Gottesanbeterin verkleidet und

versuchte gerade mit ihren sperrigen grünen Armen ein paar rote Mini-Donuts auf ihren Pappteller zu hieven. Christopher trug ein Gürteltierkostüm. Und Austin… Ich wusste gar nicht, wo ich hinschauen sollte. Offensichtlich hatte er sich als 80er-Jahre-Fitnesstrainerin verkleidet. Sowohl der neonpinke Gymnastikanzug als auch die knallgrüne Leggings und die grellgelben Stulpen über den weißen Sneakers saßen hauteng. Im wahrsten Sinne des Wortes. Jeder Muskel und jedes Körperteil zeichnete sich überdeutlich darunter ab. Ich spürte, wie mein Gesicht heiß wurde, versuchte jedoch, ruhig zu bleiben und meinen steigenden Puls unter Kontrolle zu bekommen. Passend zu seinem Outfit trug er eine auftoupierte blonde Perücke mit Dauerwelle.

»Hey, Madonna, schicke Beine«, kicherte Jules und ließ ihre Catwoman-Peitsche in seine Richtung knallen.

Während Austin gekonnt auswich, zuckte mein Blick unwillkürlich zu seinen Beinen und ein wenig höher zu… Oh mein Gott, unter der Leggings zeichnete sich wirklich *alles* ab. Dieser Kerl musste Selbstbewusstsein im Übermaß haben, wenn er sich traute, so herumzulaufen. Jedenfalls machte er eine überaus gute Figur darin. So gut, dass ich mich beherrschen musste, ihn nicht die ganze Zeit wie ein notgeiler Pavian anzuglotzen.

»Danke, danke. Ich habe mir auch echt Mühe gegeben. Ihr könnt euch nicht vorstellen, wie schwer es war, sich hier reinzuquetschen.«

»Tja, dann gehst du nächstes Mal eben auch als Holiday-Armadillo«, entgegnete Christopher schulterzuckend.

»Stimmt.« Ich schlug mir mit der Hand vor die Stirn.

»Du bist das Gürteltier aus der einen *Friends*-Episode. Echt witzige Idee!«

»Danke«, sagte Christopher und prostete mir mit seinem roten Pappbecher zu. »Ihr seht aber auch nicht schlecht aus. Hand und Fuß. Wow. Einfach wow.«

»Backen halten, sonst verpasst Jade dir einen Tritt und ich dir eine Ohrfeige«, schnaubte Olivia und lachte.

Austins Blick huschte zu mir, und ein Lächeln legte sich auf seine Lippen, das ich verlegen erwiderte. Als sich die anderen ans Buffet machten, wollte ich ihnen erst folgen, doch als ich sah, dass Austin sich mir ein paar Schritte näherte, blieb ich stehen.

Nicht zwischen seine Beine starren, nicht zwischen seine Beine starren, nicht zwischen seine Beine starren …

»Nettes Kostüm.«

»Das war Olivias Idee«, sagte ich und kicherte, froh, dass er nach seiner merkwürdigen Reaktion am Vorabend offensichtlich seine gute Laune wiedergefunden hatte. »Aber deins ist auch nicht schlecht.«

»Soll ich dir was verraten?« Er beugte sich ein Stück zu mir herunter. Seine dunkelgrünen Augen funkelten wie Meerwasser im Sonnenlicht.

Ich nickte, während sich mein Mund in eine Wüste verwandelte.

»Als mir Olivia euer Kostüm verraten hat, war ich für einen kurzen Moment versucht, auch als Fuß zu gehen.« Er grinste frech, und ich starrte ihn entgeistert an. »Na, dann wären wir zwei linke Füße gewesen.«

Erst begriff ich nicht, doch nach ein paar Sekunden wurde es mir schlagartig klar. Zwei linke Füße. Tänzer mit zwei linken Füßen. Oh Gott. Ich konnte mein Lachen nicht mehr zurückhalten, schüttelte nur den Kopf, während ich ihn anblickte und meiner Belustigung freien Lauf ließ.

»Du bist echt ein Vogel«, prustete ich.

»Soll ich dir was zu trinken holen?«

»Klar, gerne.« Ich nickte. »Dieses grüne Glibberzeug.« Kurz überlegte ich, ob ich ihn auf den gestrigen Abend ansprechen sollte, verwarf den Gedanken aber schnell wieder. Hier auf der Party wäre es irgendwie fehl am Platz.

Als Austin mit unseren Getränken und einem Pappteller zurückkam, auf dem allerhand Knabberzeug lag, hatten sich auch die anderen wieder zu uns gesellt.

»Das schmeckt so gut«, sagte der Pussy-Magnet Brennan und schob sich genüsslich ein Mini-Sandwich in den Mund.

Wir standen etwas abseits des Buffets, und ich beobachtete das rege Treiben auf der Tanzfläche, wo gerade eine Hähnchenkeule twerkte. Schmunzelnd nahm ich einen Schluck von dem grünen Glibber-Drink und verzog das Gesicht. Viel. Zu. Süß. Als ich aufsah, merkte ich, dass Austin mich belustigt musterte.

»Schmeckt's?«

»Noch nie was Besseres getrunken.«

»Sieht man.« Er lachte. »Das mit übermorgen steht, oder?«

Nach unserem Frühstücks-Battle hatte Austin darauf bestanden, so bald wie möglich einen Termin für meine Privatstunde bei ihm auszumachen. Allein bei dem Gedanken daran flatterte etwas in meiner Magengegend.

»Jep. Das steht«, sagte ich und nickte. »Immerhin lasse

ich mir nicht gerne nachsagen, dass ich meine Gewinnschulden nicht begleiche.«

»Schön. Ich freu mich drauf. Außerdem habe ich mir schon ein paar coole Schritte überlegt, die wir durchgehen könnten.«

Neugierig reckte ich das Kinn. »So? Welche denn?«

»Lass dich überraschen, Big Foot.«

Oh Mann, ich vergaß die ganze Zeit, dass ich dieses dämliche Fuß-Kostüm anhatte. Schmunzelnd schüttelte ich den Kopf und wandte mich wieder der Tanzfläche mit all den Aladdins, Gurken und Dinos zu.

Meine Bedenken, ob das Zusammentreffen mit Austin nach dem Battle vielleicht komisch werden würde, hatten sich schnell in Luft aufgelöst. Ich genoss den Abend mit ihm. Mit ihm und meinen neuen Freunden, in deren Gegenwart ich mich wohlfühlte. Ein Gefühl, das ich die letzten Monate so stark herbeigesehnt hatte, dass ich fast vergessen hatte, wie glücklich es mich machte.

KAPITEL 24

Der Regen prasselte mir ins Gesicht, während ich eine Seitenstraße unweit des Move District entlanglief. Hätte ich mir heute Morgen einen Schirm eingepackt, dann würde ich jetzt nicht wie ein begossener Pudel aussehen.

Schon als ich um die Ecke bog – und fast einen älteren Mann über den Haufen rannte, der es eilig hatte, dem Regen zu entfliehen –, konnte ich die Eingangstür und das Schild über der Tür erkennen. Nach ein paar Metern hatte ich es geschafft und betrat den hellen Eingangsbereich, wo ich mir die feuchten Haare aus der Stirn strich.

Auf den Sofas saßen ein paar Jugendliche, die sich angeregt unterhielten, dazu tönte leise »Man« von JoJo aus den Lautsprechern, die von der Decke hingen. Auch am Check-in tummelten sich drei Tänzer, unter anderem Adaline, die lautstark von Lady Gagas neuestem Musikvideo schwärmte.

»Wie gerne hätte ich da auch mitgetanzt. Allgemein in allen ihren Musikvideos. Sie ist einfach eine Queen.«

Ich musste grinsen. »Mir hat es auch total gefallen. Das Styling hat mich aus den Socken gehauen, und die Tanzschritte waren nicht von dieser Welt.«

Die drei drehten sich zu mir um.

»Jade!« Adalines Gesicht hellte sich auf, und sie drückte mich kurz an sich. »Kommst du auch in die Vogueing-Class?«

Ich schüttelte den Kopf. »Ne, ne. Ich treffe mich gleich mit Austin, er will mir ein paar Schritte zeigen.«

»Ach so. Vielleicht hast du ja später noch Lust, mit uns abzuhängen? Wir wollten die Choreo aus dem Lady-Gaga-Video lernen.«

Wärme machte sich in meiner Brust breit. Ich freute mich, dass Adaline auch ohne Olivia Lust hatte, etwas mit mir zu machen. »Ähm ja, gerne. Also, ich muss mal schauen, wie viel Zeit ich habe, weil ich noch an meiner Mappe arbeiten wollte, aber ich denke darüber nach.«

»Okay, cool! Ich würde mich freuen. Dann bis später vielleicht.« Sie schenkte mir ein Lächeln und machte sich anschließend mit den anderen Tänzern auf den Weg zum Flur.

Ich wandte mich an den rothaarigen Kerl mit den himmelblauen Augen hinter dem Check-in. »Ich gehe heute in keine Class, sondern bin mit Austin verabredet.«

Durch den Job in der Tanzschule musste ich nur noch die Hälfte des Mitgliedsbeitrags zahlen, was mir eine große Last von den Schultern nahm. Jackpot. Diese Vergünstigung plus das zusätzliche Geld machten es mir möglich, weiter Tanzstunden zu nehmen. Denn die Stadt, die niemals schlief, war wirklich verdammt teuer, und selbst wenn Hip-Hop von der Straße kam, wollte ich unter keinen Umständen dort landen und mich mit dem Boss einer Rattengang um das letzte Stück Brot aus einer der Mülltonnen duellieren – auch wenn ich in einem

Hip-Hop-Battle inzwischen sicher gegen ihn gewinnen würde.

Der rothaarige Typ nickte mir freundlich zu und wünschte mir viel Spaß.

Ich beeilte mich, in die Umkleide zu kommen. Bevor ich mich mit Austin traf, musste ich dringend dafür sorgen, dass ich nicht mehr aussah, als ob ich mit meinem Körper das Auto eines Footballspielers gewaschen hätte. Ich zog meine schwarze Jacke, die Boyfriend-Jeans und den schwarz-weiß gestreiften Rollkragenpullover aus und schlüpfte in eine schwarze Sportleggings, weiße Sneakers und ein schwarzes T-Shirt mit dem Move-District-Logo, das ich mir vor ein paar Wochen von Olivia geliehen hatte. Mit einem kurzen Blick in den Spiegel stellte ich fest, dass meine Haare nicht mehr so glatt waren wie noch vor ein paar Stunden. Im Gegenteil: Der Regen hatte sie in ein welliges Chaos verwandelt. Mit viel Fantasie ging das als Beach-Waves-Look durch. Kopfüber schüttelte ich meine Mähne auf, packte meine Klamotten zusammen und trat in den Flur. Mittlerweile fühlte ich mich in der Tanzschule richtig wohl. Abgesehen davon, dass mir das Tanzen Spaß machte, hatte ich das Gefühl, dass die Menschen hier nicht viel lästerten. Die meisten Tänzer machten einen sympathischen, aufgeschlossenen Eindruck, und ich hatte sogar schon Freundschaften geschlossen.

Vor dem Fenster von Saal drei blieb ich stehen und lugte hinein. Mein Herz schlug schneller, als ich entdeckte, dass Austin bereits im Raum war und ein paar Schritte tanzte. Sein hellbraunes Haar war wie immer verwuschelt. Er trug eine schwarze Jogginghose, schwarze Sneakers mit einer dicken weißen Sohle und ein graues Shirt, das seine athletische Figur zur Geltung brachte.

Nur eine Scheibe, die uns trennte, wie bei unserer ersten Begegnung in der Tanzschule. Vor ein paar Wochen hatte ich hier auch gestanden, ihn beobachtet, wie er sich geschmeidig zur Musik bewegt hatte. Damals war ich mit hochrotem Kopf vor ihm geflüchtet, während ich ihn jetzt anlächelte und die Hand hob, um ihm zu winken, als er mich im Spiegel sah und sich grinsend zu mir umdrehte.

Mit meiner Tasche über der Schulter und der Jacke in der Hand öffnete ich die Tür und trat in den Saal. Es roch nach Austins Deodorant, herrlich frisch, mit einem Hauch Orange.

»Hey, alles klar?«, fragte er mit schiefem Lächeln und kam auf mich zu.

»Immer, und bei dir?«

Zur Begrüßung schlang er seine definierten Arme um meinen Körper und drückte mich sanft, aber bestimmt an sich.

Unauffällig atmete ich seinen unverwechselbaren Duft ein, während meine Hände wie von selbst über seinen breiten Rücken fuhren, der leicht angespannt war. In meiner Brust zog es, und Hitze schoss mir durch den gesamten Körper, als würde sich ein Feuer darin ausbreiten.

Als er sich langsam von mir löste, kitzelten seine Bartstoppeln meine Wange. Seine großen Hände fuhren von meinem Rücken zu meiner Taille, verweilten dort kurz, bis er einen Schritt zurücktrat und sie herunternahm. Schon wünschte ich mir, er hätte sie dort gelassen.

Austins Pupillen weiteten sich, und er schluckte. Dann

straffte er seine Schultern. »Bist du bereit, vom Besten der Besten zu lernen?«

»Klar«, sagte ich und sah mich um. »Wann kommt er denn?« Ich musste mir ein Grinsen verkneifen, aber Austin schüttelte nur seufzend den Kopf.

»Sei nicht so frech, sonst erlebst du noch dein blaues Wunder.«

»Und was soll das sein?«, fragte ich ihn herausfordernd und stemmte die Hände in die Taille.

Er überlegte kurz, taxierte mich mit seinem warmen Blick. »Zwanzig Liegestütze.«

Ich hatte mit einem anzüglichen Spruch gerechnet, aber nicht mit einer Sportübung, bei der ich schon nach einer Wiederholung ächzend zusammenbrechen würde. Aber das musste er ja nicht erfahren. »Mach ich mit links. Auf einer Hand«, gab ich schulterzuckend zurück, was Austin mit einem gespielt anerkennenden Nicken quittierte.

»Alles klar, ich merk's mir, Popeye.«

Grinsend stieß ich ihn in die Seite und lief an ihm vorbei nach vorne zum DJ-Pult, um dort meine Tasche und Jacke abzulegen. Mir war bewusst, dass wir flirteten, und irgendwie gefiel es mir.

Austin folgte mir, blieb vor seinem Laptop stehen und drückte eine Taste. Kurz darauf stoppte das Lied, und als Nächstes scholl »Intentions« von Justin Bieber aus allen Ecken des Raumes. Schon begann er sich passend zu den Beats, den Lyrics und der Stimmung der Musik zu bewegen. Es sah bei ihm so leicht aus. Allein wie er nur mit seinem Oberkörper den Groove des Liedes wiedergab, faszinierte mich. Mit ein paar Schritten hatte er die Tanzfläche vor dem Spiegel erreicht und wippte leicht zur Musik, bouncte in die Knie und betonte die Beats mit harten Bewegungen, die mir den Atem raubten.

Als er bemerkte, dass ich ihn mit großen Augen anstarrte, wuschelte er sich durch die hellbraunen Locken und grinste mich frech an. »Wo bleibst du, Evans?« Er hob fragend die Hände und zwinkerte mir zu.

Meine Wangen wurden heiß. Das konnte ja was werden. Mit Austin zu reden oder abseits des Tanzens etwas mit ihm zu unternehmen fiel mir immer leichter, doch sobald ich diesen Kerl tanzen sah, war mein Hirn wie leer gefegt. Mein Blick haftete an seinem athletischen Körper, der all diese Bewegungen ausführte. Fehlte nur noch, dass mir Sabber aus dem Mund lief. Oh Mann, ich musste mich zusammenreißen, zumal mir immer noch die Begegnung mit Dax beim Battle im Kopf herumspukte. Austin hatte den Vorfall mit keinem Wort mehr erwähnt, und das machte mich misstrauisch.

Was verheimlicht er mir?

Ich hoffte, dass es nichts Schlimmes war, was zwischen den beiden passiert war. Wenn ich an ihn dachte, wollte ich keine Angst empfinden. Angst, dass er etwas getan hatte, was ihn vielleicht auf eine Stufe mit jemandem wie Kyle stellte. Angst, dass er mich belog und Dinge behauptete, die nicht stimmten. Doch ich konnte nur Gewissheit bekommen, wenn er sich mir anvertraute.

Aber warum sollte er das tun? Du erzählst ihm ja auch nicht, was in Beckhaven passiert ist.

Ich musste mich von diesen Gedanken befreien und versuchen, entspannt zu bleiben. Zumindest so entspannt, wie es eben ging.

Lächelnd näherte ich mich Austin und blieb einen Meter neben ihm stehen. Ein Blick in den Spiegel vor uns bestätigte mir, dass meine Wangen glühten.

Verdammt.

Wir wärmten uns mit einigen Grundschritten auf und dehnten uns. Nach zwei Songs von Justin Bieber drehte Austin die Musik ein bisschen leiser und erklärte mir ein paar Hip-Hop-Basics und wie meine Haltung dabei sein sollte noch einmal genauer. Dann zeigte er mir einen Schritt, den ich nachtanzen sollte.

»Ich würde sagen, wir üben den Slide.«

Ich nickte und sah ihm aufmerksam zu, als er mir die Bewegung ganz langsam und genau zeigte und zugleich erklärte. Was er da vorführte, erinnerte an Michael Jacksons »Moonwalk«, der aus einer Slide-Kombination bestand, wie mir Austin kurz darauf verriet.

»Im Prinzip machst du nur einen Schritt nach rechts und wieder nach links, aber es ist wichtig, dass du dabei in die Knie gehst und das Gewicht richtig verlagerst.«

Nachdem er es mir ein paarmal gezeigt hatte, war ich an der Reihe. Die Augen auf mein Spiegelbild gerichtet, versuchte ich, an alles zu denken, was Austin mir gerade erklärt hatte. Ich slidete zur Seite und wieder zurück. Zu Beginn fühlte ich mich noch etwas steif, aber von Takt zu Takt ging der Schritt immer mehr in meinen Körper über, bis es sich nach einer Weile ganz natürlich anfühlte.

Austin beobachtete mich, bis er ein paar Sekunden später einmal in die Hände klatschte. »Wow! Super. Man merkt echt, wie du dich von Mal zu Mal verbesserst.« Er strahlte mich an, seine Augen leuchteten geradezu.

Schnaufend fuhr ich mir mit dem Handrücken über die Stirn, auf der sich Schweißperlen gesammelt hatten.

»Wirklich? Es fühlt sich auch schon besser an. Megacool, dass man es auch sieht!« Ich gluckste vergnügt, und er hob grinsend die Hand zum High Five. Es machte so viel Spaß – das Tanzen in Kombination mit Austins Nähe und seinem Lob tat mir wahnsinnig gut.

»Als Nächstes die Wave. Zeig mal, was du kannst.« Austin deutete eine Welle an, die von seinem Kopf bis nach unten in seine Beine führte.

Oh-oh, die Körperwelle war eine der Bewegungen, die mir noch am meisten Sorgen bereitete. Normalerweise sollte die Welle durch den ganzen Körper wandern und ihn flüssig wie Wasser erscheinen lassen. Wenn man allerdings erst vor wenigen Wochen zu tanzen angefangen hatte, erschien das alles andere als einfach.

Ich fixierte mein Spiegelbild und versuchte, die Welle Stück für Stück durch meinen Körper gleiten zu lassen, so wie Austin es mir gezeigt hatte – angefangen beim Kopf, in die Schultern, durch die Brust und den Bauch, die Hüfte und in die Knie. Ich fühlte mich vielleicht wie Wasser, sah aber eher aus wie ein Fisch auf dem Trockenen.

»Das klappt noch nicht so richtig«, gab ich zu und senkte verunsichert den Blick. Natürlich konnte Austin besser tanzen als ich, aber trotzdem sollte er nicht denken, dass ich einen Stock verschluckt hatte. Irgendwie wollte ich ihn gerne ein bisschen beeindrucken.

»Keine Panik, das fällt zu Beginn jedem schwer«, ermutigte er mich. »Schau noch mal ganz genau hin, wie ich es mache.«

Dann tanzte er die Bewegung aus, wobei er nacheinander auf die verschiedenen Körperteile zeigte, die er gerade betonte – auch wenn es mehr als ersichtlich war.

Sein Blick lag währenddessen intensiv auf mir. Ich erinnerte mich wieder an den Tag, an dem ich ihn durch die Scheibe beobachtet hatte. Schon damals war mir besonders seine Welle ins Auge gestochen. Er hatte sich genau so weich bewegt wie jetzt, und wieder musste ich mich zusammenreißen, ihn nicht wie ein notgeiles Kaninchen anzustarren. Ich blinzelte heftig. Die Hitze kroch mir den Hals hoch, und ich fragte mich, ob er sich wohl auch in anderen Situationen so gut bewegte ... Erschrocken riss ich die Augen auf.

Verdammt noch mal! Was ist denn bitte los mit mir?

Ich versuchte, mir nicht anmerken zu lassen, dass ich mir gerade ausgemalt hatte, wie es wohl wäre, mit Austin zu schlafen. Nein, das hatte ich definitiv nicht getan. Niemals. Nada. Niente.

»Willst du es probieren?«

Meine Augen wurden noch größer. Mittlerweile glich ich mit Sicherheit einem Koboldmaki auf Speed.

»Wie ... äh ... Wa-Was m-meinst du?«, stotterte ich mit hochrotem Gesicht.

Austin musterte mich verwirrt und stemmte die Hände in die Hüften. »Na, die Welle. Was dachtest du denn?«

Oh Gott. Na klar. Die Welle. Du bist zum Tanzen hier, Jade!

»Ja!«, sagte ich schnell. »Ich probier's noch mal.«

Ich versuchte, meinen Puls zu beruhigen, und führte die Welle noch einmal aus. Und noch einmal. Und noch einmal. Kritisch beäugte ich mich im Spiegel. Zufriedenstellend war was anderes. Ich seufzte.

Austin trat auf mich zu. »Stress dich nicht. Das kommt mit der Zeit. Und mit viel Übung.« Er zog den rechten Mundwinkel nach oben. »Ich helfe dir.«

Schon hatte er zwei Schritte an mir vorbei gemacht und befand sich nun direkt hinter mir. Ich spürte, wie nah er mir war. Seine Wärme übertrug sich in Sekundenschnelle auf meinen Körper. Langsam atmete ich ein und aus.

»Okay, fang an«, flüsterte er, und als sein Atem auf die Haut in meinem Nacken traf, bekam ich überall Gänsehaut. Hoffentlich bemerkte er es nicht.

Ohne zu wissen, was mich erwartete, fing ich an, meinen Kopf vorne leicht einzutauchen. Seine Hand legte sich währenddessen sanft auf meinen Hinterkopf. Als ich seine Finger wahrnahm, zuckte ich für einen kurzen Augenblick zusammen, versuchte aber, mich sofort wieder auf die Bewegung zu konzentrieren. Ich nahm den Kopf nach hinten und drückte meinen Brustkorb nach vorne. Austins Hand wanderte an meinem Nacken entlang, über meinen oberen Rücken und immer weiter nach unten, überall dorthin, wo ich die Welle betonen sollte. Mir wurde immer heißer, und jede Stelle, die er berührte, kribbelte. Ich stand unter Strom. Kurz bevor ich meine Hüfte nach vorne bewegen sollte, verweilte seine Hand an meinem unteren Rücken, kurz über meinem Po. Mein Herz raste.

»Super, das war richtig gut«, sagte Austin mit kratziger Stimme.

Ich atmete leise aus, unfähig, einen klaren Gedanken zu fassen. Vorsichtig wandte ich den Kopf, um ihn aus dem Augenwinkel anzusehen. Sein Kiefer war angespannt. Mit weichen Knien drehte ich mich zu ihm um. Wir waren uns so nah, dass meine Hände von seiner Brust geradezu angezogen wurden und ich sie dort wie automatisch ablegte. Ich spürte seinen Puls unter meinen zitternden Fingern. Sein Herz raste mindestens genauso schnell wie meins. Langsam ließ ich den Blick nach oben wandern. Das Grün seiner Augen erschien noch dunkler als sonst, und seine Lippen waren leicht geöffnet. Stockend atmete ich aus und biss mir auf die Unterlippe. Die Spannung war kaum auszuhalten. Jede Faser meines Körpers wollte ihn, gleichzeitig hatte ich Angst vor meiner eigenen Reaktion. Was, wenn mir mein Körper wieder einen Strich durch die Rechnung machte, indem er die Flucht ergriff? Doch Austin brachte etwas in mir zum Lodern, von dem ich angenommen hatte, dass es an jenem Abend Anfang des Jahres komplett erstickt worden war.

Sein Blick glitt von meinen Augen hinunter zu meinem Mund, dann wieder hoch zu meinen Augen. Er kam noch ein Stück näher. Seine rechte Hand wanderte dabei nach oben zu meiner Wange. Er berührte sie sanft – erst mit den Fingerknöcheln, dann mit seiner warmen Handfläche.

Mein Herz setzte einen Schlag aus, und ich spannte mich an. Doch dann schloss ich die Augen und genoss seine Wärme. Seine Nähe. Seine Berührung.

Ich habe auch ein Recht auf Geheimnisse, genau wie du.

Ich habe früher viele Fehler gemacht.

Scharf sog ich die Luft ein und zuckte zurück. Mit aufgerissenen Augen starrte ich ihn an.

Austin musterte mich verwirrt. »Ich … Alles okay?«

»Ja … Nein …« Ich senkte den Blick, machte einen Schritt nach hinten, um Abstand zu gewinnen. Mein Herz raste immer noch.

Austin zog die Augenbrauen zusammen. »Was ist los?«

Ich atmete tief ein und aus. Bevor ich mich wirklich sicher bei ihm fühlen konnte, musste ich diese Sache klären. »Ähm … Ich weiß, dass du nicht darüber reden willst, aber …« Ich hielt kurz inne. »Es ist mir echt wichtig. Was war das mit Dax? Die Aktion beim Battle. Die Geheimnisse, von denen du mir nichts erzählen willst …«

»Das geht nicht«, fiel er mir ins Wort.

»Was geht nicht?«

»Ich kann dir nicht davon erzählen.«

Austins Züge verhärteten sich, und er biss die Zähne zusammen, bevor er sich mit einer Hand übers Gesicht fuhr.

Meine Gedanken flogen zu Kyle. Nein, Austin war nicht Kyle. Und auch nicht Tara oder Beth. Aber solange ich nicht wusste, was sein Geheimnis war, konnte ich ihm nicht vertrauen. Nicht wirklich. Dafür war meine Angst, dass ich es später bereuen würde, zu groß.

»Hör zu, es ist schon ziemlich spät«, sagte er und wandte den Blick zur Uhr über der Tür. »Gleich wollen die Nächsten in den Raum, und ich muss auch langsam nach Hause.«

»Okay …« Ich nickte und biss mir auf die Innenseite meiner Wange.

Er lächelte gequält, bevor er mit hängenden Schultern zu seinem Laptop ging.

Ich zog meine Jacke an und hängte mir die Tasche über die Schulter. »Ich gehe dann«, flüsterte ich.

Er drehte sich zu mir um. »Alles klar«, antwortete er ebenso leise. In seinen Augen lag Schmerz. Schmerz, den ich nicht zuordnen konnte.

Ich wartete kurz, ob er noch etwas hinzufügen würde, doch er wandte sich wieder ab und packte schweigend seinen Laptop ein.

Ich drehte mich um und verließ den Tanzsaal. Warum konnte er nicht einfach offen mit mir sein? Ich achtete nicht darauf, ob mir im Flur oder im Eingangsbereich jemand über den Weg lief, den ich kannte. Meine Beine fühlten sich schwer an, und ich wollte nur noch nach Hause in mein Bett. Mich dort vergraben und die nächsten Tage nicht mehr aufstehen.

Die automatische Tür der Tanzschule öffnete sich, und ich trat nach draußen auf die kühlen Straßen New Yorks. Eine Windböe brachte meine Haare durcheinander. Ich zog meine Jacke enger um die Schultern und setzte mich wieder in Bewegung. Allerdings kam ich nur wenige Schritte weit, bis ich abrupt stehen blieb.

Oh Gott. Oh Gott. Oh Gott.

Mir wurde heiß und kalt zugleich. Ich konnte nicht atmen, taumelte nach hinten. Mein Kiefer klappte herunter, und ich fühlte mich, als ob mir jemand den Boden unter den Füßen wegzog. Meine Vergangenheit würde mich immer wieder einholen, auch wenn ich neunhundert Meilen vor ihr flüchtete. Sie stand direkt vor mir und brachte meine Welt aufs Neue zum Einsturz.

KAPITEL 25

Meine Kehle war wie zugeschnürt. Mit aufgerissenen Augen starrte ich ihn an. Wie betäubt. Ich konnte nicht mehr klar denken.

Was tat Kyle hier? In New York. Vor meiner Tanzschule.

Er näherte sich mir mit großen Schritten. Seine dunklen Augen, das verschmitzt-charmante Lächeln, die verstrubbelten hellbraunen Haare. Nichts davon hatte ich vermisst. Alles davon wollte ich vergessen.

Ich versuchte rückwärtszulaufen, doch meine Beine fühlten sich wie Pudding an – außerdem war Kyle viel größer und um einiges schneller als ich. Schon stand er unmittelbar vor mir und schaute mich aus zusammengekniffenen Augen an.

»Hi, Jade«, sagte er leise, sodass nur ich es hören konnte. »Lange nicht mehr gesehen.«

Mir wurde schlecht, und mein Herz schlug wie verrückt. »Was …«, begann ich, doch meine Stimme brach.

Kyle lachte hämisch, dabei sah er mich hasserfüllt an und kam erneut einen Schritt näher.

»Was … Woher … Woher weißt d-du …«, stotterte ich. Zu mehr war ich nicht fähig.

»Uns allen war klar, dass du in New York bist, Jade.«

»Aber…« Ich versuchte, ruhig zu bleiben. »Wie… Warum bist du hier?« Mein Herz pochte immer schneller, und ich zitterte am ganzen Körper. Mit zusammengebissenen Zähnen ballte ich die Hände zu Fäusten und starrte ihn an in der Hoffnung, er würde verschwinden. Einfach so. Genauso schnell, wie er aufgetaucht war.

»Ich glaube, wir beide müssen uns mal ausführlich unterhalten«, sagte er mit einem so harten Unterton, dass mir das Blut in den Adern gefror.

Ich muss weg hier. Ganz schnell.

Bevor ich mich umdrehen und zurück in die Tanzschule rennen konnte, packte er mich. Seine Finger gruben sich schmerzhaft in meinen Unterarm, und mir schossen Tränen in die Augen.

»Lass mich los!«

Kyle schnaubte nur. »Erst unterhalten wir uns.« Er riss an meinem Arm, kam mir gefährlich nah.

Leder, Vanille und schwarzer Pfeffer zogen mir in die Nase – sein Duft war noch derselbe wie früher. Damals hatte ich ihn als angenehm empfunden, doch heute brachte er mich fast dazu, Kyle auf die teuren Designerschuhe zu kotzen. Ich wollte einfach nur weg, aber mein Körper ließ mich im Stich. Wie festgefroren stand ich da, konnte mich nicht bewegen, keinen Ton mehr von mir geben.

In diesem Moment hörte ich eine Stimme, bei deren Klang ich vor Erleichterung beinahe anfing zu weinen. »Jade? Was ist hier los?«

Kyles Blick flog von mir zu der Person, die hinter mir aufgetaucht war. Er schob den Unterkiefer ein Stück nach vorne und fuhr sich mit der Zunge über die Lippen. »Nichts ist hier los«, antwortete er schulterzuckend, ohne seinen Griff auch nur einen Deut zu lockern.

Ich warf einen Blick über die Schulter zu Austin, der sich uns langsam näherte. »Ich habe sie gefragt, Mann. Nicht dich.«

Hektisch ein- und ausatmend sah ich ihm hilfesuchend in die Augen, als er neben mir zum Stehen kam.

In Sekundenschnelle huschte sein alarmierter Blick von meinem Gesicht zu Kyles Hand an meinem Arm und dann zu Kyle. Seine Augen wurden schmaler, und ich konnte sehen, wie er die Fäuste ballte.

»Am besten du verschwindest gleich wieder, Spacko.«

»Lass sie los. Ich sag's nur einmal.«

Die beiden Männer starrten sich mit Blicken an, die mir einen kalten Schauer den Rücken hinunterjagten. Kyle war ein bisschen größer als Austin. Er hob sein Kinn und musterte ihn mit zusammengepressten Lippen von oben herab.

Austin drängte sich zwischen uns. Mit seinem Körper schirmte er mich ab, woraufhin sich Kyles Griff ein wenig lockerte. Er konzentrierte sich jetzt nicht mehr auf mich, sondern auf Austin. Die Passanten um uns herum warfen uns vereinzelte Blicke zu, blieben aber nicht stehen. Mit seiner freien Hand versuchte Kyle, Austin von mir wegzuschieben. Doch der straffte die Schultern und machte sich breit, sodass Kyle keine Chance hatte.

»Jade und ich kennen uns von früher, wir wollten uns nur ein bisschen unterhalten. Das ist alles.«

»Ich hab echt keinen Bock auf Stress … Ich will einfach nur, dass du sie jetzt sofort gehen lässt«, sagte Austin bemüht ruhig und mit Nachdruck, doch sein drohender Unterton verriet, dass es nicht mehr lange dauern würde, bis ihm endgültig der Geduldsfaden riss.

Dazu durfte es nicht kommen.

Auf einmal begann sich alles in meinem Kopf zu drehen. Instinktiv stützte ich mich an Austins Rücken ab. Spürte seine harte Muskulatur, die sich unter meinen Händen anspannte. Sein Duft gab mir ein wenig Sicherheit, und ich schloss die Augen. Hitze und Kälte krochen meine Arme hinauf. Ich wusste nicht, wie lange mich meine zittrigen Beine noch tragen würden.

»Ich will auch viel«, spottete Kyle. »Zum Beispiel mit der Kleinen reden. Also verpiss dich einfach, okay?« Kyle versuchte erneut, Austin beiseitezuschieben.

»Alter … nimm deine Hände von mir. Und vor allem von Jade.«

»Sonst was?« Herausfordernd rollte Kyle den Nacken, bis er knackte, und lachte Austin ins Gesicht. Ohne dass er es bemerkte, lockerte er dabei den Griff um meinen Arm.

Ich nutzte den kurzen Augenblick, um mich loszureißen. Unkontrolliert taumelte ich ein paar Schritte rückwärts und stieß mit dem Rücken gegen eine Wand. Meine Knie gaben nach, und ich rutschte an der kalten Mauer entlang, landete mit angezogenen Knien auf dem Asphalt. Ich schlang die Arme um meine Beine und legte die Stirn darauf, hörte wie aus weiter Ferne einen dumpfen Schlag, sah Austin aus dem Augenwinkel zurücktaumeln. In diesem Moment wurde mir alles zu viel. Ich konnte nicht mehr atmen. Heiße Tränen liefen meine Wangen hinunter. Zitternd presste ich meine Stirn fester auf die

Knie und betete, dass dies nur einer meiner Albträume war und ich gleich aufwachen würde.

Die Erinnerungen an den Abend mit Kyle kamen hoch. An Beth. An Tara.

Da ist was zwischen uns.

Stell dich nicht so an.

Miststück. Flittchen.

Ich schluchzte.

Als sich sanft eine Hand auf meine Schulter legte, fuhr ich zusammen, die Augen immer noch geschlossen. Ich wollte nichts mehr sehen und hören. Konnte nicht.

»Er ist weg«, hörte ich Austins Stimme neben mir. »Alles wird gut. Hat er dir wehgetan?«

Mein ganzer Körper bebte, und ich zog die Beine noch enger an mich. Meine Leggings war an den Knien von meinen Tränen schon ganz durchnässt. Vor lauter Angst, dass ich Kyle wieder vor mir stehen sehen würde, wagte ich nicht aufzublicken.

»Jade, schau mich bitte an …« Austin streichelte mit seiner warmen Hand über mein Schulterblatt. Seine Besorgnis war ihm deutlich anzuhören, aber ich traute mich nicht. Ich wollte hier sitzen bleiben. Für immer.

Er stieß ein gedämpftes Fluchen aus, dann, nach ein paar Sekunden, spürte ich zwei Finger, die sich unter mein Kinn schoben und es anhoben.

Widerwillig gab ich nach.

»Fuck! Mach bitte die Augen auf. Wir sind alleine, der Vollidiot hat sich verzogen. Ich … Wir … Ich bin für dich da, okay? Alles ist gut.«

Langsam hob ich die Lider, konnte vor lauter Tränen jedoch kaum etwas erkennen. Erst nachdem ich ein paarmal geblinzelt hatte, schälten sich langsam Austins Züge aus dem Schleier vor meinen Augen. Mit besorgtem Gesichtsausdruck, die Augenbrauen zusammengezogen, kniete er neben mir. Aus einem Kratzer an seiner Wange rann Blut.

Ich wollte etwas sagen, doch ich bekam noch immer keinen Ton heraus. Stattdessen begann mein Körper wieder zu beben.

Austin rückte ein Stück näher und schlang seine kräftigen Arme um mich. Wärme durchflutete meinen Körper, während er meinen Kopf an seine Brust drückte. An meiner Wange spürte ich den beruhigenden Rhythmus seines Herzschlags, konzentrierte mich darauf und nur darauf.

Bumm-Bumm.

Bumm-Bumm.

Bumm-Bumm.

Ich löste die Arme von meinen Beinen und klammerte mich an Austins Oberkörper. Atmete seinen frischen und zugleich herben Duft ein. Auch wenn ich immer noch eine Scheißangst hatte, schaffte Austin es, alles ein bisschen besser zu machen.

Nach ein paar Minuten löste ich mich von ihm und räusperte mich.

Austin atmete schwer aus und fuhr mit den Händen an meinen Armen entlang bis zu meinen Händen, die er mit seinen vorsichtig umschloss. »Geht es dir besser?« Seine Haare waren noch verwuschelter als sonst. Die Wunde an seiner Wange hatte aufgehört zu bluten.

Ich nickte, senkte den Blick jedoch schnell wieder.

Behutsam legte er erneut zwei Finger unter mein Kinn

und schob es leicht nach oben, sodass ich ihm in die Augen sehen musste.

Zuerst fühlte ich mich nackt und entblößt, aber nach ein paar Momenten löste sich meine Anspannung mehr und mehr. Der Ausdruck in seinen Augen, das Verständnis, das darin lag, war mein sicherer Hafen.

»Ich … Es tut mir leid … deine Wange«, sagte ich heiser.

Er winkte ab. »Das muss dir nicht leidtun, du bist schließlich nicht diejenige, die mir eine reingehauen hat.«

»Aber ohne mich wäre er nicht hier gewesen und …«

»Stopp!« Er sah mich eindringlich an. »Wehe, du machst dir irgendwelche Vorwürfe. Denn wenn du das tust, Jade, dann muss ich mich echt zusammenreißen, diesem Arsch nicht hinterherzurennen und ihm doch noch eine zu verpassen.«

Ich rang mir ein gequältes Lächeln ab, zu mehr waren meine Muskeln nicht imstande.

»Na komm, ich bring dich jetzt nach Hause.«

Austin stand auf und zog mich an den Händen auf die Beine. Dann hob er meine Tasche auf und hängte sie über seinen Rucksack, den er auf den Rücken geschnallt hatte. Als er merkte, dass ich immer noch zitterte, legte er den Arm um mich.

Ich schmiegte mich an seine Seite. In der Hoffnung, er würde mich nie wieder loslassen.

In meiner Wohnung angekommen, konnte ich immer noch nicht fassen, was passiert war. Wenn ich nur daran dachte, dass sich Kyle in New York befand, wurde mir sofort kotzübel.

Sobald ich die Tür hinter uns verriegelt hatte, führte mich Austin sanft zu meinem Bett. Ich ließ mich auf die Kante sinken und zog meine Jacke aus, die er mir abnahm, um sie über den Stuhl an meinem Schreibtisch zu hängen.

»Wir … Ich muss deine Wunde desinfizieren.« Mit großen Augen blickte ich ihn an und wollte aufstehen.

Mit ein paar Schritten war er bei mir und legte seine Hände auf meine Schultern. »Nichts da. Setz dich, oder noch besser: Leg dich hin.« Dann gab er meinen Schultern einen leichten Impuls nach unten. »Mein Kratzer ist unwichtig. Sag mir einfach, wo dein Verbandszeug ist.«

»Küche. Schublade neben dem Kühlschrank.«

Er lächelte mich aufmunternd an, bevor er sich abwandte und in meinen Küchenschränken zu wühlen begann.

Nachdem ich die Schuhe abgestreift hatte, rutschte ich auf dem Bett zurück und starrte auf die weiße Decke, die ich über meine Beine gezogen hatte. Atmete tief ein und aus und schloss schließlich die Augen, den Rücken an die Wand gelehnt. Mit jedem Atemzug kam ich der Realität ein Stück näher.

Kurze Zeit später hörte ich, wie mein Schreibtischstuhl über den Boden geschoben wurde. Blinzelnd nahm ich Austin wahr, der in einer Hand ein Glas Wasser, in der anderen einen Teller mit den Pizzaresten aus meinem Kühlschrank balancierte und dabei mit der Hüfte den Stuhl in meine Richtung schubste.

»Ich habe gekocht«, sagte er und stellte den Teller auf meinen Nachttisch. Das Glas reichte er mir. »Na gut, ich habe aufgewärmt.«

Ich trank das Wasser in einem Zug aus, dann wischte ich mir mit dem Handrücken über den Mund und gab ihm das Glas zurück. Das Blut auf seiner Wange hatte er abgewaschen. Jetzt war nur noch ein dünner Kratzer zu erkennen.

Austin setzte sich auf den Stuhl und hielt mir auffordernd den Teller hin. »Los, iss!«

»Danke«, erwiderte ich leise. »Aber ich habe keinen Hunger.«

»Iss trotzdem, das wird dir guttun.«

Widerwillig nahm ich den Teller auf den Schoß und biss eine winzige Ecke Pizza ab. Auf der dicken Käseschicht lagen Champignons.

Austin beobachtete mich, als wollte er sichergehen, dass ich die Pizza auch wirklich aufaß. Dabei hatte er die Stirn gerunzelt und schien über etwas nachzudenken.

Das Essen tat mir tatsächlich gut, auch wenn ich erst gedacht hatte, dass ich keinen Bissen herunterbekommen würde. Nach ein paar Minuten war ich fertig und stellte den Teller beiseite.

Als ich aufsah, trafen sich unsere Blicke.

Austin rückte mit dem Stuhl noch ein Stück näher und verschränkte die Hände. Dann verlagerte er sein Gewicht nach vorne und stützte sich mit den Ellenbogen auf den Knien ab.

»Jade«, flüsterte er. »Wollen wir darüber reden, was passiert ist? Wer das war?«

»Keine Ahnung.« Schnell sah ich nach oben an die Zimmerdecke, um meine Tränen wegzublinzeln.

»Das glaube ich dir nicht. Jade, bitte, ich würde dir wirklich gerne helfen.«

Mein Blick wanderte nach unten zu ihm und traf seine Augen, in denen unendlich viel Wärme lag. Ich öffnete den Mund, doch bevor ich etwas sagen konnte, fuhr Austin fort:

»Ich mache mir Sorgen um dich, und ich will, dass es dir gut geht. Besser als gut. Hervorragend. Fantastisch. Und noch viel mehr als das.« Er machte eine kurze Pause und fuhr sich übers Gesicht. »Heute Nacht und all die Tage und Nächte, die kommen, bin ich für dich da. Du sollst wissen, dass du mit mir reden kannst. Ich würde dich niemals verurteilen oder deine Sorgen nicht ernst nehmen. Lass mich für dich da sein. Erklär mir, wer das war und warum du so fertig …«

Mir entfuhr ein Schluchzer. Schnell schlug ich mir die Hand vor den Mund.

Austin ballte die Hände zu Fäusten. Auf seinem Gesicht lag ein Ausdruck von Schmerz, den ich ihm nehmen wollte. Doch das konnte ich nur, indem ich mit ihm redete. Mich ihm anvertraute und ihm die Chance gab, mich wirklich kennenzulernen. Mit all den Dingen, die mich zu der gemacht hatten, die ich heute war.

Ich setzte mich ein Stück auf und räusperte mich. Dann atmete ich einmal tief durch und suchte den Augenkontakt mit Austin, der mir half, nicht durchzudrehen.

»In Ordnung.«

KAPITEL 26

NEUN MONATE ZUVOR

»He, Jade, willst du auch noch eins?«

An den Türrahmen gelehnt, die Arme vor der Brust verschränkt, beobachtete ich Ethan, der sich am Bierfass zu schaffen machte. Er trug die Jacke seines Footballteams und zwinkerte mir flirtend zu.

»Später vielleicht. Ich will erst mal langsam starten.«

»Spaßbremse.«

Ich streckte ihm die Zunge raus und stieß mich mit der Schulter vom Holzrahmen ab, um eine Dose Coke aus dem silbernen Kühlschrank hinter ihm zu holen. Ich öffnete sie, um einen Schluck daraus zu trinken. Sie prickelte eiskalt meine Kehle hinunter.

Die Küchentheke war übersät von roten Plastikbechern und Alkoholflaschen in jeglicher Form und Farbe. Ein paar Leute, die ich von der Highschool kannte, standen in einer Ecke und spielten ein Trinkspiel, eine Gruppe ein paar Meter weiter unterhielt sich über die Party bei Beth letzte Woche.

Auf diesen Hauspartys kannte jeder jeden.

In Beckhaven *kannte jeder jeden.*

Ich seufzte. Irgendetwas fehlte. Normalerweise waren Tara, Beth und ich immer im Dreierpack unterwegs, aber da die beiden heute nicht konnten, hatte ich mich Ethan, Kyle und den anderen Jungs angeschlossen. Beth lag mit einer Grippe im Bett, und Tara war übers Wochenende bei ihren Großeltern. Kurz hatte ich überlegt, mir einfach einen gemütlichen Abend zu Hause zu machen, mich dann aber dagegen entschieden. Die Samstagabend-Partys gehörten in Beckhaven zum Pflichtprogramm. Oft passierten legendäre Dinge, über die man noch Monate später sprach. Vorletzte Woche hatte einer der Jungs das Bett von Ethans Eltern in Brand gesteckt. Bei dem Gedanken daran kicherte ich.

Ich beschloss, eine Runde zu drehen, und ging um die Kücheninsel herum in den Flur, um von dort ins Wohnzimmer zu gelangen – wo pures Chaos herrschte. Auf jeder Oberfläche standen Flaschen, Pappbecher und Schüsseln mit salzigen Snacks. Ein paar Meter von der Tür entfernt befand sich eine riesige graue Sofalandschaft, auf der es sich drei Mädchen und vier Jungs bequem gemacht hatten. Ich schnappte nur ein paar Gesprächsfetzen auf, verstand aber sofort, dass es um die College-Bewerbungen ging.

Ich war noch nie hier gewesen, sonst fanden die Partys meist bei den üblichen Verdächtigen statt. Aber Katies Eltern waren übers Wochenende verreist, und daher spielte sie dieses Mal die Gastgeberin. Gesehen hatte ich sie bisher allerdings noch nicht. Mein Blick huschte durch den Raum. Vielleicht hatte sie sich auch mit einem der Jungs nach oben verzogen. House-Musik tönte aus der Anlage unter dem riesigen Flatscreen, der gegenüber der Couch an der Wand hing. Überall roch es nach Alkohol, Zigarettenrauch und zu viel Parfum.

»Jade, du hast gar nicht auf mich gewartet«, kam es entrüstet

von Ethan, der aus dem Flur ins Wohnzimmer getorkelt kam und mir so schwungvoll einen Arm um die Schultern legte, dass Bier aus dem Becher in seiner Hand auf meine dunkelblaue Bluse spritzte.

Ich verdrehte lachend die Augen und rammte ihm spielerisch den Ellenbogen in die Seite. »Tja, das kommt davon, wenn man mich als Spaßbremse bezeichnet.«

Er strich mir mit der Hand über die Wange, und ich grinste ihn an. Noch vor ein paar Monaten hatten wir etwas am Laufen gehabt, aber mittlerweile waren wir nur noch Freunde, bei denen ab und an ein bisschen mehr ging. Ethan war ein echt netter Kerl, aber Gefühle waren nicht im Spiel. Weder von meiner noch von seiner Seite.

»Wir könnten …«, sagte er und hob vielsagend die Augenbrauen.

Ich schälte mich aus seiner Umarmung. »Nee, lass mal. Vielleicht wann anders. Aber danke für das Angebot.« Ich zwinkerte ihm zu, dann wandte ich mich ab und trat in den Flur, um das Badezimmer zu suchen. Die Coke drückte auf meine Blase, und ich wollte mich frisch machen.

Auf der Treppe nach oben kam mir ein Kerl entgegen, der, genau wie das Mädchen hinter ihm, ziemlich verwuschelte Haare hatte und zufrieden grinste. Ich grüßte ihn freundlich, lief an den beiden vorbei und erreichte das obere Stockwerk. Die Musik dröhnte bis nach oben.

Ich sah mich im Flur zu allen Seiten um. Da ich keinen Schimmer hatte, wo sich das Bad versteckte, entschied ich mich kurzerhand, die Türen von hinten nach vorne durchzuprobieren. Entschlossen ging ich bis zum Ende des Ganges und drehte den Knauf an der Tür auf der rechten Seite, doch dahinter verbarg sich nur ein dunkles Schlafzimmer. Ich wollte die Tür gerade wieder zuziehen, als ich hinter mir Schritte hörte und erschrocken herumfuhr.

Vor mir stand Kyle.

Seine verstrubbelten hellbraunen Haare fielen ihm wie immer in die Stirn. Die meisten Mädchen fanden ihn attraktiv, aber für mich war er einfach nur Kyle, der Freund meiner besten Freundin Tara.

»Hey, Jade«, sagte er und lehnte sich seitlich gegen die Wand, den Mund zu dem typisch charmanten Grinsen verzogen, mit dem er nicht nur reihenweise die Mädels, sondern auch sämtliche Lehrer um den Finger wickelte.

»Hey, weißt du, wo das Bad ist?«, fragte ich und erwiderte sein Lächeln.

Wir waren befreundet, seitdem er mit neun Jahren mit seiner Familie nach Beckhaven gezogen war. Er war schon immer beliebt gewesen. Sportlich – mittlerweile war er sogar Captain des Football-Teams –, gut aussehend, immer einen lockeren Spruch auf den Lippen. Zusammen mit Tara, Beth und ein paar anderen Jungs hatten wir viele tolle Momente erlebt, angefangen bei den jährlichen Skiausflügen über sommerliche Gartenpartys bis hin zu den Mittagspausen in der Highschool. Über die Jahre waren wir zu einer festen Clique zusammengewachsen.

»Ja, da komme ich gerade her, ist auf der anderen Seite des Flurs«, entgegnete er und zeigte mit dem Daumen über die Schulter.

»Okay, danke. Wir sehen uns gleich unten.«

Als ich an ihm vorbeilaufen wollte, stellte er sich mir in den Weg und legte die Hände auf meine Schultern.

Überrascht hielt ich inne und sah ihn fragend an.

Er taxierte mich von oben bis unten, bis er schließlich mit dem

Blick an meinen Brüsten hängen blieb. Dann sah er mir unvermittelt wieder in die Augen. »Warte.«

»Worauf? Ich muss echt dringend aufs Klo.«

»Wir kennen uns jetzt schon ziemlich lange, Jade.« Er machte eine kurze Pause und sah mir dabei weiter fest in die Augen. »Ich merke doch, wie du mich immer ansiehst. Da ist was zwischen uns.«

Ich prustete vor Lachen. So ein Scherzkeks. »Na klar, Kyle.«

Dann wollte ich mich aus seinem Griff winden, doch er bohrte seine Finger tiefer in meine Schultern. Stück für Stück kam er mir näher.

Mir verging das Lachen, und ich bekam ein ungutes Gefühl. Hatte er das eben etwa ernst gemeint?

»Komm schon … Tara muss nichts davon erfahren. Das bleibt unter uns.«

»Willst du mich verarschen? Ist hier irgendwo eine versteckte Kamera?« Ich sah mich scherzhaft zu allen Seiten um. »Ich würde Tara so was niemals antun – und du solltest das auch nicht, denn so jemanden wie sie findest du sicher nicht noch mal.«

Er verdrehte die Augen und stöhnte. »Chill mal. Sie erfährt ja nichts davon, wenn du es ihr nicht sagst.«

»Ist das dein Ernst? Tara ist meine beste Freundin. Erstens fange ich sicher nichts mit dem Freund einer Freundin an, und zweitens geht das gar nicht, dass du einfach ein anderes Mädel anmachst, obwohl du vergeben bist.« Genervt versuchte ich, seine Hände von meinen Schultern zu schieben, aber er krallte sich nur noch fester, kam mir so nah, dass sein Atem über meine Wange strich. »Nimm deine Finger von mir und komm erst mal klar, dann kannst du dich gerne bei mir und deiner Freundin entschuldigen«, warf ich ihm an den Kopf und funkelte ihn an.

Kyle lachte, aber es war kein sympathisches oder herzliches Lachen wie sonst, sondern eines, in dem Verachtung und Bosheit lagen. Dann drückte er so fest gegen meine Schultern, dass ich rückwärts in das Schlafzimmer stolperte, in das ich vorhin hineingesehen hatte.

»Lass mich los, verdammt!«, schrie ich. Er hielt mittlerweile meine Handgelenke umklammert, sodass ich nicht mal den Versuch machen konnte, ihm ins Gesicht zu boxen. Und die Musik im Erdgeschoss war viel zu laut aufgedreht, als dass mich irgendjemand hören könnte.

Als ich versuchte, ihm mein Knie zwischen die Beine zu rammen, wich Kyle so gekonnt aus, als ob er Übung darin hätte. Dann verpasste er der Tür hinter ihm einen Tritt, und sie knallte zu.

Ich atmete stockend aus. Mein Herz pochte wie wild.

Dunkelheit. Wir waren alleine in diesem Schlafzimmer.

Er drängte sich gegen mich, zog an meinen Haaren, schubste mich gegen das Bett.

Ich verlor das Gleichgewicht und fiel rücklings darauf; selbst in der Dunkelheit konnte ich Kyles gieriges Grinsen erkennen. Bevor ich nach ihm treten konnte, hatte er sich auf mich gelegt, meine Handgelenke geschnappt und sie über meinen Kopf auf die Matratze gedrückt. Mit seinem Gewicht quetschte er alle Luft aus mir heraus.

»Lass mich los!«, schrie ich und versuchte, mich unter ihm herauszuwinden, doch er war viel zu schwer. Verzweifelt sah ich mich im Raum um, doch außer den schemenhaften Umrissen von Schränken und Kommoden konnte ich nichts erkennen. Keine Spur von einem Gegenstand, den ich hätte verwenden können, um ihm eins überzuziehen.

Ich schluchzte auf, als ich spürte, wie er seine Lippen auf meinen Hals presste. Übelkeit stieg in mir auf. Mein Blick verschwamm, während mir heiße Tränen die Wangen hinunterliefen und ich zappelnd versuchte, mich irgendwie zu befreien.

Das durfte nicht wahr sein. Konnte nicht.

Seine freie Hand fuhr an meinem Brustkorb entlang nach unten zum Saum meiner Bluse. Dann darunter. Ich spürte seine Finger auf meiner nackten Haut, wie sie sich einen Weg zurück nach oben bahnten. Er packte meine Brust und knetete sie so fest, dass es schmerzte.

Wie kann er mir so etwas antun?

»Stell dich nicht so an«, keuchte Kyle dicht an meinem Ohr, und mir wurde kotzübel.

Ich schrie, bis ich keine Luft mehr bekam, und selbst dann schrie ich noch weiter. Irgendjemand musste mich doch hören, verdammte Scheiße! Mir entfuhr ein Schluchzen.

In diesem Moment verlagerte Kyle sein Gewicht auf meinem Körper – und genau das *war sein Fehler. Im Bruchteil einer Sekunde rammte ich ihm mein Knie in die Seite.*

Er krümmte sich, lockerte den Griff um meine Handgelenke, und ich konnte sie ihm entreißen. Dabei stieß ich ihm den Ellenbogen gegen die Schläfe und rollte mich unter ihm heraus, als er sich auf die Seite drehte und fluchend den Kopf hielt.

Noch nie hatte mein Herz so wild gepocht. Alles, was ich in diesem Moment denken konnte, war, dass ich dieses Zimmer, dieses Haus, auf dem schnellsten Weg verlassen musste.

Ich hastete zur Tür, riss sie mit zitternden Händen auf und rannte die Treppe herunter.

Ich muss hier raus.

Alles um mich herum blendete ich aus, nahm nichts mehr wahr außer der Haustür. Dann hatte ich es geschafft, befand mich im Vorgarten und rannte, so schnell mich meine wackeli-

gen Beine trugen. Weg. Nur weg von diesem Haus und diesem Abend, den ich wohl nie vergessen würde.

Austin saß mittlerweile auf dem Bett dicht neben mir und hatte seinen Arm um mich gelegt. Mein Kopf ruhte an seiner Brust. Mit seinem starken Griff versuchte er, meinem bebenden Körper Halt zu geben.

Ich konnte nicht mehr aufhören zu weinen. Die Tränen flossen einfach so aus mir heraus, ich konnte sie nicht aufhalten.

Beruhigend streichelte er meine glühende Wange.

»Danach bin ich, so schnell es ging, nach Hause gerannt. Meine Tasche und meine Jacke lagen noch irgendwo in der Küche, aber das war mir egal.« Ich schniefte. »Ethan hat mir die Sachen am nächsten Tag vorbeigebracht. Als er gefragt hat, warum ich so schnell abgehauen bin, habe ich behauptet, mir wäre schlecht geworden.«

»Ich hätte ihn auf der Straße kaltmachen sollen«, zischte Austin mit hasserfüllter Stimme. Ich konnte spüren, wie sich sein Körper anspannte. »Das Ganze tut mir so unfassbar leid, Jade. Ich kann mir nicht annähernd vorstellen, wie sich die Situation für dich angefühlt haben muss.«

Ich schlang die Arme noch fester um seinen Oberkörper in der Hoffnung, er würde mich vor all den Erinnerungen beschützen. Darüber zu sprechen fühlte sich an, als würde das Pflaster, das ich die letzten Monate mit viel Mühe auf meine Wunden geklebt hatte, ganz langsam und schmerzhaft von meiner Haut gezogen. Doch was sich darunter verbarg, war noch viel schlimmer.

»Es geht noch weiter«, sagte ich mit heiserer Stimme.

Am Sonntag vergrub ich mich in meinem Bett, kam nur zum Mittagessen mit meinen Eltern heraus und als Ethan mir meine Sachen brachte, die ich auf der Party liegen gelassen hatte. Es fiel mir schwer, wirklich zu begreifen, was am gestrigen Abend passiert war, doch ich wusste, dass ich mit Tara und Beth darüber reden musste. Besonders mit Tara. Sie musste erfahren, was für ein Schwein ihr Freund war. Wir kannten uns so viele Jahre, niemals hätte ich es für möglich gehalten, dass Kyle seine eigene Freundin hinterging und einem Mädchen solch schreckliche Dinge antat, und Tara ging es sicherlich nicht anders. Sie würde aus allen Wolken fallen.

Aus Angst vor einem Gespräch ging ich meinen Eltern und Freundinnen in den nächsten Tagen aus dem Weg; doch für Mittwoch hatten wir uns bei Tara verabredet, um zu dritt einen Filmabend zu machen. Dann musste ich mit den beiden sprechen – sie würden mir ohnehin sofort ansehen, dass etwas nicht stimmte.

Am Mittwoch öffnete mir Taras Mutter die Tür. Ich murmelte eine Begrüßung, dann lief ich die Treppe zu Taras Zimmer hinauf. Meine Beine fühlten sich so schwer an, als ob sie in Zement steckten. Zitternd klopfte ich an die Tür und drehte anschließend den Knauf.

Als ich eintrat, sah ich zuerst Beth, die in Taras Hängematte lag und auf ihrem Handy herumtippte. Sie richtete sich auf und strich sich die dunkelblonden welligen Haare über die Schulter. Tara saß auf dem Bett und fischte gerade ein Gummibärchen aus einer Tüte.

»Wen haben wir denn da?«, fragte Tara und funkelte mich aus ihren dunkelbraunen Augen an.

»Hey«, kam es von Beth.

Es fühlte sich an, als würde ich gegen eine Eiswand knallen. Kein Funken Wärme. Beide musterten mich von oben bis unten.

Tara steckte sich ein weiteres Gummibärchen in den Mund, kaute darauf herum und hob dabei langsam eine Augenbraue. »Kyle hat uns alles erzählt«, zischte sie. »Miststück.«

Mir stockte der Atem, in meinem Hals bildete sich ein Kloß. Mich beschlich das grausame Gefühl, dass Kyle ihnen alles andere als die Wahrheit gesagt hatte …

»Was hat er dir erzählt?«, würgte ich hervor.

Tara schnaubte, was bei ihr alles andere als ein gutes Zeichen war. Beth schüttelte nur den Kopf und setzte sich neben ihre Freundin aufs Bett.

Ich stand mitten im Raum, hatte die Tür mittlerweile hinter mir geschlossen.

»Na, dass du kleines Flittchen dich auf Katies Party am Wochenende an ihn rangemacht hast.«

Mir wurde schlecht. War das sein verdammter Ernst?

»Er hat gesagt, du wolltest mit ihm in die Kiste, aber er hat dir einen Korb gegeben, weil du Tara nie das Wasser reichen könntest«, fügte Beth hinzu.

»Das stimmt nicht, was …« Bevor ich den Satz zu Ende bringen konnte, fiel mir Tara ins Wort.

»Sei einfach still! Ich wusste schon immer, dass du ein Auge auf ihn geworfen hast. Die Sache mit Ethan hast du wahrscheinlich auch nur durchgezogen, um ihn eifersüchtig zu machen.« Sie lachte hasserfüllt auf.

»Hört mir doch erst mal zu. Tut mir den Gefallen, bitte!« Verzweifelt fuhr ich mir mit den Händen übers Gesicht. »Er war es, der sich an mich rangeschmissen hat.« Ich schluckte hart. »Nachdem ich ihn abgewiesen habe, hat er mich in ein scheiß Schlafzimmer gezogen und ist da praktisch über mich hergefallen. Um davonzukommen, musste ich ihm mein Knie in die Seite rammen, sonst …« Meine Stimme brach. Ich versuchte, die Tränen

zurückzuhalten. »Sonst hätte er etwas mit mir gemacht, was ich niemals gewollt hätte und …«

»Lüg nicht auch noch so dumm rum«, schrie mich Tara an und verschränkte die Arme vor der Brust. »Verpiss dich einfach. Ich will nichts mehr mit dir zu tun haben.«

»Beth?« Flehend sah ich meine andere beste Freundin an, doch noch bevor ich ihren Namen ausgesprochen hatte, merkte ich, dass es zwecklos war. Ihr Gesichtsausdruck sagte alles.

»Ich bin auf Taras Seite, also verschwinde am besten.«

Wut kochte in mir hoch.

Wut auf Kyle.

Wut auf Tara und Beth.

Wut auf mich, weil ich nicht sofort mit Tara gesprochen und ihr die Wahrheit gesagt hatte.

»Wir sind so viele Jahre befreundet, und dann glaubt ihr so einem Idioten mehr als mir? Wollt ihr mich verarschen? Wollt ihr unsere Freundschaft einfach so in die Tonne treten?«

»Kyle ist mein Freund. Er hat mich noch nie belogen, und ich vertraue ihm. Du hast die Gelegenheit ausgenutzt, um mit ihm in die Kiste zu steigen. Wir sind keine Freunde mehr.«

Taras Kälte ließ mich erschaudern. Ich starrte sie an, konnte nicht fassen, dass das hier wirklich passierte. Was Kyle mir angetan hatte, war eine Sache, aber dass meine Freundinnen mich so vor den Kopf stießen, war eine ganz andere.

Stumm wandte ich mich ab, um zu gehen. Doch gerade als ich die Tür öffnen wollte, hörte ich Taras Stimme.

»Und noch was, Jade.« Sie machte eine kurze Pause, aber ich blieb mit dem Rücken zu ihr stehen, wollte sie nicht ansehen. »Dir wird niemand in Beckhaven glauben. Ab jetzt herrscht Krieg.«

Ich atmete tief ein und aus. Mittlerweile spürte ich nur Leere, konnte keine Tränen mehr weinen, nur noch trocken schluchzen. Es war das erste Mal, dass ich darüber gesprochen hatte, was in Beckhaven geschehen war. Und niemals wäre ich davon ausgegangen, dass ich es ausgerechnet einem Kerl erzählen würde. Aber in diesem Moment fühlte es sich richtig an – auch wenn es mich Überwindung gekostet hatte.

»Wenn die mir nur einmal über den Weg laufen, können die ihr blaues Wunder erleben«, knurrte Austin. Sein Kinn hatte die ganze Zeit auf meinem Kopf geruht. Jetzt richtete er sich ein Stück auf und fuhr sich mit der Hand über den Oberschenkel.

»Tara hat ihre Drohung wahrgemacht«, sagte ich mit zitternder Stimme. »Sie haben allen Leuten Kyles Geschichte erzählt und behauptet, dass ich ein Flittchen bin, das mit dem Freund ihrer besten Freundin vögeln wollte. Es stand also drei gegen eine, und rate mal, wer dabei den Kürzeren gezogen hat … Alle meine Freunde haben sich gegen mich gestellt. Alle haben mich für eine Schlampe gehalten und mir das auch gezeigt. Ich hatte niemanden mehr, und meinen Eltern konnte ich nicht davon erzählen, dafür habe ich mich zu sehr geschämt«, brach es aus mir heraus. Zitternd holte ich Luft und versuchte, meinen Puls in den Griff zu bekommen.

Austin hörte mir zu, ließ mich ausreden, stand mir bei. Langsam schüttelte er den Kopf. »Ich kann das einfach nicht glauben. Wie konnten die dir das nur antun?«

»Kyle konnte schon immer sehr überzeugend sein. Er ist ein charmanter Kerl, den jeder mag. Sehr selbstbewusst und immer gut drauf. Die anderen haben seine Story einfach nie hinterfragt. Danach habe ich mich immer mehr zurückgezogen, ging nur noch raus, wenn es wirklich sein musste.«

»Und deine Eltern haben nicht gecheckt, dass etwas nicht stimmt?«

Ich schluckte hart. »Doch, schon … Aber nachdem ich sie immer wieder hab abblitzen lassen, haben sie irgendwann aufgehört zu fragen. Sie machen sich bis heute Sorgen, haben aber akzeptiert, dass es da etwas gibt, über das ich nicht mit ihnen reden kann.«

»Verstehe.«

»Es war alles so schrecklich … Ich habe an unsere Freundschaft geglaubt, und plötzlich war alles vorbei. Das ganze Vertrauen in die beiden Menschen, die mir damals mit am meisten bedeutet haben, war weg. Ich hatte mich in ihnen getäuscht, und das verfolgt mich noch immer jeden Tag und jede Nacht.«

»Das tut mir so unendlich leid«, sagte Austin leise.

Wir saßen noch eine Weile so da, mein Kopf an seiner harten Brust, meine Arme um seine Mitte geschlungen. Immer wieder drückte er mich an sich, streichelte mir über die Wange und den Kopf. Wir waren uns so nah, dass ich das Gefühl hatte, uns könnte nichts mehr trennen. Seine großen, warmen Hände gaben mir all die Sicherheit, die ich schon so lange vermisste.

Nach ein paar Minuten gähnte ich. Ich fühlte mich vollkommen ausgelaugt.

»Bist du müde? Willst du schlafen?«

Ich richtete mich ein Stück auf, sodass ich Austin in die Augen sehen konnte. In seinem Blick lag viel mehr als Mitgefühl oder Sorge. Die Art, wie er mich ansah, voller

Verständnis und Zuneigung, Wärme und Geborgenheit, nahm mir eine Last von den Schultern. Einen Felsen, der die vergangenen Monate auf meiner Brust gelegen und sich nicht vom Fleck bewegt hatte.

Er schien perfekt.

Perfekt für mich.

Ich räusperte mich, meine Stimme war immer noch heiser. »Ein bisschen.«

»Okay, dann leg dich schon mal hin, ich hole dir noch ein Glas Wasser, und dann mache ich mich auf den Heimweg.«

»Du …« Ich wollte, dass er hierblieb. Bei mir. »Du kannst auch hier übernachten.«

Er runzelte die Stirn. »Bist du dir sicher?«

»Es wäre schön, wenn du bleibst. Ich will jetzt nicht allein sein.«

Er grinste.

Ich liebte es, wenn er das tat. Weil er mich damit jedes Mal daran erinnerte, dass das Leben schön war.

»Dann mache ich das gerne.«

Austin würde bei mir übernachten. Er würde neben mir liegen, neben mir einschlafen und wieder aufwachen. Ein wenig verwundert stellte ich fest, dass ich das mehr wollte als alles andere. Vor ein paar Wochen war ich noch davon ausgegangen, dass niemals wieder ein Mann in meinem Bett schlafen würde, aber Austin gab mir zum ersten Mal seit neun Monaten das Gefühl, dass alles gut werden, dass ich wieder vertrauen könnte.

Nachdem ich im Bad gewesen war und mir mein riesiges Backstreet-Boys-Shirt und eine Schlafhose angezogen hatte, schlüpfte ich unter die kuschelige Decke.

Austin holte mir wie versprochen noch ein Glas Wasser, und ich nahm einen Schluck, bevor er es auf den Nachttisch stellte, das Licht ausschaltete und sich mit seiner Jacke als Decke neben mein Bett auf den Boden legte. Das Mondlicht, das durch einen kleinen Schlitz zwischen den Jalousien drang, tauchte sein Gesicht in magisches Silber.

»Was machst du da?«, fragte ich ihn verwundert.

»Schlafen. Du hast nicht zufällig noch ein Kissen übrig?«

»Aber … Nein …« Mein Herz raste. »Du … Du kannst auch bei mir schlafen. Also hier in meinem Bett.«

Er richtete sich auf. »Bist du dir sicher?«

Ich nickte.

Er stand auf und schlüpfte zu mir unter die Decke.

Ich drehte mich auf die Seite, sodass unsere Gesichter nur Zentimeter voneinander entfernt waren, und versuchte, möglichst gleichmäßig zu atmen.

»Ich bin wirklich froh, dass du mir all das erzählt hast«, flüsterte er. »Jetzt verstehe ich, warum du erst so abweisend warst. Es tut mir leid, dass ich am Anfang so hartnäckig war.«

Seine Augen verrieten mir, dass er es ernst meinte. Ich rückte noch ein Stück näher, spürte seinen heißen Atem auf meiner Haut. »Du konntest es nicht wissen«, erwiderte ich leise. »Ich … Es tut gut. Ich meine, wenn du da bist.«

Die Worte waren einfach so herausgekommen, aber sie fühlten sich richtig an. Kyle und Austin waren sich auf den ersten Blick vielleicht ähnlich, auf den zweiten jedoch grundverschieden, das war mir inzwischen klar.

»Ich bin auch gerne bei dir.«

Trotz des Kummers, den ich heute gehabt hatte, stahl sich ein kleines Lächeln auf meine Lippen. Ich fragte mich, ob ich mich schon mal so bei jemandem gefühlt hatte. So geborgen, sicher, zu Hause.

Nur eine Sache war da noch, die mich nicht losließ. »Nachdem ich dir mein Geheimnis anvertraut habe ... Gibt es vielleicht auch etwas, über das du mit mir sprechen willst?«

Ich hörte, wie er tief Luft holte. »Lass uns das auf einen anderen Zeitpunkt verschieben, okay?«

»Okay.«

Er hatte mich nie zu etwas gedrängt, und das wollte ich umgekehrt auch nicht tun. Hier neben ihm zu liegen gab mir ein gutes Gefühl, das ich nicht aufs Spiel setzen wollte. Was auch immer in seiner Vergangenheit geschehen war, er würde mit mir darüber reden, wenn er bereit dazu war.

Als ich sanft eine Hand auf seine Brust legte, sog Austin scharf die Luft ein. Dann spürte ich seine Finger hauchzart an meiner Taille.

Ich näherte mich ihm langsam. Zentimeter für Zentimeter. Bis kein Blatt mehr zwischen uns passte. Meine Hand wanderte zitternd von seiner Brust nach oben über seinen Hals zur Wange und in seine hellbraunen Haare, die nach Shampoo dufteten.

Sein heißer Atem streifte erst meine Wange, dann meinen Mund. Ein paar Sekunden später spürte ich, wie sich seine vollen Lippen zart auf meine legten.

Ich hielt die Luft an. Erwiderte den Kuss und ließ mich fallen. Zog ihn so nah an mich, wie ich konnte, wollte in ihm versinken und nie wieder auftauchen.

Seine Hand wanderte über meine Taille und meinen Rücken zu meiner Wange und wieder nach unten zu meiner Hüfte. Dann teilte er mit der Zunge meine Lippen, erkundete meinen Mund, verursachte ein Ziehen in meinem Bauch.

Seufzend intensivierte ich den Kuss, fuhr mit den Händen durch seine Haare, über seine harte Brust und zu seinen Bauchmuskeln, bis er sich schließlich von mir löste.

Immer noch waren wir uns so nah, dass wir den Atem des anderen auf der Haut spürten. Ein Lächeln legte sich auf mein Gesicht, und Austin erwiderte es. Dann hauchte er mir noch einen sanften Kuss auf die Lippen, drehte sich auf den Rücken und zog mich an sich, sodass ich meinen Kopf auf seiner Brust ablegen konnte. Er schlang seine Arme um mich, und ich schlief zum beruhigenden Wummern seines Herzschlags ein.

KAPITEL 27

»Kannst du dir vorstellen, dass der große Typ dort vorne mir eben zehn Dollar Trinkgeld gegeben hat?«

Olivia tänzelte auf mich zu, während sie mit dem Daumen über die Schulter auf einen Kerl im Anzug deutete, der gerade das Café verließ. Freudestrahlend kam sie mit ihrem Tablett bei mir hinter der Kuchentheke an und schnalzte mit der Zunge.

»Kein Wunder, so wie er dich angesehen hat«, erwiderte ich und platzierte die Brownies neben der Platte mit dem Käsekuchen. »Vielleicht liegt es auch an der zusätzlichen Schicht Wimpern, mit denen du ihn angeklimpert hast.«

»Hey! Ich habe später noch eine Audition, da will ich besonders gut aussehen.« Olivia lachte und warf mir einen Lappen gegen den Kopf.

»Nicht so viel tratschen, Mädels«, kam es plötzlich von Larry, der mit seiner Jacke in der Hand aus dem Büro gekommen war und an uns vorbei zum Ausgang hetzte. »Zurück an die Arbeit.«

Olivia verdrehte die Augen und schnappte sich wieder das Tablett, um noch mehr dreckiges Geschirr von den Tischen abzuräumen.

Ich kümmerte mich währenddessen um das Glas mit den Cookies, füllte es auf und stellte es auf die Glastheke zurück. Zufrieden grinsend betrachtete ich mein Werk, als Olivia wieder neben mir auftauchte.

»Ich hab einen Riesenhunger«, sie sah sich prüfend um. »Wenn Miles nicht da wäre, würde ich mich knallhart auf die Zimtschnecken stürzen, alle verdrücken und es danach auf dich schieben.«

Als ich sah, wie sehnsüchtig Olivia das Gebäck beäugte, musste ich laut lachen. »Wann hast du denn deine Audition?«, fragte ich sie, nachdem ich mich wieder eingekriegt hatte.

»Heute Nachmittag um fünf. Es werden Tänzer für ein Musikvideo von dieser RnB-Sängerin gesucht, zu deren Songs ich schon öfter in meinen Classes unterrichtet habe. Drück mir die Daumen, dass es dieses Mal klappt.«

In den letzten Wochen war Olivia von Vortanzen zu Vortanzen gerannt, um ihre Karriere voranzutreiben. Sie hatte zwar immer wieder einen Job ergattern können, aber etwas Langfristiges wie eine Tour oder eine Anstellung als feste Tänzerin im Ensemble eines Musikers war noch nicht dabei gewesen.

»Schreib mir unbedingt, wie es war! Die werden sicher total begeistert von dir sein.« Ich steckte die Hände in die Taschen meiner Schürze und lief um die Theke.

»Oder ich erzähle es dir heute Abend persönlich. Wir wollten noch in einen Club gehen, also ein paar aus der Clique und ich. Komm doch mit, die anderen würden sich bestimmt auch total freuen.«

Mich überkam ein warmes Gefühl. »Das würde ich

wirklich gerne. Danke für die Einladung.« Ich lächelte sie an und strich mir eine Strähne hinters Ohr.

Olivia klatschte begeistert in die Hände. »Super! Gegen sieben bei mir, okay? Dann können wir uns noch gemeinsam fertig machen.«

Ich nickte, bevor sie abzischte, um die Bestellung eines Kunden aufzunehmen, der sie gerufen hatte.

Der Abend würde sicher lustig werden. Und ich würde Austin sehen. Sobald ich nur an ihn dachte, verzog sich mein Mund wie ferngesteuert zu einem breiten Grinsen. Als ich mich ihm vor ein paar Tagen anvertraut und er bei mir geschlafen hatte, war ein Knoten geplatzt. Es hatte gutgetan, endlich mit jemandem darüber zu reden, was in Beckhaven passiert war, und wie Austin sich um mich gekümmert hatte, war unfassbar schön gewesen. Außerdem hatte es in meinem Bauch ziemlich stark gekribbelt, als ich am nächsten Morgen neben ihm aufgewacht war. Es hatte sich richtig angefühlt, ganz natürlich. Seitdem hatten wir viele Nachrichten geschrieben und uns gestern kurz in der Tanzschule gesehen. Ich hatte immer noch Angst, dass Kyle erneut auf der Bildfläche erscheinen und mich bedrohen würde, doch davon wollte ich mich nicht vom Tanzen abhalten lassen – und glücklicherweise war er bisher auch nicht mehr aufgetaucht. Hoffentlich blieb das weiterhin so.

Dumpf drangen die Bässe schon auf der Straße an mein Ohr. Wir näherten uns dem Fairy's, einem Club in Tribeca, von dem Olivia mir den restlichen Vormittag über vorgeschwärmt hatte. Wir waren zusammen mit Vincent und Jules mit der U-Bahn hergefahren und von der Haltestelle noch fünf Minuten bis zu der schmalen Seitenstraße gelaufen, die rechts und links von backsteinfarbenen Hochhäusern gesäumt wurde.

»Und, wie war die Audition?«, erkundigte sich Jules, die Hand in Hand mit Vincent neben uns herging. An seiner Seite sah sie noch kleiner und zierlicher aus, als sie es ohnehin war. Ihr tiefschwarzes Haar glänzte im Schein der Straßenlaternen.

»Ich glaube echt gut. Die Choreo hat superviel Spaß gemacht, und die Choreografin hat immer wieder in meine Richtung gelinst.« Olivia lachte. »Hoffentlich war das ein gutes Zeichen.«

»Und wann bekommst du gesagt, ob du den Job hast?«, fragte ich neugierig.

»Im Laufe der nächsten zwei Wochen. Daumen drücken!«

»Klar, das machen wir doch sowieso!«

Olivia zufolge war der Club ziemlich entspannt. Unnötiges Aufbrezeln war anscheinend unnötig. Ich hatte mich für eine schwarze enge Jeans und ein dunkelrotes hautenges Oberteil entschieden, das meine Schultern frei ließ. Dazu trug ich goldene Ringe, filigrane Ketten und meinen schwarzen Mantel, den ich in der Taille geschnürt hatte. Zum ersten Mal seit vielen Monaten hatte ich mal wieder einen Lockenstab benutzt, um ein paar Wellen in meine Haare zu zaubern, und kam mir wie ein neuer Mensch vor.

Olivia hatte riesige Kreolen in den Ohren, ihre blauen Haare fielen ihr glatt über die Schultern. Zu einer weißen Spitzenbluse trug sie eine schwarze Hose und eine Kunstlederjacke, die sie sich über die Schultern gelegt hatte. Das Outfit stand ihr – wie eigentlich alles – wahnsinnig gut, besonders das Weiß der Bluse in Kombination mit ihren hellblauen Haaren schuf einen tollen Kontrast.

Schon von Weitem sah ich Brennan, der neben Austin stand und uns zuwinkte. Die beiden hatten sich abseits der langen Schlange, die sich vor der Eingangstür des Clubs gebildet hatte, direkt neben dem Türsteher postiert, der nahezu so breit wie hoch war.

Mit jedem Schritt, den ich Austin näher kam, breitete sich ein Gefühl von Wärme in mir aus. Er grinste breit, und ich erwiderte es schon aus der Entfernung. Beim Gedanken an die Bauchmuskeln, die sich unter seinem schwarzen T-Shirt verbargen, wurde mir noch heißer. Seine schwarze Jeans hatte Schlitze an den Knien und fiel locker um seine athletischen Beine. Dazu trug er eine hellblaue Jeansjacke, in deren Taschen er seine Hände vergrub.

Wer zur Hölle hat ihm erlaubt, so gut auszusehen?

»Wurde auch mal Zeit, Kinder, wir warten schon seit gut zehn Minuten auf euch«, rief Brennan uns entgegen und spitzte empört die Lippen.

Wir begrüßten uns alle gegenseitig, doch Austin hob ich mir bis zum Schluss auf. Als ich endlich vor ihm stand, trafen sich unsere Blicke. Im nächsten Moment schlang er fest die Arme um mich. Sofort begann sich in meinem Unterleib etwas zu regen, und mein Herz pochte wie wild. Seine Berührung raubte mir die Luft zum Atmen.

»Du siehst schön aus«, flüsterte er, als wir uns voneinander lösten.

»Danke«, sagte ich leise und explodierte innerlich. »Du siehst auch ganz okay aus.«

Meine Damen und Herren, hier hatten wir sie: die Untertreibung des Jahres.

Er grinste mich schief an und steckte die Hände zurück in die Jackentaschen, dann folgten wir den anderen.

Brennan wechselte kurz ein paar Worte mit dem Türsteher, dann ließ dieser uns vorbei in den Club.

»Was war das denn?«, fragte ich Brennan verwirrt, der vor mir lief und sein dunkelblaues Hemd glatt strich. »Kanntest du den Türsteher?«

Er drehte sich zu mir um und wartete kurz, bis wir auf einer Höhe waren. »Nein, aber den Clubbesitzer. Wir haben ein paarmal miteinander geschlafen. Nichts Wildes. Na ja…« Er lachte. »Wild war es schon. Aber mehr wurde daraus nicht. Dafür darf ich jetzt kostenlos ins Fairy's und muss nicht Schlange stehen.« Schulterzuckend fuhr er sich durch das kurz rasierte blonde Haar.

Ich konnte mir ein Lachen nicht verkneifen. »So kann man es natürlich auch machen«, erwiderte ich und boxte ihn spielerisch gegen den Arm.

Durch einen Flur gelangten wir zu einer breiten Steintreppe, die uns in das Untergeschoss des Gebäudes führte. Ein Gewölbe mit weißen Wänden endete ein paar Meter weiter an einer massiven dunkelgrauen Tür, hinter der laute RnB-Musik zu hören war.

Gespannt folgte ich den anderen in den Club.

In meinem Leben hatte ich schon einige Partys und Diskos besucht, aber in solch einem riesigen Laden war ich bisher noch nie gewesen. Wir standen auf einer Art kleinen Galerie, von der aus eine Treppe seitlich an der Wand hinunterführte und die den Blick auf das Areal mit Hunderten feiernden Menschen freigab. An der rechten

Seite des riesigen Raumes befand sich eine Bar, über der Neonröhren angebracht waren, die den ganzen Bereich in Blau- und Grün-Töne tauchten. An der Wand dahinter waren bis zur Decke Glasregale angebracht, auf denen diverse Spirituosen ihren Platz hatten. Hinten in der Ecke neben der Bar zweigte ein Flur ab, wahrscheinlich führte er zu den anderen Räumen, von denen Jules mir auf dem Weg hierher erzählt hatte. In diesem befand sich die Tanzfläche in der Mitte. Geradeaus, an der Wand dahinter, stand ein DJ an seinem Pult und tanzte wie wild zu den Beats, die er auflegte. Ein kurviger Weg, der mit kleinen aus dem Boden ragenden Säulen gekennzeichnet war, zog sich durch den gesamten Club und umrahmte die Tanzfläche, auf der sich etliche Menschen zur Musik bewegten.

Vorsichtig liefen wir die schmale Treppe hinunter. Hinter mir konnte ich Austin spüren, der seine Hand an meine Taille gelegt hatte und meine Haut damit zum Kribbeln brachte.

»Dahinten ist für uns reserviert«, sagte Brennan und steuerte auf eine Sitznische mit dunkelblauen Sofas und Sesseln zu, die durch ein silbernes Band vom geschwungenen Zwischengang abgeteilt waren. Auf mehreren Hockern, die auch als Beistelltische fungierten, standen Schüsseln mit Snacks bereit.

Nachdem wir unsere Jacken abgelegt hatten, sprinteten Jules und Brennan direkt auf die Tanzfläche. Vincent band sich sein schulterlanges braunes Haar zu einem Zopf und machte es sich auf der Couch bequem, während Olivia, Austin und ich uns um die Getränke kümmerten.

Wir tanzten über den geschwungenen Weg zur Bar, und Austins Griff um meine Hüfte wurde fester. Er zog mich ein Stück näher zu sich. Als Olivia registrierte, dass ich den Arm um seinen Rücken gelegt hatte, zwinkerte sie mir schmunzelnd zu, und ich musste kichern.

An der Bar angekommen, warf ich einen Blick auf die lange Karte.

Austin stellte sich hinter mich und stützte sich mit dem Ellenbogen am Tresen ab. Seine muskulöse Brust streifte meine Schulterblätter. »Du riechst gut«, wisperte er mir ins Ohr.

Ich holte tief Luft und genoss den Augenblick. Seine Berührungen, seine Gegenwart fühlten sich so unglaublich gut an, dass ich am liebsten nie wieder von seiner Seite gewichen wäre. Ich wollte ihn um mich haben. Jeden Tag.

»Wisst ihr schon, was ihr trinken wollt?«, kam es von Olivia, die uns vielsagend angrinste.

»Ähm … Ich … Ich glaube, ich nehme einen …« Ich überlegte kurz. »Einen Erdbeer-Mojito.«

»Klingt gut, den nehme ich auch«, erwiderte sie und winkte einen der Barkeeper zu sich. Dann bestellte sie die zwei Cocktails für uns, für Jules und Brennan Piña Coladas und für Austin und Vincent jeweils ein Bier.

Zurück in unserer Nische setzte sich Austin neben mich auf eines der breiten Sofas und stellte die Getränke vor uns ab. Jules und Brennan kamen völlig außer Atem von der Tanzfläche und machten es sich mit ihren Drinks in der Hand auf zwei Sesseln gemütlich. Während wir uns unterhielten und lachten, ruhte Austins Hand auf meinem Oberschenkel, und sein Daumen streichelte immer wieder in kreisenden Bewegungen darüber. Seine Berührungen ließen mein Herz schneller schlagen und Hitze in mir aufsteigen.

»Lass uns ein bisschen tanzen«, sagte Olivia irgendwann und stellte ihr leeres Glas auf einen der Tische. Sie zog sich ihr Spitzenoberteil zurecht und hielt mir die Hand hin.

Ohne lange zu überlegen, griff ich lachend danach. Über die Schulter warf ich einen kurzen Blick zu Austin. Er lehnte sich auf dem Sofa zurück, verschränkte die Hände hinter dem Kopf und beobachtete mich grinsend.

»Oh, yeah, das ist mein Song!«, rief Jules uns zu, als wir die Tanzfläche erreichten und der DJ ein neues Lied anspielte. Da sie genau denselben Satz an diesem Abend schon ein paarmal gebracht hatte, prusteten Olivia und ich los.

»Jeder Song ist dein Song, wenn du angetrunken bist, Jules«, entgegnete Olivia und legte ihr einen Arm um die Schultern.

Jules kicherte und begann sich im Takt der Musik zu bewegen, und Olivia und ich stiegen mit ein.

Grinsend versuchte ich, ein paar der Schritte einzubauen, die ich in den letzten Wochen gelernt hatte. Ließ alles raus und dachte nicht darüber nach, ob es gut aussah.

Nach mindestens drei Songs sah ich Vincent, der hinter Jules aufgetaucht war und sie antanzte. Sie ließ die Hüften kreisen und hob die Arme über den Kopf, um sie um seinen Hals zu legen. Die beiden sahen unglaublich süß zusammen aus; ich freute mich, dass sie glücklich miteinander waren.

Im nächsten Moment spürte ich, wie von hinten ein Arm um meine Taille geschlungen wurde. Ich zuckte kurz zusammen, doch als mir der vertraute Orangenduft in die Nase stieg, entspannte ich mich.

Zärtlich strich Austin über meine Hüfte und meinen Bauch, und ich lehnte mich an seine harte Brust. Spürte den heißen Atem in meinem Nacken, als er mit seiner anderen Hand meine Haare zur Seite strich. Trotz der Hitze, die sich zwischen uns aufbaute, überzog eine Gänsehaut meinen Körper. Er kam mir noch näher, und ich grinste ihn aus dem Augenwinkel an, biss mir in die Unterlippe, flirtete mit ihm. Fühlte mich frei und zugleich beschützt. Als das nächste Lied zu spielen begann, drehte er mich mit einem Ruck zu sich um, sodass ich mich an seinen Schultern festhalten musste, um nicht das Gleichgewicht zu verlieren. Sofort lagen seine Hände fest an meinen Hüften und bewegten sie im Flow der Musik.

»Hey!«, rief ich mit gespielter Entrüstung und boxte ihm leicht gegen die Brust.

Austin senkte den Blick und lachte, dann trafen sich unsere Blicke, und meinen Körper durchfuhr ein Schauer. Ich atmete stockend aus, als er mich noch näher an sich zog und mit den Händen über meine Hüften fuhr.

Zögerlich nahm ich meine Arme hoch und legte sie über seine Schultern, streichelte seinen Nacken und fuhr mit den Fingerspitzen in seinen Haaransatz.

Austin spannte den Kiefer an, und ich spürte, wie auch er eine Gänsehaut bekam. Sein Griff wurde fester, bestimmter, während sich unsere Hüften im Einklang mit der Musik bewegten.

Es fühlte sich an, als ob wir nie etwas anderes getan hätten, als zusammen zu tanzen. Adrenalin rauschte durch meine Adern, und ich presste meine Brüste an seinen Oberkörper. Schweißperlen bildeten sich auf meiner Stirn, und ich spürte, wie sich Austins Herzschlag beschleunigte.

»Ich gehe kurz zur Bar und hole mir etwas zu trinken«, flüsterte ich nach einigen Minuten dicht an seinem Ohr.

Er nickte. »Ich komme mit.«

»Quatsch, brauchst du nicht, bin gleich wieder da.«

Mit einem Lächeln auf den Lippen drehte ich mich mit wackeligen Beinen um und lief in Richtung Bar.

Mein Blick flog über die Karte. Als Nächstes musste es definitiv etwas Leichtes sein, vielleicht sogar am besten ein Drink ganz ohne Alkohol. Aus dem Augenwinkel konnte ich links neben mir einen Kerl ausmachen, der mit einem der Barkeeper sprach. Er hatte einen spanischen Akzent, und ich schnappte die Worte »Leche on the Rocks« auf. Den Blick starr auf die Karte gerichtet, musste ich mich zusammenreißen, um nicht laut loszulachen. Mein Spanisch war zwar nicht das beste, aber ich wusste, dass »Leche« »Milch« bedeutete. Hatte dieser Typ gerade ernsthaft ein Glas Milch auf Eis bestellt? Ich schüttelte grinsend den Kopf.

»Du hast ein schönes Lächeln.«

Die Stimme kam mir bekannt vor, aber ich konnte mich nicht erinnern, woher. Irritiert sah ich auf – und blickte in ein Paar dunkelbraune Augen.

Dax.

Nachdem ich realisiert hatte, wer mich da angesprochen hatte, verkrampfte ich mich und senkte den Blick schnell wieder auf die Karte in meinen Händen.

»Danke.«

»Du bist doch die von neulich, vom Battle, oder nicht?«, sagte er und verzog die vollen Lippen zu einem Lächeln.

»Kann sein«, entgegnete ich. Keine Ahnung, was er von mir wollte, aber er war mir nicht geheuer.

Er kratzte sich am Hinterkopf und fuhr sich über seine kurzen krausen Haare, dann kam er einen Schritt auf mich zu.

Mit zusammengezogenen Augenbrauen beobachtete ich ihn aus dem Augenwinkel.

»Darf ich dir einen Drink spendieren?«

»Hör zu …« Ich klappte die Karte zu und schaute ihm direkt in die dunklen Augen, in denen etwas verborgen lag, das ich nicht deuten konnte. »Geh lieber wieder … Ich weiß nicht, was da bei Austin und dir für eine Sache läuft, aber ich habe echt keine Lust auf Stress.«

»Wer redet denn hier von Stress? Ich würde mich einfach nur gerne mit einem hübschen Mädchen unterhalten.«

»Nee, lass mal.« Ich wandte mich ab und versuchte, einen der Barkeeper auf mich aufmerksam zu machen, doch keiner reagierte.

Als Dax es bemerkte, pfiff er durch die Zähne und winkte einem der Männer zu, der direkt angelaufen kam. »Sie möchte was bestellen. Schreib's einfach auf meine Liste.« Dann lehnte er sich gegen den Tresen und grinste mich an.

Ich seufzte. Checkte er nicht, dass ich nicht mit ihm reden wollte?

»Danke, aber ich kann für mich selbst bezahlen. Eine Coke, bitte.« Ich zückte ein paar Dollarscheine und gab sie dem Barkeeper, der kurz darauf eine eiskalte Coke vor mir abstellte. Ich bedankte mich bei ihm und drehte mich um, doch bevor ich einen weiteren Schritt machen konnte, tippte mir Dax auf die Schulter.

Ich fuhr herum und funkelte ihn an. Seine Lippen umspielte immer noch ein leichtes Grinsen.

»Komm, wir unterhalten uns noch ein bisschen«, sagte er und machte noch einen Schritt auf mich zu.

»Ich … Ich will mich aber nicht mit dir unterhalten«, entgegnete ich nervös und räusperte mich.

»Wieso nicht? Austin, der Vollidiot, kann mir eh nicht das Wasser reichen.« Er stieß ein bitteres Lachen aus, bevor er sich so vor mich stellte, dass ich nicht an ihm vorbeikam.

Er strahlte etwas aus, das mir Angst machte. Als ob ihm alles egal wäre und er sich außerdem für unwiderstehlich hielte. Nur für einen kurzen Augenblick hatte ich das Gefühl, etwas in seinem Blick auszumachen, das an Zerrissenheit erinnerte. Doch im nächsten Moment war es schon wieder verflogen, und ein kalter Eisblock stand vor mir.

Meine Hände zitterten. Schnell verschränkte ich die Arme, um sie zu verstecken.

Was will dieser Kerl von mir?

»Lass uns doch eine Runde tanzen. Ich habe dich eben beobachtet, du hast es echt drauf.«

»Ich will nicht mit dir tanzen!«, sagte ich laut, während ich versuchte, trotz meines rasenden Herzens nicht die Nerven zu verlieren.

»Dax?« Austin war hinter ihm aufgetaucht, die Hände zu Fäusten geballt.

Bevor er sich ihm zuwandte, verdrehte Dax die Augen, schüttelte den Kopf und schenkte mir noch ein falsches Grinsen.

»Lass sie vorbei, wenn sie nicht mit dir reden will!«, sagte Austin mit fester Stimme, in der dieselbe Kälte lag wie an dem Tag, als Kyle mir vor der Tanzschule aufgelauert hatte.

Dax machte einen Schritt zur Seite und ließ mich zu Austin durch, der meine Hand fest in seine nahm.

»Alles okay?«, fragte er, und ich nickte. Dann sah er wieder Dax an.

»Zu süß«, stieß Dax verbittert aus und klatschte langsam in die Hände.

Austin spannte den Kiefer an. »Ganz ehrlich, was sollte das?«

Ich drückte seine Hand, um ihn zu beruhigen.

»Pass gut auf deine Freundin auf, Austin. Sie ist echt hübsch.«

»Such dir eine eigene«, knurrte Austin und machte einen drohenden Schritt auf ihn zu.

Doch Dax schien das nicht weiter zu beeindrucken. Die Arme vor der Brust verschränkt, funkelte er Austin von oben herab an und legte den Kopf schief. »Ist doch nur gerecht«, sagte er kalt. »Du hast mir alles genommen – jetzt revanchiere ich mich.«

Meine Nackenhaare stellten sich auf. Stockend atmete ich aus. In Dax' Blick lag mehr als nur Wut. Ein unendlich schmerzhafter Ausdruck war in seine Augen getreten.

Ich zog an Austins Hand, wollte nicht, dass er Dax noch näher kam, doch er ließ mich einfach los. Im Bruchteil einer Sekunde hatte er Dax am Kragen seiner Lederjacke gepackt und ihn an sich gezogen. »Willst du mich verarschen?«, zischte er.

Dax lachte ihm ins Gesicht. »Komm schon, verpass mir doch eine! Nur zu, halt dich nicht zurück, zertrümmere mir ruhig noch mein anderes Bein! Ich habe sowieso nichts mehr zu verlieren.«

Was hatte Austin Dax angetan? Meine Kehle schnürte

sich zu, und ich schluckte hart, während ich versuchte, das Zittern unter Kontrolle zu bekommen, das meinen ganzen Körper erfasst hatte. Ich verstand gar nichts mehr, doch ich wusste, dass ich eingreifen musste. Sofort. Sonst würde die Situation eskalieren.

»Austin, hör auf!«, krächzte ich. Vergeblich. »Bitte, Austin, lass ihn los!«

Als er immer noch nicht von Dax abließ, hastete ich zu ihm und zerrte an seiner Schulter. Dieses Verhalten passte nicht zu Austin. Normalerweise war er durch nichts aus der Ruhe zu bringen, doch sobald er auf Dax traf, verwandelte er sich in eine tickende Zeitbombe. Ich zerrte weiter und weiter, bis er ihn irgendwann endlich losließ.

»Komm, wir gehen besser«, sagte ich leise und zog an seinem Arm.

Er sah mich an. In seinen Augen lag Hass und Verachtung, aber auch Panik und Sorge.

»Ich muss hier raus«, knurrte er schließlich und lief los.

»Warte, ich komme mit!«

»Nein, lass gut sein, Brennan soll dich nach Hause bringen«, rief er über die Schulter, ohne stehen zu bleiben.

»Stopp!« Jetzt reichte es mir. »Nach der Nummer gerade willst du einfach vor mir wegrennen? Ist das dein Ernst? Ich will endlich wissen, was los ist. Was mit *dir* los ist.«

Er war stehen geblieben, hatte mir jedoch weiter den Rücken zugekehrt. Langsam senkte er den Kopf.

Ich ging zu ihm und legte ihm eine Hand auf die Schulter. Auch wenn mir sein Verhalten Angst machte und mich verwirrte, würde ich ihn nicht alleine lassen. Er war für mich da gewesen, als ich ihn gebraucht hatte. Jetzt war ich am Zug.

Sanft fuhr ich mit meiner Hand über seinen Rücken. »Austin, ich glaube, wir müssen uns unterhalten.«

Langsam drehte er sich zu mir um und sah mich mit mahlendem Kiefer an. In seinen Augen lag ein Schmerz, bei dem sich meine Brust zusammenzog.

Dann stieß er hart die Luft aus und schloss die Augen.

KAPITEL 28

Die hellen Lichter der New Yorker Straßen und die vorbeifahrenden Taxen brachten mich der Realität ein Stück näher. Unten im Club hatte ich mich wie in einer anderen Welt gefühlt. Einer Welt, die perfekt gewesen war, bis der Abend eine ungeahnte Wendung genommen hatte. Die kühle Nachtluft holte mich zurück ins Hier und Jetzt.

Ich hatte schnell unsere Jacken geholt und mich bei Olivia und den anderen verabschiedet. Die Ausrede, dass Austin übel geworden war, hatten sie akzeptiert, ohne weiter nachzufragen.

»Bleib stehen!«, rief ich Austin hinterher, der einige Meter vor mir lief, den Kopf gesenkt, ohne den Menschen, die vor den Clubs und Bars entlang der Straße Schlange standen, die geringste Beachtung zu schenken.

Mit schnellen Schritten holte ich auf und hielt ihn am Arm fest. Drehte ihn zu mir, sodass ich ihm ins Gesicht sehen konnte. In seinen Zügen spiegelten sich immer noch Kälte und Sorge zugleich.

Er fuhr sich mit den Händen übers Gesicht und durch die Haare, holte tief Luft, als wollte er etwas sagen, presste dann jedoch die Lippen fest aufeinander. Sah sich nach rechts und links um, über meine Schulter, aber nie in mein Gesicht.

»Vielleicht gehst du doch besser wieder rein zu den anderen«, murmelte er schließlich und wollte sich wieder von mir wegdrehen, doch ich hielt ihn am Arm fest.

»Vergiss es. Nicht, bevor du mir nicht erzählt hast, was das sollte.«

»*Er* war doch der Idiot, der dich angebaggert hat …«

»Ja, aber *du* warst der Idiot, der darauf angesprungen ist! Du hast dich auch ziemlich danebenverhalten, als du ihn am Kragen gepackt hast.«

Er zuckte zusammen. »Du verstehst das nicht.«

Kopfschüttelnd starrte ich ihn an. »Dann erklär es mir endlich.«

»Ich habe dir schon gesagt, dass ich Fehler gemacht habe, die …« Er brach ab, senkte den Blick und spielte an seiner Armbanduhr herum. »Es war übel, okay? Mehr musst du nicht wissen.«

»Austin, ich weiß, wie schwer es ist, sich jemandem anzuvertrauen. Aber ich bin froh, dass ich dir gegenüber offen war – weil ich dir vertraue und möchte, dass du mich verstehst. Bitte, lass mich dich verstehen! Sonst kann das mit uns nicht funktionieren.«

Abrupt riss er den Kopf hoch und starrte mich an.

Nach ein paar langen Sekunden atmete er seufzend aus. »Lass uns ein bisschen spazieren gehen.«

Erleichtert nickte ich.

Wir liefen am Rande des City Hall Parks entlang, zwischen Gruppen von Partygängern hindurch, die uns auf unserem Weg entgegenkamen. Nach ein paar Minuten hatten wir die belebte Gegend hinter uns gelassen. Zwar kamen uns immer noch vereinzelt Passanten entgegen, aber es fühlte sich lange nicht mehr so hektisch an wie noch kurz zuvor auf einer der breiten Hauptstraßen in Tribeca. In der Entfernung zeichneten sich die grauen Steinbögen der Brooklyn Bridge vor dem Nachthimmel ab.

»Dax und ich waren beste Freunde«, platzte es aus Austin heraus.

Ich hielt den Atem an und sah ihn von der Seite an, als wir die Brücke erreichten.

Er hatte die Hände in den Taschen seiner Jacke vergraben und die Stirn gerunzelt. Sein Blick war starr nach vorne gerichtet.

»Ich… Wir… Wir hatten denselben Traum. Seit wir uns als Kinder hier in New York kennengelernt hatten, wollten wir beide immer Tänzer werden. Meine Eltern waren viel in der Tanzschule unterwegs, und auch sein Vater hat früher getanzt, so haben wir uns kennengelernt. Wir haben davon geträumt, mit Musikern auf der Bühne zu stehen, in Musikvideos zu tanzen oder für Shows gebucht zu werden… Wir wollten zeigen, was wir können.« Austin rang sich ein gequältes Lächeln ab. »Während ich meinem Traum gerade Stück für Stück näher komme, ist er für Dax vor zwei Jahren zerplatzt.« Er machte eine kurze Pause, atmete aus. »Und *ich* trage die Schuld daran.«

Mir stockte der Atem, und ich riss den Kopf zu ihm herum. Die Kälte war aus seinem Gesicht gewichen, an ihre Stelle war Reue getreten. Vorsichtig, als hätte ich Angst, dass er zurückschrecken könnte, hakte ich mich bei ihm unter. Ich wollte ihm zeigen, dass ich an seiner Seite war.

»Ich kann mich noch genau an den Abend erinnern.

Wir hatten bei mir zu Hause Videospiele gezockt, als ich eine Nachricht von … als ich eine Nachricht mit einer Einladung zu einer Party bekommen habe. Solche Partys hatten vorher schon ein paarmal stattgefunden, und jedes Mal war es *das* Event. Sie waren zwar illegal, aber trotzdem wollte jeder auf der Liste stehen. Meist fanden sie in irgendwelchen abgelegenen Hallen oder Gebäuden statt … So wie das Battle, bei dem wir zusammen waren. Keiner wusste so richtig, wer die Partys organisierte, aber die Stimmung war immer total krass, genau wie die DJs, die dort aufgelegt haben. Dax und ich hatten das Glück, die richtigen Leute zu kennen, die uns einluden.« Austin blieb stehen und legte die Hände auf das Brückengeländer.

Ich stellte mich dicht neben ihn und sah auf den East River hinab, in dem sich die New Yorker Skyline spiegelte. Das Wasser glitzerte und erinnerte mich an untergegangene Sterne.

»Dax war von Anfang an dagegen. Er hatte keine Lust, an dem Abend noch mal raus und auf eine Party zu gehen, weil wir am nächsten Tag ziemlich früh für eine wichtige Audition trainieren wollten. Er ist immer der Zielstrebigere, Diszipliniertere von uns beiden gewesen. Na ja … er war sowieso nie der Kerl, der viel gefeiert hat. Ich hab ihn einfach immer wieder aufs Neue überredet mitzukommen. Genau wie an jenem Abend. Ich wollte die Party um nichts in der Welt verpassen, deshalb habe ich ihn bequatscht. Hätte ich gewusst, was …« Er brach ab, schluckte hart.

Ich drückte seinen Arm, und er schenkte mir ein angedeutetes Lächeln, dann richtete er sich auf, und wir liefen weiter.

»Letzten Endes hat er sich mir zuliebe widerwillig dazu bereit erklärt mitzukommen.« Austin strich sich mit einer Hand über das Gesicht und kickte einen Stein weg. Mittlerweile hatten wir fast das Ende der Brücke erreicht, das laute Manhattan lag hinter, Brooklyn mit seinen ruhigeren Straßen vor uns. »Wir haben mitten im Raum auf irgendein Lied von Will Smith getanzt. Das weiß ich noch. Dann ist plötzlich Panik ausgebrochen, die Leute haben rumgeschrien, und alle sind losgerannt. Die Polizei hatte die Party gestürmt, wohl so eine Art Razzia. Alles ging total schnell, ich habe noch kurz zu Dax gesehen, der mich mit riesigen Augen angestarrt hat, und wir sind losgestürmt. Wir wollten nur noch raus.«

Ich hielt die Luft an und verstärkte den Griff um Austins Arm. Als er stockend ausatmete, legte ich meinen Kopf an seine Schulter.

»Ich bin um mein Leben gerannt und dachte, Dax ist sicher schon irgendwo vor mir. Er ist ein Stück größer als ich, hat längere Beine und kann somit auch schneller sprinten. Ich habe einfach nicht weiter nachgedacht, bin gelaufen und gelaufen und gelaufen, bis ich draußen war. Und selbst dann bin ich noch weitergespurtet, bis ich irgendwann hinter einem Haus stehen geblieben bin. Dort habe ich sofort versucht, Dax anzurufen, aber er ist nicht drangegangen.« Sein Blick suchte meinen, voller Schmerz und Reue. Tiefe Furchen hatten sich in seine Stirn gegraben, und seine Augen wirkten müde.

Ich hielt die Luft an, strich über seinen Arm, doch er presste nur seine Kiefer aufeinander und sah erneut nach vorne auf die Straße. All die Leichtigkeit und der Charme, der mich verzaubert hatte, waren fort. Doch das, was sich darunter verbarg, berührte erst recht mein Herz.

»Was ist dann passiert?«, fragte ich leise.

»Ich habe die ganze Zeit versucht, ihn zu erreichen. Bin zu ihm nach Hause, doch da war er nicht. Zur Partylocation wollte ich nicht zurück, weil ich Angst hatte, dass die Bullen noch dort waren, also habe ich alle möglichen Leute angerufen, die ich von der Party kannte. Doch keiner wusste etwas von Dax.« Austin atmete tief ein und aus und legte den Kopf in den Nacken.

Wir waren mittlerweile mitten in Brooklyn, liefen an einer dunkelroten Häuserfront vorbei, hinter deren Fenstern noch das ein oder andere Licht brannte. Sonst war die Seitenstraße menschenleer.

»Am nächsten Morgen hat mich seine Mutter angerufen, um mir zu sagen, dass er auf der Intensivstation liegt.«

Meine Augen weiteten sich, doch ich ließ ihn nicht los.

Er räusperte sich. »Nach langem Hin und Her durfte ich ihn irgendwann besuchen. Er hat mir erzählt, dass er gestolpert ist und ihm erst keiner aufgeholfen hat. Die meisten sind einfach über ihn drübergetrampelt. Verdammt, er hat gesagt, dass er richtig Angst hatte draufzugehen, Jade. Ich habe mich so beschissen gefühlt, weil ich ihn im Stich gelassen hatte. Und weil ich ihn überhaupt erst zu der Party überredet hatte. Ich fühle mich immer noch wie ein Dreckskerl, dem sein bester Freund egal war. Wie ein Feigling, der nur daran gedacht hat, seinen eigenen Arsch zu retten. Am Anfang war Dax noch optimistisch. Er dachte, dass er nach der Reha problemlos wieder an unseren Traum anknüpfen könnte, doch die Ärzte haben was anderes gesagt. Und seine Schmerzen am Knie auch.«

Aus dem Augenwinkel konnte ich sehen, wie weh es ihm tat, darüber zu sprechen. Die verkrampften Gesichtszüge und seine heisere Stimme sprachen Bände.

»Du … Du darfst dir daran nicht die Schuld geben.«

»Das tu ich aber. Jeden verdammten Tag. Hätte ich ihn nicht zu der Party gedrängt oder ihn nicht aus den Augen verloren, wäre das alles nicht passiert. Auf sein Knie ist kein Verlass mehr. Er arbeitet als Choreograf und tanzt auch noch ein bisschen, aber eine Karriere als professioneller Tänzer ist nicht mehr drin. Wenn ich mir vorstelle, nicht mehr vor Publikum tanzen zu können, weil ich ständig Angst haben müsste, dass mein Knie jede Sekunde aufgibt … Der absolute Albtraum. Choreos für Künstler zu konzipieren ist auch super, man verdient damit sogar mehr Geld, wenn man gut ist – und das ist er –, aber es ist nicht das Gleiche, wie selbst auf der Bühne zu stehen.«

»Und wie ging es weiter?«, fragte ich leise.

»Nach der Diagnose war er stinksauer, verbittert und hasste sein Leben und jeden um sich herum. An dem Tag, an dem ihm bewusst wurde, dass sein Traum geplatzt ist, hat er dichtgemacht und niemanden mehr an sich herangelassen. Der Dax, den du auf dem Battle und im Club kennengelernt hast, ist nicht mehr der Mensch von früher – und ich bin es auch nicht. Wochenlang hat er seine Wut an mir ausgelassen, und ich habe damit gelebt, weil ich mir selbst die Schuld an allem gebe. Weil ich es verdiene, angeschnauzt zu werden. Auch ich habe mich dann ziemlich abgeschottet und … andere Leute haben sich wiederum von mir distanziert. Doch dann hat Dax ein paar Sachen abgezogen, die mich ziemlich enttäuscht haben, und ich war die ganze Zeit zwischen Reue und

Wut hin- und hergerissen. Trotz allem hatte er nicht das Recht, mich wie ein Stück Scheiße zu behandeln, immerhin waren wir Freunde. Oder zumindest dachte ich das.« Er lachte bitter und blieb stehen.

Als ich mich umsah, bemerkte ich, dass wir an der Kreuzung vor seinem Wohngebäude standen. Alle Ampeln waren rot, ein einziges Auto wartete darauf, dass es weiterfahren durfte. Die karminrote Hauswand wirkte in der Dunkelheit fast braun, und die beigen Jalousien vor den Fenstern auf allen drei Etagen waren heruntergelassen. In der Ferne hörte ich einen Hund bellen. Ein Blick auf die Uhr meines Smartphones verriet mir, dass es inzwischen weit nach Mitternacht war.

Wir standen uns jetzt gegenüber, und ich konnte Austin direkt in die Augen sehen. Er wich mir nicht aus.

»Irgendwann haben wir uns gegenseitig hochgeschaukelt, und es kam zu einem großen Knall. So einen Streit wünsche ich wirklich niemandem. Seitdem gehen wir getrennte Wege, und jedes Mal, wenn wir uns sehen, kommt alles hoch. Die wenigsten wissen davon, aber die meisten denken sich ihren Teil. Was genau passiert ist, habe ich bisher niemandem erzählt, weil es mir jedes Mal aufs Neue ein Messer ins Herz rammt.«

Ich erschauderte und schlug mir die Hand vor den Mund, konnte ihn fast nicht mehr erkennen, weil mein Blick von Tränen verschleiert war. Wie ich hatte er seinen besten Freund verloren, doch der Unterschied war, dass er sich selbst die Schuld an allem gab und besonders daran, dass Dax seinen Traum nicht mehr leben konnte.

»Das alles tut mir so schrecklich leid, Austin«, sagte ich und legte meine Hände auf seine Brust, um ihm noch näher zu sein. »Hör bitte auf, dir die Schuld daran zu geben. Du kannst nichts dafür. Du warst es nicht, der sein Knie zertrümmert hat, sondern all die Menschen, die, ohne Rücksicht zu nehmen, über ihn gerannt sind.«

»Aber ich habe ihn zurückgelassen …« In seinen Augen hatten sich Tränen gebildet, doch er blinzelte sie weg. Gequält verzog er das Gesicht und blickte mit schweren Lidern zu mir herunter.

»Das hätte er in der Situation bestimmt auch gemacht, du konntest nicht wissen, dass ihm so was passieren würde.« Ich schaute ihm fest in die Augen, während ich mit den Händen über seine Brust und den Hals bis zu seinen Wangen fuhr. Meine Finger umschlossen sein markantes, perfektes Gesicht, auf dem so viel Schmerz lag, dass es für ein ganzes Leben reichte, und ich streichelte mit den Daumen über seine Wangenknochen.

»Ich weiß es nicht«, flüsterte er. »Und ich werde es niemals erfahren.« Dann schloss er die Augen und lehnte sich gegen mich.

»Du vermisst ihn, oder?«

»Jeden Tag.« Seine Lider flatterten. »Ich bin auf der einen Seite so wütend, wegen allem, was er getan und gesagt hat, aber auf der anderen Seite war er jahrelang mein bester Freund, und ich konnte mir kein Leben ohne ihn vorstellen.«

»Und warum wolltest du mir nicht davon erzählen?«

»Weil ich Angst hatte, du würdest mich verurteilen und dafür hassen, was ich ihm angetan habe. Nach langer Zeit habe ich mit dir endlich wieder einen Menschen gefunden, der mir unfassbar wichtig ist. Ich wollte dich nicht verlieren, verdammt. Ich wollte nicht *schon wieder* jemanden verlieren, den ich in mein Herz geschlossen habe«, sagte er heiser.

»Du verlierst mich nicht, wenn du mir die Wahrheit sagst. Ich wüsste auch nicht, wieso ich dich hassen oder verurteilen sollte. Du hast versucht, für ihn da zu sein und alles wiedergutzumachen, und keinen Grund mehr, dich schlecht zu fühlen.« Ich konnte nicht fassen, dass er das geglaubt hatte. Dass er angenommen hatte, ich würde ihn verurteilen oder hängen lassen.

»Ich dachte, du lässt mich stehen und rennst weg, wenn ich dir davon erzähle …«

»Klar hatte ich Angst vor dem, was du mir verschweigst, aber jetzt ist das alles anders. Ich habe dich besser kennengelernt, und du hast dich mir geöffnet. Ich weiß, dass du kein schlechter Mensch bist«, sagte ich und zog seinen Kopf zu mir herunter, bis sich sein Gesicht auf meiner Höhe befand. »Ich bin für dich da, so wie du für mich da warst, und daran wird sich auch nichts ändern, solange du ehrlich zu mir bist.«

Dann küsste ich ihn sanft. Seine Lippen waren weich, schmeckten nach allem, was ich wollte. Nach kurzem Zögern erwiderte er den Kuss und legte seine Arme um meinen Körper, zog mich näher an sich. Er legte seine Finger auf meine Hüften. Hitze schoss mir durch die Glieder, als er den Kuss intensivierte und seine Hände nach oben fuhren, über meine Taille hinauf bis an meinen Hals. Ich vergrub meine Finger in seinen Locken und spürte, wie mein Herz fast explodierte.

Nach ein paar Sekunden löste er sich keuchend von mir und legte seine Stirn an meine. Schwer atmend versuchten wir, uns zu beruhigen.

»Soll ich heute Nacht bei dir bleiben?«, hauchte ich an seiner Wange.

Ich vertraue ihm.

»Wenn du das wirklich willst«, raunte er und befeuchtete seine vollen Lippen.

»Ja, das will ich.«

Meine Gedanken huschten zu jenem Abend vor neun Monaten, zu den Dingen, die Kyle mir angetan hatte. Doch mit nur einem Blick in Austins dunkle Augen wischte ich die Erinnerungen beiseite. Ich war dazu bereit, neue zu schaffen.

Ich vertraue ihm.

Zitternd nahm ich seine Hände und zog ihn zur Eingangstür. Mein ganzer Körper kribbelte, als wir die Treppenstufen hochliefen und schließlich vor seinem Apartment standen.

Austin wollte gerade die Tür aufschließen, als er innehielt. »Bist du dir sicher? Ich kann dich auch nach Hause …«

»Ich bin mir sicher«, unterbrach ich ihn leise. »So sicher wie noch nie zuvor.«

Im Bruchteil einer Sekunde hatte er seine Wohnung geöffnet und kurz darauf die Tür hinter uns geschlossen.

Mein Herz raste. Ich wollte ihn nah an meinem Körper spüren.

Im Halbdunkeln nahm er meine zitternde Hand in seine und zog mich langsam durch den Flur zur ersten Tür auf der rechten Seite. Seine Hand war warm, und es spielte für mich keine Rolle mehr, ob er merkte, wie nervös ich war. Ich schämte mich nicht dafür, fühlte mich sicher bei ihm.

In seinem Schlafzimmer angekommen, trat er ein Stück näher. Seine weichen Lippen huschten über meine Wangen, meinen Hals und schließlich wieder hoch, zu meinem Mund, der sehnsüchtig auf ihn wartete. Hitze baute sich zwischen uns auf und ließ uns in Flammen aufgehen, als er schließlich seine Lippen auf meine legte und mich küsste. Zuerst sanft, doch nach wenigen Sekunden ließ ich meine Hände in seinen Nacken gleiten und drängte mich an ihn. Schon teilte seine Zunge meine Lippen, um in meinen Mund zu gleiten und mit meiner zu spielen. Immer fordernder wanderten seine großen Hände über meinen Körper, an meine Hüften, zogen mich noch enger zu ihm heran.

Mir entfuhr ein Seufzer an seinen Lippen, als sich in mir etwas zusammenzog. Bebend verlangte ich nach mehr, wollte alles von ihm und lehnte mich mit dem Rücken an seine Zimmertür. Unsere Lippen vereint, folgte er mir und presste sich voller Verlangen an mich.

Ich hatte lange genug gewartet. Mit Austin fühlte es sich an wie noch mit niemandem zuvor. Er gab mir das Gefühl, sein zu können, wie ich wirklich war, mich nicht verstecken zu müssen. All die leisen Zweifel, die ich vielleicht noch gehabt hatte, verpufften in der Hitze zwischen uns, und ich war bereit, mich fallen zu lassen.

Austin stützte sich zu beiden Seiten neben meinem Körper an der Tür ab, erkundete meinen Hals, meinen Nacken.

Ich biss mir auf die Unterlippe. Fuhr mit den Händen über seine Schultern und streifte ihm die Jeansjacke ab. Achtlos ließ er sie auf den Boden fallen, und mein Mantel folgte unmittelbar. Meine Knie drohten nachzugeben, und ich klammerte mich an seine Schultern. Er schlang seine Arme um meine Taille und hielt mich fest. So fest, dass ich hoffte, er würde mich nie wieder loslassen.

»Wir können noch aufhören«, keuchte er heiß an meinen Lippen. »Das muss heute nicht sein, wir …«

»Halt die Klappe«, unterbrach ich ihn heiser.

Er lachte tief und kehlig. Dann hob er mich hoch, und ich schlang meine Beine um seine Hüften. Presste mein Becken an seines. Stockend atmete ich aus, als sich unsere Blicke trafen. Hungrig. Dunkel. Voller Begierde. Schon stand er vor seinem Bett und legte mich sanft auf die Decke. Ich rutschte ein Stück hoch, dann spürte ich, wie er sich mit seinem Gewicht auf mich sinken ließ. Sein Knie teilte meine Oberschenkel, und ein Stöhnen stieg in seiner Kehle auf.

Mit den Händen fuhr ich über seinen Rücken, der sich anspannte, als Austin seine Lippen wieder auf meine legte und meine Zunge mit seiner umkreiste. Seine Finger vergruben sich erst in meinen Haaren, dann fuhr er über meinen Nacken zu meinem Schlüsselbein, seitlich an meiner Brust entlang zu meiner Hüfte.

Mein Kuss wurde drängender. Zitternd schob ich die Hände unter den Saum seines T-Shirts, streifte seine Bauchmuskeln, die bei meiner Berührung leicht zuckten. Langsam schob ich sein Shirt nach oben, bis sich Austin ein Stück aufrichtete und es sich mit beiden Händen über den Kopf zog.

Oh, wow. Heilige Scheiße. Er sah aus wie in Stein gemeißelt. Die Jeans saß tief auf seinen Hüften über seinen definierten Bauchmuskeln. Über einen Teil seiner Brust und den linken Ober- und Unterarm zogen sich die Tattoos, die ich schon oft an ihm gesehen hatte, aber bisher noch nie komplett. Rosen, geschwungene Schriftzüge, geometrische Formen, Sonne, Mond und Sterne. Als er merkte, wie ich ihn anstarrte, stahl sich ein Grinsen auf seine vollkommenen Lippen. Die Lippen, die ich jetzt und für immer auf mir spüren wollte.

»Du siehst zufrieden aus«, sagte er und beugte sich wieder zu mir, die linke Hand neben meinen Kopf gestützt, mit der rechten strich er mir eine blonde Strähne hinters Ohr.

Ich kicherte, als er mir noch ein Stück näher kam und Küsse auf meinen Hals hauchte. »Bin ich auch«, flüsterte ich leise.

Dann fuhr er mit der Hand unter mein Oberteil an meine Taille. Sein Daumen kreiste auf meiner nackten, heißen Haut und drohte, sie zu verbrennen.

Ich begann, an meinem Oberteil zu zerren, wollte es so schnell wie möglich loswerden.

»Lass mich das machen«, raunte Austin und hob langsam den Stoff meines Shirts an.

Meine Haut kribbelte, und ich stand kurz davor, ihm zu sagen, dass er sich beeilen sollte.

Er zog das Shirt über meinen Kopf und warf es achtlos neben das Bett, bevor er meinen BH öffnete und ihn mir ebenfalls abstreifte. Dann ließ er mich wieder aufs Kissen zurücksinken und beobachtete mich aus dunklen Augen.

Augen, die mir mehr gaben als jeder Mensch zuvor.

Augen, die mir zeigten, wie schön das Leben war, und die mir die Angst nahmen, die mich in den letzten Monaten begleitet hatte.

»Wow, willst du mich fertigmachen?«, fragte er heiser. Sein Blick wanderte über meine Brüste zu meinem Bauch und wieder zu meinem Dekolleté.

Ich kicherte und verschränkte die Arme in seinem Nacken, als er seinen athletischen Körper auf mich gleiten ließ und heiße Küsse auf meinem Oberkörper verteilte. Ich wollte jede Stelle von ihm berühren. Samtweich, definiert und heiß. Mit der Hand fuhr er an meinem Oberschenkel entlang und teilte meine Beine, um sich zwischen sie sinken zu lassen. Schon spürte ich ihn hart und steif an meiner empfindlichsten Stelle. Ich schnappte an seinem Mund nach Luft und drängte meine Hüften gegen seine. Mein Körper bebte.

Als ich meine Beine um seine Mitte schlang, stöhnte Austin lustvoll an meinem Mund. Behutsam schob er seine Finger zwischen uns, ließ sie zum Bund meiner Hose wandern, von wo aus er sanft nach oben über meinen Bauch bis hoch zu meinen Brüsten streichelte, sie mit dem Daumen umspielte. Ich wölbte mich ihm entgegen, mein Becken bewegte sich unter seinem, um ihn noch näher an mir zu spüren.

Nachdem ich den Gürtel seiner Jeans geöffnet hatte, knöpfte ich sie auf und zog den Reißverschluss ein Stück nach unten. Er löste sich von mir und streifte seine Hose ab, dann kniete er in einer engen schwarzen Boxershorts vor mir. Ich konnte nicht mehr klar denken.

Schon schwebte er wieder über mir und öffnete mit einer Hand meine Hose, zog sie ein Stück herunter. Ich half ihm, bis auch sie auf den Boden fiel und ich nur noch in meinem Slip vor ihm lag.

»Du bist verboten schön«, hauchte er. »Bitte sag mir,

wenn es dir zu viel wird, wir können das jederzeit abbrechen, okay?«

»Ja, ich …« Meine Stimme brach. Austin schaute mich besorgt an und legte sich neben mich. Mein Blick huschte zu seinem. »Es ist alles gut, ich muss mich nur wieder an alles gewöhnen. Ich vertraue dir.«

Zärtlich strich er mir über die Wange. »Niemals würde ich nur daran denken, irgendetwas mit dir zu tun, was du nicht willst.«

Ich nickte und legte meine zitternden Finger an seine Brust. »Das weiß ich … und deshalb ist das hier auch okay für mich. Mehr als okay.« Grinsend fuhr ich mit den Fingernägeln seine muskulösen Schultern entlang.

»Na wenn das so ist.« Schon hatte er sich wieder auf mich sinken lassen und meine Beine um seine Hüften gelegt.

Seine Erektion an meiner empfindlichsten Stelle ließ Hitze in mir aufsteigen. Ich rieb mein Becken an ihm, keuchte in seinen Mund. Seine heißen Finger fuhren unter mein Höschen, zogen es herunter.

Ungeduldig fummelte ich am Saum seiner Boxershorts, bis ich es schaffte, sie ein Stück nach unten zu zerren und Austin sie sich von den Beinen schob.

Mein Atem stockte, als er sich nackt über mich beugte. Er hauchte mir einen Kuss auf die Lippen, dann griff er in die Schublade seines Nachttischs und holte ein Kondom heraus. Kaum hörte ich ihn die Folie aufreißen, hatte er es schon übergerollt und sich neben meinem Kopf abgestützt. Mit der rechten Hand fuhr er die Innenseite meines Beins entlang, von meiner Kniekehle hoch zu meinem Oberschenkel, den er sich wieder um die Hüften legte.

Ich griff an seine Taille, strich über seinen harten Rücken, vergrub die Finger in seinen Haaren, hielt mich fest aus Angst, mich in ihm zu verlieren. Gänsehaut breitete sich auf meinem Körper aus, als er an meiner Unterlippe knabberte, zarte Küsse auf meinem Hals, meinem Nacken und Dekolleté verteilte und die Rundungen meiner Brüste liebkoste. Ich bäumte mich auf, wollte ihn in mir spüren. In mir zog sich alles zusammen, und ich drängte mich vor lauter Lust wieder an ihn, klammerte mich fest. Die Hitze zwischen uns drohte mich zu verbrennen.

Aus Austins Brust stieg ein heiserer Laut auf, und er stöhnte gedämpft an meinem Mund, als er sich endlich in mich sinken ließ, mich vollends ausfüllte. Als ich seine Härte in mir spürte, sog ich scharf die Luft ein und legte den Kopf in den Nacken. Ein Gefühl von Schwerelosigkeit breitete sich in mir aus und ließ mich alles um uns herum vergessen. Mein Herz hämmerte.

Er bewegte sein Becken rhythmisch an meiner Hüfte, erst sanft, dann immer schneller. Unsere Körper harmonierten in perfektem Einklang zur Musik unserer Herzen und der Lust, die in unserer beider Augen lag. Wir loderten wie Flammen, die niemand löschen konnte. Er fühlte sich so gut an, dass ich mir wünschte, dass es niemals enden würde. Ich wollte ihn in mir spüren und dabei in seine dunkelgrünen Augen sehen, die mir das Gefühl gaben, endlich angekommen zu sein.

KAPITEL 29

Langsam öffnete ich die Augen. Sonnenstrahlen fielen hell ins Zimmer und hielten mich davon ab, wieder einzuschlafen.

Irgendetwas war anders an meiner Wohnung.

Moment.

Da lag ein nackter Mann neben mir und ich in seinem Bett. Austin hatte den Arm über meinen Bauch gelegt, und sein Kopf ruhte neben meinem. Er atmete tief ein und aus.

Nach und nach schälten sich die Geschehnisse der letzten Nacht aus meinem vom Schlaf vernebelten Gehirn.

Ich hatte Sex gehabt. Mit Austin.

Ich musste kichern, wobei sich ein warmes Gefühl in meinem Bauch ausbreitete. So wie er neben mir lag, friedlich und mit leicht geöffneten Lippen, wusste ich, dass es kein Fehler gewesen war. Austin gab mir ein Gefühl von Sicherheit – selbst wenn er schlief. Ich fuhr mir mit beiden Händen über das Gesicht und streckte mich, während ich versuchte zu begreifen, dass dies nicht nur ein wunderschöner Traum, sondern die noch viel bessere Wirklichkeit war.

»Guten Morgen«, erklang in diesem Moment Austins kratzige Stimme neben mir.

Ich lächelte ihn an. »Guten Morgen.«

Als er mit den Fingerspitzen über meinen Bauch strich, bekam ich sofort eine Gänsehaut am ganzen Körper. Ich drehte mich auf die Seite, sodass ich ihm in die Augen sehen konnte, als er sie blinzelnd öffnete.

Verschlafen grinste er mich an. »Hast du gut geschlafen?«

»Ja«, flüsterte ich.

Er stemmte sich auf seinen Unterarm, sodass er mir noch näher war, dann hauchte er einen Kuss auf meinen Wangenknochen. Zart und warm.

Konnte er bitte niemals damit aufhören?

Meine Mundwinkel zuckten nach oben. In seinen Augen lag so viel Wärme und Zuneigung, dass mein Herz zu flattern begann.

»Es ist schön, neben dir aufzuwachen«, wisperte er und strich mir eine Strähne hinters Ohr.

In mir zog sich vor Glück alles zusammen. »Ja, finde ich auch.«

»Ich will *das*. *Uns*. Jeden Tag, jeden Abend, jeden Morgen, jede Nacht. Immer.«

»Ich auch.«

Ein Lächeln umspielte seine Lippen. »Sehen wir uns heute Abend wieder?«

»Gerne. Du könntest nach Olivias Class mit zu mir kommen.«

Sein Blick flog zu der schwarzen Uhr, die über der Tür hing. »Gute Idee. Ich bin heute sowieso den ganzen Tag im Move District.«

»Wann musst du denn los?«

»Vor einer halben Stunde.« Er lachte tief und streckte sich.

»Was?« Ich setzte mich ruckartig im Bett auf und starrte auf ihn hinunter. »Und da liegst du noch seelenruhig hier?«

Er verlagerte das Gewicht auf seine Handfläche und drückte sich hoch, bis er neben mir saß. Sein rechter Mundwinkel zuckte, als er sich durch die verstrubbelten Locken fuhr. »Ich wollte eben noch ein bisschen neben dir liegen.«

»Das ist schön zu hören, trotzdem sollten wir … na ja, solltest *du* aufstehen und dich auf den Weg zur Tanzschule machen!« Ich pikste ihm mit dem Zeigefinger in den Bauch, um ihn dazu zu bewegen, sich endlich aufzuraffen.

»Okay, okay«, erwiderte er lachend und begann, sich aus dem Bett zu schälen. »Du kannst gerne bleiben, solange du willst. Auch wenn ich betonen sollte, dass es sehr hart für mich ist, dich alleine zurückzulassen. Die wahre Folter.«

»Da ist noch was ganz anderes hart«, sagte ich lachend, als er in seiner ganzen Pracht vor mir stand.

»Aha! Ich wusste doch von Anfang an, dass du es faustdick hinter den Ohren hast, Evans.« Dann warf er mir frech grinsend sein T-Shirt vom Vortag gegen den Kopf, drehte sich um und verschwand im Flur.

Von hinten sah er genauso gut aus wie von vorne … Oh Mann, was machte dieser Kerl nur mit mir?

Ich zog mir sein Shirt über, und schon stieg mir sein Duft nach Sommer, Lagerfeuer und Orangen in die Nase.

Kurz darauf kam Austin aus dem Bad – frisch geduscht

und angezogen – und schnappte sich seinen Rucksack, bevor er sich zu mir runterbeugte und mir einen sanften Kuss gab. Er schmeckte nach Zahnpasta, und am liebsten hätte ich ihn direkt zu mir zurück ins Bett gezogen.

»Ich muss los. Zieh einfach die Tür hinter dir zu, wenn du gehst. Aber kein Stress, lass dir alle Zeit der Welt.« Dann ließ er mich mit einem weiteren zärtlichen Kuss in seinem warmen Bett zurück.

Vor lauter Glücksgefühlen drehte sich alles um mich herum, und ich kam aus dem Grinsen gar nicht mehr heraus. Wenn ich nur an Austin dachte, durchströmten mich Wärme und Geborgenheit, und ich wollte vor Freude tanzen, springen und lachen.

Ich zog mir die Decke über den Kopf und atmete den Duft der vergangenen Nacht ein. Ich wollte das auch, genau wie er. Immer und immer wieder. Doch nicht nur *das*, sondern noch so viel mehr. Endlich hatte ich wieder das Gefühl, einem Menschen vertrauen zu können. Er kannte meine Vergangenheit, ich seine. Niemals hätte ich zu wagen gehofft, wieder einen Menschen zu finden, bei dem ich mich fallen lassen konnte. Und doch war es passiert. Einfach so war er aus dem Nichts gekommen und hatte meine Welt auf den Kopf gestellt. Ich fühlte mich dazu bereit, ihm mein Herz zu schenken, und genau *das* wollte ich ihm heute Abend sagen.

Mit einem breiten Grinsen im Gesicht betrat ich gegen Abend die Tanzschule. Nachdem ich noch eine Weile in Austins Bett gelegen hatte, hatte ich mir erst einmal eine lange, heiße Dusche gegönnt und mich dann auf den Weg zu meiner Wohnung gemacht. Dort hatte ich weiter an der angefangenen Oversized-Jeansjacke gearbeitet, die mittlerweile fast fertig war. Den Entwurf legte ich meiner Mappe bei, die sich in den vergangenen Wochen immer mehr gefüllt hatte und die bald fertig sein würde. Meine Gedanken waren jedoch immer wieder zu Austin gewandert. Zu seinen Händen auf meinem Körper. Der Hitze zwischen uns und seinen vollen Lippen. Dem Gefühl der Schwerelosigkeit, wenn er mich küsste.

»Jade!«, rief mir Olivia vom Flur aus zu, als ich mich am Check-in hinter zwei Jungs und einem Mädchen anstellte. Ich fuhr herum, und schon stand Olivia neben mir und fiel mir aufgeregt um den Hals.

»Hey«, begrüßte ich sie, nachdem sie sich wieder von mir gelöst hatte. Mein Grinsen versuchte ich zu unterdrücken – vergeblich.

Sie kniff die Augen zusammen und stemmte die Hände in die Taille. Eine blaue Strähne hatte sich aus ihrem Zopf gelöst und hing ihr in die Stirn. »Wie war es gestern noch? Austin habe ich vorhin schon gesehen, der sah wieder recht fit aus.«

Röte schoss mir in die Wangen. »Ähm, ja … was das betrifft. Ich glaube, wir sind jetzt irgendwie …«

»Deine Karte bitte.«

Ich wandte mich dem rothaarigen Mädchen mit Sommersprossen hinter dem Check-in zu und reichte ihr meinen Mitgliedsausweis. »Ich besuche heute Olivias New Style Class.«

Nachdem sie mich eingecheckt hatte, gab sie mir das Stück Plastik zurück, und ich drehte mich wieder zu Olivia um, die mich mit fragend erhobenen Augenbrauen anstarrte.

»... zusammen.«

Ihre Augen weiteten sich. »Oh mein Gott, ich wusste es! Ihr saht gestern so süß zusammen aus, und dann seid ihr auch noch gemeinsam abgezischt. Ich kann mir schon denken, was da gelaufen ist ... Trotzdem, ich will alle Details!«

Ich lachte. »Eventuell liegst du mit deiner Vermutung gar nicht so falsch. Aber von den Details erzähle ich dir morgen im Café, okay?«

Sie schob übertrieben schmollend die Unterlippe vor. »Na gut, aber wenn du mich so lange auf die Folter spannst, bekomme ich dafür die superausführliche Langversion inklusive Prequel und Sequel!« Sie strahlte mich an, und im nächsten Augenblick schlang sie die Arme um mich. »Es freut mich sehr für dich ... für euch, Jade.« Sie löste sich wieder von mir, und ich lächelte sie an.

»Danke. Ich bin wirklich glücklich.«

»Das ist so, so schön.« Sie zog ihren orangen Hoodie zurecht und grinste mich an. »Übrigens solltest du wissen, dass ich eine wirklich wunderbare Brautjungfer abgeben würde. Ich könnte meine Haare auch umfärben, sodass sie zum Farbschema der Hochzeit passen. Weinrot mit beigen Details vielleicht? Das krieg ich hin.«

Im ersten Moment riss ich erstaunt die Augen auf und schüttelte schnell den Kopf. Erst dann wurde mir klar, dass sie einen Scherz gemacht hatte, und ich musste so heftig lachen, dass mir die Tasche herunterrutschte. Als ich mich wieder einigermaßen eingekriegt hatte, schob ich sie zurück auf meine Schulter und sagte, immer noch kichernd, zu Olivia: »Ich muss mich umziehen, wir sehen uns gleich in deiner Class.«

In der Umkleide stellte ich meine Trainingstasche auf der Bank vor einem der Spinde ab. Ein Mädchen in einer kurzen schwarzen Hotpants-Leggings und einem rosa Trägertop, die Haare zum Dutt gebunden, rannte an mir vorbei. Mit ihrem Rucksack in der Hand drückte sie sich gegen die Tür, um schnell in den Flur zu gelangen. Danach war alles still, bis auf zwei Mädchen, die sich ein paar Reihen weiter lautstark über irgendwelche Typen unterhielten. Da die Spinde mindestens zwei Meter in die Höhe ragten, konnte ich sie nicht sehen, sondern nur hören.

Ich zog meine Jacke aus, legte sie auf die Bank und streifte den schwarzen Pullover ab, um mir mein T-Shirt anzuziehen. Als ich mich hinsetzte, um meine Sneakers gegen ein anderes Paar zu tauschen, schnappte ich auf, wie die beiden über eine Party sprachen, auf der sie am Vorabend anscheinend sehr viel Spaß gehabt hatten. Ich dachte mir erst nichts dabei, doch als ich zwei mir bekannte Namen hörte, hielt ich erschrocken die Luft an.

»Hast du das mit Austin und Dax mitbekommen?«

»Oh Gott, ja! Was war das denn für eine Aktion? Die haben sich anscheinend ziemlich gezofft.«

Ich schluckte hart. Eine Stimme in meinem Kopf merkte leise an, dass es falsch war zu lauschen, aber meine Neugier siegte.

»Austins neue Freundin hat sich total an Dax rangeschmissen. Sie hat Austin einfach auf der Tanzfläche stehen lassen, um mit Dax an der Bar zu flirten. Die standen so eng zusammen, dass sie fast rumgemacht hätten. Krass peinlich.«

»Nicht schon wieder … Jade heißt die, oder? Sie und Austin hängen schon seit Wochen miteinander ab und können die Pfoten nicht voneinander lassen«, entgegnete die mit der tieferen Stimme.

Nicht schon wieder?

Ich hatte absolut nicht mit Dax geflirtet. Wieso sprachen diese Mädchen über mich, obwohl sie mich gar nicht kannten? Hitze schoss durch meinen Körper. Ich richtete mich auf, lauschte weiter, auch wenn ich das sichere Gefühl hatte, dass die Unterhaltung keine gute Wendung mehr nehmen würde.

»Richtig übel von ihr. Ja, Dax ist heiß, und er dürfte auch gerne mal einen Abstecher in mein Bett machen, aber nach allem, was Austin mit ihm und Mackenzie durchgemacht hat, würde ich an Austins Stelle auch ausrasten.«

Ich konnte nicht fassen, was ich da hörte. Wie kamen diese Mädchen dazu, solche Lügen zu verbreiten, obwohl sie mich gar nicht kannten? Und was hatte Mackenzie damit zu tun?

»Mackenzie ist Austins große Liebe, das wissen wir doch mittlerweile alle. Jade ist nur ein Trostpflaster für ihn.«

»Du meinst wie du damals? Nachdem die beiden sich getrennt hatten, lief doch was zwischen dir und Austin, oder?«

»Genau. Er hat mich total verarscht. Wollte nur eine schnelle Nummer mit mir schieben und hat mich dann fallen lassen, weil er immer noch in sie verliebt war. Das ist echt lange her, und ich bin ihm auch nicht mehr böse, aber das war schon echt fies von ihm.«

»Jade ist aber auch nicht besser. Erst flirtet sie mit Dax – wie damals Mackenzie –, und dann haut sie mit Austin ab. Richtig erbärmlich, wenn du mich fragst. Und dann checkt die hohle Nuss nicht mal, dass er sie nur ausnutzt.«

Mir drehte sich der Magen um, und ich lehnte mich mit dem Rücken gegen den harten, kalten Spind.

»Hast du noch Kontakt mit ihr?«, fragte die mit der hohen Stimme.

»Mit wem? Mackenzie? Ja, manchmal schreiben wir auf Instagram. Sie ist in L. A. mega durchgestartet.«

»An die wird Jade nur leider nicht rankommen. Aber fürs Bett wird's sicher reichen. Mal sehen, wie lange das noch anhält. Erst letzte Woche hat Austin wieder ziemlich heiß mit mir geflirtet. Ich gebe denen maximal zwei Wochen, dann lässt er sie wie eine heiße Kartoffel fallen«, sagte sie und lachte hämisch, und die andere stimmte mit ein.

Ich krallte die Finger in die Oberschenkel, um die Tränen zurückzuhalten, die sich einen Weg an die Oberfläche bahnen wollten. Hatte Austin mich belogen? Mackenzie hatte er gestern mit keinem Wort erwähnt. Und was war das für eine Geschichte mit dem Mädchen und Austin? Hatte er wirklich mit ihr geflirtet? Wenn er sie schlecht behandelt und fallen lassen hatte, dann war er Kyle wohl doch ähnlicher, als ich dachte.

In meinen Ohren rauschte es. Ich starrte auf die weiße Wand mir gegenüber.

Austin war anscheinend mit Mackenzie zusammen gewesen und möglicherweise immer noch in sie verliebt. Mit Dax hatte sie auch geflirtet. War deshalb die Freundschaft zerbrochen? Wieso hatte er mir das nicht erzählt?

Erst letzte Woche hat Austin wieder ziemlich heiß mit mir geflirtet.

Hatte Austin mir nur was vorgespielt? Das charmante Grinsen, mit dem er mich um den Finger gewickelt und das mich immer wieder an Kyle erinnert hatte … War er doch genau so, wie ich am Anfang angenommen hatte? Ein Typ, der von allen gemocht wurde und seine fiese Seite hinter einem Lächeln versteckte?

Alles um mich herum drehte sich, heiße Tränen flossen meine Wangen herab. Schnell wischte ich sie weg. Ich hatte mich Austin anvertraut, mit ihm geschlafen, mich ihm geöffnet. Mein Herz schmerzte bei dem Gedanken, dass er mich nur ausgenutzt hatte wie dieses andere Mädchen.

Die beiden Mädchen durften mich nicht sehen. Mit zitternden Händen streifte ich meinen Pulli über, zog, so schnell ich konnte, meine Jacke an, schnappte mir meine Tasche und stürmte mit weichen Knien aus der Umkleide, zurück in den Flur.

Mir war so schlecht, dass ich immer wieder hart schlucken musste. Meine Augen brannten, und ich wollte nur noch alleine sein. Für immer.

Ohne auf die Tänzer zu achten, die mir entgegenkamen, rannte ich den Flur entlang. Als ich an dem Poster vorbeikam, auf dem Mackenzie zu sehen war, warf ich einen kurzen Blick darauf. Wie oft hatte ich es mir angesehen, ohne die geringste Ahnung, was sie Austin bedeutet hatte. Ihm vielleicht immer noch bedeutete.

In Sekundenschnelle erreichte ich den Eingangsbereich und steuerte schwer atmend auf den Ausgang zu – wo ich fast eine Person umrannte, die plötzlich vor mir aufgetaucht war.

Austin.

»Hey, alles in Ordnung?«, fragte er mich, und sein Lächeln erstarb. Er kam einen Schritt auf mich zu, streckte die Hand aus, um mich am Arm zu berühren, doch ich wich zurück.

»Spar dir das!«, fuhr ich ihn mit bebender Stimme an.

Mit offenem Mund starrte er mich an. »Was meinst du?«

»Lass mich einfach in Ruhe!« Eine einzelne Träne lief meine Wange hinab.

Austin erblasste, kam wieder einen Schritt auf mich zu und berührte mich an der Schulter.

»Fass mich bloß nicht an, sonst kannst du was erleben!«

Er zuckte schmerzerfüllt zurück.

Mittlerweile waren alle Augen auf uns gerichtet, doch das war mir egal. Ich hatte die Schnauze gestrichen voll, wollte nichts mehr von ihm und seinen Lügen hören. Mein Herz brannte. Alles brannte.

Mir entfuhr ein Schluchzen. Ich räusperte mich und ballte die Hände zu Fäusten. Er sollte begreifen, wie ernst es mir war, dass er mich diesmal nicht mit seinem Grinsen und seinen blöden Sprüchen um den Finger wickeln konnte.

»Jade, sprich mit mir«, sagte er leise, aber bestimmt. In seinen Augen lag Angst. Vermutlich Angst davor, dass ich die Wahrheit erfahren hatte.

»Du willst, dass ich mit dir spreche?« Ich lachte bitter, um meinen Schmerz zu verstecken. »Du hast mich von vorne bis hinten verarscht, und ich bin darauf reingefallen. Danke für nichts!«

Aus dem Augenwinkel sah ich Olivia, die aus der Tür des Team-Bereichs kam und uns mit offenem Mund anstarrte. Die Mädchen und Jungs in der Sitzecke warfen immer wieder Blicke zu uns herüber. Trotz der Musik hörte ich ihr Getuschel. Wahrscheinlich wusste jeder von der Geschichte außer mir. Bestimmt machten sie sich alle über mich lustig, weil ich es erst jetzt begriffen hatte.

»Bitte sag mir doch einfach, was du meinst, damit wir das klären können. Komm, wir gehen kurz raus«, entgegnete Austin. Sein Körper wirkte verkrampft. Der Körper, den ich vergangene Nacht nackt gesehen hatte.

Wieder schossen mir Tränen in die Augen, und für einen kurzen Moment befürchtete ich, meine Beine würden mich nicht mehr tragen. Das durfte nicht passieren. Ich durfte nicht vor ihm zusammenbrechen. Ich musste mich zusammenreißen.

»Tu nicht so unschuldig. Ich weiß jetzt, dass du mir nur was vorgemacht hast. Dass ich nur dein Trostpflaster bin. Schon mal was von Mackenzie gehört?«, fragte ich ihn kalt und sah ihm dabei fest in seine verlogenen Augen. Er sollte wissen, dass ich es wusste. Alles wusste.

Kaum dass ich ihren Namen ausgespuckt hatte, verstummte das Tuscheln. Aus Austins Gesicht waren alle Emotionen gewichen. Mit riesigen Augen, groß wie Scheinwerfer, sah er mich an, öffnete immer wieder den Mund und schloss ihn wieder.

»Ich … Ja … Sie … Woher weißt du …«, stotterte er und blinzelte ein paarmal schnell hintereinander, bevor er sich mit beiden Händen über das Gesicht und durch die hellbraunen Locken fuhr.

Mein Herz schlug wie verrückt. Er stritt es nicht mal ab. Das bedeutete, dass die Mädchen recht hatten. Es waren nicht nur Gerüchte, sondern die Wahrheit. Mir lief es heiß und kalt den Rücken hinunter.

»Dann stimmt es?«

»Ich weiß nicht, was du genau gehört hast, aber … aber lass uns darüber reden, okay?«

Sein Gesicht war kreidebleich, und er hob beschwichtigend die Hände. Doch mir reichte es.

»Ich lasse mich nicht weiter von dir verarschen und ausnutzen. Du hast gestern die Möglichkeit dazu gehabt, mit mir zu reden. Du hättest mir die Wahrheit erzählen können, stattdessen hast du mich angelogen. Von vorne bis hinten.« Ich schluckte hart und warf ihm den vernichtendsten Blick zu, den ich auf Lager hatte. »Verdammt, wir haben miteinander …« Meine Stimme brach, und ich atmete tief durch. »Ich hätte meinem ersten Eindruck von dir vertrauen sollen. Doch ich war so blöd und dachte, du meinst es ernst. Ich dachte, du bist anders, Austin. Ich dachte, du respektierst mich … Stattdessen lässt du nichts anbrennen und flirtest wild in der Weltgeschichte herum. Ohne Rücksicht auf Verluste.« Mit diesen Worten stürmte ich an ihm vorbei und ließ ihn mit großen Augen und offenem Mund stehen.

Ich stand unter Schock. Von Anfang an hatte ich gewusst, dass ich nur verlieren und wieder enttäuscht werden konnte, und trotzdem war ich so dumm gewesen, ihm zu glauben. Ihm mein Herz zu schenken. Und er hatte es in tausend kleine Teile zerschmettert. Ich fühlte mich leer und voller Scham, Trauer und Schmerz zugleich. Das Schlimmste war, dass ich genau dieses Gefühl kannte und die letzten Monate dafür gebetet hatte, dass ich nie wieder so fühlen müsste. Ich hatte gehofft, dass ich in New York mit allem abschließen und ein neues, glückliches Leben anfangen könnte. Doch so wie es schien, hatte mir erneut jemand einen Strich durch die Rechnung gemacht. Die letzte Nacht war eine der schönsten Nächte meines Lebens gewesen, doch wenn ich jetzt daran dachte, empfand ich nichts außer Schmerz. Austin hatte mir das Herz gebrochen, und ich war selbst schuld daran – weil ich ihm vertraut hatte.

Es war ein Fehler gewesen, ihn in mein Leben zu lassen. Und für diesen Fehler musste ich jetzt büßen.

KAPITEL 30

»Heute habe ich irgendwie Lust auf Asiatisch. Was meinst du?«

Olivia saß, mit dem Rücken an die Wand gelehnt, die Beine vor sich aufgestellt, auf meinem Bett und sah auf ihrem Handy die verschiedenen Lieferdienste durch. Mit der anderen Hand spielte sie an einer ihrer blauen Locken herum und wickelte sie immer wieder um den Finger.

Nachdem sie Austins und meinen Streit in der Tanzschule mitbekommen hatte und ich die letzten vier Tage meine Schichten im Café getauscht hatte, hatte sie sich selbst eingeladen, um mich aufzuheitern. Typisch Olivia eben.

Ich wollte Austin weder sehen noch etwas von ihm hören oder lesen. Seine Nachrichten, in denen er schrieb, dass er mit mir reden und alles erklären wollte, ignorierte ich genauso wie seine Anrufe. Ich hatte keine Lust auf weitere Lügen, für mich war die Sache gegessen.

Während Olivia durch die verschiedenen Restaurants scrollte, saß ich an meinem Schreibtisch und zeichnete gedankenverloren in meinem Skizzenblock herum.

»Also, worauf hast du Lust?«

»Eigentlich habe ich gar keinen Hunger.«

Sie sah mich streng an. »Du musst etwas essen. Keine Widerrede.«

Ich seufzte und richtete mich auf. »Hmm ... keine Ahnung. Dann vielleicht ein paar Sommerrollen?«

»War das eine Frage? Falls ja, lautet meine Antwort: dazu noch eine Jumbo-Sushi-Box.«

Ihr breites Grinsen steckte mich an, auch wenn mir alles andere als nach Lachen zumute war. Immerhin hatte ich eine Freundin, die aufpasste, dass ich nicht verhungerte.

»Von mir aus. Aber du musst mir helfen.«

»Erst nachdem du genug gegessen hast!«

Ich schnaubte und ließ den Bleistift auf das Papier fallen, um aufzustehen und uns zwei Gläser Wasser zu holen, mit denen ich zum Bett schlurfte. Schwerfällig ließ ich mich auf die Matratze sinken und lehnte mich mit einem Kissen im Rücken an das hölzerne Kopfteil meines Bettes.

Olivia ließ mich keine Sekunde aus den Augen. In ihrem Blick spiegelte sich Sorge. »Willst du darüber reden?«, fragte sie mit einem Zögern, das so gar nicht zu ihrer sonst so quirligen Art passte. »Vielleicht würde es dir helfen.«

Ich blickte auf. »Wie es aussieht, ist Austin wohl doch kein so toller Kerl, wie du gemeint hast.« Mir entfuhr ein Seufzen. »Ich habe zwei Mädels in der Umkleide gehört, die gesagt haben, dass Austin noch Gefühle für diese Mackenzie hat. Die eine meinte, dass er mich nur als Trostpflaster benutzt, wie er es auch bei ihr gemacht hat, und dass er vor Kurzem noch mit ihr geflirtet hat. Von Dax' Unfall hat er mir vielleicht erzählt, aber Mackenzie hat er mit keinem Wort erwähnt. Er hat mich verarscht, Olivia. Wir haben miteinander geschlafen. Ich kann einfach nicht glauben, dass ich ihm vertraut habe.«

Olivia blies die Backen auf und ließ langsam die Luft entweichen, bevor sie ihr Handy neben sich auf das Laken warf und mir fest in die Augen sah. »Austin und Mackenzie waren mal zusammen, ja. Aber das müsste inzwischen fast zwei Jahre her sein. Ich kann mir nicht vorstellen, dass er noch Gefühle für sie hat. Dax hat bei der Trennung der beiden wohl eine Rolle gespielt, aber Austin ist nie so richtig mit der Sprache rausgerückt, was genau vorgefallen ist. Er und Austin waren zwar ziemlich gut befreundet, aber er war nie der Gruppenmensch, der sich mit der Clique getroffen hat. Und nach dem Unfall hat er sich noch mehr zurückgezogen. Kurz danach haben Austin und Mackenzie sich getrennt, von Dax habe ich überhaupt nichts mehr mitbekommen. Dann war Mackenzie auch verschwunden, und irgendwann habe ich aufgeschnappt, dass die beiden zusammen sein sollen, aber geglaubt habe ich es nicht so richtig. Da ich sowieso viel besser mit Austin befreundet war, hatte ich nach der Trennung mit Mackenzie kaum noch was zu tun, und dann ist sie ja auch nach L. A. gegangen. Ich glaube nicht, dass Austin dich nur verarscht hat, Jade. Gut, von seinen Bettgeschichten weiß ich nichts, aber wir sind Freunde, und ich vertraue ihm.«

Ein Kloß hatte sich in meinem Hals gebildet. Ich versuchte, ihn herunterzuschlucken. »Manchmal verstellen sich Menschen und lassen alle um sich herum denken, dass sie keiner Fliege was zuleide tun können. Bis sie irgendwann ihr wahres Gesicht zeigen …« Meine Stimme brach, und ich blinzelte ein paarmal, um die Tränen zurückzudrängen. Dann räusperte ich mich und holte tief Luft. »Er hat mich angelogen. Und eines der Mädels hat ja im Gespräch mit ihrer Freundin selbst gesagt, dass er sie damals auch nur ausgenutzt hat und ständig munter herumflirtet. Vermutlich sucht er sich in diesem Moment schon das nächste Opfer, um es ins Bett zu locken.«

»Bestimmt gibt es dafür eine ganz plausible Erklärung. Gib ihm wenigstens die Chance, mit dir darüber zu sprechen.«

»Ich weiß nicht, ob ich mir noch mehr Lügen anhören will.«

Olivia nahm meine Hand, drückte sie und lächelte mich mitfühlend an.

»Wie ist sie denn so?« Die Frage war mir herausgerutscht, ohne dass ich etwas dagegen hatte unternehmen können.

»Wer? Mackenzie?« Olivia biss sich auf die Lippe. »Willst du das wirklich wissen?«

Ich nickte, obwohl ich mir alles andere als sicher war.

»Bis kurz vor der Trennung hat sie auch zu unserer Clique gehört. Ich war nicht ganz so eng mit ihr befreundet, aber Sienna und Adaline sogar ziemlich gut. Ich glaube, die haben immer noch Kontakt. Im Prinzip mochte sie fast jeder, weil sie so aufgeschlossen und freundlich war. Manchmal vielleicht ein bisschen leicht beeinflussbar.«

Mit mahlendem Kiefer starrte ich in die Leere. Natürlich war Mackenzie beliebt. Natürlich mochte sie jeder. Und natürlich war sie eine talentierte Tänzerin, die auf Social Media berühmt war.

Olivia stupste mich an. »Du bist ziemlich cool, Jade Evans. Weißt du das?«

Dankbar rang ich mir ein Lächeln ab. »Du bist auch nicht schlecht, Olivia Mitchell.«

»Sprechen wir uns jetzt nur noch mit vollem Namen an? Da komme ich mir vor wie eine berühmte Schauspielerin oder Königin.« Sie klatschte vergnügt in die Hände.

»Ist ja quasi dasselbe«, gab ich grinsend zurück.

»Schön, dass du wieder lachst!«, sagte sie und setzte sich direkt neben mich, um mir einen Arm um die Schultern zu legen und mich sanft an sich zu drücken.

»Schön, dass du mich zum Lachen bringst.« Ich legte den Kopf auf ihrer Schulter ab.

»Immer wieder gerne, Jade Evans.«

Eine halbe Stunde später klingelte es an der Tür.

»Endlich! Das Essen ist da, ich kümmere mich darum!« Olivia sprang auf, lief zu ihrer Tasche, die auf meinem Schreibtisch lag, und holte ihr Portemonnaie heraus. Dann drückte sie auf den Summer, öffnete die Tür und drehte sich zu mir um. »Oh Gott, ich hab so einen Hunger. Pass bloß auf, sonst esse ich dir dein Sushi wirklich weg.«

Wir lachten, doch nach wenigen Sekunden verstummte ich schlagartig.

Olivia stand immer noch mit dem Rücken zur Tür. Als sie meine schreckgeweiteten Augen sah, drehte sie sich um, doch es war zu spät. Er war bereits an ihr vorbeigelaufen und steuerte direkt auf mich zu.

Ich erstarrte vor Angst.

»Hey, wo hast du unsere Lieferung gelassen?«, rief Olivia empört.

»Na, Jade, heute ohne deinen Wachhund?«, zischte er und blieb in der Mitte des Raumes stehen.

Kyle.

Ich konnte mich nicht bewegen. Allein der Gedanke, dass er mich verfolgt haben musste, um herauszufinden, wo ich wohnte, ließ mir das Blut in den Adern gefrieren.

»He, wer bist du denn?«, fragte Olivia ihn mit zusammengekniffenen Augen und hob fragend die Hände.

Ohne sie zu beachten, hielt Kyle seinen hasserfüllten Blick auf mich gerichtet.

»W-was willst du von mir?« Übelkeit erfasste mich, und meine Hände begannen zu zittern.

»Schreib Tara, dass du gelogen hast und auf der Party nichts zwischen uns passiert ist!«

Bitte was?

Ich hielt die Luft an, unfähig, einen klaren Gedanken zu fassen.

»Ich habe echt keine Ahnung, warum du dich so anstellst! Du wolltest doch schon seit Jahren was von mir, also habc ich nichts falsch gemacht, sondern bin nur deinen Wünschen nachgekommen.«

Stockend atmete ich aus.

Olivia war inzwischen neben Kyle getreten und starrte ihn wütend an. »Siehst du nicht, dass du ihr Angst machst? Wer bist du überhaupt?« Als er nicht reagierte, fuhr sie mit erhobener Stimme fort. »Hallo? Ich rede mit dir!«

Ohne sie anzusehen, erwiderte er schroff: »Wir sind Freunde von früher, also halt dich da raus!«

Olivias Blick huschte zu mir, doch ich schüttelte nur leicht den Kopf, um ihr zu signalisieren, dass sie sich nicht mit ihm anlegen sollte. Niemals hätte ich es mir verzeihen können, wenn er sie verletzte.

»Weißt du, was du angerichtet hast?«, fragte er zynisch. »Tara hat sich von mir getrennt, und das ist alles nur deine Schuld. Wolltest du deine ehemals beste Freundin wirklich unglücklich machen? Nur deinetwegen ist sie auf die beschissene Idee gekommen, in Beckhaven herumzufragen, wie ich mich so verhalte, wenn sie nicht dabei ist. Nur deinetwegen hat sie unsere Beziehung hinterfragt. Und als dann auch noch Kristen angefangen hat herumzuerzählen, dass wir was hatten, ist sie durchgedreht.«

»Nur meinetwegen? Ist das dein Ernst?« Für einen kurzen Moment wurde meine Angst von unbändiger Wut überlagert. Ich sprang auf und blieb in Abwehrhaltung vor meinem Bett stehen. »Du betrügst munter deine Freundin und schiebst es dann mir in die Schuhe? Was läuft bei dir eigentlich schief?« Meine Stimme war zwar immer noch rau, aber immerhin bekam ich wieder Worte heraus. Mit aller Macht versuchte ich gegen das Zittern meines Körpers anzukämpfen, damit Kyle mir meine Angst nicht ansah.

Mit dunklen Augen schaute er auf mich herab. »Hättest du es einfach bei dem belassen, was ich Tara erzählt habe, und es nicht abgestritten, wäre sie nie auf die Idee gekommen, Nachforschungen anzustellen. Du hast dich mir an den Hals geworfen, nicht andersherum.«

»Willst du mich verarschen? In was für einer Welt lebst du eigentlich? Ich habe mich dir keine Sekunde an den Hals geworfen. Wenn der Freund meiner besten Freundin mich in ein Zimmer zerrt, um gegen meinen Willen Sex mit mir zu haben, habe ich nicht nur das Recht, sondern sogar die Pflicht, ihr davon zu erzählen.« Ich wusste selber nicht, woher all die Worte kamen, sie sprudelten einfach so aus mir heraus.

Er lachte bitter auf. »Jetzt bin ich der Blöde, klar. *Du* hast doch mit mir geflirtet! Was bist du für eine beschissene Freundin, die ihre beste Freundin hintergeht und ihre Beziehung zerstört!«

»Hey!« Olivia baute sich blitzschnell vor mir auf, als Kyle drohend einen Schritt auf mich zu machte. »Was fällt dir ein, hier aufzutauchen und Jade solche Dinge an den Kopf zu werfen? Komm erst mal auf dein Leben klar und verzieh dich!«

Olivias Wut gab mir zusätzlichen Mut. Ich war nicht allein. Sie stand an meiner Seite. Glaubte mir, nicht ihm. »Mit deinen Lügen hast du alles zerstört, Kyle. Was willst du noch von mir? Du bist daran schuld, dass mich alle in Beckhaven hassen. Willst du jetzt in New York weitermachen?«

»Ich will, dass du dich bei Tara dafür entschuldigst, dass du mich angebaggert hast, und ihr sagst, dass ich recht hatte. Dass ich ein guter Kerl bin. Ihrer besten Freundin wird sie glauben.«

»Wie du weißt, sind wir keine Freundinnen mehr … und außerdem würde das noch lange nicht die anderen Mädchen aus Beckhaven erklären, mit denen du anscheinend in der Kiste warst.«

»*Dir* würde sie aber glauben, ihr wart beste Freundinnen! Das mit Kristen und den anderen war doch eh nichts Großes. Die haben maßlos übertrieben. Du kennst Tara, du könntest sie leicht beeinflussen und sie dazu bringen, es noch einmal mit mir zu versuchen …«

Ich konnte nicht fassen, was er da sagte. »Hörst du dir

eigentlich zu? *Du* bist hier das Arschloch, das alle hintergeht, und ich kann daran nichts ändern. Will ich auch gar nicht!«

Er ballte die Hände zu Fäusten und machte einen Schritt auf Olivia zu.

Mein Herz setzte einen Schlag aus, und ich merkte, dass ich immer noch vor Angst zitterte. Ich wollte mir nicht ausmalen, was er tun könnte, um an Olivia vorbeizukommen.

»Ich sag es zum letzten Mal, verschwinde!«, blaffte sie ihn an.

Dann passierte alles Schlag auf Schlag. Kyle packte Olivia an der Schulter und stieß sie zur Seite, bevor er mich nach hinten schubste. Olivia kam mir zu Hilfe und verpasste ihm einen Tritt gegen den Oberschenkel, sodass er nach hinten taumelte. Dann schnappte sie sich meinen Stuhl und stürmte damit auf Kyle zu, stieß ihm die Stuhlbeine in die Seite und drängte ihn zur Tür. Er stolperte über die Schwelle, verlor das Gleichgewicht und fiel auf den Rücken. Olivia rammte ihm erneut den Stuhl in den Bauch und schob ihn nach draußen in den Hausflur.

Schnell knallte ich die Tür zu und verriegelte von innen alle Schlösser. Dann stand ich mit wild hämmerndem Herzen und am ganzen Körper zitternd da, unfähig, mich zu bewegen.

Olivia stellte den Stuhl ab und kam zu mir, schlang ihre schlanken Arme um mich und drückte mich fest an sich.

»Pass bloß auf deinen Freund auf, bevor Jade euch auch noch auseinanderbringt! Sie ist und bleibt eine Schlampe«, drang es gedämpft durch die Tür.

Olivias Griff um meinen Rücken verstärkte sich, und

ich konnte meine Tränen nicht mehr aufhalten. Heiß perlten sie mir über die Wangen.

»Wehe, du erzählst weiter diese Scheißlügen, Jade. Dann kannst du echt was erleben!« Seine Stimme wurde immer leiser, als er die Treppe nach unten stapfte, und verhallte schließlich ganz. Kurz darauf knallte die Haustür zu.

Schniefend atmete ich ein und aus, während Olivia die Umarmung verstärkte.

»Er ist weg, alles ist gut. Du brauchst keine Angst mehr zu haben«, hörte ich ihre beruhigende Stimme an meinem Ohr.

Ich schloss die Augen und versuchte, den Gedanken an Kyle beiseitezuschieben. Den Gedanken daran, was passieren würde, wenn er mir wieder auflauerte.

Wie oft hat er mich beobachtet?

Im Bruchteil einer Sekunde zogen die letzten Wochen an mir vorbei. Kyle, der in der U-Bahn an mir vorbeigefahren war und mich vor der Tanzschule überrascht hatte. War er etwa auch der Typ gewesen, der im Café nach mir gefragt hatte? Beim Gedanken daran bekam ich eine Gänsehaut.

Als es erneut an der Tür klingelte, zuckten Olivia und ich zusammen. Nachdem sie sich von mir gelöst hatte, betätigte sie die Gegensprechanlage. Dieses Mal war es wirklich der Sushi-Lieferdienst.

Ich fuhr mir mit beiden Händen über das Gesicht, wischte die Tränen weg und lief mit wackeligen Beinen zum Bett.

Olivia nahm die Bestellung entgegen, zahlte und stellte alles auf ein kleines Tablett, das sie in meiner Küche fand.

Tief ein- und ausatmend fixierte ich einen Punkt auf der flauschigen Decke vor mir, bis sich Olivia mit dem Tablett voll Maki, Sommerrollen und Essstäbchen zu mir setzte. Sie nahm die Stäbchen aus der Papierverpackung und platzierte sie neben den Behältern, in denen sich das Essen befand.

Als ich ihre warme Hand auf meiner spürte, blickte ich in ihre braunen Augen, aus denen sie mich eindringlich ansah. Ohne dass sie es aussprechen musste, wusste ich, dass sie für mich da sein würde. Obwohl ich ihr nie von meiner Vergangenheit erzählt hatte, hielt sie zu mir. Und genau deshalb war es jetzt an der Zeit, ihr alles zu erklären.

»Jade?«, fing sie vorsichtig an. »Wer war der Kerl? Willst du mir davon erzählen?«

Ich seufzte. Dann fasste ich mir ein Herz und erzählte ihr von der Party. Von Kyle und was er mir angetan hatte. Von Taras und Beths Reaktion. Von all den Menschen, die sich gegen mich gestellt hatten. Davon, wie ich von Tag zu Tag einsamer geworden und schließlich nach New York gezogen war. Von Kyle, der mir vor der Tanzschule aufgelauert und sich mit Austin angelegt hatte. Von der Nacht, in der ich mich Austin geöffnet hatte, und dem Schmerz, der sich wie ein Feuer in mir ausbreitete, wenn ich nur an ihn dachte.

Währenddessen nickte Olivia immer wieder verständnisvoll und verfluchte mit leisen Worten die Menschen, die mir das Leben zur Hölle machten. Sie hielt schlicht und einfach zu mir.

»Danke, dass du es mir erzählt hast. Ich bin immer für dich da, wenn was ist oder du über irgendetwas reden willst, okay?«

»Okay. Danke, Olivia.« Ich schenkte ihr ein schwaches Lächeln, und sie erwiderte es.

»Ist doch klar. Aber … wie soll es denn jetzt weitergehen? Nur, weil wir ihn rausgeworfen haben, ist das Problem ja nicht gelöst. Hast du mal darüber nachgedacht, ihn anzuzeigen?«

Ich nickte. »Sehr oft sogar. Aber ich habe mich einfach nicht getraut, mit jemandem darüber zu sprechen. Zum einen habe ich mich geschämt, dabei weiß ich selbst nicht, wofür. Und beweisen konnte ich auch nichts. Meine Aussage hätte gegen seine gestanden. Niemand hätte mir geglaubt, weil Kyle einfach dieser charmante Typ war, den alle mochten. Und jetzt … Ich weiß einfach nicht, ob ich bereit bin, mit meinen Eltern oder der Polizei darüber zu reden. Möglicherweise brauche ich noch ein wenig Zeit.«

»Ich werde dich unterstützen, egal wie du dich entscheidest. Du kannst dich auf mich verlassen.« Olivia lächelte mir aufmunternd zu, während sie sich das letzte Stück Sushi in den Mund schob.

Ich war ihr unendlich dankbar. Und ich war erleichtert, dass nun nichts mehr zwischen uns stand. Erneut über die Geschichte zu reden fiel mir zwar schwer, aber ich merkte, dass es mir half, Schritt für Schritt damit abzuschließen – auch wenn ich mich noch am Anfang befand. Immer noch hatte ich Angst, dass Kyle jeden Moment wieder vor meiner Tür stehen würde, aber ich war nicht mehr allein mit dieser Angst. Ich hatte eine Freundin, die mir beistand, was auch immer auf den Straßen New Yorks auf mich wartete.

KAPITEL 31

Eine knappe Woche, nachdem Kyle in meiner Wohnung aufgetaucht war, trug ich mit zitternden Fingern das Tablett mit der heißen Schokolade und dem Cappuccino zum Tisch von zwei Freundinnen. Vorsichtig stellte ich die Getränke vor ihnen ab, versuchte, nichts zu verschütten. Nachdem ich ihnen noch ein Lächeln zugeworfen hatte, drehte ich mich um und lief zurück hinter den Tresen. Schnell stellte ich mich mit dem Rücken zur Wand, um die Tür im Blick zu haben. Jedes Mal, wenn jemand das Café betrat, spannte sich alles in mir an. Ich hatte furchtbare Angst, dass Kyle noch einmal kommen und versuchen würde, mich einzuschüchtern und zu bedrohen. Glücklicherweise war er bisher nicht wieder aufgetaucht. Die Angst blieb trotzdem.

»Jade, kannst du bitte einen Pfirsich-Eistee und einen schwarzen Kaffee an den Tisch dort drüben mit den zwei Typen im Anzug bringen?«

Panisch zuckte ich zusammen, als Olivia mich an der Schulter berührte und mit großen Augen anstarrte. Sie trug ihr blaues Haar heute in einem Pferdeschwanz, der bei jeder Bewegung hin und her wippte.

»Äh … ja, klar. Ich kümmere mich sofort darum«, murmelte ich und holte eine Tasse aus dem Schrank, um sie unter die Kaffeemaschine zu stellen. Aus dem Augenwinkel konnte ich erkennen, wie Olivia mich mit ihren Blicken verfolgte. Während ich darauf wartete, dass der Kaffee in die Tasse lief, trommelte ich mit den Fingern auf meinem Arm herum und sah mich dabei immer wieder nervös um.

»Alles okay?«, erkundigte sich Olivia. »Wenn es dir nicht gut geht, kannst du auch gerne nach Hause gehen. Miles und ich kriegen das auch alleine hin, nicht wahr, Miles?«

»Wenn Olivia das sagt, muss es wohl stimmen«, kam es von Miles aus dem Nebenraum, in dem er sich gerade hinter der angelehnten Tür für seine Schicht fertig machte.

»Was? Wieso?«

»Das da in der Tasse ist heißes Wasser und kein Kaffee, Jade.« Sie tippte mit dem Finger auf den Rand der Tasse, die ich unter der Maschine hervorgezogen hatte.

»Ach, Mist. Ich habe aus Versehen auf den falschen Knopf gedrückt«, entgegnete ich und spürte, wie mein Gesicht heiß wurde. Schnell drehte ich mich zur Tür um, als ich hörte, dass jemand hereinkam. Ich sog scharf die Luft ein und stieß sie wieder aus, als ich sah, dass es nur eine Frau mit Kinderwagen war.

Olivia nahm mir die Tasse aus der Hand und musterte mich besorgt. »Ich weiß, dass die letzten Tage echt heftig waren«, flüsterte sie, sodass nur ich es hören konnte. »Es wäre vollkommen normal, wenn du dich nicht gut fühlst und lieber zu Hause sein willst.«

Mühsam versuchte ich, den Kloß in meinem Hals herunterzuwürgen. »Nein, ich möchte lieber hierbleiben. Dann bin ich nicht so alleine.« Mit zitternden Händen fuhr ich mir über die Haare, die ich zu einem Dutt gebunden hatte.

Olivia sah alles andere als überzeugt aus, presste jedoch nur die Lippen zusammen und nickte. Dann schüttete sie das heiße Wasser in die Spüle, und ich startete einen neuen Versuch, die richtige Bestellung aus der Maschine zu lassen – diesmal mit Erfolg.

Zwar fühlte ich mich besser, je länger ich arbeitete, und es tat mir tatsächlich gut, unter Menschen zu sein, doch ich leistete an diesem Tag sicher nicht die beste Arbeit. Nachdem ich einige Bestellungen vertauscht und die falschen Angebote auf die Tafel hinter dem Tresen geschrieben hatte, verbannten mich Miles und Olivia für den Rest des Tages hinter die Kaffeemaschine, wo ich keinen allzu großen Schaden anrichten konnte.

Olivia hatte mir angeboten, am Abend mit zu ihr zu kommen, aber ich wollte ihr nicht zur Last fallen. Außerdem konnte ich in anderen Betten nicht besonders gut schlafen. Außer in Austins. Bei ihm hatte ich die Nacht durchgeschlafen, ohne auch nur einmal aufzuwachen. In den letzten Tagen hatte er mir immer wieder Nachrichten geschrieben und mich angerufen, und einmal hatte er sogar vor meiner Haustür gestanden, aber ich wollte nicht mit ihm sprechen und hatte ihn nicht hereingelassen.

Ich spürte einen fiesen Stich in meinem Herzen und sah schnell an die Decke, um meine Tränen wegzublinzeln.

Verdammt, dieser Idiot!

Meine Schicht näherte sich dem Ende. Olivia stand mit mir hinter dem Tresen und nahm eine Bestellung zum

Mitnehmen auf, während ich versuchte, einen Vanilla Cappuccino zuzubereiten. Als ich die Tür hörte, wandte ich mich blitzschnell um.

Mein Herz stand kurz davor zu zerspringen. Alles in mir spannte sich an.

Bitte nicht …

Langsam näherte sich Austin dem Tresen, die Hände in den Taschen seines Parkas vergraben.

Olivia bemerkte ihn und warf mir einen kurzen Blick von der Seite zu, während sie die Kreditkarte des Kunden entgegennahm.

Ich zog den Pappbecher unter der Maschine hervor und konzentrierte mich darauf, die aufgeschäumte Milch hineinzufüllen. Nachdem das Getränk fertig war, übergab ich es mit zitternden Händen dem Typen im Anzug.

Austin war vor dem Tresen stehen geblieben. »Hey«, sagte er und fuhr sich mit der Hand über den Nacken.

Ich blickte starr auf die Kaffeemaschine, wollte ihn nicht ansehen aus lauter Angst, das Messer in meiner Brust würde sich bei seinem Anblick nur noch weiter in mein Herz bohren. Sich verankern und nie wieder entfernen lassen.

Olivia trat an meine Seite und legte ihre Hand auf meine Schulter. »Sei mir nicht böse, aber ich habe ihm vorhin in der Pause geschrieben, dass er kommen soll.«

Ich sah sie mit großen Augen an. »Du hast *was*?«

»Ich will dich abholen und nach Hause bringen.«

Austins tiefe Stimme versetzte mir einen elektrischen Schlag, doch ich hielt den Blick weiter auf Olivia gerichtet.

»Er hat sich Sorgen gemacht, nachdem ich ihm erzählt habe, dass es dir nicht so gut geht«, sagte sie sanft und schenkte mir ein aufmunterndes Lächeln. »Und ich will nicht, dass du alleine nach Hause fahren musst.«

»Und dann musstest du gerade *ihn* fragen?«

»Er will für dich da sein, Jade.«

Aus dem Augenwinkel sah ich, wie Austin nervös von einem Bein aufs andere trat. Ich blickte auf, sah ihn an, und mein Herz rutschte in die Hose. All die Momente mit ihm zogen an mir vorbei. All die Momente, in denen ich glücklich gewesen war. Ich ballte die Hände zu Fäusten. Meine Fingernägel bohrten sich von Sekunde zu Sekunde tiefer in meine Handflächen.

»Egal wie sehr du mich hasst, lass mich dir helfen, okay?« Er holte tief Luft. »Olivia hat mir nicht so genau erzählt, was passiert ist, nur dass Kyle…« Als er bemerkte, dass ich bei der Erwähnung seines Namens zusammenzuckte, brach er ab. »Ich merke doch, dass es dir nicht gut geht, und es tut mir weh, dich so zu sehen. Lass mich dich nach Hause bringen. Bitte. Außerdem bin ich dir noch eine Erklärung schuldig. Und wenn du nicht mit mir reden willst, ist das auch okay, aber ich muss sichergehen, dass du heil in deiner Wohnung ankommst.«

Olivias Hand lag noch immer beruhigend auf meiner Schulter. Gab mir Halt.

Ich spielte am Saum meiner Schürze herum und versuchte, mein wild pochendes Herz unter Kontrolle zu bekommen. Den ganzen Morgen hatte ich Angst davor gehabt, alleine nach Hause fahren zu müssen. Zwar waren die Straßen und U-Bahnen voller Leute, aber im Zweifel liefen die doch sowieso nur vorbei und starrten, ohne auch nur daran zu denken, Hilfe zu leisten. Auch wenn ich Austin vermisste, seine Berührungen, sein Lächeln, das Grübchen, das sich dabei in seiner Wange bildete, wusste ich nicht, ob es eine gute Idee war, ihn für mich da sein zu lassen. Ich traute ihm nicht, hatte Angst davor, noch mehr belogen zu werden. In meinem Kopf wütete der reinste Gedanken-Tornado. Ich wusste einfach nicht, was ich tun sollte.

»Bitte, Jade. Von mir aus laufe ich zwei Schritte hinter dir, wenn du mich nicht sehen willst.«

Trotzdem würde ich deine Anwesenheit spüren.

»Gib dir einen Ruck. Wir wollen dir wirklich nur helfen«, sagte Olivia leise.

Mein Blick huschte von Austin zu Olivia und wieder zurück zu ihm.

»In Ordnung.«

Erleichtert atmeten die beiden aus, dann drückte Olivia mir lächelnd die Schulter und verschwand, um einen Kunden zu bedienen.

»Wir können jetzt gleich gehen. Olivia meinte, dass du sowieso fertig bist.«

»Okay«, entgegnete ich betont kühl und zog mir die Schürze über den Kopf. Ich verstaute sie im Nebenraum, streifte meine beige Jacke über und schulterte meine Tasche.

Mit klopfendem Herzen kam ich hinter der Theke hervor und steuerte die Tür an, wo Austin, die Hände wieder in den Taschen seines Parkas vergraben, auf mich wartete. Ohne ihn anzusehen, trat ich in die kühle Abendluft hinaus. Es war bereits dunkel. Die Strahlen der Autoscheinwerfer brachen sich in den kleinen Pfützen am Bordstein, denen die Passanten auswichen. Es war viel los auf den abendlichen Straßen von New York.

Ich setzte mich in Bewegung. Nur ein paar Sekunden später spürte ich, wie Austin neben mir herlief. Ich verschränkte die Arme vor der Brust, während wir Cafés, Restaurants, Boutiquen und Souvenirläden passierten. Den Blick starr nach vorne gerichtet. Den ganzen Weg zur U-Bahn sagte niemand von uns beiden ein Wort, aber immer wenn ich Austin einen verstohlenen Blick zuwarf, fiel mir auf, dass ein ernster Ausdruck auf seinem Gesicht lag.

Die U-Bahn war um diese Uhrzeit schrecklich voll. Wir standen in der Nähe des Ausgangs und hielten uns an der kalten Metallstange fest, um während des Anfahrens und Haltens nicht umzukippen. Mein Blick flog hin und her, suchte jedes Gesicht nach einer Person ab, die ich mir wünschte, nie wiederzusehen. Jetzt war ich doch ein wenig froh darüber, nicht allein zu sein.

Als wir wenig später ausstiegen und die Treppen der Station nach oben liefen, meldete sich Austin plötzlich vorsichtig zu Wort. »Können wir … Darf ich dir das alles erklären?«

»Ich weiß echt nicht, was das bringen soll, Austin.«

»Bitte Jade …«

Die Seitenstraßen in Brooklyn waren dunkler als in Manhattan. Einzig und allein die Laternen und beleuchteten Fenster erhellten uns den Weg.

Abrupt blieb ich stehen und starrte ihn an. »Dann leg mal los, aber ich warne dich … Wehe, du lügst mich an.«

Er fuhr sich mit einer Hand durch die Locken und schaute mich an. »Ich habe dich nie angelogen. Alles, was ich gesagt habe, war die Wahrheit.«

»Und was ist mit Mackenzie? Und mit diesem Mädel,

das behauptet hat, dass du sie nur ausgenutzt und fallen lassen hast? Sie meinte, du hast vor Kurzem noch mit ihr geflirtet, obwohl wir beide … « Ich ließ den Satz in der Luft hängen, wandte den Blick ab und setzte mich wieder in Bewegung. Allein beim Gedanken an die Aussagen der Tänzerinnen packte mich Übelkeit.

»Es ist richtig, dass ich mit Mackenzie zusammen war. Wir haben uns damals in der Tanzschule kennengelernt, und irgendwann sind wir ein Paar geworden. Aber zum Ende der Beziehung hin wurde mir immer mehr bewusst, dass wir nicht zusammenpassen. Als dann Dax den Unfall hatte, habe ich mich von allen zurückgezogen. Es hat mich fertiggemacht – die Schuld, die ich trug, die Vorwürfe, die Dax mir gemacht hat, ich habe geglaubt, ich hätte sein Leben zerstört. Auch Mackenzie konnte ich dadurch nicht mehr an mich ranlassen.« Er seufzte. »Darunter hat unsere Beziehung gelitten, und irgendwann haben wir uns getrennt. Ich wollte so nicht weitermachen, das hatte sie nicht verdient.«

Glaubte ich ihm? Ich konnte es noch nicht wirklich sagen. Aber er wirkte aufrichtig, als ob er es ernst meinte.

»Das Mädel im Move District meinte, dass Mackenzie auch mit Dax geflirtet hat. Ist sie der eigentliche Grund für euren Streit?«, fragte ich leise und schlang die Arme um meine Mitte.

»Nein … Ja … Es ist alles so kompliziert. Kurz nach unserer Trennung sind Mackenzie und Dax plötzlich zusammengekommen. Zu einem Zeitpunkt, an dem unsere Freundschaft wegen des Unfalls sowieso schon am seidenen Faden hing. Ich war enttäuscht … Ich hatte keine Gefühle mehr für Mackenzie außer freundschaftliche, doch das wusste Dax nicht. Als ich ihn zur Rede gestellt habe, meinte er, dass er ja wohl wenigstens meine Freundin bekommen könnte, wenn ich ihm schon seine Karriere versaut hätte. Er hat nur aus Rache was mit ihr angefangen. Daraufhin ist unser Streit eskaliert. Die Aktion mit Mackenzie war der Tropfen, der das Fass zum Überlaufen gebracht hat. Der Gipfel der vielen beschissenen Aktionen, die Dax sich geleistet hat. Immer wieder hat er aus lauter Frustration auf mir herumgehackt. Da hat es mir irgendwann gereicht.« Er holte tief Luft und stieß sie mit einem Seufzen aus. Sein Blick wanderte an den Backsteingebäuden hinauf in den dunklen Himmel. »Nicht die Trennung von Mackenzie, sondern der Verlust der Freundschaft zu Dax hat mich zerstört. Mackenzie spielt keine Rolle mehr in meinem Leben. Schon lange nicht mehr. Deswegen habe ich dir auch nichts von ihr erzählt. Bei dem Streit mit Dax hätte es genauso gut um etwas anderes gehen können, einen neuen Job, den ich bekommen habe und den er sich gewünscht hätte, oder sonst irgendwas. Komplett egal. Wir waren beide so angepisst und verbittert, dass es eigentlich nur eine Kleinigkeit brauchte, damit unsere Freundschaft vollends zerbrach.«

All das ergab Sinn. Ich sprach auch nicht über Leute, die mir egal waren, weil sie ganz einfach keinen Platz mehr in meinem Leben hatten. Man vergaß Menschen zwar nicht, die man einst geliebt hatte, aber mit der Zeit kam es vor, dass man eher Gleichgültigkeit für sie empfand.

»Und was ist mit dem Mädel, das meinte, dass du sie ausgenutzt hast und mit mir …«

»Bitte, Jade, so was darfst du nicht mal denken, okay?«

In seiner Stimme lag so viel Schmerz und Wärme zugleich, dass sich eine kleine Messerspitze in mein Herz bohrte. »Ich kann mir schon vorstellen, wer das gewesen sein muss, es gab nach Mackenzie nämlich nur eine einzige Frau, mit der ich geschlafen habe. Katie … Nach der Trennung hab ich sie abends in einem Club getroffen. Mir ging es echt übel wegen Dax und Mackenzie. Wir haben miteinander geredet und getanzt. Dann hat sie mich gefragt, ob ich noch mit zu ihr kommen will.«

Er warf mir einen vorsichtigen Blick zu, und ich bedeutete ihm mit einem Nicken fortzufahren. Auch wenn es wehtat, wollte ich wissen, was wirklich passiert war.

»Ich habe ihr von vornherein gesagt, dass es nur für diese eine Nacht ist, dass ich nicht auf der Suche nach einer Freundin bin. Und sie hat gemeint, dass es für sie in Ordnung geht, dass sie selbst auch nur Spaß haben will. Nach der Nacht sind wir im Guten auseinander, aber in den darauffolgenden Tagen hat sie immer wieder Andeutungen gemacht, dass wir das wiederholen sollten und uns öfter mal treffen könnten. Ich habe ihr dann noch einmal erklärt, dass ich das nicht will und – wie ich es ihr auch im Club gesagt hatte – es für mich eine einmalige Sache war. Anscheinend hat sie das ziemlich gekränkt. Ja, wir hatten was miteinander, aber sie hat die Tatsachen hinterher total verdreht. Ich habe sie nicht ausgenutzt.«

Ich schluckte. Mittlerweile hatten wir die Straße erreicht, in der ich wohnte, und liefen den Bürgersteig zu meinem Wohngebäude entlang. Bis auf eine junge Frau, die mit ihrem Hund spazieren ging, war weit und breit kein Mensch zu sehen. Die Laternen spiegelten sich in den dunklen Fenstern der roten und grauen Häuser und flackerten alle paar Sekunden.

»Sie meinte, dass du mit ihr geflirtet hast. Vor Kurzem erst.«

Austin stöhnte genervt auf. »Das ist einfach nur erstunken und erlogen. Die einzige Interaktion, die ich in den letzten Monaten mit ihr hatte, war, dass ich ihr zur Begrüßung mal zugenickt habe. Das ist alles. Dass ich mit ihr geflirtet habe, hat sie erfunden. Ich schwöre es dir, Jade, seit wir uns kennen, gibt es nur noch dich für mich.«

Vor der kleinen Steintreppe zu meiner Haustür blieben wir stehen. Austin mir gegenüber, seinen warmen Blick auf mich gerichtet. Er machte einen Schritt auf mich zu, nahm meine Hände in seine und legte den Kopf schief.

Mein Blick flog zu unseren Händen und dann wieder nach oben in seine Augen. »Woher weiß ich, dass du ehrlich zu mir bist? Woher weiß ich, dass du mich nicht einfach fallen lassen wirst? Woher ...« Meine Stimme brach.

»Würde ich hier stehen und mir die Mühe machen, dir alles zu erklären, wenn ich dich nur ausnutzen wollte? Eine Garantie gibt es nicht, aber ist das in der Liebe nicht immer so? Man muss dem anderen vertrauen und Risiken eingehen.«

In der *Liebe*? Meinte er etwa ...? Mein Herz schlug schneller. Mit einem Kopfschütteln ordnete ich meine Gedanken. Irgendwie hatte er ja recht. Und irgendwie vertraute ich ihm ja auch.

»Es ist nur ... Kyle hat auch immer so lieb und nett gewirkt, aber tief in ihm drin steckt dieses Monster. Als ich die Mädchen in der Umkleide habe reden hören, dachte ich, dass du das alles vielleicht auch nur gespielt hast, um zu bekommen, was du willst.«

»Das mag sein, aber ich verspreche dir, dass ich dich nie ausgenutzt habe. Bitte glaub mir, Jade. Ich bin nicht so wie Kyle. Alles, was ich zu dir gesagt habe, habe ich auch so gemeint.«

Ich sagte nichts, starrte ihn nur an, während seine Daumen in kreisenden Bewegungen über meine Handrücken fuhren.

»Weißt du, was ich will?«, sagte er plötzlich und schaute mit seinen dunkelgrünen Augen so tief in meine, dass ich das Gefühl hatte, darin zu ertrinken. »Ich will dich.«

Wärme kroch mir den Rücken hinauf.

»Mehr als das, verdammt. Ich habe mich in dich verliebt. In alles an dir. Jedes Mal, wenn ich dich ansehe, wenn ich dein Lachen höre, wenn ich nur an dich denke, raubt es mir den Atem.«

Ich hielt die Luft an, blinzelte ein paarmal. »Austin, ich …«

»Du musst darauf nichts sagen. Ich will nur, dass du weißt, wie ich fühle, und dass ich mit dir zusammen sein will. Jetzt. Für immer. Und egal, wie viel Zeit du benötigst, ich werde auf dich warten und immer an deiner Seite sein, wenn du mich brauchst, auch wenn du …«

»Ich habe mich auch in dich verliebt, du Schleimer«, unterbrach ich ihn lachend.

Er hob die Augenbrauen. »Was heißt hier Schleimer? Das ist alles wahr!«

»Das sagen alle Schleimer!«

Mein Lachen wurde lauter und verstummte erst, als

Austin es mit seinen Lippen erstickte. Er küsste mich erst sanft, dann immer leidenschaftlicher.

Nach einer kleinen Ewigkeit zog ich mich zurück, schnappte nach Luft. Seine Hände lagen an meinen Wangen, seine Berührungen brannten auf meiner Haut wie Feuer. Ein Grinsen zerrte an seinen Mundwinkeln, und ich konnte nicht anders, als es zu erwidern.

Doch in der nächsten Sekunde brach die Dunkelheit wieder über mir ein. Meine Augen weiteten sich, als ich einen Mann sah, der sich auf der anderen Straßenseite aus dem Schatten eines Hauseingangs löste. Mein Herz pochte so heftig gegen meinen Brustkorb, dass ich glaubte, es müsste jeden Moment herausspringen.

Kyle. Für eine Sekunde hatte ich geglaubt, Kyle zu sehen. Aber er war es nicht gewesen. Trotzdem zitterte ich am ganzen Körper.

Austin sah mich besorgt an.

»Können wir hochgehen?«, flüsterte ich heiser.

»Ja, natürlich. Du brauchst keine Angst zu haben. Ich bin bei dir.«

Oben angekommen, verriegelte ich die Wohnungstür hinter uns, zog meine Jacke aus und ließ mich aufs Bett sinken.

Austin setzte sich neben mich und schloss seine warme Hand um meine. Unter seiner Berührung beruhigte sich mein Puls langsam.

»Er war in meiner Wohnung«, begann ich irgendwann leise zu erzählen. Aus dem Augenwinkel sah ich, wie Austin den Kiefer anspannte. »Vor knapp einer Woche hat Olivia mich besucht, wir haben Essen bestellt … und als es geklingelt hat, stand auf einmal Kyle vor der Tür.

Er hat sich an Olivia vorbei in mein Apartment gedrängt. Sie wusste nicht, wer er war …«

»Hat er dir wehgetan?«, fragte Austin mit vor Wut bebender Stimme.

»Nein, nein. Als er mir gedroht hat, hat Olivia ihn mit meinem Stuhl nach draußen gedrängt.«

Austin atmete erleichtert aus. »Was wollte er? Was hat er gesagt?«

Ich hatte wieder zu zittern begonnen, und Austin rückte ein Stück näher, legte den Arm um mich und zog mich an sich.

»Er hat mir an den Kopf geworfen, dass ich an allem schuld sei und Tara sich wegen meiner Behauptungen von ihm getrennt habe, dass ich sie damit ins Unglück gestürzt hätte. Ich sollte ihr schreiben, dass ich es war, die *ihn* angebaggert hat. Dass er der nette Kerl ist, der keiner Fliege was zuleide tun kann.« Ich versuchte, die Tränen wegzublinzeln, die sich in meinen Augen gebildet hatten.

Austin schüttelte den Kopf und fluchte. »Das kann nicht sein Ernst sein.«

»Leider schon. Dann hat er mir noch gedroht, dass ich etwas erleben könne, wenn ich weiter meine Lügen verbreite. Ich hatte total Angst, dass er Olivia oder mir etwas antut. Zum Glück war sie da, alleine hätte ich es nicht mit ihm aufnehmen können.« Ich fuhr mit den Händen über meine Oberschenkel, um meine verschwitzten Handflächen abzuwischen. Dann schlang ich die Arme um Austin.

»Das geht so nicht weiter, du solltest ihn anzeigen.«

»Ich weiß nicht, ob ich das kann. Ob ich so etwas durchstehe.«

Er dachte kurz nach. »Flieg nach Beckhaven. Dann kannst du erst mal mit Tara sprechen.«

»Niemals. Ich will nie wieder dorthin zurück.«

»Irgendwann musst du das sowieso. Immerhin wollen deine Eltern dich doch auch mal wiedersehen. Nächste Woche ist Thanksgiving. Das wäre ein guter Zeitpunkt.«

»Ich glaube nicht, dass das so eine gute Idee ist.«

Er legte seine Hand sanft an meine Wange, und ich versank in seinen grünen Augen.

»Du darfst nicht zulassen, dass deine Vergangenheit dich kaputtmacht und immer wieder aufs Neue aus der Bahn wirft. Und dafür musst du mit ihr abschließen.«

Meine Mundwinkel verzogen sich zu einem angedeuteten Lächeln. Immerhin ging es ihm nicht viel anders.

»Aber ich schaffe das nicht. Ich kann mich Tara, Beth und vor allem Kyle nicht stellen. Nicht allein.«

»Deshalb komme ich auch mit.«

»Das würdest du tun?« Vollkommen überwältigt sah ich zu ihm auf.

»Natürlich«, erwiderte er und lächelte mich liebevoll an. »Wir kriegen das gemeinsam hin, keine Widerrede.«

KAPITEL 32

Ich schmeckte das Salz des Meerwassers auf der Zunge, als ich während der Autofahrt zum Haus meiner Eltern die Scheibe herunterließ. In der Hoffnung, dass sie das flaue Gefühl in meinem Magen verschwinden ließ, atmete ich tief die frische Luft ein.

»Schön, dass du uns mit deinem Freund besuchen kommst. Deine Mutter hat sich sehr gefreut, als du für Thanksgiving zugesagt hast«, sagte mein Vater, den Blick auf die Straße gerichtet. Sein volles braunes Haar wehte zur Seite, als ein Windstoß durch das heruntergelassene Fenster zog.

Vor einer halben Stunde hatte er uns am Flughafen abgeholt und mich fest in seine Arme geschlossen. Austin hatte er zwar erst einmal kritisch beäugt, aber nachdem die beiden gemerkt hatten, dass sie auf einer Wellenlänge waren, zumindest was den Humor betraf, hatte mein Vater ihm direkt angeboten, ihn beim Vornamen zu nennen.

»Ich freue mich auch«, erwiderte ich.

In zehn Minuten würde ich vor dem Haus stehen, in dem ich fast mein ganzes bisheriges Leben verbracht hatte, nur ein paar Songs von Tara und Beth entfernt. Irgendwann hatten wir es uns zur Angewohnheit gemacht, die Zeit, die wir zueinander brauchten, in Liedern zu messen, die wir auf der Strecke hörten. Zu Tara waren es von unserer Hauseinfahrt aus ziemlich genau »Drag Me Down« von One Direction, »Can't Stop the Feeling« von Justin Timberlake und »No Scrubs« von TLC.

Unsere Kleinstadt lag an der Ostküste, viele Hundert Meilen südlich von New York und noch weiter weg von jeglicher Anonymität. Es war zwar auch hier schon ziemlich frisch, aber bei Weitem nicht so kalt wie in New York City. Nachdem wir das Ortsschild von Beckhaven passiert hatten, wurde der Kloß in meinem Hals von Sekunde zu Sekunde größer. Durch die Windschutzscheibe konnte man ein Stück des Sandstrandes erkennen, der im Sonnenlicht hellbeige glitzerte. Einige Menschen gingen dort mit ihren Hunden spazieren oder joggten die Promenade entlang.

»Schön, dass du in Begleitung kommst. Dann lernen wir auch mal einen Freund von dir aus New York kennen. Das nächste Mal bringst du einfach noch mehr mit«, sagte mein Vater lachend und bog in die Hauptstraße ein, an der sich zahlreiche Geschäfte, Cafés und Restaurants befanden. »Wollt ihr euch auch mit Tara und Beth treffen?«

Als eine unserer Nachbarinnen aus der Bäckerei kam, erkannte sie mich und winkte mir so aufgeregt zu, dass ihr fast das Baguette unter dem Arm durchrutschte. Ich grüßte zurück. Für einen Dienstagmittag war es für Kleinstadtverhältnisse ziemlich belebt auf der Straße, viele Menschen waren zu den Geschäften unterwegs und wechselten die Straßenseite, ohne groß auf die Autos zu achten. Man kannte sich, und da war es nicht schlimm, aufeinander zu warten. So war das in Beckhaven. Jeder kannte jeden, und jeder grüßte jeden. Doch über das, was hinter verschlossenen Türen passierte, sprach niemand.

»Mal sehen. Wir bleiben nur bis Freitag, mittags geht unser Flug zurück.«

Ich kaute auf der Innenseite meiner Wange herum und dachte darüber nach, was in den letzten Tagen passiert war. Nachdem Austin und ich uns ausgesprochen hatten und er den Vorschlag gemacht hatte, zu Thanksgiving nach Beckhaven zu fliegen, um mit Tara zu reden, hatte ich am darauffolgenden Tag mit meinen Eltern telefoniert. Über den Feiertag kamen alle vom College nach Hause, also war es theoretisch eine gute Gelegenheit, meine ehemaligen Freundinnen zu konfrontieren. Meine Eltern waren sofort Feuer und Flamme gewesen und hatten mir in Sekundenschnelle Geld für einen Flug überwiesen. Kurz darauf hatten Austin und ich Tickets gebucht und unsere Taschen gepackt.

Als wir in unsere Straße einbogen, kam es mir so vor, als wäre ich nie weg gewesen. Als hätte ich die vergangenen drei Monate in New York nur geträumt. Die Einfamilienhäuser rechts und links der mit Bäumen gesäumten Straße erstrahlten immer noch so weiß wie zuvor. Auf den Grundstücken arbeiteten Gärtner oder die Hausbesitzer selbst, schnitten an Sträuchern herum, mähten den Rasen oder leerten ihre Briefkästen. In fast jeder Einfahrt befanden sich mindestens zwei Autos, manchmal sogar drei oder mehr. Wir wohnten fast am Ende der Straße. Eine Grünfläche mit Hecken und Sträuchern trennte den

Bürgersteig von der braunen Eingangstür. Dazwischen befand sich ein breiter asphaltierter Weg, über den man zum Haus gelangte. Als Kind hatte ich darauf mit Malkreide wahre Kunstwerke gezaubert. Wir fuhren am Haus vorbei und bogen rechts daneben in eine Einfahrt, die uns direkt vor die Haustür führte.

Schon kam meine Mutter strahlend aus dem Haus gelaufen, um uns in Empfang zu nehmen. Zu einer beigen Hose trug sie eine lockere weiße Bluse, die sie vorne zusammengeknotet hatte.

Mit weichen Knien öffnete ich die Tür des Range Rovers und stieg aus.

Als sie mir entgegenkam, strich sich meine Mom mit den Fingern durch ihr kurzes dunkelblondes Haar. Vergnügt schlang sie die Arme um mich und drückte mich fest an sich. Sie roch nach dem schweren, pudrigen Duft, den ich aus tausend Parfüms hätte erschnüffeln können.

Ich erwiderte die Umarmung für ein paar Sekunden, dann lösten wir uns voneinander. Aus dem Augenwinkel sah ich Austin und meinen Vater, die unsere Taschen aus dem Kofferraum hievten.

»Hey, Mrs. Evans. Danke, dass ich mitkommen durfte«, sagte Austin und streckte meiner Mutter lächelnd die Hand hin. »Austin Lewis.«

Sie nickte mir anerkennend zu und schüttelte seine Hand. »Austin. Schön, dich kennenzulernen. Sag ruhig Sharon zu mir.«

»Danke … Sharon«, erwiderte Austin zögerlich und half dann meinem Dad, unsere Taschen die drei Stufen zur Haustür hinaufzutragen.

»Wie schön, dass ihr da seid!«, rief meine Mutter, als

wir den beiden in den Flur folgten. »Das Gepäck könnt ihr später hochbringen. Ihr habt bestimmt Hunger, oder?«

Ich warf einen Blick über die Schulter und lächelte sie dankbar an, doch als ich mich umsah, drehte sich mir der Magen um. All die Erinnerungen an die Zeit Anfang des Jahres, als ich mich vor den Beschimpfungen meiner Mitschüler in mein Zimmer geflüchtet hatte, kamen beim Anblick meines alten Zuhauses auf einmal wieder in mir hoch. Ich schluckte hart und versuchte, die Gedanken daran schnell zu verdrängen.

An den weißen Wänden im Flur hingen zahlreiche Familienfotos und ein paar meiner Zeichnungen, die Mom extra hatte rahmen lassen. Das ganze Erdgeschoss hatte eine sehr offene Bauweise. Vom Flur aus kam man direkt in das große Wohnzimmer, in dem eine braune Ledercouch gegenüber ein paar passenden Sesseln stand. Dahinter befanden sich mehrere Bücherregale, und an der rechten Seite stand eine hölzerne TV-Konsole, über der unser Fernseher an der Wand prangte. Auf dem Couchtisch, der den gleichen dunklen Braunton wie die Konsole hatte, lagen einige Fernbedienungen und ein paar Bücher, daneben stand eine Vase mit einem großen Strauß bunter Blumen. An der linken Seite des Raumes, zwischen bodentiefen Fenstern, die oben einen geschwungenen Rahmen hatten, befand sich ein dunkles Sideboard, auf dem sich neben Fotorahmen und Pflanzen Unterlagen türmten.

»Wollt ihr schon etwas essen oder lieber erst später?«, fragte meine Mutter und lief an uns vorbei in den Essbereich. An dem großen Esstisch mit der Glasplatte hatten wir zahlreiche schöne Spieleabende verbracht, an die ich mich gerne zurückerinnerte. Da ich keine Geschwister hatte, waren abends oft meine Freunde zu Besuch da gewesen und hatten das Haus mit Leben gefüllt.

Hinter dem Essbereich erreichten wir die Küche, in der es herrlich nach dem frisch gebackenen Apfelkuchen duftete, der auf der Kücheninsel stand.

»Hast du Hunger?«, fragte ich an Austin gerichtet, der neben mir stand und sich neugierig umsah. Sein grauer Pulli, den er zu einer schwarzen Jeans trug, spannte sich um seine Brust.

»Noch nicht so richtig, aber ich richte mich nach dir«, antwortete er, und seine Mundwinkel zuckten nach oben. Auch wenn es ungewohnt war, ihn hier in Beckhaven in meinem Elternhaus zu sehen, tat es gut zu wissen, dass er mich unterstützte und mir den Rücken stärkte.

»Dann vielleicht später«, sagte ich und zupfte am Saum meines dunkelroten College-Sweaters, den ich vor ein paar Jahren auf einem Flohmarkt ergattert hatte.

»Sie haben ein wirklich schönes Haus. Und die Gegend ist auch echt toll. Ein angenehmer Kontrast zum hektischen New York«, sagte Austin und machte ein paar Schritte zur breiten Fensterfront, die zu unserem Garten hinausging. Auf der Terrasse standen ein paar Gartenmöbel neben dem Grill, der der ganze Stolz meines Vaters war. Dahinter lag eine Wiese, auf der ich als Teenager oft gezeltet hatte, um direkt im Morgengrauen in unseren Pool springen zu können.

»Danke, Austin. Ja, wir fühlen uns wirklich wohl hier. Aber bald kommen wir auch mal nach New York, um Jade zu besuchen. Das ist für den Frühling fest eingeplant.«

»Ich glaube, ich würde gerne hoch in mein Zimmer gehen und mich frisch machen«, sagte ich plötzlich.

»Alles klar. Sag einfach Bescheid, wenn ihr was braucht. Wir könnten später auch noch spazieren gehen oder … Ach, ihr wollt sicher erst einmal durch die Stadt laufen und deinen Freunden Hallo sagen. Ich lass euch jetzt in Ruhe, ihr meldet euch, ja?«

In mir zog sich alles zusammen. Keinem meiner ehemaligen Freunde wollte ich *Hallo* sagen. Den Teufel würde ich tun und durch die Stadt laufen, nur um sie hinter meinem Rücken tuscheln zu hören. Dass Austin und ich morgen zu Tara wollten, um mit ihr zu reden, reichte mir schon. Ich musste ihr später noch schreiben, dass ich vorbeikommen würde.

Ich schenkte meiner Mutter ein kurzes Lächeln, damit sie sich keine Sorgen machte, dann bedeutete ich Austin mit einer Handbewegung zur Treppe, mir zu folgen.

Mit jedem Schritt in Richtung meines Zimmers spürte ich, wie mein Herz immer schneller schlug. Mir rutschte der Gurt meiner Tasche von der Schulter, und sie fiel zu Boden. Zitternd hob ich sie auf, doch Austin stand schon neben mir, um sie mir abzunehmen.

»Komm, ich mach das«, sagte er leise und hängte sie über seine freie Schulter. »Wo ist dein Zimmer?«

Meine Handflächen begannen zu schwitzen. Ich holte tief Luft. »Den Gang runter. Ganz hinten links.«

Vor der Tür blieb Austin stehen und warf mir einen fragenden Blick zu, bevor ich ihm mit einem Nicken signalisierte, dass er sie öffnen sollte.

Kaum dass ich einen Fuß über die Schwelle gesetzt hatte, wurde mir übel. All die Erinnerungen, die ich mit diesem Zimmer verband, kamen hoch und nahmen mich gefangen. Ich blinzelte und versuchte, nicht zu weinen, ballte die Hände zu Fäusten und lehnte mich gegen die Tür, die ich hinter uns geschlossen hatte.

Der helle Beerenton der Wände erinnerte mich an den Tag, an dem mir Tara und Beth beim Streichen geholfen hatten. Danach war mehr Farbe an unseren Klamotten und Gesichtern gewesen als an den Wänden. Links befand sich mein Kleiderschank, weiter hinten in der Ecke stand mein Bett mit der weißen Bettwäsche und den türkisfarbenen Kissen. An der Decke darüber war eine Lichterkette gespannt, sodass ich jede Nacht unter einem Sternenhimmel geschlafen hatte. Neben dem weißen Nachttisch, auf dem sogar noch das Buch lag, das ich vor meinem Auszug gelesen hatte, stand mein Schreibtisch unter einem breiten Fenster.

Austin machte ein paar Schritte in den Raum und legte meine Tasche auf dem beigen Sofa ab. Über die gesamte Wand zog sich eine Collage aus Bildern, Skizzen, Fotos und Zeitschriftenschnipseln. Jahre hatte ich damit verbracht, sie zusammenzustellen und zu vervollständigen, immer wieder hatte ich Dinge ausgetauscht und dabei meiner Kreativität freien Lauf gelassen. Doch heute traute ich mich nicht, auch nur einen Blick darauf zu werfen. Nach dem Streit mit Tara und Beth war ich kurz davor gewesen, alles herunterzureißen, um den Schmerz über die verlorenen Freundschaften auszulöschen. Doch ich hatte es nicht über mich gebracht.

»Alles okay?« Austin stand vor dem Sofa, seine Arme hingen an den Seiten herunter, und er sah besorgt aus. »Oder ist es zu viel für dich?«

»Es kommt gerade alles wieder hoch. Keine Ahnung, wie das morgen werden soll …«

Ich strich mir zwei Strähnen hinter die Ohren und bewegte mich langsam zum Bett. Es duftete nach dem Weichspüler, den ich immer so gerne gemocht hatte, weil mich sein Geruch an eine Blumenwiese erinnerte. Die Matratze gab unter mir nach, als ich mich auf den Rand sinken ließ und mein Gesicht in die Hände stützte.

Sofort war Austin bei mir, nahm mich in die Arme und hauchte mir einen Kuss auf die Schläfe. »Du brauchst keine Angst zu haben. Tara hat dir doch in den letzten Wochen immer wieder geschrieben, dass sie mit dir reden will. Wer weiß, vielleicht will sie sich entschuldigen.«

»Ich habe ihr aber nie auf die Nachrichten geantwortet«, sagte ich leise, den Blick auf den Boden gerichtet.

»Hast du ihr denn schon Bescheid gesagt, dass du hier bist?«

»Nein, das muss ich noch machen.«

Ich löste mich ein Stück von ihm, zog mein Smartphone aus der hinteren Hosentasche, scrollte durch meine Benachrichtigungen, legte es dann jedoch neben mir aufs Bett. Mit den Fingern trommelte ich auf meinen Knien herum.

Austin sah mich mit zusammengezogenen Augenbrauen intensiv an. »Wir schaffen das, Jade.« Er strich mir über den Arm. »Kann ich sonst irgendetwas für dich tun?«

Schnell schüttelte ich den Kopf. »Ich schiebe es gerade vor mir her … also Tara zu schreiben.«

»Mach es besser jetzt gleich, dann hast du es hinter dir.«

»Du hast recht.« Zögernd griff ich nach meinem Handy,

entsperrte den Bildschirm und starrte nachdenklich darauf, bis ich schließlich mit zitternden Fingern zu tippen begann. Ich überflog die Nachricht noch einmal, dann schickte ich sie ab.

Hey, ich bin gerade in der Stadt. Können wir uns morgen sehen? Vielleicht noch mit Beth?

Schnell sperrte ich das Display und warf das Handy wie eine heiße Kartoffel auf mein Bett.

Austin starrte mich an, die vollen Lippen leicht geöffnet, die Stirn in Falten gelegt.

»Ich hab sie gefragt, ob wir uns morgen sehen können. Mal sehen, was sie schreibt.«

»Ich bin stolz auf dich, dass du das durchziehst«, sagte Austin mit warmer Stimme.

»Danke.« Ich atmete stockend aus und blickte zu Boden. »Für alles. Hättest du mich nicht wachgerüttelt, hätte ich es wahrscheinlich nie getan und mich stattdessen weiter ängstlich in meiner Wohnung verschanzt.«

Mein Handy vibrierte und zeigte den Eingang einer neuen Nachricht an.

Tara hatte geantwortet.

Gegen Mittag bei mir? Beth wird auch da sein.

Mit zitternden Händen schrieb ich ihr zurück, dass das für mich in Ordnung ging. Mein Puls raste und setzte meinen gesamten Körper unter Strom.

»Morgen Mittag bei ihr«, flüsterte ich und starrte Austin an. »Ich … Ich weiß nicht, ob das wirklich eine gute

Idee ist. Wir könnten es verschieben … oder besser gar nicht erst machen. Wir könnten …«

»Jade«, bremste mich Austin mit sanfter Stimme. »Du schaffst das. *Wir* schaffen das. Ich werde die ganze Zeit bei dir sein und dir helfen, die richtigen Worte zu finden. Du kannst dich auf mich verlassen.«

Tränen standen mir in den Augen, liefen in der nächsten Sekunde heiß meine Wangen hinunter. Ich schnappte nach Luft, wischte sie weg und schenkte Austin ein dankbares Lächeln. Als er mich in seine Arme zog, vergrub ich mein Gesicht an seinem Hals, klammerte mich an ihn und wünschte mir, dass der kommende Tag schnell vorbeiging.

Den restlichen Nachmittag und Abend verbrachten wir mit meinen Eltern. Nachdem wir beide eine riesige Portion Spaghetti und jeder noch ein Stück des berühmten Apfelkuchens meiner Mutter verdrückt hatten, spielten wir Brettspiele und unterhielten uns über New York, das Tanzen und meine Bewerbungsmappe für die Parsons. Durch Austins Anwesenheit wurde ich etwas lockerer. Er fungierte als eine Art Puffer zwischen meinen Eltern und mir, spürte, wenn ich mich bei einem Thema unwohl fühlte, und lenkte ab. Mir war bewusst, dass ich Mom und Dad von der Kyle-Sache erzählen musste, aber zuerst wollte ich mit Tara und Beth reden. Je nachdem, wie das Gespräch lief, würde ich vielleicht in den kommenden Tagen schon so weit sein, dass ich mich auch meinen Eltern öffnen konnte.

Am Abend machten wir es uns in meinem Bett bequem. Meine Mom hatte ziemlich schnell kapiert, dass da mehr zwischen Austin und mir lief, und war somit direkt davon ausgegangen, dass wir gemeinsam in meinem Zimmer schliefen.

Austin legte den Arm um mich, während ich mich an seine Brust kuschelte. Ich konnte seinen Herzschlag hören, er ging ruhig und gleichmäßig. Ganz anders als meiner, der gegen meine Rippen donnerte.

»Hey«, flüsterte er, und ich hob den Kopf. »Ich bin froh, dass ich mit dir hier sein darf.« Seine Lippen umspielte ein Lächeln, und in seinen Augen lag ein Ausdruck unendlicher Wärme.

Ich rutschte ein Stück nach oben, bis sich unsere Gesichter auf einer Höhe befanden. »Ich bin auch froh.«

Dann hauchte ich ihm einen Kuss auf die weichen Lippen, die nach Zahnpasta schmeckten. Austin erwiderte ihn und legte eine Hand an meine Wange. Ich stützte mich auf seinem Brustkorb ab und intensivierte den Kuss, spürte all die Wärme, die von ihm ausging und sich in meinem Inneren in Hitze verwandelte. Immer leidenschaftlicher und schneller versanken wir ineinander, bis er sich von mir löste und nach Luft schnappte.

»Okay, wir sind hier im Haus deiner Eltern, vielleicht sollten wir langsam machen. Ich spüre nämlich schon, wie sich da unten jemand selbstständig macht …«

Ich lachte auf. »Du hast recht.«

Er rollte sich auf den Rücken, zog mich an sich, und ich legte meinen Kopf wieder an seine Brust und schloss die Augen.

»Gute Nacht, Jade.«

»Gute Nacht, Austin.«

KAPITEL 33

»Du weißt schon, dass wir klingeln müssen, damit uns jemand reinlässt, oder?«

Austin stand schräg hinter mir, so dicht, dass ich seine Wärme spüren konnte. Leise hatte er mir die Worte zugeflüstert, während ich vor Taras Haustür stand und auf irgendein Zeichen wartete, das mir eine Entschuldigung bot, die ganze Sache abzublasen.

»Noch eine Minute«, sagte ich und knetete meine Hände.

Die Erinnerungen an den Tag vor zehn Monaten stiegen an die Oberfläche. Das letzte Mal, als ich hier gewesen war, war danach eine Welt für mich zusammengebrochen. Heute standen die Chancen fünfzig zu fünfzig.

Austin legte seine Hand auf meinen unteren Rücken und fuhr mit dem Daumen in kreisenden Bewegungen über meinen schwarzen Sweater.

Sofort fühlte ich mich ein wenig sicherer. Nicht viel. Aber es reichte, um meine schwitzige Hand auf Taras Klingel zu legen und sie kurz zu betätigen. Ein paar Sekunden später hörte ich dumpfe Schritte im Inneren des Hauses. Kurz darauf wurde die Tür geöffnet.

Als meine ehemals beste Freundin plötzlich vor mir stand, sog ich leise die Luft ein. Mit ihren großen braunen Augen schaute sie mich an und fuhr sich mit der Hand durch ihr fast schwarzes Haar, das ihr in dicken Naturwellen bis zur Taille reichte. Sie räusperte sich, und nach ein paar Sekunden Stille trat sie zur Seite, um uns hereinzulassen.

»Hey«, sagte sie und verzog die Lippen zu einem angedeuteten Lächeln. Ihr Blick flog neugierig zu Austin. Sie musterte ihn von oben bis unten und legte den Kopf schief.

»Hi, das ist Austin … ein Freund. Ich hoffe, das ist okay.« Meine Stimme zitterte ein wenig.

»Hey.« Austin hob die Hand zu einem angedeuteten Gruß.

Sie nickte.

Als wir den Flur betraten, wanderte mein Blick von der Treppe vor uns über den dunklen Dielenboden zum Gang, der ins Wohnzimmer und die Küche führte. Es klang, als ob jemand kochte, was auch zu dem würzigen Duft passte, der mir in die Nase stieg.

»Lasst uns gleich hochgehen, Beth ist auch schon da.«

»Okay«, antwortete ich und folgte ihr, als sie vor mir die Treppe nach oben lief.

Im Flur in der ersten Etage steuerte Tara direkt auf ihr Zimmer zu. Für eine kurze Sekunde zögerte ich, doch schon spürte ich Austins Hand an meinem Rücken, die mir einen kleinen Schubs gab. Den Schubs, den ich in diesem Moment brauchte.

Je näher ich Taras Zimmer kam, desto stärker wurde die Übelkeit, die in mir aufstieg. Ich hoffte, dass sie schnell wieder verschwand.

Tara drehte den goldenen Türknauf.

Ich wollte weg hier. Hätte hinter mir kein ein Meter fünfundachtzig großer Typ gestanden, der mich davon abhielt, wäre ich stark in Versuchung gekommen, einfach umzukehren. Stattdessen atmete ich tief durch und trat über die Türschwelle.

Beth saß auf Taras Bett, die dunkelblonden Haare zu einem hohen Pferdeschwanz zusammengebunden. Wie damals, als sie mir gesagt hatten, was für eine Schlampe ich sei. Bei der Erinnerung wurde mir noch schlechter. Neben dem Bett hing immer noch die Hängematte, in der ich früher oft gelegen hatte, wenn wir bei Tara übernachtet und die ganze Nacht geredet hatten. Links daneben häuften sich Ordner und lose Blätter auf ihrem Schreibtisch.

»Hey, Jade.« Die Lippen aufeinandergepresst, verzog Beth ihre Mundwinkel zu einem kleinen Lächeln und nickte uns zu.

»Hi«, entgegnete ich. »Das hier ist Austin.«

Er trat neben mich und nahm meine Hand. Die andere hob er, um Beth zu begrüßen.

Tara zog ihren Schreibtischstuhl und den Hocker ihres Schminktischs vor das Bett und setzte sich dann neben Beth auf die dunkelblaue Tagesdecke.

Ich fühlte mich wie kurz vor einer Prüfung, auf die ich mich nicht genügend vorbereitet hatte, obwohl ich wusste, dass ich sie auf keinen Fall in den Sand setzen durfte. Nervös ließ ich mich auf den Hocker sinken und versuchte, die Gedanken in meinem Kopf zu ordnen, die machten, was sie wollten.

Austin setzte sich neben mich auf den Stuhl und warf mir ein aufmunterndes Lächeln zu.

»Wie läuft New York denn so?«, fragte Tara und spielte an einer ihrer dunklen Locken herum.

»Gut. Ich habe mich in einer Tanzschule angemeldet.«

»Cool. Kennt ihr beiden euch von dort?« Ihr Blick wanderte von mir zu Austin und zu mir zurück.

Ich nickte, dann fasste ich mir ein Herz, auch wenn genau dieses viel zu schnell pochte. Wieso waren die beiden so zurückhaltend? Ich hatte damit gerechnet, dass sie mich fertigmachen würden, doch bisher las ich in ihren Gesichtern keine Spur von Hass. Eher Unsicherheit. Ob es an Austin lag? Egal, ich musste die Gunst der Stunde nutzen und zur Sache kommen, bevor ich doch noch einen Rückzieher machte.

Ich räusperte mich und versuchte, meine Stimme möglichst fest klingen zu lassen. »Stimmt es, dass du dich von Kyle getrennt hast?«

Tara fuhr sich mit einer Hand durch ihre Mähne. »Ja. Und ich bin froh darüber. Der Idiot hat mich die ganze Zeit verarscht, deshalb habe ich dir auch die Nachrichten geschrieben. Ich wollte mit dir über alles reden.«

»Es hat sich herausgestellt, dass er ein echt mieses Arschloch ist«, bestätigte Beth und schüttelte den Kopf.

Mir fiel ein riesiger Stein vom Herzen. Nach all der Zeit kannten sie endlich die Wahrheit.

»Er ist zu mir nach New York gekommen und wollte, dass ich dich dazu bringe, ihm zu vergeben …«

»Was?« Tara starrte mich vollkommen perplex an. »Hat er dir wehgetan?«

Ich verkrampfte mich, wollte etwas sagen, bekam aber keinen Ton heraus. Jede Faser meines Körpers fühlte sich an, als ob eine Herde Ameisen darüberkrabbelte.

»Zum Glück nicht, Jade und eine Freundin von ihr konnten das gerade noch verhindern, aber trotzdem hat er Jade bedroht und ihr üble Dinge an den Kopf geworfen«, sprang Austin ein und strich mir dabei beruhigend über den Oberschenkel.

»Krass. Ich hatte keine Ahnung, dass er das vorhatte. Getrennt haben wir uns vor ungefähr drei Monaten, aber ich habe von Ethan und den anderen Jungs gehört, dass er sich eine Auszeit nehmen wollte und die Stadt verlassen hat. Hätte ich gewusst, dass er zu dir wollte, hätte ich nicht nur Nachrichten geschickt, sondern dich direkt angerufen.«

Dann waren die anonymen Anrufe definitiv nicht von Tara oder Beth gekommen, sondern mit ziemlicher Sicherheit von Kyle. Kälte kroch mir die Wirbelsäule hinauf.

»Warum hast du mir überhaupt geschrieben?«

Tara sah vorsichtig zu Beth und wieder zu mir. »Weil ich … Weil wir … Weil wir uns bei dir entschuldigen wollten?«

»Ist das eine Frage?«, kam es von Austin, der die beiden aus zusammengekniffenen Augen musterte.

Ich musste mir ein Lächeln verkneifen. Gott, war ich froh, dass der Kerl bei mir war.

»Nein, keine Frage«, versicherte Beth und warf einen unsicheren Blick zu Tara.

»Es tut mir wirklich leid, Jade. Das alles ist vollkommen falsch gelaufen. Es war dumm, Kyle zu glauben«, sagte Tara. »Aber ich hatte die rosaroteste Brille auf, die man sich vorstellen kann, und du weißt am besten, wie er rübergekommen ist. Charmant, humorvoll, sexy … Jeder mag ihn, jeder will mit ihm befreundet sein. Und ich war der festen Überzeugung, dass er ehrlich zu mir ist. Als er mir von der Party erzählt hat, habe ich ihm geglaubt. Weil ich ihm glauben *wollte* … Ich hab mir eingeredet, dass du schon immer mit ihm geflirtet hast. Erst nachdem die ganzen anderen Geschichten rausgekommen sind, ist mir bewusst geworden, wie manipulativ er ist. Und wie unrecht ich dir damit getan habe.«

Ich blinzelte ein paarmal, doch bevor ich etwas sagen konnte, sprach sie aufgeregt weiter.

»Nachdem du nach New York gegangen bist, habe ich angefangen, alles infrage zu stellen, und nachgeforscht. Er hat hinter meinem Rücken mit so vielen Mädels rumgemacht, dass ich mich am liebsten übergeben wollte. Die meisten fanden ihn heiß, deshalb sind sie darauf eingegangen. So wie ich das mitbekommen habe, warst du die Einzige, die Nein gesagt hat, und na ja … dann hat einfach alles Sinn ergeben.«

Nachdem sie das letzte Wort gesprochen hatte, war es still im Raum. Mein Herz sprang mir fast aus der Brust, während ich versuchte zu verarbeiten, was ich gerade gehört hatte.

Austin drückte sanft mein Knie. »Wie hat er die Trennung aufgenommen?«, fragte er an Tara gerichtet.

»Nicht besonders gut.« Sie schnaubte und verdrehte die Augen. »Er konnte es nicht glauben und hat behauptet, dass alle mich anlügen würden und es ja wohl Beweis genug sei, dass Jade Beckhaven verlassen hat. Dass sie nur gegangen sei, weil sie selbst wusste, dass sie Scheiße gebaut hat.«

Mit aufgerissenen Augen starrte ich sie an und krallte

meine Finger in die Seiten des Hockers. Wie krank konnte ein Mensch nur sein?

Austin stieß ein unterdrücktes Knurren aus und schüttelte den Kopf.

»Mir tut es übrigens auch leid«, fügte Beth kleinlaut hinzu. »Ich wollte Tara einfach unterstützen und habe nicht hinterfragt, was Kyle ihr erzählt hat.«

»Uns beiden tut es leid. Natürlich erwarten wir nicht, dass du wieder mit uns befreundet sein willst, aber wir möchten, dass du weißt, dass wir dir glauben und die Lügen richtigstellen werden, wenn du das willst.«

Ich räusperte mich. »Damit ist es aber nicht getan. Ich kann nicht damit leben, ihn hinter jeder Straßenecke zu vermuten. Ich will keine Angst haben müssen, dass er plötzlich vor der Tanzschule, im Café oder in meiner Wohnung auftaucht. Ihr könnt euch nicht mal ansatzweise vorstellen, wie mich das fertigmacht. Ich will endlich einen Schlussstrich ziehen können. Nichts mehr von ihm sehen oder hören. Ein und für alle Mal.«

Die Worte waren wie ein Schwall aus mir herausgebrochen, während Austins Hand die ganze Zeit fest auf meinem Oberschenkel lag. Adrenalin rauschte durch meinen Körper. Das alles musste raus, und auch wenn ich Austin dankbar war, dass er mich unterstützte und aussprach, was ich dachte, war es an der Zeit, für mich selbst einzustehen.

Beth kaute auf ihren Nägeln herum, Tara hatte die Arme um ihre Beine geschlungen.

»Natürlich helfen wir dir«, flüsterte sie, und Beth stimmte ihr nickend zu.

»Wir könnten alle gemeinsam zur Polizei gehen«, schlug Austin vor.

Ich holte tief Luft. Mein Kopf fühlte sich zugleich leer an und so, als würde er platzen. Möglicherweise war der Zeitpunkt gekommen, Kyle anzuzeigen. Vielleicht war ich jetzt so weit.

Nein, nicht vielleicht. Ich war so weit.

»Wir gehen zur Polizei und zeigen ihn an«, sagte ich leise und atmete aus.

Tara lächelte mich genauso an, wie ich es von früher gewohnt war, und Beth nickte bestimmt. Irgendwie war alles anders und doch so wie noch vor einem Jahr, als zwischen uns alles in Ordnung gewesen war und wir am Strand sitzend die vorbeilaufenden Leute beobachtet hatten. Die Wunden, die Kyle und sie mir zugefügt hatten, waren noch lange nicht verheilt – zu viel war passiert, zu sehr hatte mich all das verändert –, aber Tara und Beth hatten sich bei mir entschuldigt, und das war ein Anfang.

Es würde nicht leicht sein, bei der Polizei erneut über alles zu sprechen. Alles aufzuwirbeln. Aber dieses eine letzte Mal musste ich mich meiner Vergangenheit stellen – um vielleicht irgendwann damit abschließen zu können.

KAPITEL 34

Ich bin nicht allein.

Es wird mir helfen.

Danach kann ich das alles hinter mir lassen.

Diese Worte sagte ich mir immer und immer wieder, als wir mit Beths Auto zum Polizeirevier von Beckhaven fuhren. Neben mir auf der Rückbank saß Austin, hielt meine Hand warm in seiner und beobachtete mich, während ich zum Fenster hinaussah. Sonnenstrahlen brachen durch die kahlen Äste der Bäume, die den Straßenrand säumten. Die gepflegten Vorgärten, die Autos am Bordstein, weiße, beige, graue Häuser – all das zog an mir vorbei wie ein Film, den ich vorspulte, um herauszufinden, was am Ende passierte. Doch so leicht war es nicht. Ich konnte nicht einfach eine Taste drücken und ein paar Stunden in die Zukunft springen, zu dem Zeitpunkt, an dem ich alles hinter mir hatte. In meinem ganzen Körper kribbelte es, und ich bohrte die Finger meiner freien Hand in meinen Oberschenkel. Es kam mir vor, als spürte ich jeden kleinsten Muskel, der bis zum Zerreißen angespannt war.

Als Austin es bemerkte, drückte er sanft meine Hand.

Ich bin nicht allein.

Es wird mir helfen.

Danach kann ich das alles hinter mir lassen.

Durch die Lautsprecher von Beths Kleinwagen drang ganz leise Musik von One Direction, und ich konnte den würzigen Duft des Lufterfrischers in Kürbis-Form riechen, der am Rückspiegel baumelte.

»Alles okay?«, flüsterte Austin.

Ich nickte stumm.

Ich versuchte, meine Muskeln ein wenig zu lockern, spannte sie jedoch sofort wieder an, als wir in die Straße einbogen, in der das Polizeirevier lag. Meine Hände begannen zu zittern.

Ich bin nicht allein.

Es wird mir helfen.

Danach kann ich das alles hinter mir lassen.

Während ich tief ein- und ausatmete, wanderte mein Blick nach vorne durch die Windschutzscheibe auf die Straße und die Häuser, die vor uns lagen. Das Polizeirevier befand sich auf der linken Seite, noch ein paar Hundert Meter von uns entfernt. Als wir uns näherten, konnte ich sehen, wie eine Frau und ein Mann in Uniform in einen Streifenwagen stiegen und davonfuhren.

»Wir sind da«, sagte Beth und parkte das Auto am gegenüberliegenden Straßenrand.

Austins Blick flog zu mir, und er drückte sanft meine Hand.

Zusammen mit ihm würde ich es schaffen. Ich wusste, dass ich es konnte. Ich wusste, dass all das bald ein Ende haben würde. Mein Puls raste, doch ich fühlte mich bereit.

»Kann es losgehen?«, fragte Tara und drehte sich zu

uns um. In ihren Augen lag ein entschlossenes Funkeln, das ich nur zu gut kannte. So hatte sie immer geschaut, kurz bevor sie in der Highschool einen Streit angezettelt oder jemanden in seine Schranken gewiesen hatte.

Ich nickte.

Wir stiegen aus und überquerten die Straße.

Mein Blick wanderte an der Fassade des hohen grauen Gebäudes mit den beiden amerikanischen Flaggen hinauf, die im Wind flatterten. Adrenalin rauschte durch meinen Körper, als wir uns mit schnellen Schritten der gläsernen Eingangstür näherten. Ich atmete noch einmal tief durch, dann stieß ich sie auf und betrat das Revier.

Rechts neben der Tür befand sich eine Art Wartebereich, wo ein Mann mittleren Alters saß und auf seinem Handy herumtippte. An der Wand hing eine Karte von Beckhaven neben gerahmten Bildern einiger Beamter, die vermutlich hier arbeiteten. Zwei Polizisten unterhielten sich auf der anderen Seite des Raumes am Snackautomat. Klingelnde Telefone, das Klicken von Tastaturen, Schuhe, die über den Linoleumboden quietschten, und Stimmengewirr aus den Nebenzimmern hämmerten auf meine Gedanken ein. Der Geruch von Kaffee, Schweiß und kaltem Zigarettenrauch hing in der Luft, während wir uns der braunhaarigen Frau mit der spitzen Nase näherten, die hinter einem hohen Schalter saß und irgendwelche Akten durchblätterte.

»Ähm … hallo«, sagte ich mit zitternder Stimme, als wir vor ihr zum Stehen kamen und sie den Kopf hob.

»Hallo«, sagte sie und schob ihre Brille nach oben. »Wie kann ich Ihnen helfen?«

Ich holte tief Luft, spielte am Saum meines Sweaters

herum. »Wäre es möglich, also … Ich würde gerne eine Person anzeigen.«

Die Dame lächelte mich freundlich an, dann drehte sie sich auf ihrem Stuhl um und rief in Richtung der Büroräume, die hinter einer Glastür lagen: »Kelly? Kommst du mal eben?« Dann wandte sie sich wieder mir zu. »Einen Moment, meine Kollegin ist gleich da.«

Ich nickte. Mein Körper stand unter Strom, gleichzeitig fühlte ich mich wie betäubt. Als ob ich nicht wirklich hier wäre. Als ob das alles nicht wirklich passierte.

Wenig später wurden wir von einer Frau Mitte dreißig mit schwarzen Haaren und markanten Wangenknochen in ihr Büro gerufen.

»Ich bin Officer Harris. Was kann ich für Sie tun?«, fragte sie und bedeutete uns mit einer Geste, auf den Metallstühlen vor ihrem wuchtigen Schreibtisch aus dunkelbraunem Holz Platz zu nehmen.

Außer uns befanden sich noch drei weitere Beamte im Raum, die vor ihren Computern saßen.

»Ich würde gerne jemanden anzeigen.« Meine Stimme zitterte, doch das war mir egal.

»Wie ist Ihr Name?«

»Jade Evans.«

Die Polizistin nickte bedächtig, dann holte sie einen Block und einen Kugelschreiber aus einer Schublade, nahm meine weiteren Daten auf und forderte mich anschließend auf zu berichten, was geschehen war.

»Es geht um Kyle Johnson.« Als ich seinen Namen aussprach, bekam ich Gänsehaut. »Er hat mich bedrängt. Ich meine … er hat versucht, mich zu ver… mich zu vergewaltigen.« Übelkeit stieg in mir auf. Schnell blickte ich zu Austin, der mir aufmunternd zulächelte. Ich wandte mich wieder der Polizistin zu. »Er hat mir gedroht und mich zweimal angegriffen. Einmal in meiner Wohnung … also nicht hier, sondern da, wo ich inzwischen wohne. In New York.«

Die Polizistin sah auf. »Okay. Ganz in Ruhe und von vorne. Versuchen Sie bitte, alles so genau und detailliert wie möglich wiederzugeben, in Ordnung? Wir haben alle Zeit der Welt.«

Ich nickte.

Und dann erzählte ich ihr, was passiert war. Von der Party. Davon, wie Kyle mir in New York aufgelauert hatte. Von dem Abend, als er plötzlich in meiner Wohnung gestanden hatte. Alleine hätte ich mich vielleicht nicht getraut, aber zu wissen, dass Austin, Tara und Beth auf meiner Seite waren, gab mir die Kraft, die ich brauchte, um diesen Schritt zu gehen. Ich hatte es satt, Angst zu haben. Mich zu verkriechen.

Austin saß dicht neben mir, hielt meine Hand. Und auch Tara und Beth waren näher gerückt und nickten die ganze Zeit bestärkend.

Die Polizeibeamtin notierte sich währenddessen alles, stellte Rückfragen, zog immer wieder die Augenbrauen hoch oder schüttelte den Kopf, bis ich fertig war.

»Alles klar. Wir werden uns darum kümmern und Sie in den nächsten Tagen wieder kontaktieren.«

Mein Herz pochte wie wild, als sie sich wenig später mit einem Händeschütteln von uns verabschiedete.

Tara griff nach meiner Schulter und drückte sie kurz, während wir aus dem Revier hinaus auf die Straße liefen und ich einen tiefen Atemzug nahm. Die frische Luft füllte meine Lunge und mich mit neuem Leben. Austins Hand lag an meiner Hüfte und gab mir Sicherheit.

Als mir mit einem Schlag klar wurde, was da gerade passiert war, was ich geschafft hatte, blieb ich stehen. Mit einem leichten Grinsen auf den Lippen schaute ich zu Tara, dann zu Beth und schließlich zu Austin, der meine Hand nahm und sie fest drückte. Dann beugte er sich zu mir hinunter und flüsterte mir ins Ohr: »Ich bin so stolz auf dich.«

Wärme durchflutete mich wie eine Welle, und ich lächelte ihn an, während wir zurück zum Auto gingen und einstiegen.

Es war vorbei. Kyle würde mich nie wieder belästigen und seine gerechte Strafe erhalten – wie auch immer die aussah. Vor Erleichterung liefen mir dicke Tränen über die Wangen. Ich stützte das Gesicht in die Hände und schluchzte aus tiefstem Herzen.

In der nächsten Sekunde spürte ich Austins Arm um meine Schultern, und er hauchte mir einen Kuss auf die Schläfe.

Tara drehte sich zu uns nach hinten, um mir über den Oberschenkel zu streicheln.

Als ich mich beruhigt hatte, konnte ich nicht mehr aufhören zu grinsen und fuhr mir über das Gesicht, um die Tränen wegzuwischen.

»Wie cool war das denn? Endlich wird jeder wissen, was für ein Arsch er ist. Das spricht sich sicher rum«, sagte Tara und wackelte dabei auf ihrem Sitz hin und her.

»Ich kann es noch gar nicht richtig glauben«, sagte ich heiser und beugte mich nach vorne zwischen die Vordersitze.

»Jade, du warst so toll! Und unglaublich tapfer. Das hast du echt gut gemacht«, sagte Beth, und mein Grinsen wurde noch breiter.

Vor Taras Haus stiegen wir alle aus. Tara und Beth standen mir gegenüber und warfen sich nervöse Blicke zu, bevor sie sich mir zuwandten.

»Wir wollten noch mal sagen, dass es uns wirklich leidtut«, sagte Beth und kaute auf der Innenseite ihrer Wange herum, während Tara ihre Hände knetete und von einem Bein aufs andere trat.

»Vielleicht können wir Kontakt halten, wenn du wieder in New York bist. Keine Ahnung, ob du dir vorstellen kannst, wieder mit uns befreundet zu sein, aber wir hoffen es natürlich.« Mit großen Augen schaute Tara mich an.

Jahrelang waren wir unzertrennlich gewesen, doch es war zu viel passiert, als dass ich einfach zur Normalität zurückkehren konnte.

»Danke für eure Hilfe«, entgegnete ich und holte tief Luft. »Ich melde mich bei euch, wenn ich so weit bin. Ja, ich glaube, dass wir wieder irgendeine Art von Freundschaft führen können, aber ich muss das alles erst mal verarbeiten.«

»Ja, klar, das verstehen wir«, sagte Tara erleichtert und drückte mich.

Beth schloss sich ihr an.

Unsere Freundschaft würde vielleicht nie wieder so werden wie früher, aber das stimmte mich nicht traurig, sondern zeigte mir nur, dass wir uns alle in den letzten Monaten verändert hatten. Hoffentlich zum Guten.

Gedankenverloren lag ich in meinem Bett und starrte an die Decke, während Austin noch im Bad war. Ich musste erst mal realisieren, was heute alles passiert war. Jetzt konnte ich mich auf New York freuen, denn es gab niemanden mehr, vor dem ich Angst haben musste. Mit Mom und Dad über Kyle zu sprechen war mir sehr schwergefallen, jedoch war ich nun mehr als erleichtert, dass alle die Wahrheit kannten. Zum ersten Mal seit Monaten fühlte ich mich wirklich frei.

Ich drehte mich auf die Seite und schaute zum Sofa, auf dem meine Reisetasche lag. Übermorgen ging es zurück. Der heutige Tag hatte mir einiges abverlangt, und wenn Austin nicht gewesen wäre, hätte ich es wohl nie durchgezogen. Thanksgiving morgen konnte kommen. Darauf freute ich mich richtig – jetzt, wo ich mich nicht mehr verstellen musste und meine Eltern Bescheid wussten.

In diesem Moment kam Austin herein. »Eure Handtücher sind echt weich«, sagte er, und ich musste schmunzeln. Er trug seine graue Jogginghose, die tief auf seinen Hüften hing, darüber ein schwarzes T-Shirt. Selbst in einem Pyjama sah er heiß aus. Das war doch unfair.

»Meine Eltern benutzen einen super Weichspüler«, entgegnete ich lachend und setzte mich in meinem XXL-Schlafshirt auf.

Austin schloss leise die Tür hinter sich. Dann lief er auf mein Bett zu.

Ich sah zu ihm auf, und in dem Moment, in dem sich unsere Blicke trafen, flatterte etwas in meiner Brust.

Ohne den Augenkontakt zu unterbrechen, setzte er sich neben mich auf die Bettkante und zog ein Bein an, sodass sein Oberkörper zu mir zeigte. »Wie war es mit deinen Eltern?«

»Es hat gutgetan, ihnen alles zu erzählen. Ich bin froh, dass sie endlich wissen, was mit mir los war«, antwortete ich und lächelte.

»Das freut mich«, sagte Austin und nahm meine Hand. »Jade, ich bin wirklich stolz auf dich. Du warst so stark heute, nein, du *bist* so stark.«

»Danke. Ohne dich hätte ich das nicht geschafft. Wahrscheinlich hätte ich das nie durchgezogen, wenn du nicht gewesen wärst.«

Er verzog die Mundwinkel zu einem kleinen Lächeln. »Bestimmt hättest du es auch ohne mich geschafft.«

»Vielleicht. Aber wenn, dann erst viel später.«

Er rückte ein Stück näher, umfasste meine Hand noch fester. In seinem Blick lag alles, was mir in diesem Moment noch fehlte, um vollends glücklich zu sein.

»Dass du das mit Tara und Beth geklärt hast, hat mich zum Nachdenken gebracht. Ich will das auch. Frieden. Selbst wenn es keine Freundschaft mehr werden kann, soll es zumindest keinen Krieg mehr zwischen Dax und mir geben. Vielleicht werde ich irgendwann noch mal versuchen, das wieder hinzubiegen. Ich weiß nicht wie, aber … ich kenne ihn schon so lange, und hättest du ihn früher kennengelernt, hättest du ihn sicher gemocht.«

Ich schenkte ihm ein aufmunterndes Lächeln. »Mit der Vergangenheit Frieden zu schließen ist immer eine gute Idee.«

Er kletterte neben mir ins Bett, und wir legten uns beide auf die Seite, sodass wir uns ansahen.

»Jade«, sagte er und schaute mit seinen dunkelgrünen

Augen so tief in meine, dass ich das Gefühl hatte, darin zu ertrinken. Behutsam strich er mir eine Strähne aus der Stirn. »Ich hätte niemals gedacht, dass ich jemanden wie dich finde. Dass mir so jemand über den Weg läuft und …«

»… und du sie einfach über den Haufen rennst? Zweimal?«, unterbrach ich ihn lachend.

»Sch!«, zischte er grinsend und legte mir sanft einen Finger auf die Lippen. »Na toll, jetzt hast du den Moment kaputtgemacht.«

»Okay, tut mir leid!« Ich sah ihn flehend an. »Sprich weiter. Bitte!«

Austin verdrehte schmunzelnd die Augen. »Ich wollte dir eigentlich nur sagen, dass ich das mit dir ernst meine. Mehr als ernst. Ernster als mehr als ernst.«

Ich grinste. »An deinen Vergleichen solltest du vielleicht noch ein bisschen arbeiten.« Dann blickte ich ihm tief in die Augen und spürte, wie mir Wärme durch den ganzen Körper kroch. »Aber ich sehe das auch so. Irgendwie bin ich froh, dass du mich damals umgerannt hast.«

»Du solltest mir dankbar sein!«

»Jetzt mal nicht übertreiben, du Witzbold«, entgegnete ich kichernd und zog ihn am Kragen seines Shirts zu mir.

»Übertreiben? Würde ich doch niemals tun. Dafür bin ich viel zu bescheiden.«

Ein Lächeln umspielte seine weichen Lippen. Er verlagerte sein Gewicht, stützte sich auf den Unterarm und legte seine Hand an meine Wange, um mich zu küssen. Erst sanft, dann immer leidenschaftlicher, bis wir alles um uns herum vergaßen und nur noch in diesem Moment lebten.

EPILOG

VIER MONATE SPÄTER

»Verdammte Ameisenkacke, ich wusste es!« Olivia fiel mir um den Hals und drückte mich fest an sich, während ich nach Luft schnappte und ihre Umarmung lachend erwiderte. Ein paar Sekunden später löste sie sich von mir und boxte mir leicht gegen die Schulter. »Das ist so unfassbar cool! Ich freue mich wirklich für dich, Jade. Du hast es verdient. Die harte Arbeit an deiner Bewerbungsmappe hat sich bezahlt gemacht. In ein paar Monaten studierst du an der Parsons School of Design!«

»Ich kann es selbst noch nicht glauben«, entgegnete ich und strahlte sie an. »Die waren richtig begeistert von meinen Entwürfen für eure letzte Show und von den urbanen Designs, zu denen mich das Tanzen inspiriert hat.«

Als ich vor einer Stunde die Nachricht erhalten hatte, dass ich bald mein Modedesignstudium starten würde, hatte ich mich direkt auf den Weg in die Tanzschule gemacht, um Olivia und Austin davon zu erzählen.

»Weiß Austin es schon? Bitte, bitte sag mir, dass ich die Erste bin.«

»Du bist die Erste.«

»Hihi, er wird mich dafür hassen. Aber genau deshalb sind wir beste Freundinnen – und ja, ich ignoriere einfach, dass er es vor mir erfahren hätte, wenn er dir zuerst über den Weg gelaufen wäre. Ich lebe in dieser Blase. Mit dieser Vorstellung. Für immer und ewig«, sagte sie, einen Arm um meine Schultern gelegt und die Nase gereckt, während sie sich mit der anderen Hand auf die Brust klopfte.

Ich konnte nicht anders, als zu lachen. »Dazu will ich mich nicht äußern. Ich bestreite und bestätige nichts ohne meinen Anwalt.«

Olivia schnaubte kichernd und ließ mich los, als sie sah, dass Austin auf uns zugelaufen kam.

Sein weißes T-Shirt, das aus der Kollektion stammte, die ich entworfen hatte, umspielte seinen Oberkörper und betonte die Muskeln an seinen Armen. Überall in der Tanzschule wurden nun Shirts, Hoodies, sogar Socken und Bandanas getragen, für die ich verantwortlich war – und da war ich verdammt stolz drauf.

Als Austin vor uns stehen blieb, zuckten seine Mundwinkel nach oben, und das Grinsen, das ich so sehr liebte, legte sich auf seine Lippen.

»Weißt du eigentlich, dass du eine ziemlich geniale Freundin hast?«, rief Olivia ihm über die Schulter zu, als sie zurück zu Vincent, Jules, Brennan, Sienna und Adaline lief, die es sich auf zwei Sofas bequem gemacht hatten.

»Ja, das wusste ich schon, als wir uns zum ersten Mal begegnet sind«, rief Austin ihr hinterher.

»Das bezweifle ich sehr stark, Popeye. Bei unserem ersten Treffen hast du mich nämlich umgerannt, falls du es vergessen hast.« Ich verschränkte die Arme vor der Brust und funkelte ihn gespielt böse an.

Er grinste und legte die Hände an meine Oberarme, von wo er sie in meinen Nacken wandern ließ, um mich an sich zu ziehen. Bevor ich noch etwas sagen konnte, hatte er seine Lippen auf meine gelegt und küsste mich sanft.

»Willst du etwas Cooles hören?«, fragte ich kurz darauf.

»Na klar, was gibt's?« Seine warmen Hände umfassten immer noch meinen Nacken, und er schaute mich neugierig an.

»Ich habe vorhin die Bestätigung bekommen, dass ich zum Herbstsemester an der Parsons anfangen kann!«

Sein Kiefer klappte herunter, und seine Augen strahlten vor Freude. »Was? Das ist ja genial, Jade! Ich wusste, dass du das schaffst. Ich freue mich so sehr für dich!« Dann schlang er seine starken Arme um meinen Körper und drückte mich an seine Brust.

»Das habe ich auch gesagt!«, kam es von Olivia, die sich auf einen Sessel gelümmelt hatte und auf ihrem Laptop herumtippte.

Lachend lösten Austin und ich uns voneinander, bevor er mit seinen Lippen noch einmal über meine strich. Dann wanderte sein Mund zu meinem Ohr.

»Heute Abend gibt's noch mehr davon. Zur Feier des Tages«, flüsterte er, und ich erschauderte.

Ein anzügliches Lächeln breitete sich auf meinem Gesicht aus. »Was denn, nur zur Feier des Tages?«

»Wenn du mich weiter so sexy angrinst, Evans, müssen wir uns gleich wieder in den Team-Raum verziehen.«

Mein Grinsen wurde noch breiter. »Dagegen hätte ich nichts einzuwenden.«

»Wir hören euch«, kam es von Brennan.

Lachend zog Austin mich mit zu den anderen.

Nachdem mir alle zur Aufnahme an der Parsons gratuliert hatten, ließen wir uns zu unseren Freunden auf eines der Sofas fallen. Austin legte den Arm um mich, und ich lehnte mich an seinen Oberkörper, atmete seinen Duft ein und hauchte ihm einen Kuss auf die Bartstoppeln an seinem Kiefer.

Gott, ich kann nicht genug von diesem Kerl bekommen.

»Nehmt euch ein Zimmer, verdammt!«, kommentierte Olivia empört.

»Ist in Planung!«, entgegnete Austin und wandte sich mir zu. »Oder?«

»Mal sehen. Ich überlege es mir, aber das Angebot klingt ziemlich verlockend.«

»Was für ein Angebot? Wovon sprecht ihr eigentlich? Immer diese Pärchen.« Brennan verdrehte die Augen.

»Ich will, dass Jade in ein paar Monaten bei mir einzieht. Zum Ende des Sommers.«

Alle Blicke richteten sich auf mich.

Ich hielt für einen kurzen Moment die Luft an und sah von einem erstaunten Gesicht ins nächste. »Ich habe gesagt, dass ich es mir überlege, immerhin sind wir erst ein paar Monate zusammen«, klärte ich sie auf. Austins Angebot, dass er jeden Abend eine heiße Magic-Mike-Nummer für mich abziehen würde, wenn ich bei ihm einzog, erwähnte ich mal lieber nicht.

»Ihr seid so süß, dass ich euch am liebsten in die Süßigkeitenkiste unter meinem Bett stecken würde«, flötete Olivia und kicherte.

Es fühlte sich gut an, neben meinen Freunden zu sitzen

und von ihnen zu hören, dass sie sich für uns freuten. Ein warmes Gefühl machte sich in mir breit. In diesem Moment war ich rundum glücklich.

»Und wann feiern wir deine Aufnahme an der Parsons?«, erkundigte sich Olivia.

»Vielleicht morgen?«

»Gute Idee! Morgen Vormittag habe ich eine Audition. Wenn die gut läuft, haben wir doppelten Grund, die Sau rauszulassen. Der Job könnte mein Leben verändern. Also Daumen drücken.« Sie klatschte vergnügt in die Hände.

»Auf jeden Fall«, sagte ich und lächelte sie an.

Als Austin und ich ein paar Minuten später den Flur zu den Trainingssälen entlangliefen, blieb mein Blick an dem Poster von Mackenzie hängen, und ich fragte mich unwillkürlich, ob sie wohl irgendwann nach New York zurückkommen würde. Und wie das alles mit Dax weiterging, konnte auch niemand wissen. Austin wollte Kontakt mit ihm aufnehmen, doch ich hatte das Gefühl, dass er noch den entscheidenden Stups brauchte, den er mir damals gegeben hatte.

»Alles okay?« Austin musterte mich von der Seite.

»Ja, na klar.« Ich lächelte ihn an und drückte seine Hand. »Ich habe mich nur gefragt, wann du mit Dax reden wirst.«

Seine Mundwinkel zuckten nach oben. »Darüber habe ich in den letzten Tagen sehr viel nachgedacht. Nachdem du dich wieder mit Tara und Beth verstehst und ihr so viel telefoniert, kam mir der Gedanke, ihn einfach anzurufen.«

Ich nickte, schlang einen Arm um seine Hüfte und sah ihm in die dunkelgrünen Augen. »Und was hindert dich daran?«

»Eigentlich nichts. Ich fühle mich nur noch nicht bereit, verstehst du das?«

»Na klar verstehe ich das.«

»Ich mache es, wenn die Zeit reif ist. Und ich habe so ein Gefühl, dass das sehr bald der Fall sein wird.«

»Das freut mich.« Ich küsste ihn. »Und weißt du was? Wenn es so weit ist, werden wir das *zusammen* schaffen.«

Ein strahlendes Lächeln breitete sich auf seinem wunderschönen markanten Gesicht aus.

Jedes Mal, wenn ich dieses Grinsen sah, wurde mir warm ums Herz. Austin machte mich überglücklich. Genau wie die Tatsache, dass ich mich hier, umgeben von meinen neuen Freunden, wohlfühlte. Die Clique war mittlerweile wie eine zweite Familie für mich. Ich hatte Kyle angezeigt, und alle in Beckhaven, die mich damals verurteilt und über mich gelästert hatten, hatten die Wahrheit über ihn erfahren. All das, was ich mir so sehr gewünscht hatte, war Wirklichkeit geworden. Ich hatte wunderbare Freunde, tolle Jobs, einen Studienplatz an der Parsons, lebte in der grandiosesten Stadt der Welt. Ich hatte ein Hobby gefunden, das mir so viel Spaß machte, dass ich nach dem Training nicht mehr aufhören konnte zu grinsen. Und außerdem hatte ich den wohl liebevollsten Freund des gesamten Planeten. Niemals hätte ich damit gerechnet, eine Person zu finden, die mir half, all das zu vergessen, was ich nicht ändern konnte, und mir bei jeder Hürde beistand, die mir das Leben vor die Füße stellte.

Wir waren mehr als nur ein Paar.

Wir waren ein Team.

DANKSAGUNG

Ich kann kaum fassen, dass ich dieses Buch geschrieben habe. Ein ganzes Buch. Mit Hunderten Seiten, die mit meinen Worten gefüllt sind. Verrückt!

Das hier ist ein ganz großes Herzensprojekt, da ich selbst seit vielen Jahren tanze und mir ein Leben ohne Tanz, aber auch ohne das Schreiben nicht vorstellen könnte. Dass ich beides verbinden konnte, macht mich umso glücklicher.

An der Entstehung dieses Buches waren viele wunderbare Menschen beteiligt, denen ich gar nicht genug danken kann.

In erster Linie meine tollen Agentinnen Gesa Weiß, Kristina Langenbuch Gerez und Mathilda Göpfert der Agentur Langenbuch & Weiß, die mir mit Rat und Tat zur Seite stehen. Insbesondere Gesa: Danke, dass du so ein traumhaftes Zuhause für mein Debüt gefunden hast. Ich schätze mich sehr glücklich, dass ihr an mich und meine Geschichten glaubt und immer ein offenes Ohr habt.

Ich danke dem gesamten Team des Blanvalet Verlags. Danke für die schöne Zusammenarbeit und dass ihr mich so herzlich aufgenommen habt. Ich könnte mir kein besseres Zuhause für meine *Move-District*-Reihe vorstellen.

Ein besonders großes Dankeschön an meine Lektorin Diana Neiczer, die sofort Feuer und Flamme für meinen Roman war, sowie Melike Karamustafa, mit der die Arbeit am Text so viel Spaß gemacht hat. Danke, dass ihr meiner Geschichte den letzten Schliff verpasst habt.

Ohne meine liebe Freundin Mona Kasten würdet ihr dieses Buch vielleicht nicht in euren Händen halten. Danke, dass du ab der ersten Sekunde an mich geglaubt, mich unterstützt und mir den letzten Schubs gegeben hast, endlich meinen Traum zu verwirklichen und diese Geschichte zu Papier zu bringen. Ich bin so froh, dass wir Freunde sind.

Mein Dank gilt auch Emily Crown und Tine Nell. Danke für die gemeinsamen Plotting-Dates, eure tägliche Unterstützung und die lieben Worte. Ich bin dankbar, dass sich unsere Wege gekreuzt haben und ihr nun Teil meines Lebens seid. Da gibt es jetzt kein Zurück mehr, selbst wenn ihr wolltet.

An dieser Stelle möchte ich mich noch bei weiteren Autorenfreundinnen bedanken, die mir sehr ans Herz gewachsen sind. Josi Wismar, Tami Fischer, Jana Schäfer, Alicia Zett, Anne Lück – ihr seid toll.

Ein großes Dankeschön auch an meine Testleserinnen Laura (@zeilenverliebt), Franka (@bloggingwithfranka), Vanessa (@vanessakolwitz), Jule (@kunstvonjule) und

Lilly. Danke, dass ihr euch die Zeit genommen und so tolle Anmerkungen gemacht habt. Danke für eure teilweise minutenlangen Sprachnachrichten, in denen ihr mit mir über Austin und Jade gefangirlt habt. Euer Feedback motiviert mich immer wieder aufs Neue.

Ich danke meinen wunderbaren Freunden, besonders Lucy Reinwein und Felix Würkner, die nicht nur meine besten Freunde sind, sondern für mich auch zur Familie gehören. Ohne euch wäre das Leben nur halb so schön.

Aber auch Xenia Armstrong, Mira Döring, Caro Windolph, Cindy Cavaco, Philipp Böken und Dimitrij Ott – ihr seid super, und ich bin froh, dass wir Freunde sind.

Danke an meine Eltern, die mich immer unterstützt haben. Mum – danke, dass du immer an mich geglaubt hast und der Überzeugung warst, dass ich schaffe, was ich mir in den Kopf gesetzt habe. Dad – danke, dass ich deinen Humor abbekommen habe, denn ohne den wäre dieses Buch vermutlich nicht so lustig geworden, wie es jetzt ist (Also ich finde es zumindest witzig, haha!).

Und danke an meine Schwester Sandra – schade, dass du das alles nicht mehr miterleben kannst, aber ich bin wirklich dankbar für deine Unterstützung in all den Jahren.

Außerdem danke ich der Dance Academy Freiburg/Tanzschule Gutmann dafür, dass sie seit 2007 mein zweites Zuhause ist. Das Tanzen ist, direkt nach dem Schreiben, meine zweite große Leidenschaft, und hätte ich damals an diesem einen Montag im September nicht Tommys

Class besucht und mich in das Tanzen verliebt, würde es dieses Buch ganz sicher nicht geben. Daher danke ich auch meiner Crew und Tanzfamilie Dope Skit, ihr seid wunderbare Menschen, und ich freue mich auf viele weitere Jahre mit euch.

Ein riesiges Dankeschön an meine Community auf Instagram und YouTube. Danke für all eure lieben Nachrichten, Kommentare, den Austausch, eure Begeisterung und Vorfreude. Ich weiß das wirklich zu schätzen und freue mich über jeden Post, jede Story, Markierung und Nachricht von euch.

Und zu guter Letzt danke an dich, liebe*r Leser*in. Danke, dass du Jade und Austin eine Chance gegeben hast. Ich hoffe, dir hat die Geschichte gefallen und dass wir uns ganz bald wieder in *Step into my Heart* mit Olivia und Dax lesen.

TRIGGERWARNUNG

(Achtung Spoiler)

Dieses Buch enthält potenziell triggernde Inhalte zu folgenden Themen: Angststörungen (Social Anxiety), sexueller Missbrauch, körperliche Gewalt.

Leseprobe

MAREN VIVIEN HAASE

STEP INTO MY HEART

Olivia lebt für Hip-Hop und arbeitet hart daran, als Bühnentänzerin Fuß zu fassen – auch wenn ihre Eltern sie lieber beim Jurastudium sehen würden. Als sie einen Job bei einer Konzert-Tour ergattert, scheint das der ersehnte Durchbruch zu sein. Doch der Choreograf ist ausgerechnet Dax, der nach einem tragischen Unfall seine eigene Karriere als Tänzer beenden musste und Olivias Kumpel Austin die Schuld daran gibt. Verbittert und wütend hatte Dax sich damals von der Clique im Move District zurückgezogen, und so liegt nun bei der gemeinsamen Arbeit wieder reichlich Spannung in der Luft. Doch bald wird deutlich, dass dabei nicht nur die Geschehnisse aus der Vergangenheit und der Erfolgsdruck eine Rolle spielen, sondern auch aufkeimende Gefühle …

KAPITEL 1

Das hier muss klappen, so viel steht fest.

Ich verlagerte mein Gewicht von einem Bein aufs andere und bewegte nur den Oberkörper in runden Bewegungen, dann sprintete ich auf der Stelle, bis feine Schweißperlen an meinen Schläfen hinabliefen. Abwechselnd kreiste ich die Schultern und sprang mit angespannten Bauchmuskeln hin und her, um meinen Puls in die Höhe zu treiben.

Ich sollte mich nicht so unter Druck setzen, sonst würde mein Kopf nur dichtmachen, und das durfte nicht passieren. Nicht heute.

Plötzlich rempelte mich jemand von der Seite an.

»Oh, sorry … echt eng hier«, sagte ein Mädchen mit roten Locken und hob entschuldigend die Hände.

»Kein Problem«, erwiderte ich freundlich und trat einen Schritt nach rechts, um mich weiter aufzuwärmen. »Bin echt gespannt, wie das gleich wird.«

Das Mädchen hob einen Fuß an und packte das Gelenk mit der Hand, um den Oberschenkel zu dehnen. »Es sind so viele Leute da … Ich hoffe, die nehmen nicht wirklich nur zehn Tänzer.«

Ich legte den Kopf auf die eine Schulter, dann auf die

andere und blickte währenddessen in die riesige Spiegelfront, die sich ein paar Meter vor mir an der Wand erstreckte. »Ja, das hoffe ich auch …«

Hellblaue Haarsträhnen, die sich aus meinem hohen Zopf gelöst hatten, fielen mir ins Gesicht und kitzelten mich an der Nase. Meine enge schwarze Jogginghose, an deren Stoff ich meine Startnummer – die hundertsiebzehn – befestigt hatte, hatte ich in der Taille geschnürt, sodass ein kleiner Streifen Haut zwischen Hose und dem gelben Shirt zu sehen war. Der Sport-BH, den ich darunter trug, zwickte ein wenig, doch davon durfte ich mich jetzt nicht aus dem Konzept bringen lassen. Alles, was zählte, war diese Audition für die Tour von Lyla Sage.

Während wir uns aufwärmten, lief eines ihrer Lieder im Hintergrund. Eine temporeiche Nummer, die über die Köpfe der Tänzerinnen und Tänzer hinweghallte. Nahezu jeder in Amerika und Europa kannte Lyla Sage. Vor über einem Jahr war ihr erster Song herausgekommen, der direkt die Spitzen der Charts erobert hatte, ab da hatte sie sich zum aufstrebenden Star am RnB-Himmel entwickelt. Wenn ich diesen Job als Backgroundtänzerin für ihre US-Tour bekam, bedeutete das einen Riesenschritt für meine Karriere. Es *musste* einfach klappen.

Ich legte einen Arm über die Brust und dehnte ihn zur Seite, während ich mich umsah. Auch wenn die Trainingshalle für das heutige Vortanzen mehrere Hundert Quadratmeter groß war, blieb jedem Tänzer kaum mehr Platz als in einer Baustellentoilette. Über zweihundert Menschen mussten sich in diesem Raum befinden, die alles dafür getan hätten, für Lyla gebucht zu werden. Gott sei Dank war ich unter den Ersten in der Schlange gewesen, dadurch hatte ich mir einen Platz in der vordersten Reihe vor dem Spiegel sichern können. Von hier würde ich eine gute Sicht auf die Choreografin haben, und ich konnte mich selbst besser beobachten, um sicherzugehen, dass ich die gezeigten Schritte korrekt ausführte. Die Menschen um mich herum wärmten sich auf, dehnten sich oder tuschelten miteinander. Eine Mischung aus Panik und Unsicherheit lag in der Luft, daneben Selbstbewusstsein und Arroganz. Ein Mädchen mit Glitzertop und hellbraunen Haaren beobachtete mich prüfend im Spiegel und reckte das Kinn. Als sich unsere Blicke trafen, wandte sie ihren schnell ab und schaute zu einem Kerl, der Liegestütze machte.

Ich liebte Auditions. Dieses Auf und Ab der Gefühle. Die Spannung und das Herzklopfen. Das Adrenalin, das durch meine Adern schoss. Was ich daran allerdings furchtbar hasste, war der Konkurrenzgedanke. Den Druck, besser zu sein als alle anderen, und die Selbstzweifel, die damit einhergingen. Aber ich war nicht hier, um den Schwanz einzuziehen, nur weil mich ein paar Mädels kritisch musterten, sondern um zu zeigen, was ich konnte.

Der Geruch von Bodenreiniger vermischt mit Deodorant stieg mir in die Nase und weckte Erinnerungen an vergangene Vortanzen. Alles in mir kribbelte. Hin und wieder hatte ich mir schon ein paar coole Jobs ertanzt, doch so etwas Großes wie das hier war noch nie dabei gewesen. Es war *die* Chance, auf die ich die letzten Jahre gewartet hatte. Ich durfte sie nicht vermasseln. Tief ein- und ausatmend ließ ich mit geschlossenen Augen den Kopf kreisen und versuchte, Ruhe zu bewahren, obwohl mir das Herz bis zum Hals schlug.

»Hast du eine Ahnung, wer die Show choreografiert?«, hörte ich links hinter mir einen Typen fragen.

»Nein, aber ich hoffe, es ist Nicki. Die hat mich schon ein paarmal gebucht«, erwiderte eine andere männliche Stimme. »Hey, Olivia, hast du eine Ahnung?«

Schnell schlug ich die Augen auf und drehte mich zu den beiden Tänzern um, die ich von einer anderen Audition kannte. »Ich wünschte, ich wüsste etwas, aber in der Mail standen so gut wie keine Infos. Nicki wäre ziemlich cool, aber ist sie nicht gerade in Los Angeles? Auf Instagram hat sie gestern noch was von dort in ihre Story gepostet.«

Die Jungs nickten. »Gut möglich.«

»Ich drück euch die Daumen – wehe, ihr macht das nicht auch für mich!«, sagte ich lachend und drehte mich beschwingt zurück nach vorne.

Eine Tür am anderen Ende des Studios fiel ins Schloss. Der Saal verstummte. Die einzigen Geräusche stammten von den Gummisohlen zweier Paar Turnschuhe, die auf dem Linoleumboden quietschten. Da so viele Menschen im Weg standen, konnte ich jedoch nicht erkennen, wer da gerade an der Seite des Raumes entlanglief.

Von irgendwoher kam ein leises »Fuck«, und ein paar Gesichter waren blass geworden.

So schlimm konnte es unmöglich sein. Immerhin befanden wir uns bei einer Audition und nicht mit einem Serienkiller in einem Fahrstuhl.

Die Schritte wurden lauter, und nach ein paar Sekunden tauchte links vorne ein Typ auf, mit dem ich als Allerletztes gerechnet hatte.

Ach. Du. Heilige. Scheiße.

Das musste ein schlechter Scherz sein. Mir klappte der

Kiefer herunter, und ein Kribbeln durchfuhr meinen Körper.

Okay, reiß dich zusammen.

Schnell schloss ich den Mund wieder, nahm die Schultern zurück und verschränkte die Arme vor der Brust. Mit zusammengekniffenen Augen beobachtete ich den Kerl mit den kurz rasierten schwarzen Haaren, der gut und gerne der jüngere Bruder von Jackson aus *Grey's Anatomy* hätte sein können. Er schritt an der Spiegelfront entlang und beäugte dabei ernst die Tänzerinnen und Tänzer. Hinter ihm lief ein Typ, der etwas kleiner und breiter war und verstrubbelte dunkelblonde Haare hatte. Es fühlte sich an, als ob der gesamte Raum plötzlich von einer arktischen Kälte geflutet worden wäre, die selbst den letzten Funken Zuversicht gefrieren ließ. An den schlanken Fingern des Typs mit den kurz rasierten Haaren blitzten silberne Ringe auf. Die schwarze Jogginghose umspielte locker seine Beine; dazu trug er weiße Sneaker und ein hellgraues T-Shirt. Sein athletischer Körperbau zeugte von hartem Training und Disziplin. Aber sein schönes Äußeres ließ nicht auf seinen Charakter schließen. Okay, er sah gut aus. Aber das war's dann auch schon mit den positiven Eigenschaften.

Als er meine Höhe erreichte, trafen sich für einen Moment unsere Blicke.

Er zuckte leicht zusammen und blieb kurz stehen. In seiner Miene spiegelten sich abwechselnd Überraschung und Skepsis, und für den Bruchteil einer Sekunde glaubte ich sogar einen Anflug von Traurigkeit darin ausmachen zu können. Als ob er sich für einen kleinen Augenblick an früher erinnerte.

Ich starrte in seine dunkelbraunen Augen, Obsidian

gleich, und versuchte mir nicht anmerken zu lassen, wie es in mir brodelte. Wenn es *einen* Choreografen im gesamten Land – nein, auf der ganzen Erde – gab, mit dem ich nicht zusammenarbeiten wollte, dann war das eindeutig Dax Thompson.

Und das *Vergnügen* beruhte offensichtlich auf Gegenseitigkeit. Dax' Gesichtsausdruck ließ keinen Zweifel daran erkennen, dass ihn meine Anwesenheit ebenso wenig freute wie mich seine. Mit seinen eins neunzig überragte er mich deutlich und blickte mich von oben herab an, presste die Lippen aufeinander und fixierte mich.

Schon vor einigen Jahren hatte er den positiven Eindruck, den ich von ihm gehabt hatte, im Keim erstickt. Ich kannte ihn viel länger als die meisten in diesem Raum und wusste, dass er früher ein anderer Mensch gewesen war. Ein Unterschied wie Tag und Nacht.

Und dieser Vollidiot war für die Show von Lyla Sage verantwortlich. Großartig. Als Choreograf wählte er am Ende die Leute aus, die für sie tanzen sollten, damit hatten sich meine Chancen in kürzester Zeit um einiges verschlechtert. Vermutlich wären meine Aussichten sogar besser gewesen, wenn ich meine Schwester an meiner Stelle zur Audition geschickt hätte, die ungefähr so viel Körperspannung besaß wie ein betrunkener Gummiwurm.

So ein verfluchter Mist. Ich brauchte diesen Job mehr denn je. Aber auch wenn ich alles gab, würde sich Dax mit Sicherheit gegen mich entscheiden. Einfach, weil er Dax war. In meiner Clique auch bekannt als *Riesenarschloch*. Trotzdem, ich durfte mich nicht entmutigen lassen. Ich würde ihm zeigen, was ich draufhatte. Seine Anwesenheit fachte meinen Kampfgeist noch zusätzlich an.

Wenn ich schon unterging, dann mit einer Leistung, auf die ich stolz sein konnte.

Entschlossen reckte ich das Kinn und starrte ihm, ohne zu blinzeln, in die dunklen Augen. Auf keinen Fall würde ich die Erste sein, die wegsah.

Ein paar Sekunden später schüttelte er leicht den Kopf und lief weiter.

Leise atmete ich aus.

»Es freut mich, dass ihr so zahlreich erschienen seid. Wer mich nicht kennt, ich bin Dax Thompson und choreografiere Lylas Show.« Er war in der Mitte vor der Spiegelfront stehen geblieben und stellte seinen schwarzen Rucksack ab. Der dunkelblonde Typ, der ihm gefolgt war, lief ein Stück weiter zur Musikanlage, neben der sich zwei Stühle, ein Plastiktisch und ein paar Flaschen Wasser befanden. »Das hier ist mein Assistent Lee.« Dax nickte in Lees Richtung und knetete seine Hände. »Ich würde sagen, wir starten gleich mit der Choreo.«

Seine tiefe Stimme weckte Erinnerungen an vergangene Zeiten. Damals hatte ich sie sexy gefunden und einen kleinen Crush auf ihn gehabt, eine Tatsache, über die ich heute nur noch den Kopf schütteln konnte.

»Die Schritte sind nicht besonders schwer, also gehe ich davon aus, dass ihr sie schnell draufhabt. Später teile ich euch in zwei Gruppen, dann könnt ihr sie besser austanzen. In diesem Gedränge ist das ja unmöglich. Am Ende rufen wir immer ein paar Nummern der Reihe nach auf, und ihr tanzt zu fünft vor. Für die meisten von euch wahrscheinlich nichts Neues.« Als ein kollektives Raunen durch den Raum ging, sah sich Dax mit finsterer Miene um und spannte die Oberarme an. »Gibt's ein Problem?«

Er zog die Augenbrauen zusammen. Dann fuhr er sich mit der Zunge über die Lippen und legte den Kopf schief.

Stille breitete sich aus. Keiner wagte es, auch nur einen Ton von sich zu geben. Es war allgemein bekannt, dass Dax zwar ein sehr talentierter, hart arbeitender Choreograf war, seine schlechte Laune aber gerne mal an anderen ausließ.

»Gut. Dann fangen wir direkt an.«

Alle Blicke lagen erwartungsvoll auf Dax, der vor dem Spiegel stand und mit seinem Nacken nach links und rechts knackte, den Blick starr und angespannt in den Spiegel gerichtet. Sein Assistent Lee stellte sich links von ihm auf, sodass auch die Leute dort am Rand die Schritte mitbekamen. Dann fing Dax an, die ersten Bewegungen auf die Beats in der Musik, den Text und die Counts zu erklären. Die vordere Hälfte des Raumes kniete sich auf den Boden, versuchte, die Schritte nur durch andeuten zu lernen, sodass der hintere Teil des Studios die Choreo auch mitbekam.

»Fünf, sechs, sieben, acht…«, zählte er ein paar Takte später ein und begann die Choreo von vorne zu tanzen. Die fließenden Bewegungen durchfluteten seinen gesamten Körper, und seine muskulösen Arme trafen an den richtigen Stellen die Beats und Sounds. Er fühlte die Musik in jeder Faser seines Körpers, das war nicht zu übersehen.

Beim Anblick der kontrollierten Schritte, Drehungen und Waves, die er entlang des Spiegels ausführte, musste ich unwillkürlich lächeln. Jede Bewegung war perfekt platziert, und dabei strahlte er eine Leichtigkeit aus, für die ihn alle bewunderten. Das war es, was man sich als

Tänzer wünschte, doch nur wenige umsetzen konnten. Die Kunst, es einfach aussehen zu lassen, obwohl die Schritte einen an die Grenzen brachten – und oft auch weit darüber hinaus.

Lylas Song verbreitete gute Laune. Es war ein typischer Sommerhit. Und auch wenn es gerade erst Anfang April war, bekam ich sofort Lust, mit einem Drink in der Hand am Strand dazu loszutanzen.

Als die letzten Takte des Songs verklangen, und Lee und Dax stehen blieben, begann der ganze Saal zu klatschen und zu pfeifen. Ich war anscheinend nicht die Einzige, die Dax' Performance mitgerissen hatte.

Während Lee zur Anlage sprintete, um sie auszuschalten, bückte Dax sich nach seinem Rucksack und kramte darin herum, jedoch ohne etwas herausholen. Im Spiegel erhaschte ich einen Blick auf sein Gesicht, das er für einen kurzen Moment schmerzerfüllt verzog, während er unauffällig sein rechtes Bein ausstreckte und wieder anwinkelte. Seine Brust hob und senkte sich unter schweren Atemzügen. Dann richtete er sich schnell wieder auf und drehte sich mit ausdrucksloser Miene zu uns um, als ob nichts gewesen wäre.

»Ihr probiert das jetzt mal selbst. Lee tanzt mit, und ich schaue mir an, wie es aussieht.« Sein Blick glitt suchend über die Reihen, bis er schließlich an mir hängen blieb.

Mir stockte der Atem, während ich das Gefühl hatte, von tausend Blitzen gleichzeitig getroffen zu werden.

Ganz ruhig … Das liegt sicher nur am Adrenalin.

Ich versuchte, mich nicht von ihm beirren zu lassen, und konzentrierte mich auf die Schritte, schaute im Spiegel auf mich und niemand anderen. Trotzdem bemerkte ich aus dem Augenwinkel, dass Dax langsam zur Anlage lief. Sein ganzer Körper war angespannt, als müsste er sich zusammenreißen, nicht zu humpeln. Der Durchgang von gerade eben hatte sein Knie wohl doch etwas mehr herausgefordert, als er sich anmerken lassen wollte.

»Nummer hundertelf bis hundertfünfzehn, bitte«, rief Lee die nächste Gruppe auf.

Er und Dax saßen mittlerweile auf den zwei Stühlen genau in der Mitte vor dem Spiegel, von wo sie die einzelnen Gruppen, die an der Reihe waren, beobachteten. Vorhin hatten sie auch noch den Tisch dazugeholt, auf dem sie die Sedcards mit Bildern der Tänzer und verschiedene Unterlagen ausgebreitet hatten, auf denen sie sich Notizen machten. Dax saß zurückgelehnt, das eine Bein ausgestreckt, das andere angewinkelt, während er mit seinem Stift gegen die Tischkante klopfte.

Er hatte beinahe etwas Furchteinflößendes an sich. Der argwöhnische Gesichtsausdruck, mit dem er die Tänzer musterte, würde mit Sicherheit den ein oder anderen aus dem Konzept bringen. Mich spornte er jedoch nur noch mehr an, mein Bestes zu geben. Hundertzehn Prozent. Weniger stand nicht zur Debatte.

Während eine Gruppe vortanzte, hielten sich die anderen Tänzer am Rand des Raumes auf, bestenfalls schon in der Reihenfolge ihrer Startnummern, die sie zu Beginn zugewiesen bekommen hatten. Nach den drei Typen und zwei Mädchen, die sich gerade um Kopf und Kragen tanzten, würde ich an der Reihe sein.

In meinem Kopf ging ich die Schritte noch mal durch, während ich versuchte, meinen Puls unter Kontrolle zu bekommen. Zu viel Druck führte oft zu einem Blackout, von einer Sekunde auf die nächste vergaß man die komplette Choreo. Das kannte ich nur zu gut. Deshalb atmete ich tief durch, schloss die Augen und verdrängte den Gedanken, dass von den folgenden Minuten meine Zukunft abhing.

Heilige Scheiße, das muss gut werden.

Die Musik stoppte. Ich hörte den Applaus, schlug die Augen auf und begann ebenfalls zu klatschen.

Nachdem sich Dax und Lee ein paar Notizen gemacht hatten, wurde unsere Gruppe aufgerufen.

Ich zog das Gummi um meinen Pferdeschwanz fester und straffte die Schultern, bevor ich mich mit großen Schritten der Mitte des Raumes näherte und auf den für mich vorgesehenen Platz stellte. Nach einem raschen Blick auf meine Mitstreiter sah ich nach vorne zu den beiden Männern.

Dax' Blick huschte düster über mein Gesicht. Ich starrte ihn unverhohlen an, woraufhin er den Kopf schief legte und mich herausfordernd anfunkelte.

Hastig sah ich weg und konzentrierte mich auf die Leistung, die ich zu erbringen hatte. Dieser Wichtigtuer würde mich nicht verunsichern – ganz im Gegenteil. Wenn er dachte, dass er mich aus dem Konzept bringen konnte, hatte er sich getäuscht.

Kurz bevor die Choreo losging, rollte ich die Schultern nach hinten und konzentrierte mich auf den Rhythmus des Songs. Je näher der Einsatz kam, desto heftiger spürte ich mein Herz mit jedem Takt gegen meinen Brustkorb trommeln.

Dann ging es los. Es gab kein Zurück. Der Gute-

Laune-Vibe der Musik brachte mich zum Grinsen, und ich lieferte die Performance meines Lebens ab. Ich fühlte mit Herz und Seele jede einzelne Zeile, die Lyla sang, und jeden Sound, der an meine Ohren drang. Versuchte, nicht nur mit meinem Körper die Bewegungen eins zu eins so zu tanzen, wie Dax es gezeigt hatte, sondern sie auf meine eigene Art und Weise, in meinem Stil zu interpretieren und damit seine Aufmerksamkeit auf mich zu ziehen. Ich drehte mich, sprang hoch, ließ Wellen durch meinen Körper fließen und den Flow des Songs meine Bewegungen kontrolliert ausführen. Ich ging vollkommen in der Choreografie auf und blendete alles um mich herum aus – bis auf Dax, der mich die ganze Zeit über abschätzig musterte.

So schnell es angefangen hatte, war es auch schon wieder vorbei. Mein Brustkorb hob und senkte sich im Takt der Musik, bis diese immer leiser wurde und schließlich ganz verstummte. Schweißtropfen liefen an meinen Schläfen herunter, und ich zupfte mein gelbes Top zurecht, das nach all den wilden Bewegungen etwas verrutscht war, bevor ich Dax ansah.

Er hob eine Braue, und ein überhebliches Grinsen umspielte seine Mundwinkel, als ob er fragen wollte: »Hast du nicht mehr auf Lager, Schätzchen?«

Ich kannte diesen Gesichtsausdruck und wollte in diesem Moment nichts lieber, als ihm eine reinzuballern. Wie er während des Tanzens die ganze Zeit zu mir gesehen hatte und nun mit einem hämischen Grinsen kopfschüttelnd den Blick auf seine Unterlagen richtete, um etwas aufzuschreiben … Wow. Das ließ Wut in mir aufsteigen. Was hatte der Typ für ein Problem?

Aus dem Augenwinkel sah ich, wie die anderen aus meiner Gruppe sich wieder an den Rand stellten. Einige mit hängenden Schultern, andere strotzten nur so vor Selbstbewusstsein. Da ich mir nicht anmerken lassen wollte, wie mich sein fieses Grinsen verunsichert hatte, wandte ich mich nach einem weiteren kurzen Blick, der Dax signalisieren sollte, dass mir sein kindisches Getue egal war, ab und machte den Tänzern Platz, die als nächste an der Reihe waren.

Bei meinem Rucksack angekommen, holte ich meine Trinkflasche heraus und nahm einen großen Schluck. Das Wasser perlte durch meine trockene Kehle und kühlte mich ein wenig herunter. Nachdem ich die Flasche wieder verstaut hatte, stellte ich mich zu ein paar anderen Tänzerinnen, die ihren Auftritt ebenfalls bereits hinter sich hatten.

»Schau mal, die im roten Oberteil ist schon ziemlich krass«, sagte ein blondes Mädchen mit Nasenpiercing und verschränkte die Arme vor der Brust.

»Ja, stimmt … alle hier sind echt heftig, aber ich habe ein recht gutes Gefühl«, erwiderte eine andere und schüttelte ihre dunkelbraunen Locken.

Ihre Blicke flogen zu mir, als ich mich räusperte. »Hoffen wir mal, dass wir Glück haben und Dax sich für uns entscheidet.«

»So fies, wie der guckt, weiß ich nicht mal, ob er überhaupt jemanden bucht«, bemerkte die Braunhaarige mit einem bitteren Lachen, in das ich einfiel.

Damit hatte sie definitiv recht.

Die Hände in den Taschen meiner schwarzen Trainingsjacke vergraben, die ich mir inzwischen übergezogen hatte, schaute ich zur Tanzfläche. Die letzte Gruppe war vor einer halben Stunde fertig geworden, und seitdem besprachen sich Dax und Lee. Nicht mehr lange und sie würden verkünden, für wen es heute nicht gereicht hatte. Die Verbliebenen mussten direkt im Anschluss in einer weiteren Runde ihr Können unter Beweis stellen. Die Gruppe würde von zweihundertzehn auf sechzig Leute verkleinert werden. Keine Ahnung, wie viele Tänzerinnen und Tänzer sie am Ende auswählen würden. Das Mädel vorhin hatte etwas von zehn angedeutet, aber sicher wusste das wahrscheinlich niemand.

»Okay, wir haben ein erstes Ergebnis«, sagte Dax und erhob sich vom Stuhl, den Blick auf die Liste in seiner Hand geheftet. »Die Nummern, die ich jetzt aufrufe, sind in der nächsten Runde. Der Rest hat es leider nicht geschafft.«

Nervös spielte ich an einer meiner blauen Strähnen herum und runzelte in angestrengter Konzentration die Stirn, um auch ja nichts zu verpassen, als er begann, die Startnummern vorzulesen.

Bitte, hundertsiebzehn. Bitte, bitte, bitte.

Eine Person nach der anderen nannte er, und als ich mich schon fast damit abgefunden hatte, meine Sachen zu packen und das Gebäude zu verlassen, hörte ich zwischen all den Zahlen: »Hundertsiebzehn.«

Oh mein fucking Gott!

Keuchend atmete ich aus, konnte es nicht fassen. Vielleicht hatte sich Lee für mich eingesetzt, immerhin war ich ja keine schlechte Tänzerin. Jedenfalls war ich froh über die Chance, noch einmal zeigen zu können, was ich draufhatte.

In der nächsten Runde mussten wir, wieder in Fünfergruppen, auf denselben Song erst eine halbe Minute freestylen und im Anschluss erneut die vorgegebene Choreo tanzen. Freestyle sollte kein Problem sein, das rauszulassen, was mein Körper fast von alleine tat, würde schon irgendwie hinhauen. Den Song kannte ich mittlerweile auch in- und auswendig.

»Hundertsiebzehn«, hörte ich plötzlich Lees Stimme.

Ich atmete tief ein und aus, lief mit den anderen auf die Fläche und versuchte, Ruhe zu bewahren.

Es ist nur eine Audition, sagte ich mir. Aber es war eine Audition, die mein Leben verändern konnte und mich meinem großen Traum, eine erfolgreiche Tänzerin zu werden, ein großes Stück näher bringen würde. Mein Ziel war es, auf Welttourneen großer Stars mitzutanzen, möglicherweise auch in Tanzfilmen mitzuwirken und weltweit für Workshops gebucht zu werden. Ich wollte ein Leben führen, für das ich brannte. Für das ich mich jeden Morgen gerne zu den frühsten Uhrzeiten aus dem Bett hievte – einfach, weil es meine große Leidenschaft war.

Im nächsten Moment setzte die Musik ein, und ich spürte den Rhythmus, den Gesang, die Beats in jedem Nerv. Als sich mein Körper wie von selbst im Einklang mit dem, was ich hörte, zu bewegen begann, blendete ich alles andere um mich herum aus. Ich fokussierte mich allein auf die Sounds und wenig später auf die Choreo. Vollkommen in meinem Element versuchte ich, die Akzente noch stärker zu setzen und die weichen Passagen noch fließender wiederzugeben.

Als die Musik verstummte, landete mein Blick, ohne dass ich es beabsichtigt hatte, sofort auf Dax. Er musterte mich regungslos, die Stirn in tiefen Furchen und die Lippen leicht geöffnet. Ich fragte mich, was in seinem Kopf vor sich ging – wobei ich mir gleichzeitig nicht wirklich sicher war, ob ich das überhaupt wissen wollte.

Nachdem alle Gruppen getanzt hatten, packten wir unsere Sachen und fanden uns vorne bei Dax und Lee noch mal zusammen. Dax stand vor dem Tisch und lehnte sich mit verschränkten Armen dagegen. Mit meinem beigen Rucksack auf der einen Schulter blieb ich inmitten der Tänzer stehen und beobachtete ihn gespannt.

»Ihr seid alle in der engeren Auswahl. Am Ende werden es wahrscheinlich sieben Mädels und sieben Jungs … so hab ich das auf jeden Fall mit Lyla und der Produktionsleitung besprochen. Wir werden uns in den nächsten Tagen bei denjenigen von euch melden, die es geschafft haben.« Er suchte meinen Blick und ließ ihn nicht mehr los. Ich hob mein Kinn, während er an mich gerichtet fortfuhr: »Viel Erfolg weiterhin, falls es nicht gereicht haben sollte.«

Ich schnaubte. Wenn er damit mich meinte und von Anfang an gewusst hatte, dass ich den Job sowieso nicht bekam, dann war er ein noch größerer Mistkerl, als ich angenommen hatte.

Mit gemischten Gefühlen verließ ich das Studio. Ich hatte mein Bestes gegeben, aber die anderen Mädels waren auch ziemlich gut. Hinzu kam, dass ein Typ über meine weitere berufliche Laufbahn entschied, der mich offensichtlich hasste.

Das kann ja nur schiefgehen.

Und dabei brauchte ich diesen verdammten Job so sehr.

Wenn Sie wissen möchten,
wie es weitergeht, lesen Sie
Maren Vivien Haase
Step into my Heart

ISBN 978-3-7341-1003-0/
ISBN 978-3-641-27098-8 (E-Book)
Blanvalet Verlag